文學研究叢書．古典詩學叢刊

不廢江河萬古流

悅讀唐詩三百首（四）

李昌年 著

目次

第四冊

五一、劉禹錫詩歌選讀

【事略】

劉禹錫（772－842），字夢得，自稱中山靖王劉勝之後，實係匈奴族後裔；七世祖仕於北魏，隨魏孝文帝拓跋宏遷都洛陽，始改漢姓，入籍洛陽。父緒，天寶末年進士，值安史之亂，舉族東遷蘇州，為浙西觀察使從事，加鹽鐵副使，轉殿中侍御史。

禹錫幼年熟讀《詩經》《尚書》，泛覽諸子百家。曾得僧人皎然、靈澈之指點，頗受散文家權德輿之器重。貞元九年（793）進士，又登博學宏詞科；十一年登吏部取士科，釋褐入仕，授太子校書。後入徐、泗、濠節度使杜佑幕府掌書記，改為淮南節度使掌書記；年餘調補渭南縣主簿，隨後入朝為監察御史。

德宗貞元二十一年（805，正月順宗及位，改元永貞）四月，轉屯田員外郎，判度支鹽鐵案，成為王伾、王叔文革新集團的重要成員；參與朝議，草擬文誥，甚受信任，政敵呼之為「二王、劉、柳」，頗見嫉恨。八月，順宗內禪；九月，貶連州刺史，途經江陵；十月，再貶朗州（今湖南常德市）司馬；時二王集團中人韋執誼、柳宗元、韓泰、韓曄、陳諫、程異、凌準等同貶遠州司馬，時稱「八司馬」。

朗州九年歲月，託諷禽鳥，寄詞草樹，以泄其鬱憤不平之氣，故有不少犀利深刻的諷諭之作；同時又融入沅湘之間的風土人情之中，學習民歌樂府，因而有不少淺白流暢、清新樸素的詩歌。後歷任連、夔、和、蘇、汝、同各州刺史，始終留心地方百姓的勞動生活及風土民俗，而有大量民歌色彩濃厚的詩篇傳世，如〈竹枝詞〉〈楊柳枝詞〉〈踏歌行〉〈浪淘沙詞〉等，對後世文人取法民歌以創作詩詞的風氣，頗有先倡之功；後人遂以歌詠地方風俗及男女戀愛的詩篇名之為「竹枝詞」，可見影響之深遠。

二十餘年遠謫生涯中，遍歷各地，因而有〈酬樂天揚州初逢席上見贈〉的「巴山楚水淒涼地，二十三年棄置身」之嘆，〈杏園花下酬樂天見贈〉的「二十餘年作逐臣，歸來還見曲江春」之悲，以及〈聽舊宮中樂人穆氏唱歌〉的「休唱貞元供奉曲，當年朝士已無多」的滄桑之感。貶謫期間的詠史懷古與傷今諷世之作，亦多有佳構，如〈金陵懷古〉〈西塞山懷古〉〈金陵五題〉〈蜀先主廟〉〈觀八陣圖〉〈姑蘇臺〉等，無不蘊蓄凝練，蒼涼悃悵，寄托深遠，意興超妙，足可流芳百代。

返回洛陽後，遷太子賓客，改秘書監分司，加檢校禮部尚書銜。

禹錫兼擅詩文，文與柳宗元並稱；而尤以詩著名，故白氏許之曰：「彭城劉夢得詩豪者也，其鋒森然，少敢當者。」(《劉白唱和集解》)又曰：「詩敵之勍者，非夢得而誰？」(〈與劉蘇州書〉)每有唱酬，白氏輒為之悵吟深久，以為神妙。張為撰《詩人主客圖》許之為「瑰奇美麗主」之「上入室」一人，可見其詞采之美，時人共賞。宋之王安石、蘇軾、黃庭堅、陸游等詩篇，皆頗得其沾溉，故陳師道《後山詩話》說：「(東坡)始學劉禹錫，故多怨刺。」黃庭堅以為其〈竹枝詞〉〈淮陰行〉等「元和間誠可獨步。」(《豫章黃先生文集》)蔡條說：「劉夢得詩，典則既高，滋味亦厚，但正若巧匠矜能，不見少拙。」(《苕溪漁隱叢話》引)可見宋人推崇之一斑。元、明、清之詩家，亦多傾慕有加。

《全唐詩》存其詩 12 卷，《全唐詩外編》及《續拾》補詩 6 首，斷句 5。

【詩評】

01 呂本中：蘇子由晚年多令人學劉禹錫詩，以為用意深遠，有曲折

處。(《童蒙詩訓》)

02 張戒：李義山、劉夢得、杜牧之三人，筆力不能相上下，大抵工律詩而不工古詩，七言尤工，五言微弱；雖有佳句，然不能如韋、柳、王、孟之高致也。義山多奇趣，夢得有高韻，牧之專事華藻，此其優劣也。(《歲寒堂詩話》)

03 嚴羽：大曆後，劉夢得之絕句，張籍、王建之樂府，我所深取耳。(《滄浪詩話》)

04 敖陶孫：劉夢得如鏤冰雕瓊，流光自照。(《臞翁詩評》)

05 方回：劉夢得詩格高，在元、白之上，長慶以後詩人皆不能及。 ○每讀劉賓客詩，似乎百十選一，以傳諸世者，言言精確。(《瀛奎律髓》)

06 陸時雍：劉夢得七言絕，柳子厚五言古，俱深於哀怨，謂《騷》之餘派，可。劉婉多諷，柳直損致。(《詩鏡總論》)

07 楊慎：元和以後，詩人之全集可觀者數家，當以劉禹錫為第一。(《升庵詩話》)

08 胡應麟：夢得骨力豪勁，在中晚唐自為一格。 ○七言律以才藻勝……元和以後，詩道浸晚，而人才故自横絕一時，若昌黎之鴻偉，柳州之精工，夢得之雄奇，樂天之浩博。(《詩藪》)

09 胡震亨：其詩氣該古今，詞總華實。運用似無甚過人，卻都愜人意，語語可歌，其才情之最豪者。司空圖嘗言：禹錫及楊巨源詩各有勝會，兩人格律精切欲同；然劉得之易，楊卻得之難，入處迥異耳。(《唐音癸籤》)

10 趙駿烈：元和長慶諸公，與香山齊名者，劉賓客稱首。眉山起北宋，為大家，其少亦嘗規撫賓客。予取其集讀之，風神骨格，雖不能窺見其萬一，大約劉之比白，邊幅較狹，而精詣未之或遜。蘇之無所不有，其比物託興處，法乳（按：喻佛法，謂佛法如乳汁哺育眾生）亦有自來矣。(《劉賓客詩集・序》)

11 查慎行：陸放翁七律，全學劉賓客，細味乃得之。（《初白庵詩評》）

12 沈德潛：大曆以後，夢得高於文房；與白傳唱和，故稱「劉、白」。實劉以風格勝，白以近情勝，各自成家，不相肖也。（《唐詩別裁・卷 15 》）

13 沈德潛：大曆十才子後，劉夢得骨幹氣魄，似又高於隨州。人與樂天並稱，緣劉、白有唱和集耳；白之淺易，未可同日語也。……柳子厚哀怨有節，律中騷體，與夢得故是敵手。（《說詩晬語》）

14 李重華：七絕乃唐人樂章，工者最多。……李白、王昌齡後，當以劉夢得為最；緣落筆朦朧縹緲，其來無端，其去無際故也。（《貞一齋詩說》）

15 翁方綱：劉賓客之能事，全在〈竹枝詞〉。至於鋪陳排比，輒有傖俗之氣。山谷云：「夢得〈竹枝〉九章，詞意高妙，昔子瞻嘗聞余詠第一篇，歎曰：『此奔軼絕塵，不可追也。』」又云：「夢得樂府小章，優於大篇。」極為確論。（《石洲詩話》）

16 管世銘：劉賓客無體不備，蔚為大家，絕句中之山海也。　〇劉賓客長篇，雖不逮韓之奇橫，而健舉略足相當；七古劉之敵韓，猶五古郊之匹愈。即夢得五言，亦自質雅可誦；世乃謂其不工古詩，何其武斷。　〇至劉、柳出，乃復見詩人本色，觀聽為之一變；子厚骨聳，夢得氣雄，元和之二豪也。（《讀雪山房唐詩序例》）

17 方東樹：大約夢得才人，一直說去，不見艱難吃力，是其勝於諸家處；然少頓挫沉鬱，又無自己在詩內，所以不及杜公。先君云：七律中以文言敘俗情入妙者，劉賓客也；次則義山，義山滋之以藻飾。（《昭昧詹言》）

18 延君壽：七律當以工部為宗，附以劉夢得、李義山兩家。（《老生常談》）

19 劉熙載：劉夢得詩稍近徑露，大抵骨勝於白而韻遜於柳；要其名雋獨得之句，柳亦不能掩也。（《藝概》）

20 胡壽芝：夢得歌行，詠古皆爽脆，饒別致；五律極精深，唯五古多澀雅處。(《東目館詩見》)

21 丁儀：其詩極似王維，清新流麗，格調自高，長篇間入魏、晉，元和詩人，自當首屈一指。韓、柳、元、白，雖屬異曲，未見同工也。(《詩學淵源》)

231 蜀先主廟（五律） 劉禹錫

天下英雄氣，千秋尚凜然。勢分三足鼎，業復五銖錢。得相能開國，生兒不象賢。淒涼蜀故妓，來舞魏宮前。

【詩意】

蜀漢的先主昭烈帝劉備，稟承著天地間第一等英雄豪傑的氣概，征戰四方；即使歷經千秋萬世之後，走進他的廟中時，依然能夠深刻感受到他使人凜然敬畏的精神氣魄。出身卑微的他，竟然能夠創造時勢，和強吳悍魏形成三雄鼎立的局面，實在令人敬佩；而他想要興復漢朝帝業，重新發行五銖錢的雄心壯志，更使人景仰不已。他三顧茅廬，終於感動諸葛亮出任丞相，輔佐他開創了蜀國的基業；可惜的是他的兒子卻不能效法先主的賢德，反而葬送了西蜀的國祚。最令人感到悽涼悲哀的是：司馬昭故意安排舊日西蜀的歌妓到魏朝宮殿前表演歌舞時，前蜀的官員無不感傷落淚，唯有後主劉禪卻能談笑自若，甚至還說自己早已樂不思蜀了！

【注釋】

① 詩題—本詩是作者任夔州刺史時，過四川奉節縣東元里之先主廟

所作，時當穆宗長慶元年至四年間（821－824）；在詠史弔古中，或有諷時傷今的悲憤寓焉。

② 「天下」句—暗用《三國志・蜀書・先主傳》中曹操對劉備之言：「今天下英雄，惟使君與操耳；本初之徒（按：指袁紹等軍閥），不足數也！」

③ 凜然—肅然，形容使人敬畏的肅穆威嚴之氣概。

④ 「勢分」句—稱頌劉備能掌握形勢，以弱蜀協同東吳力抗曹魏以成鼎足三分之勢。

⑤ 「業復」句—漢武帝元狩五年（118 B.C.）鑄行五銖錢，新莽時期罷廢，光武帝劉秀復漢之後用馬援之議而再度鑄行。作者在本句之下自注云：「漢末童謠：『黃牛白腹，五銖當復。』」故復五銖錢，即隱涵興復漢室之意。銖，重量單位，二十四銖為一兩。

⑥ 「得相」二句—相，指諸葛亮。開國，開創蜀漢之基業。兒，指後主劉禪。象，取法也；象賢，取法先人之榜樣，克紹先主之賢德。

⑦ 「淒涼」二句—西元 263 年，劉禪用譙周之策而向魏將鄧艾投降，被東遷至洛陽封為安樂縣公。《三國志・蜀書・後主傳》裴松之注引《漢晉春秋》曰：「司馬文王（按：即司馬昭）與禪宴，為之作故蜀技，旁人皆為之感愴，而禪喜笑自若。王謂賈充曰：『人之無情，乃可至於是乎！雖使諸葛亮在，不能輔之久全，而況姜維邪？』充曰：『不如是，殿下何由并之？』」他日，王問禪曰：『頗思蜀否？』禪曰：『此間樂，不思蜀。』」

【導讀】

這一首登臨古蹟的憑弔之作，氣勢轉折的樞紐全在腹聯二句：前五句是寫劉備的英雄氣概和開國志業，後三句則寫後主不肖先德，麻木不仁；經過鮮明的對比映襯之後，使人對先主的英明賢德，不勝景仰敬慕，也對後主的昏庸愚昧，不勝唏噓感慨。尤其作者又自認為和劉備都是漢朝的宗親中山靖王劉勝之後，因此詩中自有沒落王孫的滿腹辛酸，和不能繼志承烈、光宗耀祖的悲哀與暗恨存焉。

「天下英雄氣，千秋尚凜然」二句，發唱驚挺，語氣雄放，有疾雷破柱的驚人氣勢。「天下」二字，極言英雄氣概之睥睨四海，瀰漫六合，足以奪人心魄；「千秋」二字，又極寫英雄氣概之吞吐日月，震古鑠今，足可盪人胸臆。尤其是在襲用曹操對劉備所說的「今天下英雄，惟使君與操耳」等語之後，又加上一「氣」字，便既含有曹操那種包籠宇宙，威震八方的志概，又有驚神泣鬼的英風偉烈正逼人眼目而來的氣勢，實可謂鎔裁有方，點染出色；因此黃周星《唐詩快》評曰：「五字有千鈞之力！」至於「千秋尚凜然」五字，則表示先主祠廟中莊嚴肅穆的氣象，直貫六百年歲月而來，至今仍使人強烈地感受到其俯仰古今，頂天立地的威風氣概，不禁肅然起敬，凜然畏服。有了抒寫心中感受的這五個字，則作者入廟瞻仰塑像時無比景慕的心思正穿越時空而去，去親身體驗六百年前叱吒風雲、旋乾轉坤的英雄氣度之情狀，也就如在睫前了，因此紀昀除了稱賞本詩「句句精拔」之外，又說：「起二句確是先主廟，妙似不用事者。」(《瀛奎律髓匯評》) 這正說明了本詩首聯氣象雄渾而意境開闊，略貌取神而運典無跡的高明成就。

「勢分三足鼎，業復五銖錢」兩句，是直承首聯對於英雄氣概的敬畏和仰慕之情而來，追敘先主能在天下鼎沸，奸雄跋扈的亂世中，以弱蜀和強吳悍魏相互抗衡而成鼎峙局面的功業之隆，並推崇他能念茲在茲地以掃蕩中原、興復漢業為心的抱負之大。如此一來，原本抽象的「英雄氣」三字，便落實為崇高的功業和偉大的志向，讓讀者有具體的印象，可謂承接有法，最見虛實相生之妙。尤其是「三足鼎」和「五銖錢」兩個典故，原本事類殊異，彼此無關；作者卻能匠心獨運地加以綰合，顯示詩人心裁別出，運典入化的高明之處，因此《瀛奎律髓》評之為「精當」。由此可見作者幽微細密的巧思，鍛句鍊意的精工，鎔裁舊典的老練，和翻新意蘊的深穩；無怪乎《苕溪漁隱叢話》引蔡條評劉禹錫之言曰：「典則既高，滋味亦厚；但正若巧匠矜能，不見少拙。」方回《瀛奎律髓》也認為劉禹錫「詩格高，在元、白之上，長慶以後詩人皆不能及」「每讀劉賓客詩，似乎百十選一以傳諸世者，言言精確。」沈德潛《說詩晬語》也認為劉作確實不是以平淺為尚的白居易之作品所能相提並論的。

「得相能開國，生兒不象賢」兩句，轉而論人事的興衰。出句仍是延續前四句讚嘆的脈絡而來，稱頌先主具有知人之明，長於擇賢任相；既一針見血地指出西蜀所以能開國奠基，保留漢室命脈的根本原因，又隱然含有對於順宗能夠識拔王叔文而開創「永貞新政」的稱揚之意。對句則掉轉筆勢，批判後主的昏庸闇昧，親佞遠賢，不僅葬送了西蜀的基業，更斷絕了興復漢室的命脈，同時還開啟了尾聯所述後主「不象賢」的具體事跡——亡國觀妓時談笑自若，樂不思蜀的醜態；更隱然致慨於憲宗不能克紹革新大業，反而迫害忠良，以至於斷送了唐室中興再造的契機！換言之，出句承上而對句啟下，不僅章法嚴謹，脈絡分明，而且一抑一揚，大開大闔，最見頓挫跌宕，波瀾起伏的姿韻[1]。此外，「開國」「象賢[2]」這兩個詞語，和「天下英雄」「三足鼎[3]」「五銖錢」等用語，都能化用典故於無形，而且又極為典雅妥貼，所以查慎行《初白庵詩評》評曰：「中兩聯字字確切。」

「淒涼蜀故妓，來舞魏宮前」兩句，是以示現手法，懸想後主沉湎聲色，貪戀逸樂的醉生夢死，和恣意尋歡，渾忘國恥的麻木不仁，從而把抽象的「不象賢」三字，生動具體地演示在讀者眼前，使人產生怵目驚心，瞠目結舌的震撼之感。「悽涼」二字，冠於一聯之首，是先結出作者對於蜀漢由創業的艱辛到亡國的悲慘之總體感受，而後再以形象化的語言，把痛飲狂歡，妙舞輕歌的畫面，鮮明地烙印在讀者的腦海中，最有垂誡後世切勿重蹈覆轍的警惕作用；因此紀昀《瀛奎律髓匯評》說：「後四語沉著之至，不病其直。」黃周星《唐詩快》的讀後感是：「先主有知，亦當淚下！」

【補註】

01 魏慶之《詩人玉屑》稱這種作法為「愛憎格」，最適於運用在正反相形，褒貶互見的對比中，達到詞意錯落，聲情頓挫，寄慨遙深，一唱三歎的效果。

02 開國，語出《易經・師卦・上六爻辭》：「大君有命，開國承家，小人勿用。」象賢，語出《尚書・周書・微子之命》：「殷王元子，惟稽古，崇德象賢。」與《禮記・郊特牲》：「繼世以立諸侯，象賢也。」

03 三足鼎，《史記・淮陰侯列傳》載蒯通遊說韓信背漢自立曰：「誠能聽臣之計，莫若兩利而俱存之，三分天下，鼎足而居，其勢莫敢先動。」《昭明文選》卷 43 載孫楚（？－293）〈為石仲容與孫皓書〉云：「二邦（編按：蜀、吳）合從，東西唱和，互相扇動，距捍中國。自謂三分鼎足之勢，可與泰山共相終始。」《三國志・蜀書・諸葛亮傳》亦載諸葛亮遊說孫權曰：「今……協規同力，破操軍必矣。操軍破，必北還，如此則荊、吳之勢強，鼎足之形成矣。成敗之機，在於今日。」

【後記】

這一首詠史憑弔之作，由於在有意無意之間織入了作者深受其害的權力鬥爭，融入了借古諷今的寓意，因此顯得特別深婉沉痛。李唐建國以來，曾經有過貞觀之治的輝煌和開元之治的榮光，文治武功達到空前鼎盛的成就，因此四海宴安，近悅遠來。不過，就在作者寫作本詩時，卻已經是藩鎮割據，宦寺擅權，國事陵夷到岌岌可危的局面了。然而執政者既乏揮戈迴日的氣概，又無旋乾轉坤的豪情，更無振衰起敝，力挽狂瀾的決心，反而勾心鬥角，黨同伐異，以權謀私，陷害忠良，所以永貞革新的契機才會曇花一現，一逝不返。這自然使得滿腔熱血，銳意革新的作者，在遭遇到無情的政治迫害，長期不得回京施展抱負之餘，感到痛心疾首，憂憤莫名。因此，詩人便在拜謁先主廟宇之後，引發了際遇之悲而感慨萬千，自然在意到筆隨之際，流露出借古諷今的幽微心意。「得相能開國」，可能暗指順宗和王伾、王叔文的君臣遇合，開啟了中興氣象；「生兒不象賢」，可能正影射憲宗的昏庸闇弱，殘害忠良，終因宮廷政變而喪生。因此，在解讀本詩時，不妨設想作者當年備受打壓，屢遭黜放的悲憤冤苦，也就不難理解在事隔近二十年之後，作者仍然抑鬱難平的心境了。甚至在他臨終之年，都還無法撫平這一段內心的深痛，所以在病中撰寫了〈子劉子自傳〉來表達對於永貞新政的再度肯定，以為王叔文當年的措施作為「人不以為非」，還在自傳之末以銘文來表現自已執著無悔的態度說：「天與所長，不使施兮；人或加訕，心無疵兮。」從這個角度來回顧本詩，也許更能貼近作者寄藏詩中的沉痛與悽涼！

【評點】

01 劉克莊：劉夢得五言如〈蜀先主廟〉云：……雄渾蒼老，沉著痛快；小家數不能及也。(《後村詩話》)

02 余成教：「得相能開國，生兒不象賢」，論斷簡切。(《石園詩話》)

232 西塞山懷古（七律） 劉禹錫

王濬樓船下益州，金陵王氣黯然收。千尋鐵鎖沉江底，一片降旛出石頭。人世幾回傷往事，山形依舊枕寒流。今逢四海為家日，故壘蕭蕭蘆荻秋。

【詩意】

當年（晉武帝任命益州刺史）王濬建造龐大無比的樓船，從成都順流而下征伐東吳時，金陵一帶的帝王氣數，轉眼間就銷歇收斂而黯淡無光了！當（用來阻攔戰艦的）八千尺長的巨大鐵鏈被王濬巧妙地焚毀熔斷而沉入江底時，（東吳的末代君主）孫皓便只好高高舉起一片降旗，從石頭城裡（反綁著雙手）出來請罪稱臣了！從此之後，人世間究竟重演了多少回這種盛衰成敗的煙雲往事而令人感傷嗟嘆呢？唯有西塞山依舊像飽經滄桑的隱士，默默地橫臥在寒江邊上觀看歷史上的紛爭和戰亂……。如今幸逢天下太平，四海一家的偉大時代（就應該特別珍惜和感恩）；你看：山前殘存的舊時營壘看起來一片荒涼，唯有灰濛濛的蘆荻花蕭瑟地搖曳著淒清的秋意……。

【注釋】

① 詩題—西塞山，在今湖北省黃石市東郊，峭竦臨江，形勢險峻，是三國時東吳的江防前線，也是六朝時長江中游的軍事要塞。

② 「王濬」句—王濬（206－286），字士治，弘農（今河南靈寶市）人，西晉初益州（今四川成都）刺史。樓船，《晉書・列傳第十二・王濬傳》載晉武帝令王濬修舟艦以伐吳，濬乃作大船連舫，長寬各百二十步，運載甲兵二千人，可以馳馬往來；舟楫之盛，自古未有。下益州，太康元年（280）正月，王濬由益州率水軍八萬沿江而下，直取吳都建業，攻佔石頭城。

③ 「金陵」句—古人以為帝王所居之處必有王氣沖升雲天；國亡，則王氣銷歇。金陵，見李白〈登金陵鳳凰臺〉注。

④ 「千尋」二句—尋，八尺也。旛，狹長而垂直懸掛之旗幟；降旛，指降旗[1]。石頭，即石頭城，在今南京市清涼山，乃建安十七年（212）孫權所築用以駐軍戍守及積屯財寶軍資的營壘，為攻守金陵的必爭之地。《晉書・王濬傳》載：吳人於長江險磧要害之處，以八千

尺鐵鍊橫鎖江面，以拒樓船；又作丈餘鐵錐，暗置江中，以逆拒船艦。王濬乃作大筏數十，亦方百餘步，縛草為人，披甲持杖，令善水者以筏先行；筏遇鐵錐，錐輒著筏去。又作火炬長十餘丈，大數十圍，灌以麻油，置於船前，遇鐵鎖即燃炬燒之，須臾熔液斷絕，船無所礙。濬自蜀出發，兵不血刃，攻無堅城，順流鼓棹，直撲今南京西南的三山磯，吳軍望旗而降。孫皓見大勢已去，遂送降文於濬，並備亡國之禮，面縛（編按：雙手反綁）輿櫬而出降。濬親解其縛，送於京師。

⑤ 「人世」二句—往事，指建都於金陵的東吳、東晉、宋、齊、梁、陳六朝，倏興倏滅，相繼敗亡的史事。枕寒流，謂西塞山矗峙絕塞，鎮鎖江流，有如厭聞人間爭戰的隱士一般。《世說新語・排調》篇載孫子荊（？－293，名楚）年少時欲隱，嘗語其志於王武子（名濟），然一時口誤竟說成：「當漱石枕流。」王詰之曰：「流可枕，石可漱乎？」孫強辯曰：「所以枕流，欲洗其耳；所以漱石，欲礪其齒。」故後世多沿用「枕流漱石」以形容隱逸生涯；事亦見《晉書・列傳第二十六・孫楚傳》。枕，作動詞解，臨靠之意。寒流，即指長江而言；因值秋季，故曰寒流。

⑥ 「今逢」二句—四海為家，喻天下一統；《史記・高祖本紀》載蕭何營造未央宮等壯麗的宮闕後，對劉邦說：「天子四海為家，非壯麗無以重威，且無令後世有以加也。」故壘，舊時的營壘，此泛指六朝以來殘存於西塞山前的戰爭遺跡。蕭蕭，荒涼衰颯貌；亦可形容風聲。蘆荻，生長於水邊的野草，與蘆葦相似，秋天時抽出紫褐色或草黃色的花穗。

【補註】

01 旛，一作「幡」，原為書僮擦拭木牘用的抹布，從巾，番聲，取其反復可用之意，見《說文解字注》；六朝時，石頭城上之降旛亦反復出現，故吳汝煜《劉禹錫選集注》特別稱賞詩人選用「旛」字之妙。

【導讀】

穆宗長慶四年（824），劉禹錫由夔州刺史調任和州（今安徽省和縣）刺史。當他沿長江放舟東下，途經西塞山時，有感於藩鎮割據之陰霾始終揮之不去，乃即景抒情，撫今追昔，寫下了這首被朱三錫《東岩草堂評定唐詩鼓吹》譽為「唐人懷古絕唱」，又被何焯在《瀛奎律髓匯評》中稱為「氣勢筆力，匹敵〈黃鶴樓〉詩，千載絕作也」的七律名篇。

本詩主要是以盛衰對比的手法，凸顯出作者在〈金陵懷古〉五律中「興廢由人事，山川空地形」的論斷，與李商隱在〈詠史〉七絕中「三百年間同曉夢，鍾山何處有龍蟠」的感嘆相似，並寄藏著詩人對於四海宴平，國家統一的期望。

首聯「王濬樓船下益州，金陵王氣黯然收」的起勢奇崛振拔，遒勁有力，有如蒼鷹搏兔之迅捷俐落：樓船才下，王氣頓收，優劣立判，何等神速！前句以「樓船」及「下」字寫出王濬軍容之壯盛、聲威之浩大，則其接戰殺敵時摧枯拉朽的破竹之勢，不難想像；後句以「黯然收」三字寫出金陵王氣之銷歇與東吳運勢之衰沒，則其將士風聞晉軍來襲時失魂喪膽的潰敗之狀，亦不言可喻。兩句的筆法一揚一抑，大開大闔；畫面則跳接疊映，對比明顯；而且運用因果句法，夾敘夾議，讀來別有一氣呵成、意暢言宣的痛快之感，因此沈德潛《唐詩別裁》說：「起手如黃鵠高舉，見天地方員。」元人楊載《詩法家數》說首聯破題「或對景興起，或比起，或引事起，或就題起，要突兀高遠，如狂風捲浪，勢欲滔天。」本聯實足以當之。

頷聯「千尋鐵鎖沉江底，一片降旛出石頭」兩句，仍是以因果相續的句意和盛衰對比的手法，作一強一弱的相互激盪，和一勝一敗的相互映襯，從而呈現「王氣黯然收」的實質內涵，正符合楊載所說的「（頷聯）要接破題，要如驪龍之珠，抱而不脫」（同前）的原則。「千尋鐵鎖」和「一片降旛」的對舉，既凸顯出江塞絕險，易守難攻，有固若金湯而必不可破的堅強防禦；奈何竟然不堪一擊，轉眼天塹陷落而要塞洞開，豈不令人愕然！同時又描繪出面縛輿櫬，請罪稱臣，有包羞忍辱而不得不降的衰殘氣勢，豈不令人慘然！千尋鐵鎖，橫絕江流，其形勢之險峻與鎖鏈之精壯，本應足以使來犯的晉軍聞風喪膽，知難而退；然而鐵鏈竟被燒熔截斷而沉入江底！則晉軍威勢之銳不可擋，已不難想像，而斷鏈沉江時令人震懾的畫面，以及吳軍聞訊時望風披靡而魄散魂飛、丟盔棄甲的情狀，也就不言可喻了；因此詩人快如閃電、疾於奔馬地一筆帶出白幡高舉，頹然出降的場面來，可見其節奏之明快、筆力之老練。當一小撮人馬高擎著蕭瑟的降旗，抬著恥辱的棺木，伴隨著雙手反綁而神色慘澹的亡國之君，從固若金湯、穩如泰山的石頭城顫顫巍巍地走出來時，更是把金陵王氣之黯然銷歇與東吳國祚之斷然淪喪，寫得殘破蕭條，悽涼滿眼，令人掩卷長嘆！由此可見作者敘事之簡潔凝鍊，描寫之氣韻生動，取材之慧眼獨具與運筆之行雲流水，因此何焯《唐律偶評》說：「詩律精密如此，更無屬對之跡。」這是稱其因果句法之自然流暢，直如行雲流水。何焯又說：「前半檃栝史事，千里形勢在目。健筆雄才，誠難匹敵。」這是兼指敘事如見與描寫如畫的傳神而言。施補華《峴傭說詩》說：「『王濬樓船』四語，雖少陵動筆，不過如是，宜香山縮手[1]。」則是綜合氣象之雄渾、筆力之遒勁、結構之嚴謹、章法之綿密等功力而推崇備至了。

再者，不論就頷聯所暗示的山川險塞不足憑恃的感嘆而言，或是就瀰漫其中的蒼涼悲愴之風調而言，又正好讓腹聯轉而採用夾敘夾議的筆法，映帶出不勝滄桑之感的情景，都可以看出作者在謀篇佈局時的匠心。劉公坡《學詩百法》中說：「律詩以第二聯為承筆，或寫意，或寫景，要與上聯起筆銜接，不可鬆泛。起筆一聯，僅渾括大概；點醒題意，全在此聯。且須留有餘不盡之意，以開下文轉筆一聯。」本詩領聯之承上啟下，餘味曲包，可以作為此說之範例。

「人世幾回傷往事，山形依舊枕寒流」兩句，是先以出句一筆包舉東吳、東晉、宋、齊、梁、陳六個走馬燈般不斷改朝換代的政權之倏起倏落，令人思之神傷；然後再從遙想歷史的盛衰成敗，轉筆折回眼前親見的實景，來對比出「滾滾長江東逝水，浪花淘盡英雄。是非成敗轉頭空，青山依舊在，幾度夕陽紅[2]」的滄桑慨歎。前四句是以實筆詳盡地描繪東吳據險而敗的淒涼，第五句則以虛筆涵括相繼五個朝代竟然重蹈覆轍的愚昧；如此虛實相涵，詳略得宜，最見筆力夭矯變幻之妙，因此查慎行《初白庵詩評》說：「專舉吳亡一事，而南渡五代以第五句含蓄之，見解既高，格局亦開展動宕。」金聖嘆《聖嘆選批唐才子詩》說：「看他如此轉筆，於律詩中真如象王回身，非驢所擬；而又隨手插得『幾回』二字，便見此後興亡，亦不只孫皓一事。直將六朝紛紛，曾不得當其一嘆也！」汪師韓《詩學纂聞》說：「(「人世」句）若有上下千年，縱橫萬里在其筆底者。山形枕水之情景，不涉其境，不悉其妙。」屈復《唐詩成法》說：「全首皆好，五尤出色。」又說：「前四句只就一事言，五以『幾回』二字包括六代，繁簡得宜，此法甚妙。」

正由於前兩聯情境的豐富和隱含其中的思想之深刻，才使得第五句顯得言簡意賅而包孕無窮，因此方觀承說：「前半一氣呵成，具有山川形勢，制勝謀略；因前驗後，興廢皆然。下只以『幾回』二字輕輕兜滿，何其神妙！」（方世舉《蘭叢詩話》引）尤其是第四句的降「旛」一詞，本就含有反復使用之意，正好和五句的「幾回」二字有桴鼓相應之妙，更可以看出作者鍛鑄字句之矜慎不苟，的確已達胡應麟所謂「意若貫珠，言如合璧[3]」的化境了！杜牧在〈阿房宮賦〉的結尾沉痛地說：「秦人不暇自哀而使後人哀之，後人哀之而不鑑之，亦使後人而復哀後人也！」劉禹錫本詩的第五句已著先鞭，而且蘊藉深厚，藏而不露，更加耐人尋味。

前五句純是針對「懷古」二字而發，把六朝興衰的悲劇搬演得有聲有色之後，第六句才繞回「西塞山」三字來補足題意。仔細玩味詩境，又可以感受到第六句的意蘊之豐美：

＊「寒」字除了與篇末的「秋」字相照應，點明節令之外，同時渲染出弔古傷今的淒清悲涼之感，此其一；

＊山枕寒流之亙古如斯，正可以對比出政權輪替之頻繁與紛亂，此其二；

＊山枕寒流之靜默沉穩，彷彿正冷峻地見證著人世的興衰成敗，嘲諷著世人的愚昧無知，此其三；

＊山枕寒流的擬人手法，似乎又勾勒出厭聞人世爭戰的隱士形象，折射出作者在此際蒼茫百端，感慨萬千的心境，此其四。

此外，腹聯是以弔古和傷今的時空變幻之快速，凸顯出地利難憑、盛衰無常的旨意，流露出唯恐「後之視今，亦猶今之視昔」的驚心和警惕之意，因此方觀承分析此聯說：「五句以七字總括東晉、宋、齊、梁、陳五代，局陣開拓，乃不緊迫。六句始落到西塞山。『依舊』二字有高峰墮石之捷速。」（同前）紀昀在《瀛奎律髓匯評》中也稱賞第五句的簡鍊和第六句的圓熟，都是深中肯綮的見道之論。

尾聯「今逢四海為家日，故壘蕭蕭蘆荻秋」兩句，是承接「依舊」二字而落實到當下的時空情境。前一句寫鳳集河清，四海宴安的慶幸之情，隱含有居安思危的憂患意識在內（編按：作此詩之前兩年，河北三鎮又恢復了割據局面）；後一句則刻意補寫眼前蕭颯的江山和荒涼的營壘，既藉以寄託撫今追昔時不勝滄桑世變的感慨，又扣合地利難憑的主題而垂誡來茲，最有耐人尋繹的深意，因此金聖嘆說：「結用無數衰颯字，如『故壘』、如『蕭蕭』、如『蘆荻』、如『秋』，寫當今四海為家，此又一奇也。」（同前）汪詩韓說：「履清時而依故壘，含蘊正靡窮矣。所謂驪珠之得，或在於斯者歟？」（同前）方觀承說：

「七句落到懷古，『今逢』二字，有居安思危之遙深。八句『蘆荻』是即時之景，仍用『故壘』，終不脫題，此搏結一片之法也。」（同前）可見末句所描繪的景物，既有助於敘題飽滿，首尾圓融；又能借景傳情，宕出遠神，符合楊載所謂「結句……必放一句作散場，如剡溪之棹，自去自回，言有盡而意無窮」（同前）的法式，自有值得參考借鏡的詩心存焉。

整體而言，本詩敘事簡練，寫景蒼秀，寄慨沉至，託興遙深，而其筆勢又縱橫開闔，虛實相涵，抑揚頓挫，夭矯善變，所以贏得詩家極高的評價。薛雪《一瓢詩話》說：「似議非議，有論無論；筆著紙上，神來天際。氣魄法律，無不精到，洵是此老一生傑作，自然壓倒元、白。」翁方綱《七言律詩鈔》說：「平心而論，亦即中唐時（杜甫）之〈秋興〉〈（詠懷）古跡〉、（崔顥）〈黃鶴樓〉矣。」宋宗元《網師園唐詩箋》說：「何等起勢！通首亦復神完氣足。」由此可見本詩成就之高。

【補註】

01 正由於本詩墨氣四射而情韻淵永，筆力健勁而風調悲涼，因此相傳在長慶年間，元稹、韋應物、劉禹錫在白居易寓所聚會，四人談起六朝興衰成敗的往事時，曾相約共賦金陵懷古之作。劉禹錫滿引一觥，飲罷詩成。白氏覽詩曰：「四人探驪，吾子先獲其珠，所餘鱗爪何用？」於是三人為之罷唱，但取本詩吟味終日，沉醉而散。此事見諸《鑑誡錄》《唐詩紀事》《全唐詩話》等書。晚明湯顯祖甚至還怪怨本詩太過高明，才使後人無法讀到大詩人的四首聯章之作，並而深以為憾地說：「賓客（按：劉禹錫曾任太子賓客）探驪獨唱時，何妨鱗爪更披離？無端白舍拋除去，不得金陵四首詩。」（《唐七律詩精品》引《湯顯祖集》）。卞孝萱先生在《劉禹錫年譜》中雖然詳盡辨正傳說之不實，但由此事流傳之廣，也可見本詩之膾炙人口了。

02 見《三國演義》開卷詞〈西江月〉。

03 見《詩藪．內篇．論近體七律之難》。

【評點】

由於每個人觀照的角度不同，因此對於本詩也有仁智紛呈的評價。茲摘錄指瑕之言數則，再採擷嘆賞之評於後，以供參考。

【指瑕】

01 顧麟：結欠開闊。（《批點唐音》）

02 陸時雍：三、四似少琢煉，五、六憑弔，正是中唐詩格。（《唐詩境》）

03 吳喬：句中不得有可去之字。……「千尋鐵鎖沉江底，一片降旛出石頭」，上四字可去。（《圍爐詩話》）

04 袁枚：後四句全是空描。（《隨園詩話》）

05 方東樹：此詩昔人皆入選，然按以杜公〈詠懷古跡〉，則此詩無甚奇警勝妙。大約夢得才人，一直說去，不見艱難吃力，是其勝於諸家處；然少頓挫沉鬱，又無自己在詩內，所以不及杜公。（《昭昧詹言》）

06 施補華：五、六「人世幾回」二句，平弱不稱；收亦無完固之力，此所以成晚唐也。（《峴傭說詩》）

07 陳世鎔：第五句詞意空竭，不能振蕩，終傷才弱也。（《求志居唐詩選》）

【稱美】

08 金聖嘆：王濬下益州，只加「樓船」二字，便覺聲勢之甚。所以寫王濬必要聲勢之甚者，政欲反襯金陵慘阻之甚也。從來甲子與亡，必有如此相形，正是眼看不得。「黯然收」,「收」字妙！更不多費筆墨，而當時面縛出降，更無半策，氣色如畫。(《聖嘆選批唐才子詩》)

09 錢朝鼒：劈將王濬下益州起，加「樓船」二字，何等雄壯！隨手接去「金陵王氣黯然收」，下一「收」字，何等慘淡！……看他前四句單寫吳主孫皓，五忽轉云「人世幾回傷往事」，直將六朝人物變遷、世代興廢俱收在七字中。六又接云「山形依舊枕寒流」，何等高雅！何等自然！末將無數衰颯字樣寫當今四海為家，於極感慨中卻極壯麗，何等氣度！何等結構！此真唐人懷古之絕唱也。（錢朝鼒、王俊臣等參校《唐詩鼓吹箋注》）

10 胡以梅：全首流利氣勝，一、二蒼秀，「下」字有描寫得勢之神。(《唐詩貫珠》)

11 張謙宜：「今逢四海為家日，故壘蕭蕭蘆荻秋」，太平既久，向之霸業雄心，消磨已淨，此方是懷古勝場。七律如此作自好，且看他不費氣力處。(《絸齋詩談》)

12 黃叔燦：詩極雄深宕往，所以為金陵懷古之冠。(《唐詩箋注》)

13 吳瑞榮：此詩夢得略無造意，引滿而成；樂天所謂得頷下一顆，是也。凡不經意而自工者，才得壓倒一切。(《唐詩箋要》)

14 王壽昌：讀前半篇暨義山「敵國軍營」二句，令人凜然知憂來之無方，禍至之無日，而思患預防之心，不可不日加惕也。(《小清華園詩談》)

＊ 編按：李商隱〈南朝〉云：「玄武湖中玉漏催，雞鳴埭口繡襦回。誰言瓊樹朝朝見，不及金蓮步步來。敵國軍營漂木柹，前朝神廟鎖煙煤。滿宮學士皆蓮色，江令當年只費才。」

15 俞陛雲：此詩乍觀之，前半首不過言平吳事，後半首不過撫今追昔之意；詩誠佳矣，何以元、白高才，皆斂手回席？夢得必有過人之處。……余謂劉詩與崔顥〈黃鶴樓〉詩，異曲同工。崔詩從黃鶴仙人著想，前四句皆言仙人乘鶴事，一氣貫注；劉詩從西塞山鐵鎖橫江著想，前四句皆言王濬平吳事，亦一氣貫注，非但切定本題，且七律能四句專詠一事，而勁氣直達者，在盛唐時沈佺期〈龍池篇〉、李太白〈鸚鵡篇〉外，罕有能手。夢得獨能方美前賢，故樂天有驪珠之嘆也。(《詩境淺說》)

233 烏衣巷（七絕） 劉禹錫

朱雀橋邊野草花，烏衣巷口夕陽斜。舊時王謝堂前燕，飛入尋常百姓家。

【詩意】

幾百年前車馬喧闐，熙來攘往的朱雀橋早已荒廢了，如今只見野草叢密，野花盛放，一片蕪雜了。從前豪族聚居，甲第連雲的烏衣巷也早就沒落了，從巷口望去，只留一抹夕陽，半片斜暉，映襯著它悽涼黯淡的背影輪廓罷了……。以前在王、謝顯貴之家的「來燕堂」前穿梭築巢的燕子，矯捷輕盈的姿影雖然一如往昔；只是如今牠們閃身飛入的庭宇，早已沒落為尋常的百姓之家了……。

【注釋】

① 詩題—〈金陵五題〉，是作者生平頗為自負的懷古傑作，也贏得歷代詩家不盡的嘆賞；本詩是第二首，大約作於敬宗寶曆年間（825－826），作者出任和州（今安徽省和縣）刺史時。由五題前的序文可知，當時作者並未曾遊覽過金陵，正好友人示以同題之作，因心有所感，即鋪紙搖筆，寫下他意中所想的詩情畫境，藉以評論南朝的興衰和人事的得失[1]。烏衣巷，故址在今南京市秦淮河之

南，原為孫吳重要的營壘所在，由於戍守的軍士皆穿烏衣，故名。東晉開國丞相王導（276－339）卜居在此，謝鯤（281－324）及其族子謝靈運亦居此巷中，淝水之戰時指揮若定、談笑弈棋的謝安（320－385）家族亦然；當時王、謝子弟因而有「烏衣諸郎」之稱，可見正是豪門顯貴的宅第櫛比鱗次的特區。

② 「朱雀」句—朱雀橋，是橫跨秦淮河上的浮橋，又名朱雀航；建於東晉成帝咸康時（335－342）。橋南即烏衣巷，是當時權貴上朝的必經之道，謝安曾以兩隻銅雀裝飾橋上的重樓，故名；故址在今南京市鎮淮橋東，隋滅陳之後已荒廢棄置。野草花，謂野草叢雜，野花點綴。花，作動詞解，開花。次句「夕陽斜」之「斜」字，亦作動詞解；逐漸西墜之意。

③ 「舊時」句—王，王導，字茂弘，琅邪臨沂（今山東省臨沂市）人，元帝時丞相，權傾一時，人稱「王與馬，共天下[2]」。謝，謝安，字安石，陳郡陽夏（今河南省太康縣）人，孝武帝時拜相。堂前燕，《江南通志》載晉時王、謝故居中有廳堂名曰「來燕」。

【補註】

01 作者〈金陵五題序〉云:「余少為江南客，而未遊秣陵，嘗有遺恨。後為歷陽（編按：此用隋時郡名，即唐時之和州）守，跂而望之。適有客以〈金陵五題〉相示，逌爾生思，欻然有得。他日友人白樂天掉頭苦吟，歎賞良久，且曰:『〈石頭〉詩云：“潮打空城寂寞回”，吾知後之詩人，不復措詞矣！餘四詠，雖不及此，亦不孤。』樂天之言爾。」茲錄其餘四首於後，以供參考：

＊其一曰〈石頭城〉:「山圍故國周遭在，潮打空城寂寞回；淮水東邊舊時月，深夜還過女墻來。」

＊其三曰〈臺城〉:「臺城六代競豪華，結綺臨春事最奢；萬戶千門成野草，只緣一曲後庭花。」

＊其四曰〈生公講堂〉：「生公說法鬼神聽，身後空堂夜不扃；高坐寂寥塵漠漠，一方明月可中庭。」

＊其五曰〈江令宅〉：「南朝詞臣北朝客，歸來惟見秦淮碧。池臺竹樹三畝餘，至今人道江家宅。」

02 馬，指晉元帝司馬睿（272－322）；《晉書‧卷98‧王敦傳》：「（元）帝初鎮江東，威名未著，（王）敦與從弟導等同心翼戴，以隆中興。時人為之語曰：『王與馬，共天下。』」《南史》卷21史臣論曰：「晉自中原沸騰，介居江左，以一隅之地，抗衡上國，年移三百，蓋有憑焉。其初諺云：『王與馬，共天下。』蓋王氏人倫之盛，實始是矣。」

【導讀】

本詩意在抒發撫今追昔、興衰無常的滄桑之感，意境略同於李白〈登金陵鳳凰臺〉的「吳宮花草埋幽徑，晉代衣冠成古丘」，想來千古傷心人曹雪芹對本詩一定深有感觸，因此才在《紅樓夢》第一回中借甄士隱注跛足道人的〈好了歌〉之口，曲寫自己無盡的悵嘆：「陋室空堂，當年笏滿床；衰草枯楊，曾為歌舞場。」

「朱雀橋邊野草花，烏衣巷口夕陽斜」兩句，入手就是平仄合律而妙趣天成的對句。「朱雀橋」和「烏衣巷」，不僅地名成對，風韻優雅；而且色澤相映，氣派非凡；同時又飽含著豐富的歷史意象，自然能喚起讀者一段思古的情懷。「野草」的蕪雜凌亂和「夕陽」的昏黃黯淡，又為畫面抹上蒼茫衰颯的色調，頓時令人產生昔熇今涼的滄桑感慨；再加上「花」「斜」兩字都轉品為動詞，使靜態的場景產生動態感，無形中又使人有時光悄悄流逝，景物暗暗衰沒的感覺，和整首詩的情調相當和諧。

起筆拈出「朱雀橋」三字，是以鄰近的地理環境帶出詩中主要的場景，藉以引發歷史情境的聯想：她橫跨在由六朝金粉所凝成的秦淮河上，妝點出畫舫雕艇、桂棹蘭槳，楊柳堆煙、斑騅繫岸的萬種風情。橋上是車水馬龍，行旅絡繹；街上是萬商雲集，冠蓋相望；河畔則簫管翻天，絲絃悠揚。而在櫛比鱗次的青樓朱瓦之下、舞榭歌臺之上和翠幕珠簾之中，盡是南國佳麗與北地胭脂：不愧是繁華豪奢的風流淵藪！奈何如今竟已廢棄幾百年了，只見橋邊野草叢生，野花搖曳，一派蕭條冷清的景象！我們不難想像當作者閉目遐思，沉浸在粉紅色調的歷史風情中時，是如何心旌搖蕩，神馳情迷；也不難想像當作者鋪紙搦筆，為朱雀橋點染出「野草花」三字時，是如何地棖觸感傷，悵惘莫名了！

至於烏衣巷裡，原本盡是權傾天下，炙手可熱的達官顯宦，他們旋乾轉坤、呼風喚雨的流風遺韻，早已是歷代詞人吟詠不盡的文學寶藏；不論是與司馬氏共治天下的丞相王導，或是以淝水之戰名垂青史的太傅謝安，都是騷人墨客心目中永遠的英雄豪傑。奈何從前他們鐘鳴鼎食的豪邸，如今卻只在夕陽斜暉中勾勒出蒼涼沒落的身影，有如遲暮的美人，只餘衰老的輪廓，不見昔日的風華，豈不令人唏噓嗟嘆！我們也可以想像當作者思古的情懷徜徉在時光隧道中，留連在芝蘭玉樹的王謝庭宇間時，是如何地景慕嚮往，目酣神迷；可是當他驚覺一抹夕陽、半巷斜暉籠罩著斑駁褪色的朱閣翠樓時，他心中是如何的惆悵與落寞，也就不問可知了。尤其是「野草花」點染出衰敗荒涼的景象，「夕陽斜」烘托出蒼茫悵惘的氛圍，自然便和繁華熱鬧的朱雀橋及堂皇氣派的烏衣巷形成矛盾逆折的衝突，從而使詩情有了跌宕頓挫的波瀾；可以看出作者寄幽微的用心於尋常事物之中的深婉，以及藏飽滿的情思於歷史煙雲裡的含蓄。歐陽修《六一詩話》記梅聖俞之言：「狀難寫之景，如在目前；含不盡之意，見於言外。」正可以移來評價本詩。

「舊時王謝堂前燕，飛入尋常百姓家」兩句，是在前半以「野草花」「夕陽斜」相互呼應，烘托出寂寥暗淡而蕭條冷清的場景和氣氛之後，剪取燕子矯捷輕盈的身影，以俐落俊爽而一氣呵成的筆法，帶領讀者的視線追隨著燕子飛行的路線，翩翩然進入烏衣巷內的王謝舊日廳堂，去窺探豪門權貴的亭臺樓閣；這才使讀者赫然驚覺：儘管王謝宅院的外貌依舊巍峨氣派，但是屋子裡的主人早已換為尋常百姓，不再是當年叱吒風雲、權傾一時的王丞相和謝太傅了！正由於燕子具有眷戀舊巢，歸飛故居的習性，因此作者便以牠亙古不變的習性來對比滄桑鉅變的無常：儘管景物依舊，燕飛如昔，奈何早已繁華銷歇而人事全非矣！於是原本含蓄深婉地蘊藏在前兩句靜態畫面中的思古幽情，便藉著燕子穿梭在五百年時空中的輕俊身影，帶領讀者進入令人迷惘惆悵的歷史情境中，自然使人讀來不勝今昔之感而淒然興悲了。

當然，五百年前在王謝堂前銜泥築巢的燕子，不可能正是五百年後輕盈地飛翔在詩人眉睫之前的燕子；詩人只是藉著牠靈巧的身影，幻化出一段穿越古今的瑰麗情境，寄託自己深沉的歷史感慨。這種出奇的妙想最能營造出疑真似幻的幽美意境，使人領略到詩歌空靈縹緲的情韻之美，因此嚴羽在《滄浪詩話》中說：「詩有別趣，非關理也。……所謂不涉理路、不落言筌者，上也。詩者，吟詠情性也。盛唐諸人，惟在興趣，羚羊掛角，無跡可求。故其妙處，透徹玲瓏，不可湊泊。」正由於詩人取材構思的匠心獨運，才使本詩散發出迷人的歷史風情與人文關懷，贏得騷人墨客不倦的嘆賞，甚至還隱栝本詩的意境入詞，寫成膾炙人口的名句；例如辛棄疾〈永遇樂〉云：「千古江山，英雄無覓，孫仲謀處。舞榭歌臺，風流總被、雨打風吹去。斜陽草樹，尋常巷陌，人道寄奴曾住。」周邦彥〈西河〉云：「酒旗戲鼓甚處市？想依稀、王謝鄰里。燕子不知何世，向尋常、巷陌人家，相對如說、興亡裡。」前者瓣香本詩的前幅，後者脫化本詩的後半，都成為騰播眾口的名作，卻都不如本詩蘊藉深厚，自然流暢；由此可見本詩藝術手法之爐火純青與藝術成就之登峰造極了。

【評點】

01 謝枋得：由東晉至唐元和四百年，世異時殊，人更物換，豈特功名富貴不可見，其高甲門第，百無一存，變為尋常百姓之家，正如歐陽公所謂，今其江山雖在，而頹垣廢址，荒煙野草，過而覽者，莫不躊躇而悽愴。朱雀橋邊之花草，如舊時之花草；烏衣巷口之夕陽，如舊時之夕陽；惟功臣王謝之第宅，今皆變為尋常百姓之室廬矣。乃云「舊時王謝堂前燕，飛入尋常百姓家」，此風人遺韻。兩詩（按：指〈石頭城〉和本詩）皆用「舊時」二字，絕妙。(《唐詩絕句註解》)

02 桂天祥：有感慨，有風刺，味之自當淚下。(《批點唐詩正聲》)

03 周敬：緣物寓意，弔古高手。　〇唐汝詢：筆意自是高華。(《唐詩選脈會通評林》)

04 黃生：本意只言王侯第宅變為百姓人家耳；如此措詞遣調，方可言詩，方是唐人之詩。(《唐詩摘抄》)

05 朱之荊：野草夕陽，滿目皆非舊時之勝，堂前則百姓家矣，而燕飛猶是也。借燕為言，妙甚。(《增訂唐詩摘抄》)

06 何文煥：妙處全在「舊」字及「尋常」字。(《歷代詩話考索》)

07 范大士：總見世異時殊，人更物換，而造語妙。(《歷代詩發》)

08 俞陛雲：朱雀橋、烏衣巷，皆當日畫舸雕鞍、花月沉酣之地；滄桑幾經，剩有野草閒花與夕陽相嫵媚耳！茅檐白屋中，春來燕子，依舊營巢，憐此紅襟俊羽，即昔時王謝堂前杏梁棲宿者，對語呢喃，當亦有華屋山丘之感矣。此作託思蒼涼，與〈石頭城〉詩皆膾炙詞壇。(《詩境淺說・續編》)

09 傅庚生：此詩祇摘王、謝堂前燕子飛入百姓家一事，平平數語，道盡桑田滄海、華屋山丘、人事無常之變。(《中國文學欣賞舉隅・剪裁與含蓄》)

234 和樂天〈春詞〉（七絕） 劉禹錫

新妝宜面下朱樓，深鎖春光一院愁。行到中庭數花朵，蜻蜓飛上玉搔頭。

【詩意】

她刻意妝扮一新之後，不論是胭脂的濃淡、眉色的深淺、髮型的款式、首飾的點綴，都和她姣好的容顏搭配得匀稱和諧，嬌美動人；帶著幾分滿足和喜悅的心情，她興奮地走下朱紅的閣樓來，卻只見到庭院深深，高門緊閉，自己只能孤獨地深鎖在鳥語花香的一院春光裡，她不禁觸目生愁，滿眼寂寞了。百無聊賴之餘，她只好心神落寞地漫步中庭，無奈地細數備受冷落而無人觀賞的花朵來排遣內心的苦悶——這些花朵豈不正如她一樣，綻放著最豔麗的姿容，卻又包藏著最深沉的幽怨嗎——數著、數著，只見一隻蜻蜓竟然誤以為一動不動的她也是一朵盛開的春花，輕輕地停落在她斜簪髮際的玉搔頭上……。

【注釋】

① 詩題—本詩大約作於文宗大和三年（829）春。白居易的原唱是：「低花樹映小妝樓，春入眉心兩點愁；斜倚欄杆背鸚鵡，思量何事不回頭？」

② 「新妝」句—新妝宜面，謂精心地調脂匀粉，刻意地梳妝打扮之後，不論是髮型的款式、胭脂的濃淡、畫眉的淺深、睫毛的疏密、服裝和首飾的襯托，都和她姣美的容顏配合得嬌豔照人，連自己看了都賞心悅目，怦然心動。朱樓，形容華麗貴氣的閣樓。可見詩中人生活於富貴之中，並非寒門碧玉，因此筆者暫將本詩定位為宮怨之作[1]。

③ 玉搔頭—髮簪的別稱；《西京雜記》卷 2：「武帝過李夫人，就取玉簪搔頭；自此後宮人搔頭皆用玉，玉價倍貴焉。」

【補註】

01 有些學者以為本詩含有作者失意的比興在內，筆者以為由於這種解讀無法將「行到中庭數花朵，蜻蜓飛上玉搔頭」兩句和劉禹錫困頓失意的境遇比擬得天衣無縫，自然高妙，因此筆者持保留的態度。

【導讀】

本詩大約作於文宗大和三年（829）春。白居易的原唱是：「低花樹映小妝樓，春入眉心兩點愁；斜倚欄杆背鸚鵡，思量何事不回頭？」由於本詩是唱和之作，故而韻腳完全相同，而描寫宮人春愁的旨趣也別無二致。只是白詩以詢問心事作結，引而不發，耐人尋繹；本詩則以靜態的景物作結，取徑深曲而心事密藏，更為風神搖曳，情韻淵永。

這一首為宮人抒寫春怨的七絕名作，避開了正面描寫的筆法，既不去捕捉宮人的表情特寫，也不去披露她細膩幽約的心理狀態，反而採用素淡簡淨的白描手法，從側面敘述她細數花朵的動作，以及蜻蜓停上玉簪的畫面，就能不露痕跡地含藏著哀怨不盡的情思。這種在清芬的景物中包孕著幽情微意的手法，讀來彷彿是獨幕的單人默劇，不僅風流蘊藉，興象超妙，而且含蓄深婉，耐人咀嚼；已經隱約可以察覺到：中唐詩家描寫細膩而寄情幽微的詩風，和花間詞作之間已經有了微妙的關聯了。

「新妝宜面下朱樓」七字，是以簡鍊的筆墨勾勒出女子認真梳妝時顧影自憐的情態，暗示她情有所鍾，心有所屬時邀寵希歡的心理。一個平凡的「新」字，和一個素淨的「宜」字，便表現出她精心地調勻脂粉，仔細地攬鏡妝扮時那種「女為悅己者容」的精神來：只見她配合著頭髮的長短、臉頰的輪廓、額頭的圓寬、眉睫的疏密、眼睛的大小、鼻子的高低、嘴唇的厚薄、頸根的色澤等條件，把自己妝扮得風姿綽約，我見猶憐。尤其是「宜」字，更可以見出宋玉〈登徒子好色賦〉中所描寫的東鄰美女的精神面貌，那真是「增之一分則太長，減之一分則太短，著粉則太白，施朱則太赤；眉如翠羽，肌如白雪，腰如束素，齒如含貝」的絕世美女了；如此天生麗質的佳人，在刻意修飾之後，自然更是風情萬種，楚楚動人了。「下朱樓」三字，除了寫出她步履輕盈地翩然下樓之外，她感受到融融春光時掩藏不住的喜悅、按捺不下的興奮，以及對於自己容光照人的充分自信，和若有所期待而又難以名狀的情思，也都可以想像得之了。王昌齡的〈閨怨〉詩：「閨中少婦不知愁，春日凝妝上翠樓；忽見陌頭楊柳色，悔教夫婿覓封侯。」是以凝妝上樓的動作捕捉少婦無憂無慮的年輕心境，本詩則是以新妝下樓的身影曲傳她興奮莫名的喜悅；手法雖然不同，卻同樣撩人情懷。

「深鎖春光一院愁」七字，寫出她期待落空的失望，和形同軟禁的苦悶。「春光一院」四字，是寫她正擬舉步下樓時，一眼瞥見柳葉藏鶯、蜂飛蝶舞的庭院，的確是滿園春色，撩人情懷，和她意想中的爛漫春光並無二致；此時她心境的愉悅、情思的旖旎，不言可喻。可是就在她稍一駐足游目時，卻又發覺庭院深沉，朱門閉鎖，儘管有一院春光，滿園生意，卻既無人來遊賞，也無人來陪伴，於是崔郊〈贈去婢〉詩中那種「侯門一入深似海」的悲哀便襲上心頭了！轉眼間興奮變為落寞，喜悅化為憂鬱，自然她也就愁眉深鎖而春容慘咽了；因此詩人用「深鎖」和「愁」字來關鎖女子的芳心與院落的春光。劉禹錫雖然不像白居易以「春入眉心兩點愁」來捕捉她煙雲籠眉的愁容，但是一院春光竟化為無邊的愁海，而女子深鎖其中，無計迴避的苦悶，卻能寫得筆致空靈，風神搖曳，意境猶在白詩之上。尤其是作者讓她由翩然下樓時的浪漫情懷，變為駐足玉階時的愉悅心境，再變為倚樓佇望時的凝眸含悲，神情落寞；不僅句法新穎，能曲傳她悲喜頓異的心境轉換，而且把她突然駐足憑欄的惆悵失意、孤單苦惱，和既無助又無奈的意緒，以及隱然浮起的幽怨情懷，點染得宛然在目，更是令人擊節讚賞。

三、四句是更進一步以動作和形象來深化她的愁懷似海。「行到中庭」是側寫她在喜悅化為煩惱，期望成為泡影之後，從樓階上失魂落魄地走向庭院，漫無目的地踟躕園中時孤孑落寞的身影——那飄來盪去，悄無聲息的形影，彷彿是穿梭在花叢中的一縷幽魂。如此勾勒，雖不言悲而其悲自深，雖不言愁而其愁自濃。「數花朵」三字更是極寫她心神恍惚時無意識的舉措：起初還可能只是為了遣愁散悶而有意以數花朵的專注來忘掉失意的悲傷，消磨難捱的永晝；可是越數越愁悶，越數越寂寞，甚至還越數越無奈、無助、無聊而無謂了。久而久之，她漸漸產生對花自憐自傷、自哀自嘆的幽怨暗恨了：春花雖美，卻無人欣賞，只怕轉眼就枯萎；春容雖美，卻無人憐惜，只怕轉眼也要憔悴……。當她跌入這種人花同命而又恍惚失神的無底深淵時，「數花朵」的動作就變得毫無意識而心不在焉了！

為了更進一步凸顯出她魂不守舍、呆若木雞的形象，詩人剪取了「蜻蜓飛上玉搔頭」的畫面作結；他讓時間突然凝定，讓空間頓時收聚，甚至讓心跳和呼吸完全停止，讓滿園春色和女子身影憑空消失，只剩一隻蜻蜓悄然停駐在玉搔頭上的特寫鏡頭！鏡頭裡既無聲息，又無言語；既無時間的流程，又無空間的移換；可是卻讓人感受到地老天荒有時盡的沉痛，此恨綿綿無絕期的哀怨，此時無聲勝有聲的淒涼，以及朱絳〈春女怨〉詩：「欲知無限傷春意，盡在停針不語時」的幽獨！如果仔細推敲這畫龍點睛的神來之筆所包孕的情味，至少有以下幾層意蘊可玩：

＊第一，暗示了女子花容月貌之美，以至於蜻蜓誤以為她是活色生香的春花，因此前來一親芳澤。

＊第二，暗示了女子茫然佇立之久，已如紋風不動的石雕，以至於蜻蜓敢於放心地駐足。

＊第三，暗示了女子的處境正如深鎖庭園之中無人見賞的春花，只能引來無知的蜻蜓。

＊第四，蜻蜓雖然無知，尚愛紅顏之美而飛上玉簪；意中人卻忒無情，縱使她新妝宜面，嬌豔可人，卻只能辜負青春，無人憐惜。

＊第五，女子簪上玉搔頭，原來是企盼能像李夫人得到漢武帝的眷愛，擁有些許的幸福；奈何徒然招惹不解風情的蜻蜓來此撩人情思，更顯得蜻蜓無心而女子有怨，所歡情薄而女子恨深了。

＊第六，從旁觀者的角度來看，蜻蜓的停駐，既像是極突兀的嘲弄，使人驚詫；又像是極頑皮的戲謔，使人錯愕；更像是極冷峻、極深婉的反諷，使人悵觸百端，心緒黯然。

總而言之，「蜻蜓飛上玉搔頭」這精采的特寫鏡頭，不只寫得花愁、人愁和滿院春愁融成一片，甚至還溢出詩句之外，滲入讀者的心靈之中，釀成一段九曲的愁腸，自然使人愁懷如海，難以排遣了；同時還剪裁出一個風姿綽約、楚楚動人的仕女癡怨欲絕地佇立在無情天地中的幽獨身影，自然令人滿目生愁，難以忘懷了。

宋顧樂在評《萬首唐人絕句》中說末句所摹寫凝立如癡的光景是「無謂而妙」，喻守真《唐詩三百首詳析》說本詩「從側面寫出怨意，妙在含蓄不露。」初國卿《唐詩賞論》評曰：「漫不經心，卻神韻自出。誰知在這句詩的背後，詩人是怎樣慘澹經營的呢？」這些評語都說明了一首妙趣天成的好詩，固然讀來清淺自然，彷彿不過是信手拈來而已；實際上都必須要經歷嘔心瀝血，千錘百鍊的推敲，才能寫得不著一字，盡得風流。王安石〈題張司業詩〉所謂「看似尋常最奇崛，成如容易卻艱辛」，正是深體騷心之苦的名句，很值得我們讀詩時三復斯言。清人劉熙載《藝概》說：「常語易，奇語難，此詩之初關也；奇語易，常語難，此詩之重關也。香山用常得奇，此境良非易到。」

這番悟道有得的見地，說得更是深入淺出，明白透徹，很可以借來說明劉禹錫本詩的化境。

五二、白居易詩歌選讀

【事略】

白居易（772－846），字樂天，先世山西太原人，曾祖白溫時移家下邽（今陝西渭南市）。居易生於長安，長於滎陽。十二三歲起即輾轉遷居徐州符離（今安徽宿州市）、越中、襄陽、洛陽、浮梁（今江西景德鎮市）。

貞元十六年（800）進士，十九年考中書判拔萃科，授校書郎；元和元年（806）中才識兼茂明於體用科，授盩厔（今陝西省西安市周至縣）尉，八九年間經歷多職。元和十年（815）六月，藩帥遣刺客殺宰相武元衡，居易上書請剋期捕賊，為執政所忌，以越位言事，貶江州刺史，改江州司馬。十三年除忠州刺史，從此心向佛、道，以明哲保身為尚，能隨遇而安；後又歷任多職。穆宗長慶二年（822）避牛李黨爭而自請外調杭州，疏理六井，築堤蓄水，以利灌溉，頗見績效。於蘇州刺史任內，勤政愛民，任滿時父老泣別，相送十里。後又歷任秘書監、刑部侍郎。文宗大和三年（829）以太子賓客分司東都，從此長辭帝京。五年除河南尹，六年與香山寺僧如滿結為方外交，自號香山居士，又稱醉吟先生。九年除同州刺史，不拜，改太子少傅。武宗會昌二年（842）以刑部尚書致仕。六年八月卒於洛陽，葬於龍門。

居易早慧而苦學，自云始生六七月，乳母抱弄於書屏下，有指「之」「無」二字以示之者，雖口未能言，而心已默識。後有問此二字者，雖百十其試，而指之不差。五六歲學詩，九歲諳識聲韻，十五六始知有進士，苦節讀書。二十以來，晝課賦，夜課書，間又課詩，不遑寢

息，以致口舌成瘡，手肘成胝。既壯而膚革不豐，未老而齒髮早衰白，瞥瞥然如飛蠅垂珠在眸子中也，動以萬數。(見〈與元九書〉)

白氏為中唐時新樂府運動之創始者，也是繼杜甫而起的社會寫實派詩人。嘗言：「非求宮律高，不務文字奇；唯歌生民病，願得天子知。」(〈寄唐生〉) 又說：「為君，為臣，為民，為物，為事而作，不為文而作。」(《新樂府・序》) 其詩歌主張更見於元和十年任江州司馬時的〈與元九書〉:「文章合為時而著，歌詩合為事而作。」

大抵而言，其詩可以分為三期：

* 早年富熱情，重理想，時思以詩歌改革政治，風格激切而勁健，可以〈新樂府〉〈秦中吟〉為代表。
* 中年遭貶江州之後，於〈與元九書〉中深感「志未就而悔已生，言未聞而謗已成」，於是英銳之氣漸銷，乃轉多感傷之作；〈琵琶行〉為其代表。
* 晚年酷佛好道，心境轉趨空寂虛靜，故多習禪學道之作，詩風歸於平和閒適。

其詩多達二千八百餘首，數量為有唐之冠；而其清新平易近於白話之作，幾達雅俗共賞、嫗孺能解的地步，極便流傳；故生前詩譽之高，亦無人能及。

與元稹心契情深，唱酬之作，多達千首；且二人才大筆健，以難相挑，往往長篇累幅，多達百韻，少亦數十韻，甚至悉依原唱步韻，分毫不爽。彼此爭強鬥勝，層出不窮，遂開創百韻唱酬之體，可謂空前絕後。又與劉禹錫唱酬往來，凡數百首，可見情誼亦頗深重。

《全唐詩》存其詩 39 卷，《全唐詩外編》及《續拾》補詩 38 首，又 44 句。

【詩評】

01 白居易：再來長安，又聞有軍使高霞寓者欲聘娼妓，妓大誇曰：「我誦得白學士〈長恨歌〉，豈同他妓哉！」由是增價。……又昨過漢南日，適遇主人集眾樂娛他賓，諸妓見僕來，指而相顧曰：「此是〈秦中吟〉〈長恨歌〉主耳。」自長安抵江西，三四千里，凡鄉校佛寺逆旅行舟之中，往往有題僕詩者，士庶僧徒孀婦處女之口，每每有詠僕詩者。（〈與元九書〉）

02 白居易：僕志在兼濟，行在獨善，奉而始終之則為道，言而發明之則為詩。謂之「諷諭詩」，兼濟之志也；謂之「閒適詩」，獨善之義也。故覽僕詩者，知僕之道焉。其餘雜律詩，或誘於一時一物，發於一笑一吟，率然成章非平生所尚，但以親朋合散之際，取其釋恨佐懽。……今僕之詩，人所愛者，悉不過雜律詩與〈長恨歌〉已下耳，時之所重，僕之所輕。至於諷諭者，意激而言質；閒適者，思澹而詞迂。以質合迂，宜人之不愛也。（〈與元九書〉）

03 元稹：樂天之長，可以為多矣。夫諷諭之詩長於激，閒適之詩長於遣，感傷之詩長於切，五言律詩百言而上長於贍，五字、七字百言而下長於情。（〈白氏長慶集序〉）

04 杜牧：嘗痛元和以來，有元、白詩者，鮮豔不逞，非莊士雅人，多為其所破壞；流於民間，疏於屏壁，子父女母，交口教授，淫言媟語，冬寒夏熱，入人肌骨，不可除去。吾無位，不得用法治之。（《樊川文集・唐平盧軍節度巡官隴西李府君墓誌銘》）

05 段成式：荊州街子葛清，勇不膚撓，自頸已下遍刺白居易舍人詩。成式嘗與荊客陳至呼觀之，令其自解，背上亦能暗記。反手指其劄處，至「不是此花偏愛菊」，則有一人持杯臨菊叢。又「黃夾纈林寒有葉」，則指一樹，樹上掛纈，纈窠鎖勝絕細。凡刻三十餘處，首體無完膚，陳至呼為「白舍人行詩圖」也。（《酉陽雜俎・卷 8・黥》）

06 劉昫：品調律度，揚搉古今，賢不肖皆賞其文，未如元、白之盛也。（《舊唐書・卷 166・白居易本傳》）

07 宋祁：居易於文章精切，然最工詩。初，頗以規諷得失，及其多，更下偶俗好，至數千篇，當時士人爭傳。(《新唐書．卷 119．白居易本傳》)

08 王定保：白樂天去世，大中皇帝以詩弔之曰：「綴玉聯珠六十年，誰教冥路作詩仙。浮雲不繫名居易，造化無為字樂天。童子解吟長恨曲，胡兒能唱琵琶篇。文章已滿行人耳，一度思卿一愴然。」《唐摭言》)

09 黃滔：大唐前有李、杜，後有元、白，信若滄溟無際，華嶽干天。(〈答陳磻隱論詩書〉)

10 蘇軾：郊寒島瘦，元輕白俗。(〈祭柳子玉文〉)

* 編按：其實東坡不僅常在詩中化用樂天語，亦常用樂天事；〈贈善相程傑〉詩云：「我似樂天君記取，華顛賞遍洛陽春。」〈入侍邇英（閣)〉詩云：「定似香山老居士，世緣終淺道緣深。」〈去杭〉詩：「出處依稀似樂天，敢將衰朽較前賢。」可見對樂天出處進退之從容貞靜頗為仰慕，甚至還因白氏刺忠州時嘗有〈東坡種花〉等詩，而於貶黃州時自號東坡居士。

11 張戒：元微之云：「道得人心中事。」此固樂天長處；然情意失於太詳，景物失於太露，遂成淺近，略無餘蘊，此其所短處。(《歲寒堂詩話》)

12 阮閱：作詩貴雕琢，又畏有斧鑿痕；貴破的，又畏黏皮骨；此所以為難。劉夢得稱白樂天詩云：「郢人斤斫無痕跡，仙人衣裳棄刀尺；世人方內欲相從，行盡四維無覓處。」(《詩話總龜後集》)

13 敖陶孫：白樂天如山東父老課農桑，事事言言皆著實。(《臞翁詩評》)

14 陳後山：陶淵明之詩，寫其胸中之妙，無陶之妙而學其詩，終為樂天耳。(蔡正孫《詩林廣記》引)

15 王若虛：樂天之詩，情致曲盡，入人肝脾；隨物賦形，所在充滿，殆與元氣相侔。至長韻大篇，動數百千言，而順適愜當，句句如一，無爭張牽強之態，此豈撚斷吟鬚悲鳴口吻者之所能至哉？而世或以淺易輕之，蓋不足與言矣。（《滹南集詩話》）

16 王世貞：張為稱白樂天「廣大教化主」。用語流便，使事平妥，固其所長；極有冗易可厭者。少年與元稹角靡逞博。意在警策痛快；晚更作知足語，千篇一律。詩道未成者，慎勿輕看，最能易人心手。　〇白香山初與元相齊名，時稱「元白」。元卒，與劉賓客俱分司洛中，遂稱「劉白」。白極推重劉「雪裡高山頭早白，海中仙果子生遲」「沉舟側畔千帆過，病樹前頭萬木春」，以為有神助。此不過學究之小有致者。白又時時頌李頎「渭水自清涇至濁，周公大聖接輿狂」，欲類比之而不可得。徐凝「千古長如白練飛，一條界破青山色」，極是惡境界，白亦喜之，何也？風雅不復論矣！張打油胡釘鉸，此老便是作俑。　〇昔人有言：元和以後文士，學奇於韓愈，學澀於樊宗師。歌行則學放於張籍，詩句則學矯激於孟郊，學淺易於白居易，學淫靡於元稹，俱謂之「元和體」。（《藝苑卮言》）

17 李維禎：香山以禪為詩，以詩為禪。前乎此者，有王右丞；後乎此者，有蘇端明，與香山材相等。三人詩格多因時代，不必求異，不必求同，此其入禪深處。（〈讀蘇侍御集〉）

18 胡應麟：樂天詩世謂淺近，以意與語合也；若語淺意深，語近意遠，則最上一乘，何得以此為嫌？〈明妃曲〉云：「漢使卻回頻寄語，黃金何日贖蛾眉？君王若問妾顏色，莫道不如宮裡時。」《三百篇》〈十九首〉不遠過矣。（《詩藪・內篇》）　〇唐詩文至樂天，自別是一番境界，一種風流；而世規規以格律掎之，胡耳目之隘也？（《詩藪・內編・題白樂天集》）

19 何良俊：余最喜白太傅詩，正以其不事雕飾，直寫性情。夫《三百篇》何嘗以雕繪為工耶？世又以元微之與白並稱，然元已自雕

繪，唯諷諭諸篇差可比肩耳。(《四友齋叢說》)

20 胡震亨：樂天才具泛瀾，夢得骨力豪勁，在中、晚間又自為一格。〇劉全白語云：白性倜儻，善賦詩，尤工古歌，才調逸邁，往往興會屬辭，古之人善詩者亦不逮。(《唐音癸籤》)

21 俞弁：白樂天詩，善用俚語，近乎人情物理；元微之雖同稱，差不及也。(《逸老堂詩話》)

22 袁宏道：韓、柳、元、白、歐，詩之聖也；蘇，詩之神也。(〈與李龍湖書〉)

23 袁中道：樂天、子瞻，其文詞皆一代宗匠。(〈白蘇齋記〉)

24 許學夷：白樂天五言古，其源出於淵明，但以其才大而限於時，故終成大變；其敘事詳明，議論痛快，此皆以文為師，實開宋人之門戶耳。　〇五言古，退之語奇險，樂天語流便，雖甚相反，而快心露骨處則同；就其所造，各極其至，非餘子所及也。司空圖謂「元白力勍而氣孱」，蓋以其語太率易，不蒼勁故耳。　〇樂天五言古最多，而諸家選錄者少，蓋以其語太率易而時近於俗，故修詞者病之耳。然元和諸公之詩，貴快心盡意而縱恣自如，故予謂樂天詩在退之之下，東野之上；或有取於東野而無取於樂天，非所以論元和也。　〇樂天七言古，〈長恨〉〈琵琶〉敘事鮮明，新樂府議論痛快，亦變體也。　〇樂天五、七言律絕，悉開宋人門戶，但欠蒼老耳。五言排律，華贍整栗，而對尚工切，語皆琢磨，乃正變也。(《詩源辯體》)

25 王夫之：白樂天本無浩渺之才，如決池水，旋踵而涸。　〇元白起，而後將身化做妖冶女子，備述衾裯中醜態。杜牧之惡其蠱人心，敗風俗，欲施以典刑，非已甚也。(《薑齋詩話》)

26 毛先舒：何元朗最喜白太傅，稱其「不事雕飾，直寫性情」，不知此正詩格所由卑也。(《詩辯坻》)

27 馮班：杜子美創為新題樂府，至元、白而盛，指論時事，頌美刺

惡，合於詩人之旨。忠志遠謀，方為百代鑑戒，誠傑作絕思也。（《鈍吟全集》）

28 殷元勛、宋邦綏：白公諷刺詩周詳明直，娓娓動人，自創一體，古人無是也。凡諷諭之義，欲得深隱，使言者無罪，聞者足戒；白公盡而露，其妙處正在周詳，讀之動人。（《才調集補注》）

29 賀裳：白傅實一清綺之才，歌行、曲引，樂府、雜律詩，極多可觀者。其病有二：一在務多，一在強學少陵，率爾下筆，秦武王與烏獲爭雄，一舉鼎而絕臏矣。　〇詩至元、白，實又一大變。兩人雖並稱，亦各有不同：選語之工，白不如元；波瀾之闊，元不如白。白蒼莽中間存古調，元精工處亦雜新聲。既由風氣轉移，亦自材質有限。（《載酒園詩話・又編》）

30 錢良擇：白傅詩平易坦直，如家人婦子談布帛菽粟，自我作古，前人從無此格，豈非千古絕調？然必不可效也。效他家不得，各隨其力之所至；而效白體不得，將流於淺率俚俗。刻鵠畫虎之辨，學者不可不慎所擇。（《唐音審體》）

31 毛奇齡：樂天為中唐一大作手，其七古、五排，空前掩後；獨七律下乘耳，然猶領袖元和、長慶間。（毛奇齡、王錫等輯《唐七律選》）

32 杜詔：唐人至白香山獨辟杼機，擺脫羈絏於諸家中，最為浩瀚。比之少陵，一則泰山喬嶽，一則長江大河；憂樂不同，而天真爛漫未嘗不同也；難易不一，而沉著痛快未嘗不一也。學者熟之，可以破拘攣，洗塗澤。（杜詔、杜庭珠《中晚唐詩叩彈集・例言》）

33 屈復：白傅才大如海，書破萬卷，使生盛唐，當與李、杜並驅中原，未知鹿死誰手。末季各有時尚，遂出真切平易，故往往失之淺俗；文章果關乎氣運耶！然雖無江、河急流之勢，泰、華嶄絕之峰，而中正平和，意如抽絲；間以轉折靈變，動循法度，所以超乎群倫之上，出乎眾妙之中。至今膾炙人口，沁人心脾，良有

以也。後人或無其才，或不肯讀書，喜其明白易解，妄步邯鄲，止得淺俗，故日趨卑下耳。嗚呼！白詩豈易學者哉？(《唐詩成法》)

34 葉燮：白居易詩，傳為老嫗可曉。余謂此言亦未盡然，今觀其集，矢口而出者固多……然有作意處，寄托深遠……言淺而深，意微而顯，此風人之能事也。至五言排律，屬對精緊，使事嚴切，章法變化中，條理井然，讀之使人惟恐其竟，杜甫後不多得者。人每易視白，則失之矣。元稹作意勝於白，不及白舂容暇豫。白俚俗處，而雅亦在其中，終非庸近可擬。二人同時得盛名，必有其實，俱未可輕議也。。(《原詩》)

35 王士禎：唐人詩之多者，除李白、杜甫外，唯退之、樂天為最。退之可選者多，不可選者少，去其不可者甚難；樂天詩可選者少，不可選者多，存其可者亦難。(《帶經堂詩話》)

36 田雯：白香山、張司業，名言妙句，側見横出，淺淡精潔之至。 ○香山七絕，山峙雲行，水流花開，似以作絕句為樂事者。(《古歡唐集》)

37 沈德潛：樂天忠君愛國，遇事託諷，與少陵同；特以平易近人變少陵之沉雄渾厚，不襲其貌而得其神也。 ○元、白長律，滔滔百韻，使事亦復工穩；但流易有餘，變化不足。(《唐詩別裁》)

38 趙翼：中唐詩以韓、孟、元、白為最。韓、孟尚奇警，務言人所不敢言；元、白尚坦易，務言人所共欲言。試平心論之，詩本性情，當以性情為主。奇警者，猶第在詞句間爭難鬥險，使人蕩心駭目，不敢逼視，而意味或少焉。坦易者，多觸景生情，因事起意，眼前景，口頭語，自能沁人心脾，耐人咀嚼。此元、白較勝於韓、孟。世徒以輕俗訾之，此不知詩者也。 ○元、白二人才力本相敵，然香山自歸洛以後，益覺老幹無枝，稱心而出，隨筆抒寫，並無求工見好之意，而風趣横生，一噴一醒，視少年時與微之各以才情工力競勝者，更進一籌矣。故白自成大家，而元稍次。　〇中唐以後，詩人皆求工於七律，而古體不甚精詣……惟香山詩，則七律不甚動人，古體則令人心賞意愜，得一篇輒愛一篇，幾於不忍釋手。蓋香山主於用意，用意則屬對排偶，轉不能縱橫如意；而出之以古詩，則惟意所之，辯才無礙。且其筆快如并剪，銳如昆刀，無不達之隱，無稍晦之詞；工夫又鍛煉至潔，看是平易，其實精純。劉夢得所謂「郢人斤斫無痕跡，仙人衣裳棄刀尺」者，此古體所以獨絕也。然近體中五言排律，或百韻，或數十韻，皆研煉精切，語工而詞贍，氣勁而神完，雖千百言亦沛然有餘，無一懈筆。當時元、白唱和，雄視百代者正在此。後世卒無有能繼之，此又不徒以古體見長也。（《甌北詩話》）

39 喬億：白樂天中懷坦蕩，見之於詩，亦洞澈表裡，曲盡事情，使讀者欣然如對樂易友也。然往往意太盡，語涉粗俗，似欠澄汰之功。（《劍溪說詩又編》）

40 弘曆：唐人篇什最富者，無如白居易，其源亦出於杜甫，而視甫為多。……蓋根柢六義之旨，而不失乎溫厚和平之意；變杜甫雄渾蒼勁而為流麗安詳，不襲其面貌而得其神味者也。（《唐宋詩醇》）

41 翁方綱：白公五古，上接陶，下開蘇、陸；七古樂府則獨闢町畦。其鉤心鬥角，接筍合縫處，殆於無法不備。（《石洲詩話》）

42 潘德輿：近人好看白詩，乃學其率易之至者。試隨意舉其五律……皆靈機內運，鍛煉自然，何等慎重落筆！專以率易為白之流派者，試參之。　〇魏泰謂「張籍、白居易樂府，述情敘怨，委曲周詳，言盡意盡，更無餘味。」嘻！何其大而無當也。文昌樂府，古質深摯，其才下於李、杜一等，此外更無人到。樂天樂府，則天韜自解，獨往獨來，諷諭痛切，可以動百世之人心，雖孔子復出刪詩，亦不能廢。予嘗謂其命意直以《三百篇》自居，為宇宙間必不可少文字；若〈長恨歌〉〈琵琶行〉，則不作可也。（《養一齋詩話》）

43 劉熙載：代匹夫匹婦語最難，蓋飢寒勞困之苦，雖告人，人且不知，知之必物我無間者也。杜少陵、元次山、白香山，不但如深入閭閻，目擊其事，直與疾病之在身者無異。頌其詩，顧可不知其人乎？　○常語易，奇語難，此詩之初關也；奇語易，常語難，此詩之重關也。香山用常得奇，此境良非易到。　○白香山樂府與張文昌、王仲初同為自出新意，其不同者在此平曠而彼峭窄耳。（《藝概》）

44 姚鼐：香山以流易之體，極富贍之思，非獨俗士奪魄，亦使勝流傾心。然滑俗之病，遂至濫惡，後皆以太傅為藉口矣。非慎取之，何以維雅正哉？《五七言今體詩抄・序目》）

45 施補華：香山七古，直率淺露，殆無可法。〈秦中吟〉諸篇，較有意思，而亦傷平直。　○所謂「長慶體」，然終是平弱漫漶。（《峴傭說詩》）

46 陳衍：白詩之妙，實能於杜、韓外擴充境界。宋詩十之七八，從《長慶集》中來，然皆能以不平變化其平處。（《陳石遺先生談藝錄》）

235 賦得古原草送別（五律）　　白居易

離離原上草，一歲一枯榮。野火燒不盡，春風吹又生。遠芳侵古道，晴翠接荒城。又送王孫去，萋萋滿別情。

【詩意】

郊原上豐長茂盛的青草，每年都會有一次的枯萎和再度發榮生長的循環。即使野火燎原時能夠燒光他們枯黃的莖葉，也燒不斷它們深藏在地底下頑強的根鬚；一旦春風再吹，它們堅韌的生命便又欣欣然復甦起來。你看：遠處的芳草是那麼離離蔚蔚地蔓延滋生，即將要再度遮沒蜿蜒的古道了；而藍天白雲下的綠草又是那麼青翠鮮亮，它們已經又一次接收了破敗荒廢的城垣。在這樣綠意盎然的古郊原上再度目送我親愛的朋友遠去，我內心的離愁正如這片茂密的青草一般，會一路追隨你越走越遠，更向天涯蔓延而去……。

【注釋】

① 詩題—賦得，見韋應物〈賦得暮雨送李冑〉詩注。本詩的主旨是送別友人，「賦得古原草」五字，是交代送別的背景以渲染離情。舊注謂本詩是貞元三年（787）作者流寓江南時依照科考程式而習作的詩篇，時年十六。

② 離離—形容草木豐茂而分披四垂貌。

③ 「遠芳」二句—「芳」和「翠」，均借代指青草而言。「遠」芳，著重其向遠處蔓延而去的蓬勃生機，故以「侵」字表現其逐漸拓展之勢。「晴」翠，著重陽光映射下清朗的秀色。接，凸顯青草滋榮蔓生而向荒城迢遞銜接的動態。

④ 「又送」二句—又送，表示經常送別而感傷。王孫，見王維〈山中送別〉注；此代指遠遊的友人。萋萋，芳草豐盛貌。

【導讀】

這首五律是作者早年的成名之作，白氏把它編入「未應舉時作」的一類詩中。唐人張固的《幽閒鼓吹》記載：「白尚書應舉，初至京，以詩謁顧著作況。顧睹姓名，熟視白公，曰：『米價方貴，居亦弗易。』乃披卷，首篇曰：『離離原上草，一歲一枯榮；野火燒不盡，春風吹又生。』即嗟賞曰：『道得箇語，居即易矣！』因為之延譽，聲名大振。」顧況的諧謔之語，在五代人王定保的《唐摭言》、孫光憲的《北夢瑣言》和《舊唐書》本傳、宋人王讜的《唐語林》，以及宋人筆記、詩話中都有大同小異的敘述，可見騰播人口，流傳甚廣。不過，根據近來學者所作的白氏年譜來考察，可知作者在貞元四年以前居住江南，並無赴長安應舉之事；而貞元五年以後，顧況又因故貶為饒州司馬，途經蘇、杭。因此作者拜謁顧況之事，當在顧況來到蘇、杭期間，而非進長安應舉時。

科場命題的詩作，和詠物詩的作法相近，除了必須敘題周密，章法分明，對仗工整之外，還得胸有寄託，筆含餘情，才能寫得詩境空靈，詩意渾融，令人嘆賞。尤其是「賦得體」的試帖詩，又有種種程式和體製的束縛，因此佳作極為罕見；祖詠的〈終南望餘雪〉是其鳳毛，錢起的〈鼓瑟湘靈〉為其麟角，而本詩則有「賦得體」絕唱之名，更是獨領風騷，享譽千古。

「離離原上草」五字，扣準「古原草」三字入手擒題，並且化用《楚辭・招隱士》:「王孫游兮不歸，春草生兮萋萋」的情思，和江淹〈別賦〉:「春草綠色，春水綠波；送君南浦，傷如之何」的意境，以及王維〈山中送別〉:「春草明年綠，王孫歸不歸」的構想，暗含送別時黯然銷魂的感情脈絡，可以說是語近情遙、文淺義深的高明起筆。「離離」兩字，既以疊字摹寫青草生生不息，滋蔓不已，以至於繁茂榮盛而分披四垂的形象，又引發次句「榮」字的意念，逗出末句的「萋萋」之感；可見詩人選詞之巧妙與針線之細密。「一歲一枯榮」五字，則化實為虛，寫草木秋枯而春榮的循環之理。疊用兩個「一」字，有助於形成詠嘆時複沓頓挫的節奏感；而「枯」和「榮」的強烈對比，既模擬了代謝盛衰時遞嬗演變的過程，又似乎寄藏著對於友人去而復返的深情期待，相當耐人尋味。

「野火燒不盡，春風吹又生」兩句，緊承次句的榮枯變化而來，把抽象的說理化為具體可見的畫面，並傳神地凸顯出郊原之草頑強堅韌的生命特質：野火燎原的景象何其壯烈，卻竟然燒之不盡！第三句是以頓挫的詞意寫秋草枯萎後的命運，使人驚訝錯愕；第四句則是以流暢的語勢寫春草破土時欣然復甦的精神，又使人頓時由驚愕詫異而豁然開朗。出句寫得抑揚跌宕，含茹不露；對句則寫得行雲流水，天機洋溢；兩相映襯，更見搖曳的風神而耐人涵詠。這兩句就字面而言，對偶工整，銖兩悉稱；就意義而言，又一氣奔注，蟬聯通貫。這一聯流水對，談的都是原上之草，而重點則落在「生」字的精神上，和首聯把「榮」字安排在句尾一樣，都凸顯出頑強不屈，蓬勃向上的奮發意志，而且情寄景中，意餘象外，符合王夫之《薑齋詩話》所謂「含情而能遠，會景而生心，體物而得神，則自有靈通之句，參化工之妙」的主張。尤其是它的語言流美，意蘊豐懋，容許每個人從不同的角度去汲取其中的智慧，涵詠其中的哲理，因此成為老嫗婦孺能解，而又人人能夠琅琅上口的名聯。

「遠芳侵古道，晴翠接荒城」兩句，是極寫古原寥落的況味，並拓展出一個遼闊廣袤的情境作為送別的場景；如此安排，便使全詩是寫詩題中的「古原草」而暗寓離情淒淒，是寫詩題中的「送別」而又不離草色青青，是承上啟下的有力轉折。「遠芳」兩字，彷彿播送了瀰漫郊野的草香；「晴翠」兩字，依稀傳導了陽光朗照古原的餘溫。前者寫得清芬沁脾，似乎可嗅可聞；後者寫得晴朗照眼，彷彿可見可觸。「侵」字寫出了迅速擴張版圖的強悍作風和侵略性格，駸駸然就要遮沒古道了；「接」字寫出了逐漸蔓延滋生的淹沒態勢和綿密特質，鬱鬱然就要接收荒城了！這兩個擬人化的動詞，既凸顯出青草在發榮滋長時沛然莫之能禦的蓬勃生機，又強調了它們在蔓延拓展時悍然不可遏抑的旺盛精神；而且還表現出「春風吹又生」的廣度、深度、強度與速度，可以說是張力十足的「詩眼」，因此俞陛雲《詩境淺說》說：「『遠芳』『晴翠』，寫草之狀態；而以『侵』字、『接』字繪其虛神；善於體物，琢句尤工。」至於「荒城」「古道」四字，一方面是回扣題面的「古原」二字，一方面是以荒涼寥廓的意象，反襯「遠芳」

和「晴翠」的盎然生機；同時既以荒古的意象渲染離別時令人惆悵落寞的氣氛，又描繪出敻遠蒼茫的畫面來抒發別愁：王孫正要踏著清芬的郊原，走上草色披離的古道，映帶著一身的晴翠，向殘破沒落的荒城遠去……此情此景，自然使人頓感失落而愁思悠悠了。此外，頷聯是流水對，妙在自然；腹聯是的名對，講究工緻。前者樸拙，後者精細，可謂變化有致，靈活生動。

「又送王孫去，萋萋滿別情」兩句，既點明詩題中的「送別」來繳清題意，又藉著「萋萋」二字綰合「古原草」的綿密豐茂，雙關「送別」時的悽楚依戀；使得原本毫無瓜葛的自然景色「古原草」和人事上的「送別」彼此密合無間地相互鉤連，達到情景相生的渾融妙境。「又送王孫去」是直承荒城古道的場景而來，勾勒出友人漸行漸遠地走上古道、沒入荒城的背影；「萋萋滿別情」則是在頷聯渲染出情積意滿的氣氛之後，借眼前萋萋芳草來直抒胸臆，便有即景會心的深厚意蘊。尤其是「萋萋」兩字，既遙映首聯離離蔚蔚、蓊蓊鬱鬱的形象，又近接腹聯「侵」「接」二字的綿延情狀，同時更巧妙地把狀寫芳草茂盛的詞語，轉化為表現離愁之沉鬱和別情之綿邈的形容詞，讀來更覺情思飽滿，興象豐美，頗有李煜〈清平樂〉詞：「離恨恰如春草，更行更遠還生」的搖曳風神，使人一唱三嘆，低回久之；因此俞陛雲說：「末句由草關合人事，遠送王孫，與南浦春來，同一魂銷黯黯。」（同前）

【商榷】

這一首以「賦」詩「得」題的應考程式來習作的詩篇，表面上是以草為詠物的對象，實際上是以賦別為內涵，寫得物我渾融，不即不離，情藏景中，意餘言外；和王維的〈山中送別〉：「春草明年綠，王孫歸不歸」、羅隱的〈魏城逢故人〉：「芳草有情皆礙馬，好雲無處不遮樓」，都是藉芳草寫離情的傑作。儘管屈復在《唐詩成法》中已經親切地指出本詩的高明之處說：「不必定有深意。一種寬然有餘地氣象，便不同啾啾細聲；此大小家之別。」然而由於本詩營造的情境和涵蘊的興寄，遠較王維、羅隱二詩來得綿邈豐美，因此容易引起仁智互見的領悟，甚至還頗有捕風捉影的穿鑿之見。

例如：蘅塘退士就似乎認為這是一首諷諭之作，其中頗有君子道消、小人道長的憂憤之意。他以為前半是隱喻「小人銷除不盡，得時即生」，而「遠芳侵古道，晴翠接荒城」是叱責他們「干犯正路，文飾鄙陋」，尾聯則似乎是送別遭讒受謗而遠謫的友人而「卻最易感人」。這大概是因為《白氏長慶集》中的原題到了宋人手中時刪去了「送別」二字，明人又刪去「賦得古原」四字，於是孫洙便承襲高棅的《唐詩品彙》之誤，而僅從「草」字來「句句上綱」而「羅織周密[1]」了！

後來章燮《唐詩三百首注疏》便發揮孫洙的看法，在句下注疏說：

＊（「離離原上草」）高者為原，比君側也；草，喻朝中小人。（「一歲一枯榮」）去一小人，來一小人，言其多也。（「野火燒不盡，春風吹又生」）喻言不能徹底根除，蔓延難制。（「遠芳侵古道」）其勢直侵古道，喻殘害忠良也。（「晴翠接荒城」）其妍接入大城，喻欺凌君上也。（「又送王孫去，萋萋滿別情」）吾且忍待秋霜之日，送王孫而歸去；殊不知陽春一動，又且滿目萋萋，是草將何日除之耶？

喻守真《唐詩三百首詳析》幾乎如法炮製：

＊本詩以「草」比喻小人，「原上」比喻君側；「枯榮」比喻小人知來去不斷，前仆後繼。「火燒」比喻斥除而不能盡，「春風」比喻乘時又崛起；「侵道」比喻傾軋君子，「接城」比喻欺凌君上；「別情」比喻小人殷勤處最易動人。

這簡直可以視為青出於藍、後來居上的集大成之作了。儘管他們言之鑿鑿，恍若可信，但是總難免有郢書燕說的嫌疑；甚至連詩詞大家俞陛雲都說：

＊誦此詩者，皆以為小人去之不盡，如草之滋蔓；作者正有此意，亦未可知。然取喻本無確定，以為喻世道，則治亂循環；以為喻天心，則貞元起伏；雖嚴寒盛雪，而春意已萌。見智見仁，無所不可；一篇〈錦瑟〉，在箋者會意耳。

這番話的前半，看似渾融，其實含混，因為白氏此時「始知有進士，苦節讀書[2]」，恐怕對於官場中黨同伐異、鉤心鬥角的傾軋，和黃鐘毀棄、瓦釜雷鳴的亂象，不甚了了，應該不至於有如此少年老成而託諷深遠的體悟才是。至於俞說的後半，則符合「形象大於思維」的原則，說明了好作品容許「如人飲水，冷暖自知」的不同賞析和會心。

因此，對於白氏這一首少作，不妨「橫看成嶺側成峰」，以欣賞鑽石璀燦風華的多種角度來解讀詩中深蘊的哲理，尋找和自己的生命體驗能契合無間的靈思妙諦。但是，知人論世以還原詩心的真相，仍然是賞析本詩時應有的認知，才不至於又陷落《毛詩序》比興美刺的迷障而走火入魔。

【補註】

01 見施蟄存《唐詩百話》頁 505。

02 白氏本詩殆作於十五六歲，被白氏編入「未應舉時作」一類詩中，既已略述如前；而〈與元九書〉中又自云：「十五六始知有進士，苦節讀書。」

【後記】

范晞文《對床夜話》以為劉商（約 773 年前後在世）的〈柳〉詩：「幾回離別折欲盡，一夜春風吹又長」不如本詩的「野火燒不盡，春風吹又生」來得「語簡而思暢」。不過，筆者以為劉詩寫柳之柔情依依，白詩寫草之生機勃勃，各具神韻，各有意蘊，不可一概而論。

吳曾《能改齋漫錄》以為白氏頷聯不如劉長卿「春入燒痕青」那

麼「語簡而意盡」，筆者也不以為然。劉句是以錘鍊見功力，密度雖高，猶有斧鑿痕跡；不若白詩以天然見風韻，情味深遠，興象豐美，能將情景妙合無垠，此其一。再者，「野火」之猛烈，似有熊熊逼人之勢；「春風」之和煦，又有裊裊襲人之態；寫來情景如生，宛然如見，此其二。「燒不盡」與「吹又生」則一開一闔，唱嘆有味；而且句連意串，文氣活絡，此其三。

吳開《復古堂詩話》以為此聯和李白詠嘆瀑布的名聯：「海風吹不斷，明月照還空」同意。筆者以為，僅就句法結構而言，儘管似有襲用之跡，然而如果仔細比較起來，可以發覺兩詩之間仍有相當明顯的差異：第一，李詩純粹是詠物寫景，別無寄意；白詩則移情入物，寓藏著深刻的人生哲理。第二，李詩以虛筆傳神，猶是浪漫詩仙的空靈意境；白詩則以實景說理，已經流露出「廣大教化主[1]」的社會意識了。第三，李詩是以浩蕩的情思擅場，白詩是以強韌的生機取勝；未必即有沿襲之意。

【補註】

01 唐人張為所作《詩人主客圖》，以白氏為「廣大教化主」，殆即因白氏揉合賦、比、興之手法，寄深意於淺語之中，而又能風行廣遠，具有教化社會的功效之故。

【評點】

01 唐汝詢：上二聯寫物生之無間，下二聯是草色之關情。樂天語尚真率，佳處固自不少，要非入選之詩；獨此丰格猶存，故采以備《長慶》之一體。（《唐詩解》）

02 顧安：三、四的是佳句，但「一歲一枯榮」雖是起下，而語太顯露，遂使下句意味不全。五、六雖分「古道」「荒城」，而用意實是合掌。結句呆用王孫，更庸弱。　〇又云：香山諸體頗稱大手

筆，此作獨枯率窄狹，不能展動，得非以好句累之乎？《唐律消夏錄》）

03 田雯：劉孝綽妹詩：「落花掃更合，叢蘭摘復生。」孟浩然詩：「林花掃更落，徑草踏還生。」此聯豈出自劉歟？白樂天……「野火燒不盡，春風吹又生」，一句之意，分為兩句，風致亦自不減。古人作詩，皆有所本，而脫化無窮，非蹈襲也。（《古歡堂集雜著》）

04 譚宗：渾樸，其情當在〈十九首〉之間。（《近體秋陽》）

05 沈德潛：老成而少遠神，白詩之佳者，正不在此。（《唐詩別裁》）

06 宋宗元：天然名句，宜見賞於逋翁（按：指顧況）。（《網師園唐詩箋》）

07 馮舒：逋翁真巨眼。　〇查慎行：人但知三、四佳，不知先有「一歲一枯榮」句緊接上，方更精神；試置他處，當亦索然。　〇紀昀：此猶是未放筆時，後乃愈老愈頹唐矣。（《瀛奎律髓匯評》）

08 范大士：極平淡，亦極新異，宜顧況之傾倒也。（《歷代詩發》）

09 高步瀛：情韻不匱，句亦振拔，宜其見賞於逋翁也。（《唐宋詩舉要》）

236 自河南經亂望月有感（七律）　　白居易

時難年荒世業空，弟兄羈旅各西東。田園寥落干戈後，骨肉流離道路中。弔影分為千里雁，辭根散作九秋蓬。共看明月應垂淚，一夜鄉心五處同。

【詩意】

由於時局艱難，而且遭逢饑荒的年歲，再加上祖先所留下的產業全都蕩然無存，我們兄弟幾人只好羈旅天涯，各奔西東了。經過戰爭的蹂躪之後，故鄉的田園早已荒蕪殘破，蕭條冷落；至親骨肉也顛沛流離，漂泊不定，各自奔波在海角天涯的坎坷路上。我們就像分飛在千里之外的離群孤雁，只能和自己的影子相互安慰，獨嚐寂寞；又像秋天時葉殘根斷而隨風亂飛的枯蓬，只能任憑命運的擺佈播弄！當我們仰望團圓的明月時，應該都會傷心落淚；因為分散五處的兄弟，都同樣有著濃鬱的思鄉情懷啊！

【注釋】

① 詩題—詩題為筆者節略，原題長如一篇小序：「自河南經亂，關內阻饑，兄弟離散，各在一處；因望月有感，聊書所懷，寄上浮梁大兄、於潛七兄、烏江十五兄，兼示符離及下邽弟妹。」作者十一二歲時曾避朱泚、李希烈之叛亂而移家符離（今安徽省宿州市之符離鎮）；貞元十五年（799），宣武軍（治所在河南開封）節度使董晉卒，部眾譁變，而後申、光、蔡等州節度使吳少誠又叛，朝廷不得不派遣十六道兵馬征討，河南又再度淪為戰場。當時關內（今陝西中部、北部及部分甘肅地區）旱荒頻連，南方物資無法經由河南水運而輸往救濟，故曰「關內阻饑」。本詩一說作於此時，作者身在洛陽，或與弟妹在符離；一說作於次年，時在符離。由詩題及末句所謂「五處」觀察，作者應在符離而非洛陽，否則即成「一夜鄉心『六』處同」；至於時間則暫定為貞元十六年秋。

② 「時難」二句—時難，時局艱危。年荒，因天旱而饑荒。世業，祖先遺留下來的產業。按：唐初授田制把田地分為「口分」「世業」二種；世業可由子孫繼承。弟兄，兼指如注①所提及之堂兄弟而言，居易於堂兄弟中排行二十二。又，白居易有同父異母之長兄幼文，另有年紀小於居易四歲的行簡和小十三歲的殤弟幼美。羈旅，滯留異鄉。

③ 「田園」二句—寥落，荒蕪殘破，蕭條冷落。干戈，借代戰爭。

流離，流浪遷徙，漂泊不定。

④「弔影」二句—弔，安慰。弔影，謂孤獨寂寞，只能和自己的影子相慰藉而覺悽涼感傷。千里雁，喻兄弟分散千里，各如失群之孤雁；蓋古人常以雁行有序，比擬兄弟之和諧友愛。辭根，喻離開家鄉；可能指白氏從小生長的河南而言。九秋，秋季三月共有九旬，故云。秋蓬，蓬草秋時枯槁，常被風連根拔起而四散飄飛，故常借喻漂泊四方，行蹤不定的遊子。

⑤「共看」二句—鄉心，思鄉之情。五處，大兄幼文於貞元十三年任浮梁縣（今江西景德鎮市）主簿，七兄任於潛縣（今浙江臨安區一帶）尉，十五兄任烏江縣（今安徽和縣）主簿，作者身在符離，弟妹或在符離，或居祖墳所在之下邽（今陝西渭南市），故云。

【導讀】

這首題目像一篇序文的七律，可以說是完全根據長題的內容逐層敷衍而成的。儘管也有某些優點，例如：敘題不漏，條理井然；友于之愛和思鄉之情，洋溢滿紙；腹聯用事自然，設喻生動，對仗工整；尾聯虛實相生，情境如畫，耐人懸想；可是筆者卻以為恐怕稱不上是第一流的佳作。試說明理由如下：

＊第一，首聯「時難年荒世業空，弟兄羈旅各西東」和頷聯「田園寥落干戈後，骨肉流離道路中」的意思完全重複，只不過首聯是以虛筆敘述，顯得淡乎寡味；頷聯則以實筆補充，形象較為具體而已。

＊第二，腹聯「弔影分為千里雁，辭根散作九秋蓬」兩句，嚴格說來，也是次句「弟兄羈旅各西東」和第四句「骨肉流離道路中」的翻版而已，儘管採用了譬喻手法，但在意義上仍然疊床架屋，別無新意。

＊第三，尤其是「弔影分為千里雁」七字，屬於較不尋常的「上二

下五」的句式，而且因果倒置（因為事實上是兄弟先分為千里雁之後，才會各自形影相弔），語法曲折，極不平順；不僅和對句「辭根散作九秋蓬」的因果順序相反，而且和其他七句流暢平淺的白話口語比較起來，就顯得極為突兀而不和諧。

換言之，前三聯的意象重疊，詞義重複，審美感受的密度極低，因此讀來味如嚼蠟；正如走進死胡同裡四處碰壁一般，完全開創不出柳暗花明的新境，自然讓人感到苦悶無聊，單調乏味。筆者甚至以為可以作為《文心雕龍．神思》篇所謂「理鬱者苦貧（意謂：思路堵塞者苦於內容貧乏）」的錯誤範例了！

蘅塘退士《唐詩三百首》評本詩曰：「一氣貫注，八句如一句，與少陵〈聞官軍〉作同。」筆者以為在這番評語裡，除了可以把第二句改為「六句如兩句」之外，其餘的評語都是溢美之詞，一笑置之可也。因為杜甫的〈聞官軍收河南河北〉雖然一氣奔注，迅如閃電，快似乘風，卻是一句一境，勝義紛陳，而且情景如生，神氣活現，豈是本詩連續三次新瓶舊酒的單調呆板所能比擬的？

至於楊逢春《唐詩繹》評曰：「末二句折入望月，一語總攝，筆有餘情。」胡以梅《唐詩貫珠》評曰：「詩之上界，直敘流離之苦。五、六佳，雁行本兄弟事，用得自然；『辭根』『九秋』，皆沉著。」喻守真《唐詩三百首詳析》評曰：「此詩完全白描，毫不雕琢；造語尋常，含義深摯。」大概是由於他們性情敦厚，不願出言苛責，因此才避重就輕地隱惡揚善吧！

筆者以為：同樣是寫亂離分散的手足之情，杜甫的〈野望〉詩曰：「西山白雪三城戍，南浦清江萬里橋。海內風塵諸弟隔，天涯涕淚一身遙。惟將遲暮供多病，未有涓埃答聖朝。跨馬出郊時極目，不堪人事日蕭條。」雖然沒有開出白詩中形如梅花的五瓣鄉心，卻把國患家難兩兩繫心的情感，寫得沉鬱頓挫，意氣悲壯，而且詩境如濤翻浪湧，層出不窮，情思則深密綿邈，耐人回味，絕非白詩之平直板滯，缺乏波瀾，疊床架屋，了無新意的鬆散和單調可以相提並論的。再以老杜的〈月夜憶舍弟〉:「戍鼓斷人行，邊秋一雁聲。露從今夜白，月是故鄉明。有弟皆分散，無家問死生。寄書長不達，況乃未休兵」而論，和白詩同樣語淺意悲，如吐肺腑，卻絕無句意雷同與情思匱乏的毛病。老杜的「露從今夜白，月是故鄉明」和白詩的「弔影分為千里雁，辭根散作九秋蓬」，同樣是以離析和倒裝的手法取勁，顯得意俊語健，膾炙人口；但是杜詩的清空如畫而又流暢平易，渾然天成，又遠非白詩的費力雕琢和突兀峭折所能望其項背的。

如果考慮到杜甫寫作前引兩詩的年紀分別是五十和四十八，而白氏寫作本詩時卻只有二十九，因此難免不及杜甫老練精細；那麼不妨再以王維十七歲所寫的〈九月九日憶山東兄弟〉:「獨在異鄉為異客，每逢佳節倍思親；遙知兄弟登高處，遍插茱萸少一人」為例，不僅文氣清暢，語勢通貫，頗有珠聯玉串、聲情搖曳之美，而且淺白平易，老嫗婦孺能解，卻又意蘊豐富，情思不匱，都比白詩要高明一籌。清人查慎行的《查初白詩評十二種》中收有白居易詩評 159 則，卻不及本詩；乾隆的《唐宋詩醇》裡也有 204 首白詩的批語，也不見本詩（見陳友琴《白居易資料彙編》）；其中的消息，或許可以思過半矣。

237 長恨歌（七古）　　白居易

漢皇重色思傾國，御宇多年求不得。楊家有女初長成，養在深閨人未識。天生麗質難自棄，一朝選在君王側。回眸一笑百媚生，六宮粉黛無顏色。

春寒賜浴華清池，溫泉水滑洗凝脂。侍兒扶起嬌無力，始是新承恩澤時。雲鬢花顏金步搖，芙蓉帳暖度春宵。春宵苦短日高起，從此君王不早朝。

承歡侍宴無閒暇，春從春遊夜專夜。後宮佳麗三千人，三千寵愛在一身。金屋妝成嬌侍夜，玉樓宴罷醉和春。姊妹弟兄皆列土，可憐光彩生門戶。遂令天下父母心，不重生男重生女。

驪宮高處入青雲，仙樂風飄處處聞。緩歌慢舞凝絲竹，盡日君王看不足。漁陽鼙鼓動地來，驚破霓裳羽衣曲。九重城闕煙塵生，千乘萬騎西南行。

翠華搖搖行復止，西出都門百餘里。六軍不發無奈何，宛轉蛾眉馬前死。花鈿委地無人收，翠翹金雀玉搔頭。君王掩面救不得，回看血淚相和流。

黃埃散漫風蕭索，雲棧縈紆登劍閣。峨嵋山下少人行，旌旗無光日色薄。蜀江水碧蜀山青，聖主朝朝暮暮情。行宮見月傷心色，夜雨聞鈴腸斷聲。

天旋地轉回龍馭，到此躊躇不能去。馬嵬坡下泥土中，不見玉顏空死處。君臣相顧盡沾衣，東望都門信馬歸。

歸來池苑皆依舊，太液芙蓉未央柳。芙蓉如面柳如眉，對此如何不淚垂？春風桃李花開日，秋雨梧桐葉落時。西宮南內多秋草，落葉滿階紅不掃。梨園弟子白髮新，椒房阿監青娥老。

夕殿螢飛思悄然，孤燈挑盡未成眠。遲遲鐘鼓初長夜，耿耿星河欲曙天。鴛鴦瓦冷霜華重，翡翠衾寒誰與共？悠悠生死別經年，魂魄不曾來入夢。

臨邛道士鴻都客，能以精誠致魂魄。為感君王輾轉思，遂教方士殷勤覓。排雲馭氣奔如電，升天入地求之遍。上窮碧落下黃泉，兩處茫茫皆不見。

忽聞海上有仙山，山在虛無縹緲間。樓閣玲瓏五雲起，其中綽約多仙子。中有一人字太真，雪膚花貌參差是。金闕西廂叩玉扃，轉教小玉報雙成。

聞道漢家天子使，九華帳裡夢魂驚。攬衣推枕起徘徊，珠箔銀屏迤邐開。雲髻半偏新睡覺，花冠不整下堂來。風吹仙袂飄飄舉，猶似霓裳羽衣舞。玉容寂寞淚闌干，梨花一枝春帶雨。

含情凝睇謝君王，一別音容兩渺茫。昭陽殿裡恩愛絕，蓬萊宮中日月長。回頭下望人寰處，不見長安見塵霧。唯將舊物表深情，鈿合金釵寄將去。釵留一股合一扇，釵擘黃金合分鈿。但教心似金鈿堅，天上人間會相見。

臨別殷勤重寄詞，詞中有誓兩心知。七月七日長生殿，夜半無人私語時。在天願作比翼鳥，在地願為連理枝。

天長地久有時盡，此恨綿綿無絕期！

【詩意】

唐朝有個皇帝特別愛好美色，不斷想要尋求傾國傾城的絕代佳麗，只是他統治天下幾十年了，始終無法稱心如意。楊家有個剛剛長得亭亭玉立的女兒，從小寄養在叔父家的深閨之中，從來沒有外人見識過她的嬌媚。但是上天賦予她艷麗的資質是不可能被埋沒的，終於有一天，她被選入宮中，陪伴在君王的身旁了。當她秋波流轉，回眸一笑時，真是有說不出的千嬌百媚和形容不盡的萬種風情，竟然使得後宮所有精心裝扮的美人全都相形失色了。

料峭春寒的時節來了，君王特別賞賜她在華清池沐浴的恩典。溫泉的水又柔和又滑順，使她的肌膚更加細嫩柔潤得有如抹上潤膚油一般。宮女攙扶她出浴時，她顯得無比嬌弱慵軟，全身乏力，這是她首度蒙受君王恩澤的時刻。她烏雲般的秀髮襯托出鮮花般的容顏，再加上隨著步履而搖曳的金絲髮簪，都使她更加嬌豔欲滴，婀娜動人。那一晚，她和君王在芙蓉帳裡共同度過了春夜良宵。只恨春宵苦短，才一轉眼，就已經紅日高照；從此君王就再也不肯清早起身，去臨朝聽政了。

得到君王歡愛之後，她陪侍君王出席所有大大小小的宴會，從來沒有半點閒暇的時候。白天她和君王共同遊賞春光，夜晚也只有她能夠獨享君王的寵愛。儘管後宮裡有佳麗三千，但是君王所有的寵幸卻全部只集中在她一人身上。在金碧輝煌的宮殿裡，她修飾出最嬌媚、最美麗的容顏來陪侍君王過夜；在高貴華麗的玉樓酒宴之後，只見她粉面含春，醉顏酡紅，更加顯得楚楚動人。

她的姐妹兄弟都因為她而得到君王封贈土地和賞賜爵號，這些榮顯祖宗、光耀門楣的特殊恩寵，真是令人又羨慕又忌妒！於是使得天下父母的觀念從此就完全改變了：他們不再重視男孩，反而以為生女兒才有振興家門的指望。

驪山上的華清宮高聳入雲，彷彿是來自仙境的音樂正隨風飄蕩，處處可聞。柔緩的歌聲，曼妙的舞蹈，配合著舒徐悠揚的樂音，君王即使整天觀賞這些表演，都還覺得興味盎然，意猶未盡……。突然間，從漁陽地區傳來驚天動地的戰鼓聲，徹底粉碎了君王和她留連於霓裳羽衣舞曲的迷夢！宮闕巍峨的京城很快地就被戰塵籠罩了，成千上萬扈從君王的車馬只能倉促地向西南方出發了！

君王裝飾著翠鳥羽毛的華麗車駕，搖搖晃晃，走走停停地出了首都西城門外一百多里，隨扈的禁衛軍突然不肯繼續前進了，大家喧嚷吵鬧著，說是要求誅殺引發動亂的楊國忠和禍胎楊貴妃！此時的君王在進退兩難，無可奈何的形勢下，只好讓楊國忠自盡，並下令高力士帶人到一旁絞殺了楊貴妃；經過一番慘烈的折騰掙扎之後，可憐的貴妃便香消玉殞了！只見她的金花寶飾、翡翠翹、金雀釵和玉搔頭等華貴的首飾，散落在地上，竟然沒有人收拾！當時無法出手相救的君王只能痛苦地遮袖掩面，任憑慘絕人寰的悲劇發生；再回頭時，只見他早已血淚合流，傷心欲絕！

滾滾的黃塵瀰天漫地而來，車隊繼續在蕭瑟淒涼的風中前進，沿著插入雲天而又曲折環繞的棧道，君王終於登上了險峻的劍閣山。西蜀的山區行人極少，旌旗在雲霧中顯得黯淡無光，連陽光也變得灰白淡薄起來……。君王的車駕終於駐蹕在成都了，那裡的江水始終是那麼碧綠，山巒也一直是那青翠，正如聖明的君王對貴妃朝思暮想的深情始終不變。在行宮裡，君王見到月色便難免傷心；在夜雨中，君王聽到檐鈴聲便感傷腸斷——這鈴聲多像棧道上的鈴鐺聲啊！

（郭子儀等將領替肅宗皇帝把）戰局扭轉過來之後，太上皇玄宗後來也起駕要回返京城；來到了貴妃喪命的地方，車駕徘徊再三，久久不忍離去。馬嵬坡旁原本草草掩埋貴妃的泥土中，已經看不到貴妃美麗的容貌，只留下些許她平白慘死的遺跡了。此時君臣只能彼此相對傷心，全都淚灑衣襟；無可如何之餘，也只能失魂落魄地任憑車馬緩緩向東邊的都城前進了。

回到長安後，只見池塘苑囿和先前一樣美好得讓人留連忘返：太液池的荷花依舊嬌豔，未央宮的楊柳也婀娜如昔。太上皇面對這般景物時，恍惚中總覺得荷花就像貴妃嫵媚的容顏，楊柳又像貴妃秀美的眉毛，他又怎能不因而傷心落淚呢？不論是春風吹開桃李花瓣的美好時辰，或是秋雨滴落梧桐葉片的淒涼季節，都會令君王觸目生悲，感到無限愁悶與愧恨。

正式退位之後，太上皇居住的太極宮和興慶宮裡，只見秋草凌亂，落葉滿階，殘紅飄零一地，他也無心命人打掃了。從前他親自調教的梨園子弟都新添了白髮，原先侍奉貴妃的宮女也已經容貌蒼老了！入夜以後，流螢在空曠的甘露殿裡飛舞的景象，總是勾起他傷心的回憶；到了深夜，他經常獨自挑盡燈芯，依舊難以成眠。對他而言，鐘漏和更鼓聲似乎越來越單調，越來越遲緩了，夜晚也開始越來越漫長難捱了；他經常輾轉反側，直到銀河黯淡，天色微明的時刻，仍然難以安枕而眠。多少個夜晚，鴛鴦瓦片上覆蓋著濃重的秋霜，使他倍覺寒冷難耐；當他獨自擁著翡翠衾被失眠時，有誰能夠陪著他，讓他依偎取暖呢？

太上皇和貴妃生死長別的悲劇已經整整四年過去了，貴妃的魂魄從來不曾到他的夢中來相會。

後來，有一位客居京師的四川道士，據說能夠以精誠之心招來死者的魂魄；他被太上皇纏綿不解的情思所感動，於是便施展方士的法術殷勤地為太上皇尋覓貴妃的靈魂。他駕馭著雲氣，快如閃電地來回奔馳；有時升入天庭之上，有時鑽入地府之中去尋訪。可是他搜遍了天庭和地府，依舊茫茫然不知貴妃的芳魂是在何方。

有一天他忽然聽說海上有幾座仙山，就座落在似有還無、忽隱忽現的神祕地方。在那五色祥雲繚繞著的精美閣樓裡，住著許多風姿綽約的仙子；其中有一位名號是太真的仙女，擁有雪白的肌膚和花樣的容顏，彷佛就是太上皇所思念的人了。於是他迅速地來到那座金碧輝煌的仙宮前，叩擊西邊廂房的白玉門扉，懇請侍女小玉和雙成輾轉稟報太真仙子。一聽說唐朝的天子派遣使者來到此地，太真仙子的夢魂便從九華帳裡驚醒過來。她披上衣服，推開枕被，起身徘徊了片刻，然後重重的珠簾和層層的銀屏就依序掀起而陸續敞開了。她蓬鬆的髮髻斜在一邊，像是剛睡醒的模樣，還來不及把花冠戴正，她就急著走下廳堂而來。清風吹拂著她飄然揚舉的衫袖，彷佛她正跳著美妙的霓裳羽衣舞曲一般；她清麗而寂寞的臉上珠淚縱橫，像是一枝潔白的梨花沾帶著春雨一樣憔悴蒼白，讓人不捨。

太真仙子凝神注視著道士，請他向君王表達自已的情意，她說：「自從和君王分別以來，既無法見面，也無法互通訊息。從前君王在昭陽殿裡對我的恩寵愛護，已經是遙遠的往事了；如今的我，只能在蓬萊宮中忍受漫長歲月的煎熬。我經常回頭下望凡間，只見到滾滾的塵霧而看不到長安……。現在，我只能拿出昔日定情的信物來表達我對君王的深情，請你把這鈿盒和金釵帶回去給君王；我只留下金釵的一股和鈿盒的一扇蓋子，就讓金釵和鈿盒分成兩半，由兩人分別保存。只要我們的心意都像金釵和鈿盒這麼堅固不移，即使眼前我們被分隔在天上和人間，也一定會有相見的一天。」

臨別之前，她又鄭重地叮嚀，請道士轉達：「我和君王曾經有過只有兩人知道內容的山盟海誓。那年的七月七日在長生殿上，夜半我們支開侍衛之後，就曾經真誠地發誓：在天上我們願意化為形影不離的比翼鳥，在地上我們願意成為樹幹合一的連理枝。」

唉！天地雖然長久，也會有地老天荒的時候；而這生離死別的遺恨，卻是永遠纏綿不盡的啊！

【注釋】

① 詩題—憲宗元和元年（806）冬，白居易任盩厔縣尉，與友人陳鴻、王質夫同遊仙游寺，談及玄宗與貴妃往事而相與感嘆；王質夫舉酒對居易說：「夫希代之事，非遇出世之才潤色之，則與世消沒，不聞於世。樂天深於詩多於情者也，試為歌之，如何？」居易遂作本詩，時年三十五。詩成之後，陳鴻據以作文言短篇的傳奇小說〈長恨歌傳[1]〉。

② 「漢皇」句—借漢武帝寵愛李夫人之事以影射玄宗（685－762）之貪好女色。傾國，指絕色美女，見杜甫〈佳人〉詩注。

③ 御宇—御，治也；御宇，君臨天下。玄宗在位（712－756）共計 45 年。

④ 「楊家」四句—楊貴妃（719－756），小名玉環，蒲州永樂（今山西永濟市）人，蜀州司戶楊玄琰之女，幼時寄養於叔父楊玄珪家中。開元二十三年（735）冊封為壽王李瑁妃。二十四年，玄宗所寵之武惠妃薨，後宮無當玄宗意者；或言玉環資質天挺，宜充掖廷，遂召納禁中。為掩人耳目，先令玉環自請出家為女道士，住太真宮，改名太真；更為壽王另娶韋昭訓之女，然後才令太真還俗入宮。天寶初冊封為「貴妃」。事見《新唐書・列傳第一・后妃上》。按：「養在深閨」云云，殆即暗寓出家之事，乃避諱玄宗奪媳惡行的婉曲筆法。

⑤ 回眸—風情萬種地轉眸顧盼。

⑥ 「六宮」句—六宮，殆指天子的后、妃、嬪、御全體而言。粉黛，乃女子敷面的鉛粉和畫眉的黛墨之合稱；此代指妝扮美艷的宮妃而言。無顏色，謂相形之下，黯然失色。

⑦ 「春寒」二句—華清池，為驪山上華清宮之溫泉池，在今陝西省臨潼區。凝脂，形容細潤而柔嫩滑膩的肌膚；語出《詩經・衛風・碩人》：「手如柔荑，膚如凝脂。」

⑧ 「雲鬢」句—雲鬢，形容鬢髮美如流雲；花顏，形容紅顏麗似嬌花。金步搖，首飾名，是以金絲婉轉屈曲成花枝狀，並綴以珠玉的髮飾，行走時則隨步伐搖曳生姿；是玄宗贈與貴妃的定情物。樂史《楊太真外傳》載定情之夕：「授金釵鈿合，上又自執麗水鎮紫庫磨金琢成步搖，至妝閣親與插鬢。」

⑨ 芙蓉帳—繡有芙蓉花之床帳。

⑩ 「春從」句—謂不分晝夜，形影不離，貴妃得以專享恩寵而陪侍在君王身側；《新唐書・列傳第一・后妃上》謂貴妃：「善歌舞，邃曉音律；且智算警穎，迎意輒悟。帝大悅，遂專房宴，宮中號『娘子』，儀體與皇后等。」陳鴻〈長恨歌傳〉：「時省風九州，泥金五岳，驪山雪夜，上陽春朝，與上行同室，宴專席，寢專房。」

⑪ 「後宮」句—《後漢書・皇后紀》載漢高祖與文帝雖頗近女色，然選納後宮尚簡；而自武帝、元帝之後，世增淫費，至乃後宮三千。

⑫ 「三千」句—極言貴妃之專寵。陳鴻〈長恨歌傳〉載貴妃之專寵曰：「雖有三夫人、九嬪、二十七世婦、八十一御妻，暨後宮才人、樂府妓女，使天子無顧眄意。自是六宮無復進幸者，非徒殊豔尤態獨能致是，蓋才智明慧，善巧便佞，先意希旨，有不可形容者焉。」

⑬ 金屋—形容寵妃居處之華貴。見劉方平〈春怨〉注。

⑭ 「玉樓」句—玉樓，傳說為神仙所居之所，此用以極言宮閣之華美。醉和春，謂醉顏酡紅，粉面含春，極其艷媚撩人。

⑮ 「姊妹」二句—玉環冊封為貴妃後，追贈其父玄琰為太尉、齊國公，擢其叔父玄珪為光祿卿，伯叔父兄弟楊銛為鴻臚卿，楊錡為侍御史，又娶太華公主為駙馬都尉；楊釗後亦漸貴顯，賜名國忠，任右丞相。三姊皆美劭，帝呼為姨；大姐為韓國夫人，三姊為虢國夫人，八姊為秦國夫人。並承恩澤，出入宮掖，聲焰灼人，權

傾一時；可參見杜甫〈麗人行〉。列土，指分封土地、侯爵；列，通「裂」。可憐，可羨也。

⑯ 「遂令」二句—〈長恨歌傳〉載當時歌謠云：「生女勿悲酸，生男勿喜歡。」又曰：「男不封侯女作妃，看女卻為門上楣。」

⑰ 「驪宮」二句—驪宮，指驪山上之華清宮。仙樂，形容音樂之美，非人間所能聽聞者。

⑱ 「緩歌」二句—緩歌，歌聲柔美；慢舞，舞姿曼妙。凝，徐聲引調也。凝絲竹，謂舒徐柔緩地演奏管絃樂，正與歌舞節拍渾融和諧。看不足，百看不厭。

⑲ 「漁陽」句—漁陽，古稱薊州，在今河北薊縣、平谷區一帶，天寶中改制為漁陽郡，乃范陽節度使所轄八郡之一，故可代指范陽；安祿山時兼范陽、平盧、河東三節度使，於天寶十四載（755）十一月反於范陽。鼙，音ㄆㄧˊ；鼙鼓，軍中所用之小鼓、騎鼓，可代指戰鼓、戰爭。

⑳ 「驚破」句—〈霓裳羽衣曲〉，舞曲名，相傳為開元年間，河西節度使楊敬忠將經西域輾轉傳入涼州的天竺佛曲〈婆羅門曲〉依律創聲，獻給玄宗。李隆基獲曲後，結合自己在夢境月宮中所聽到的仙樂，加以潤色修訂，創製而成。天寶十三載，玄宗易曲名為〈霓裳羽衣曲〉。

㉑ 「九重」二句—九重，極言其高峻；《楚辭・九辯》：「君之門以九重。」闕，宮門前的望樓；九重城闕，即代指宮殿巍峨的京城長安。煙塵生，謂發生戰亂，燃起烽煙，掀起戰塵。乘，四馬駕一車之謂；騎，一人一馬之合稱。千乘萬騎，誇言隨扈軍隊之多。西南行，謂天寶十五載六月潼關失陷，京師震恐，玄宗倉皇奔蜀事；《資治通鑑》卷218載其事甚詳，參見杜甫〈哀王孫〉【補註】。

㉒ 「翠華」二句—翠華，皇帝儀仗中以翠鳥羽毛裝飾的旌旗。搖搖，既形容車駕之顛簸，亦象徵唐室之岌岌可危。西出百餘里，指至

馬嵬驛，故址在今陝西興平市西北二十餘里處；而興平東距長安九十里，故馬嵬正在長安以西百餘里處。

㉓ 「六軍」二句—古時天子有六軍，然當時僅左、右龍武及左、右羽林軍隨駕。不發，陳玄禮的禁軍到馬嵬驛因飢疲而譁變，迫使玄宗先誅楊國忠，進而要求殺貴妃。可奈何，謂玄宗迫於形勢，命高力士縊殺貴妃於佛堂前梨樹下，置屍於驛庭，召軍士入視，眾始整隊西行。宛轉，輾轉委屈貌，可兼指玄宗內心之煎熬與貴妃身心之掙扎而言。蛾眉，形容眉毛彎曲細長如蠶蛾，常作為美人之代稱，此指楊貴妃而言。

㉔ 「花鈿」二句—花鈿，以金玉鑲嵌為花葉的首飾；鈿，音ㄉㄧㄢˋ，又音ㄊㄧㄢˊ。委，棄也；委地，兼指下一句而言。翠翹，形似翡翠長尾的頭飾、髮簪。金雀，雀形的金釵。玉搔頭，《西京雜記》卷 2 載武帝過李夫人時，就取玉簪搔頭，而後宮人搔頭皆用玉；故借以代指玉簪。

㉕ 「雲棧」句—在山巖絕險處，鑿洞架木而成之小道，謂之棧道；雲棧，極言棧道之高，如在雲霄之上。縈紆，縈迴曲折也；因依山而鑿，故隨山勢而迴環縈繞。劍閣，在今四川廣元市劍閣縣北，是在大小劍山間鑿石架閣而成的棧道，因群峰聳立如劍而名，是古代四川和陝西之間的主要通道。

㉖ 「峨嵋」二句—峨嵋，岷山的支脈，在今四川峨嵋山市西南，海拔 3098 公尺；岷山山脈連綿三百餘里，至此突起雙峰聳峙，有如蛾眉相對，故名。然玄宗入蜀，實未經過峨嵋，故僅借以統攝蜀地群山而言。旌旗無光，歷經長途跋涉，旌旗本已蒙塵；又因蜀道山區多雲霧，更使旌旗失其鮮麗之光澤。日色薄，既指雲濕霧濛，故陽光亦顯得灰白黯淡；亦可與旌旗合言，象徵玄宗的威勢逐漸衰微，心思日益消沉頹喪。

㉗ 「蜀江」二句—蜀，指成都而言；此以山水之長碧恆青，比擬玄

宗對貴妃之思念始終不減。

㉘ 「行宮」二句—行宮，指玄宗出奔成都時駐驛的宮室；見月傷心色，即見月色而傷心之倒裝。「夜雨」句，鄭處晦《明皇雜錄．補遺》載玄宗既幸蜀，西南行，出入斜谷，逢霖雨十餘日，於棧道雨中聞鈴聲與山相應，意頗淒哀；既悼貴妃，遂採其聲為〈雨霖鈴曲〉以寄恨。按：鈴，原是指掛在棧道鐵索上的鈴鐺，以便行走其間時可以憑鈴聲而辨前後遠近。然此處殆指玄宗聽見行宮屋簷下的風鈴聲而憶起棧道霖雨的鈴鐺聲，不禁悲從中來，黯然腸斷神傷。

㉙ 「天旋」二句—天旋地轉，比喻天下形勢丕變，混亂的局面恢復安定而言。肅宗至德二載（757）十月，廣平王俶和郭子儀收復西京，肅宗派遣太子太師韋見素迎玄宗自蜀還京，十二月抵長安。迴龍馭，指玄宗的車駕回返而言。到此，到馬嵬也。躊躇，徘徊不去貌。一作「天旋日轉」，則兼指亂局平定與玄宗傳位肅宗二事。

㉚ 「不見」句—謂再也見不到貴妃美麗的容顏，徒留她慘死而草葬道旁的遺跡而已。空，僅、只、獨也。空死處，只見死處也；「見」字承上「不見」而省略。按：「空」字亦可有平白蒙冤之意。《新唐書．卷 89．列傳第一．后妃傳》載玄宗回京，途經馬嵬，遣人備棺槨改葬；挖土，得香囊以獻。玄宗視之，「淒感流涕，命工貌妃於別殿，朝夕往，必為鯁欷。」

㉛ 信馬歸—任憑車馬緩步慢行，不再有急欲返京之心緒。信，任憑、不放心上、不在乎之意；此表現玄宗之黯然神傷與失魂落魄。

㉜ 「太液」句—漢武帝建太液池於建章宮北，周圍四十頃，中起三山，以象蓬萊、瀛洲、方丈三仙島；遺址在今陝西省長安縣西。唐時建太液池於大明宮內，在今西安市未央區孫家凹南。未央宮，漢高祖時丞相蕭何所建；此與太液合言，泛指唐之宮殿池苑。

㉝ 「西宮」句—寫玄宗地位之陵夷、居處之蕭條與處境之淒涼。西

宮，即太極宮，又稱西內，其地較為陰濕荒涼。南內，指興慶宮，位於皇城東南。玄宗歸京後，原居於南內，由於鄰近大街，易與外界互通聲氣，肅宗親信唯恐太上皇有復辟之舉，遂於上元元年（760）七月遷之於西內的甘露殿，並流貶高力士等親信。

㉞「梨園」二句—梨園，唐時宮廷按樂之地。弟子，乃玄宗於開元二年（714）由坐部伎中挑選優秀者，自教法曲，號曰「皇帝梨園弟子」；天寶年間又命宮女數百人為梨園弟子。椒房，漢時未央宮內皇后所居宮殿之別名，亦可代指皇后；其宮室以花椒和泥以塗壁，取其溫暖芳香，能避惡氣，及蕃實多子的吉利之義。阿監，侍奉后妃之女官。青娥，原指年輕貌美之女子；《方言》卷 1：「秦晉之間，凡好而輕者謂之娥。」此與上句「白髮」相對，代指青春美好之容顏。

㉟「夕殿」二句—夕殿，到了夜晚時玄宗所居住的西內甘露殿。思，音ㄙ丶，情緒、心境。悄然，憂思感傷貌。挑盡，古人以燈草點油燈，燃燒片刻之後，就得把已成灰燼的部分剔除，以利繼續燃燒照明；至於燈芯挑盡，則表示夜闌燈滅，終宵不寐矣。張戒《歲寒堂詩話》嘗謂：「此尤可笑，南內雖淒涼，何至挑孤燈耶？」他以為玄宗必有宮人服侍，不至於獨挑燈芯，固然有理，但卻疏忽此乃文學創作之手段，藉以烘染一位孤獨的老人思念已故愛侶而終宵不寐的淒涼悲愴而已。

㊱「遲遲」二句—遲遲句，古時擊鐘打更鼓以報時，故以鐘鼓聲之遲緩，表示玄宗思念情切而孤枕難眠，遂覺長夜漫漫而倍感煎熬難捱。耿耿，微明貌。欲曙天，天將破曉，曙光將現之時。因曙色將現，故原本明亮的銀河星光逐漸轉淡變暗。

㊲「鴛鴦」二句—鴛鴦瓦，屋瓦一俯一仰相扣成雙，謂之鴛鴦瓦。霜華，形容秋霜之潔白細緻。重，厚也。翡翠衾，繡有翡翠鳥相隨圖案的被子。李時珍《本草綱目》：「雄為翡，其色多赤；雌為

翠，其色多青。」瓦而曰鴛鴦，衾而曰翡翠，除形容精雕巧繡，色美質珍的華貴氣派外，亦取其雌雄成雙，以反襯玄宗形單影隻，晚景淒涼。誰與共，和「芙蓉帳暖度春宵」「春從春遊夜專夜」成鮮明對比，以凸顯其冷清寂寞。

㊳ 「悠悠」句—悠悠，兼指憂思深長與死別經久二義。經年，經過許多年；由貴妃之死至玄宗移居甘露殿長達四年（756－760）。

㊴ 「臨邛」二句—邛，音ㄑㄩㄥˊ。臨邛，今四川省邛崍市，唐時屬劍南道之蜀郡；此可代指道士來自四川一帶。鴻都，東漢京師洛陽北之宮門名，漢靈帝曾於鴻都門聚集具有琴棋書畫或辭賦等一技之長者，置鴻都門學士；又因「鴻都」二字有大都之意，故以「鴻都」代指京師，此指長安。鴻都客，即客遊長安之人。《楊太真外傳》謂有道士楊通幽自蜀而來，自云有招致神魂之術。

㊵ 「為感」二句—為感，為之深深感動也；此句乃「深為玄宗輾轉情思所感」之意。展轉思，纏綿悱惻以致難以成寐的情思。遂教，於是使得。教，讓、使也；然似無命令指使之意。方士，即有方術之道士。

㊶ 「排雲」二句—排雲，指揮、調派雲霧；或作「排空」，殆指騰空。馭氣，駕馭雲氣，即騰雲駕霧之意。求之遍，乃「遍求之」的倒裝，謂尋遍天庭地府以訪求貴妃之魂魄。

㊷ 「上窮」句—窮，尋遍也，窮盡其至高處之意。碧落，道教對天界的稱謂，蓋因碧霞遍滿，故云。黃泉，地底也；《左傳・隱公元年》杜預注：「地中之泉，故曰黃泉。」

㊸ 「忽聞」二句—海上仙山，古代傳說中東海有三座神山：蓬萊、方丈、瀛洲。縹緲，音ㄆㄧㄠˇ ㄇㄧㄠˇ，若有若無、忽隱忽現貌。

㊹ 「樓閣」二句—玲瓏，形容雕鏤精巧靈妙。五雲起，聳立於五色雲彩之上。五雲，相傳仙人所居之境有五色祥雲環繞。綽約，丰

神柔美，姿態輕盈貌。

㊺「中有」二句—太真，仙子之名，亦為貴妃入宮為女道士時之法號。雪膚，譬喻肌膚白皙；花貌，譬喻容貌嬌美。參差，彷彿、差不多。

㊻「金闕」句—金碧輝煌的宮闕；道書謂天庭上有天帝所居之黃金闕。扃，音ㄐㄩㄥ，本指由門外關上的門閂、扣環、鎖具等；玉扃，則殆指玉質之門扉。

㊼「轉教」句—句謂道士委婉地央求小玉轉告雙成，再由雙成稟報貴妃有漢使來訪；此形容仙府重深，須經輾轉通報才得以謁見。轉教，委婉地請求對方轉告。報，稟報。小玉與雙成，指貴妃在仙山的侍婢。小玉是〈長恨歌傳〉中的雙鬟童女，為外侍女；雙成則是碧衣侍女，為內侍女。雙成，《漢武帝內傳》載西王母曾命其侍女董雙成吹雲和之笙。

㊽「聞道」二句—聞道，聽說。九，表多數之詞；九華帳，即花色繁縟鮮艷，彩繡華麗貴氣的羅帳。夢魂驚，側寫其孤寂無聊而以睡遣愁之狀，以與前文「承歡侍宴無閒暇」成對比。

㊾「攬衣」二句—攬衣，披衣也。徘徊，傳寫其遲疑矛盾之心理。珠箔，以珍珠串成的門簾；《漢武故事》載武帝起造神室時「以白珠為簾，玳瑁押之。」《西京雜記》卷 2 載：「昭陽殿織珠為簾，風至則鳴如珩珮之聲。」銀屏，鑲嵌銀絲花紋或銀框的屏風。迤邐，音一ˊ　ㄌ一ˇ，連綿延伸貌或相續開展貌。

㊿「雲髻」二句—雲髻，髮髻高盤於頭上，有如雲朵堆疊狀。新睡覺，方睡醒。覺，音ㄐㄩㄝˊ，醒也。「花冠」句寫其迫不及待之狀。

(51)「玉容」二句—玉容，容顏美皙如玉。闌干，舊注引《韻會》云：「眼眶亦謂之闌干。」不過，通常是用來形容淚流滿面，涕淚縱橫貌。梨花，以其芳香象喻貴妃之高貴貞潔，又以其潔白象喻貴妃容顏之蒼白憔悴；正與前文「芙蓉如面柳如眉」成生死、歡戚之對比。一枝，兼涵超凡脫俗與孤獨寂寞二義。梨花帶雨，形容美人含淚時之哀怨淒楚與憔悴愁損。

52 「含情」句—睇，音ㄉㄧˋ，微視。凝睇，凝神注目。謝，以言詞請託道士轉告之意；張相《詩詞曲語詞匯釋》卷 5：「謝，一作『語』；謝，猶語也。」

53 「昭陽」二句—昭陽殿，本為漢成帝所寵趙昭儀所居之宮殿，此借指貴妃生前所居之唐內宮。恩愛絕，謂久未蒙君王之恩愛。蓬萊宮，指貴妃在仙山所居之宮殿。

54 「唯將」二句—唯將，只好拿；將，持、拿之意。鈿合，即「鈿盒」，是鑲嵌金花珠飾的寶盒。金釵，分叉為兩股的金質髮簪。玄宗納貴妃時，曾贈鈿盒金釵為定情之物。寄，託也。寄將去，請道士帶回人間。

55 「釵留」二句—謂將金釵與鈿盒平分兩半，各留一半以待他日相會作為取信之用。擘，以手分開物體；〈長恨歌傳〉謂太真「指碧衣取金釵鈿盒，各折其半，授使者曰：『為我謝太上皇，謹獻是物，尋舊好也。』」

56 重寄詞—重，鄭重。寄詞，請託道士傳達心事。

57 「七月」二句—長生殿，指華清宮中的齋祀之殿；《唐會要・卷 30・華清宮》：「天寶元年十月造長生殿，名曰集靈臺，以祀神。」〈長恨歌傳〉載貴妃為取信於道士及玄宗，乃以極私密之事相告：「昔天寶十載，侍輦避暑於驪山宮。秋七月，牽牛織女相見之夕……時殆夜半，休侍衛於東西廂，獨侍上。上憑肩而立，因仰天感牛女事，密相誓心：願世世為夫婦。言畢，執手各嗚咽。此獨君王知之耳。」

58 比翼鳥—《爾雅・釋地》：「東方有比目魚焉，不比不行，其名謂之鰈；南方有比翼鳥焉，不比不飛，其名謂之鶼鶼。」後常喻形影相隨之恩愛夫妻。比，音ㄅㄧˋ，並也。

59 連理枝—兩樹異根而枝條相連，生長如一，謂之連理枝。理，紋理也。《搜神記》卷 11 載韓憑夫婦死後分葬兩處，然其墓木竟枝幹相連，葉葉相覆，狀頗纏綿；又有鴛鴦雌雄各一，恆棲樹上，交頸悲鳴。宋人哀之，遂號其木曰相思樹。

60 「此恨」句—綿綿，長遠不絕貌。作者另有樂府詩〈李夫人〉云：「又不見泰陵一掬淚，馬嵬坡下念楊妃。縱令妍姿艷質化為土，此恨長在無銷期。」

【導讀】

本詩是以歷史材料和民間傳說為藍本，經由作者豐富的情感加以醞釀，卓越的藝術才思加以鎔裁，再加上瑰瑋綺麗的辭藻加以虛擬、想像、誇張、轉化和渲染，所創作出的七言歌行體傑作。細讀之後，會發現本詩體制宏偉，意境縹緲，風格哀婉，而且結構完整細密，敘事井然有序，情節扣人心弦，情調浪漫淒美，故事纏綿悱惻，興象豐懋華美，寄意幽微綿邈，的確稱得上是一首波瀾壯闊、氣象雄渾的愛情史詩。

正由於本詩的故事情節鋪敘得相當生動傳神，藝術成就又備受各界肯定，因此不僅千餘年來的癡情男女被這段哀感頑艷的愛情悲劇深深震撼而傳誦不衰，連歷代的騷人墨客都從中得到許多靈感和啟示，創作了大量沁人心脾、賺人熱淚的小說和戲曲，例如：唐朝陳鴻的〈長恨歌傳〉、宋代樂史的《楊太真外傳》、元朝關漢卿的《唐明皇啟瘞哭香囊》、白樸的《唐明皇秋夜梧桐雨》、清代洪昇的《長生殿》等，都是膾炙人口的傑作。即使作者本人都曾經頗為自負地賦詩曰：「一篇〈長恨〉有風情，十首〈秦吟〉近正聲。每被老元偷格律，苦教短李服歌行。世間富貴應無分，身後文章合有名。莫怪氣粗言語大，新排十五卷詩成[1]。」顯然自以為必傳於後了。元稹在為《白氏長慶集》

作序時也說本詩騰播於「王公妾婦、牛童馬走之口。」可見當時風靡天下之一斑，甚至還有倡伎標榜自已能誦此詩而聲價倍增[2]。再證之以尤袤《全唐詩話》引唐宣宗哀悼白居易的七律：「童子解吟長恨曲，胡兒能唱琵琶篇」，更可以看出本詩驚神泣鬼的藝術魅力，早已達到雅俗共賞、童嫗能解的化境了；因此趙翼在《甌北詩話》中說：「其本事易傳，以易傳之事為絕妙之詞，有聲有情，可歌可泣。文人學士既嘆為不可及，婦人女子亦喜聞而樂誦之，是以不脛而走，傳遍天下。」正由於詩人能以「深於詩，多於情」的出色才調來潤飾這一段淒美哀怨的愛情悲劇，才使本詩成為繼〈孔雀東南飛〉之後最感人肺腑的長篇愛情詩；因此何良俊《四友齋叢說》稱賞本詩與〈琵琶行〉為「古今長歌第一」，何焯《義門讀書記》也說：「是傳奇體，然法度好，風神頓挫，亦為才子之最也。」

這首長達一百二十句，共八百四十字的鉅構，各家分段略有差異。為了便於指出作者佈局的匠心所在，筆者將本詩分為十二段，各段大意皆隱然埋伏有「恨」字的脈絡在內：

* 首段「漢皇重色思傾國……六宮粉黛無顏色」八句，寫玄宗之好色，已經預先埋下長恨之根。
* 次段「春寒賜浴華清池……不重生男重生女」共十六句，可以分成三節，細寫貴妃新承皇恩、專寵之盛與楊氏貴顯，依稀可以看出貴妃漸啟百官與後宮怨恨之機，種下了橫死馬嵬的禍胎。
* 三段「驪宮高處入青雲……千乘萬騎西南行」八句，寫樂極釀悲，已兆長恨之端。
* 四段「翠華搖搖行復止……回看血淚相和流」八句，寫玄宗迫於形勢而使貴妃冤死，實為長恨之始。
* 五段「黃埃散漫風蕭索……夜雨聞鈴腸斷聲」八句，寫玄宗入蜀後興悲惹恨的哀苦。
* 六段「天旋地轉迴龍馭……東望都門信馬歸」六句，是寫玄宗返

京的途中經過馬嵬時的觸景傷情之恨。

＊七段分為兩節，前半「歸來池苑皆依舊……椒房阿監青娥老」十句，極寫玄宗還都後物是人非的感慨；後半「夕殿螢飛思悄然……魂魄不曾來入夢」八句，極寫幽居獨處時長夜漫漫的淒涼，借以表現所見所聞，無不勾起悠悠之愁，惹出綿綿之恨。

＊八段「臨邛道士鴻都客……雪膚花貌參差是」十四句，是寫道士竭力追尋貴妃魂魄，為玄宗消釋愧恨。

＊九段「金闕西廂叩玉扃……梨花一枝春帶雨」十句，寫道士所見貴妃之憔悴，以增幽恨之思。

＊十段「含情凝睇謝君王……天上人間會相見」共十二句，是寫貴妃自述其悲，卻又深情如昔，無怨無悔，更見此事之可恨。

＊十一段「臨別殷勤重寄詞……在地願為連理枝」六句，是以貴妃細訴星盟月誓的密語，再渲染天人永隔之可恨。

＊十二段「天長地久」兩句，是以作者的悠悠之嘆，襯托貴妃的綿綿之恨作結。

讀者只要用心體會，便不難察覺在作者隨情轉韻的詩境中，自有細針密線的章法，才能使所有令人目眩神迷的繁文縟采，無不綺交脈注於綿綿不盡的餘恨之中。

＊首段「漢皇重色思傾國……六宮粉黛無顏色」八句，寫玄宗之好色，已經預先埋下長恨之根。

「漢皇重色思傾國」七字，開宗明義地指出玄宗的過失所在，而且涵義豐富：以漢武帝和李夫人的典故來影射唐玄宗和楊貴妃的關係，既能有「言之者無罪，聞之者足誡」的諷諭效果，又有為尊者避諱的婉曲之意，此其一。「傾國」二字，既指貴妃之美，使人驚艷，又隱諷玄宗幾乎因為溺情於床笫之歡而亡國，此其二。李夫人歿後，漢武帝亦曾派遣方士招求其魂魄前來相會，又與後半道士尋訪仙靈之事暗合，此其三。因此，開篇七字幾乎已經涵括大半情事的發展，可見作者構思之奇，筆力之雄。一個「思」字，寫盡他晚年色迷心竅，怠忽國政的情狀。「御宇多年求不得」七字，又以概括之筆，寫玄宗地位之尊、聲勢之隆、在位之久，以及明察暗訪以覓求絕色佳麗的荒唐作為，補足前句「重色」二字的分量。前兩句只以平淺流利的語言，作故事背景的鋪敘，然褒貶之意，已顯然可見，而玄宗晚年荒淫的情狀，也可以想像得之了。

「楊家有女初長成，養在深閨人未識」兩句，同樣是以婉言微諷的手法，輕輕揭露玄宗奪媳亂倫的一段宮闈穢史：楊玉環十七歲時原本冊封為壽王李瑁之妃，竟然得到玄宗的眷顧。玄宗為了掩人耳目，先讓她在二十二歲時「自動請求」為女道士，住太真宮；二十五歲才又接回身邊，兩年後正式冊封為自己的貴妃。換言之，「養在深閨」云云，可能不僅僅敘述玉環從小寄養在叔父楊玄珪家中之事而已，極有可能還影射這一段瞞天過海的幽密過程，由此可見詩人舉重若輕而又不著痕跡的筆力之高明了。

順著前述詩人的用心來看，所謂「天生麗質難自棄」，可能還暗示不僅純潔的道袍包藏不住她國色天香的麗質，反而還對唐玄宗散發出更難以抗拒的誘惑，至於其中是否有不堪聞問的暗通款曲之事，則僅以「難自棄」三字欲言又止地含糊帶過，留給讀者無限想像的空間；這又可以看出作者為這一段欲蓋彌彰的醜聞作點到為止的巡禮時，是如何煞費苦心地斟酌用語了。讀者在前六句行雲流水般的鋪敘中，並不容易嗅出宮闈穢史的氣息，必須設身處地、以意逆志地聯想，才能體會出詩人寄託深遠的苦心；無怪乎葉燮在《原詩》中駁斥所謂「白詩老嫗可曉」之說，以為白居易的作品「言淺而深，意微而顯，此風人之能事也。……人每易視白，則失之矣。」乾隆御批《唐宋詩醇》也說本詩「情文相生，沉鬱頓挫，哀艷之中，具有諷刺。」至於張戒《歲寒堂詩話》以為白居易之詩「情意失於太詳，景物失於太露，遂成淺近，略無餘蘊，此其所短處」的看法，恐怕就不適用於前六句了。

至於為人所艷稱的「回眸一笑百媚生，六宮粉黛無顏色」兩句，也能巧妙地化用李白在翰林應制所作的〈清平樂令二首〉其二的「六宮羅綺三千，一笑皆生百媚」的句意，採用以「一笑」匹敵「六宮」，以及「百媚生」對比「無顏色」的映襯手法，勾勒出貴妃正式入宮時巧笑倩兮，美目盼兮，足可顛倒眾生的萬種風情。如此刻畫，既回應首句的「傾國」二字而神韻盡出，又開啟第二段的承寵與嬌態，同時還隱約露出樹敵惹怨的端倪，是濃淡合宜而又關鎖綿密的精采之筆，因此成為膾炙人口的名句。

＊次段首節的「春寒賜浴華清池……從此君王不早朝」八句，細寫貴妃新承皇恩；二節的「承歡侍宴無閒暇……玉樓宴罷醉和春」六句，續寫貴妃專寵之盛；三節的「姐妹兄弟皆列土……不重生男重生女」四句，則補寫楊氏因此而貴顯。合而觀之，依稀可以看出貴妃漸啟百官與後宮怨恨之機，種下了橫死馬嵬的禍胎。

「春寒賜浴華清池，溫泉水滑洗凝脂」兩句，寫出玄宗對貴妃的寶愛，描繪出貴妃肌膚的白皙細嫩。這兩句畫面之柔美、情調之旖旎、觸感之細膩、氣氛之浪漫溫馨，在在引人遐思；再補上「侍兒扶起嬌無力，始是新承恩澤時」兩句，更是把貴妃出浴時嬌慵柔弱，如不勝衣的動人風韻，寫得活色生香，蕩人心魂，無怪乎會招惹一批衛道之士的批判：杜牧以為這種淫言媟語，傷風敗俗，恨不得以法嚴治[3]；張戒以為穢褻之語，不堪聞問[4]；王夫之認為作者化身為妖冶女子，流播衾裯間之醜態，應施以重刑[5]。筆者以為唯有在此段中寫足楊妃楚楚動人的千嬌百媚，才能呈現出當年玄宗為之神魂顛倒以致幾乎亡國的情狀，也才能凸顯出馬嵬冤死之後，玄宗的失魂落魄，朝思暮想，進而引出其後的種種動人情節。因此，實在無須以有色眼光來看待文學作品。

「雲鬢花顏金步搖」七字，是寫貴妃新浴之後鬢髮美如流雲，容顏艷若嬌花，以及盛妝修飾之後婀娜的姿影，有如一位即將送入洞房的新娘。「芙蓉帳暖度春宵」七字，是以芙蓉的粉紅色澤和芬芳氣息，映帶貴妃的容貌端美，青春浪漫；再加上羅帳的華麗高貴和衾被的暖香暗送，便烘染出共赴巫山的融融春意。不過，詩人卻只是點到為止，絕不作窮形盡相的露骨描寫，反而更有撩人情思的旖旎風調。「春宵苦短日高起」七字，是以頂真句法加快節奏，更能浮現出繾綣纏綿的恩愛和春宵苦短的遺憾。「從此君王不早朝」七字，是以概括的筆調和流宕的音節，斥責玄宗沉緬情慾的荒淫，不問國政的昏聵，並暗傳年逾花甲的玄宗臨老貪歡，唯恐青春難再的幽微心理。詩人除了以頂真的手法來增快節奏，又以「從此不」的決斷語氣表現出玄宗半生的英名一去不返，並且寄藏著國勢自此江河日下的深沉慨歎，最能見出趙翼《甌北詩話》卷 4 論白香山詩所謂「其筆快如并剪，銳若昆刀，無不達之隱，無稍晦之詞。功夫又鍛鍊至潔，看是平易，其實精純」的獨到之處。

「承歡侍宴無閒暇，春從春遊夜專夜」兩句，進一步指出玄宗不僅高臥晏起，不再早朝而已，甚至和楊妃形影不離，已經到了片刻無楊妃在側，則食無味、寢不安的地步了！尤其是後句以重出「春」字和「夜」字的手法，形成一波三折，頓挫跌宕的節奏，很能彷彿出朝夕伴隨，夜夜春宵的恩愛狀態，和難分難捨的纏綿情意；同時也把玄宗晚年恣意尋歡的急迫之感和焦慮之心，表露得纖毫畢現，淋漓盡致，既使人同情他面對日薄西山的無力與無奈之感，又使人感嘆他荒淫無度的昏庸與愚蠢。「後宮佳麗三千人，三千寵愛在一身」兩句，也是以頂真句法的一氣呵成，和「三千」雖敵「一身」的強烈對比，表現出貴妃得寵之盛和玄宗用情之專，並暗示貴妃已經樹敵結怨，引起眾怒，抽出「長恨」的株苗了！「金屋妝成嬌侍夜，玉樓宴罷醉和春」兩句，再點出貴妃勢傾後宮，獨沐皇恩的情況，以見兩人柔情蜜意的恩愛之深，同時也把貴妃醉顏酡紅時春風滿面，煙視媚行的情態，寫得狀溢目前。

「姐妹兄弟皆列土，可憐光彩生門戶」兩句，是由側面入手，寫玄宗愛屋及烏的作為，藉以映照出貴妃壟斷君恩之一斑，同時也暗示楊氏一家惹起朝官之忌恨，埋下兵諫馬嵬的禍根。「遂令天下父母心，不重生男重生女」兩句，是以重出和對比的手法盪開筆勢，另闢新境，藉以指出天下父母心中傳統價值觀念的重大轉變，凸顯出貴妃所受的眷愛之隆，和楊氏一族所得的寵遇之盛。張戒以為「遂令」二句淺陋至甚，宋宗元《網師園唐詩箋》則以為「閒處一束，無限低回。」由前人兩極化的評語可知賞析之難矣。

＊三段「驪宮高處入青雲……千乘萬騎西南行」八句，寫樂極釀悲，已兆長恨之端。

「驪宮高處入青雲，仙樂飄飄處處聞」兩句，寫兩人有如神仙美眷般的愜意，然後再以「緩歌慢舞凝絲竹」進一步點染耽溺聲色，沉湎歌舞的情態。「緩、慢、凝」三字的講究，似乎有意浮現出在神仙的極樂世界裡時間的凝定不動，彷彿兩人可以天長地久迷醉其中，渾不知時光的流逝與人間的動亂，同時也作為詩末「天長地久有時盡」的伏筆，可見作者佈局遣詞的匠心獨運。「盡日君王看不足」七字，則把酣歌妙舞使人流連沉醉的意旨清楚地表露出來，同時又讓尋歡作樂的情狀達到飽和的極致；有了這七個字所蓄滿的歡樂氣氛，才能反顯出「漁陽鼙鼓動地來，驚破霓裳羽衣曲」那種樂極生悲的變化之鉅與石破天驚的聲勢之大！尤其是在仙樂飄飄，歡樂融融，緩歌慢舞，絲竹和凝的舒徐情調與柔美節奏中，突然插入掀天震地而來的急促軍鼓聲，更有使人驚心駭骨，手足無措的突兀感和震撼性；因此作者便巧妙地以「破」字來雙關中斷舞曲和打破迷夢的涵義，凸顯出安祿山叛亂對天下人心的震撼之大，以及對醉生夢死的玄宗和貴妃所造成的打擊之重。

事實上，作者本人對一氣呵成的「漁陽鼙鼓動地來，驚破霓裳羽衣曲」所蘊藏的深刻意涵也相當自負，因此他在二十年後(寶曆二年，826）出任蘇州刺史時作了一首酬和元稹的〈霓裳羽衣歌〉，其中還特別自豪地說：「君不見，我歌云：驚破〈霓裳羽衣曲〉。」正由於〈霓裳羽衣曲〉包含三大部分：散序、中序，以及入破到曲終共十二遍的繁音急節和宛轉柔聲[6]，因此「驚破」二字，既指叛亂之消息使得當時在驪宮中享樂的皇親國戚惶悚無狀，震駭不已；也指消息傳來時正是〈霓裳羽衣曲〉的音樂和舞蹈表演到「入破」的階段——依照白居易〈霓裳羽衣歌〉的詩句「飄然轉旋回雪輕，嫣然縱送游龍驚。小垂手後柳無力，斜曳裾時雲欲生（編按：小垂手、斜曳裾，皆為舞姿名詞）」來看，正是：樂舞如空中飄飛迴旋的雪花那樣輕盈地轉動，如遊龍受到驚嚇時那樣盤屈而騰縱，如嬝娜的柳條那樣低垂而舒徐地擺動，如雲彩冉冉而起那樣柔和遲緩地升騰……。換言之，正是緩歌慢舞，絲竹和凝，最旖旎、最舒柔、最盪人心魂的美妙情境。就在此時，安祿山叛亂的消息傳來，不啻是疾雷破柱般的晴天霹靂，當然使全場頓時深陷在驚惶不安之中；而對於唐玄宗和楊貴妃這一對陶醉在柔情蜜愛的鴛鴦而言，這個消息又無異於是敲醒驪宮春夢的喪鐘！因此陳寅恪《元白詩箋證稿》嘆賞地說：「『破』字不僅含有破散或破壞之意，且又為樂舞術語，用之更覺渾成耳。又〈霓裳羽衣〉入破時，本奏以緩歌柔聲之絲竹，今以驚天動地急迫之鼙鼓與之對舉，相映成趣，乃愈見造語之妙矣。」由於這兩句是由樂入悲而滋生長恨的分水嶺，因此詩人揉合了對比、象徵、雙關和借代等各種修辭手法，經營出豐富而深美的意象，無怪乎讀來倍覺委婉多諷而怊悵多悲。「九重城闕煙塵生，千乘萬騎西南行」兩句，轉筆折入京城震恐與玄宗倉皇出奔的景象。由於鋪寫長安人心惶惶的亂離景況並非本詩的重點，因此詩人便語少意多地以這兩句過渡至馬嵬的兵變。如此安排，可謂詳略合宜，剪裁有法。

＊四段「翠華搖搖行復止……回看血淚相和流」八句，寫玄宗迫於形勢而使貴妃冤死，實為長恨之始。

「翠華搖搖」四字，不僅實寫蒙塵時顛沛動盪的情狀，也象徵皇室的搖搖欲墜和玄宗心緒的紛亂不寧。「行復止」則除了實寫當時走走停停的景況外，似乎也暗示玄宗對於富貴權位的癡迷眷戀，難以割捨，因此他後來會懦弱地作出捨美保命的抉擇，也就不足為奇了。「西出都門百餘里」是指點馬嵬的所在。「六軍不發無奈何，宛轉蛾眉馬前死」兩句，實寫當時禁衛軍兵諫的凶險形勢，以及玄宗知道大勢已去，不得不犧牲貴妃那種無可如何的難堪處境。從「無奈何」三字來看，似乎白居易的態度已經從批判玄宗的荒淫好色，轉為同情悲憫一位失去天下又失去伴侶的古稀老叟了，因此他不用李商隱〈馬嵬〉詩「如何四紀為天子，不及盧家有莫愁」那種冷潮熱諷的尖刻口吻，反而以「宛轉」二字表現出貴妃被高力士手下縊殺時的掙扎痛苦和玄宗內心的矛盾煎熬，可謂一筆兩到，詩心敦厚。寫這兩句時，作者選擇遠鏡頭拍攝方式，避免把慘絕人寰的絞殺實況呈現出來。「花鈿委地無人收，翠翹金雀玉搔頭」兩句，則是在貴妃香消玉殞之後，才把鏡頭移近而轉向地面，選取首飾珠翠等散落一地的場景，補足前面「宛轉」二字所暗示的掙扎艱苦之意，下筆極有分寸。「君王掩面救不得，回看血淚相和流」兩句，是把鏡頭移向玄宗作特寫，讓讀者彷彿看到玄宗頓失愛侶時那種肝腸寸斷，悔恨交加，以及剎那間白髮凌亂，血淚交迸的悽慘神情。一個曾經號令天下，威風蓋世，可以呼風喚雨，旋乾轉坤的開元天子，竟然無法保住自己晚年所鍾愛的女子，他心中的傷痛之切、愧恨之深，其實不難想像；而那百般不捨、萬分不甘和無窮的悲恨，又豈是三言兩語所能形容得盡的？作者的筆墨，到此似乎已經融入了主觀的悲憫與憐惜，他也不忍心再去斥責痛失愛侶的玄宗了；因此以下三段，便順著情節的進展，極力馳騁抒情的筆觸，層層深入地烘托渲染玄宗內心深處難以言傳的感情傷痛。

＊五段「黃埃散漫風蕭索……夜雨聞鈴腸斷聲」八句，寫玄宗入蜀後興悲惹恨的哀苦。

「黃埃散漫風蕭索」七字，是借路途中的蕭索景象，表示玄宗紛亂的心緒和愁慘的心境；「雲棧縈紆登劍閣」七字，是借攀爬棧道的曲折艱辛，點染玄宗腸似九曲之糾結與心如愁霧之深鎖。「峨嵋山下少人行」七字，是借人跡罕至的荒涼，呈現玄宗心境的孤寂冷清；「旌旗無光日色薄」七字，是借蜀地山區的雲封霧鎖使出奔多日的車隊疲乏不堪，旌旗蒙塵，不再鮮明耀眼，陽光也顯得灰暗淡薄的景象，象徵玄宗的威勢逐漸衰沒，以及他的心境之愁慘黯淡，情恨之鬱積深濃。

「蜀江水碧蜀山青，聖主朝朝暮暮情」兩句，是以略喻兼重出加疊字的繁複手法，一方面表示玄宗對貴妃的思念無時或忘，有如蜀江長碧，蜀山長青；一方面又以青山綠水明媚的彩相和活潑的生命力，對襯玄宗心緒之深沉黯淡，有如槁木死灰；同時還可能有意以水碧山青的亮麗耀眼，刺痛玄宗喪偶的心靈，勾起他對往日美好情愛的感慨。宋宗元《網師園唐詩箋》評此二句曰：「從景上寫出悲涼情味，虛際描摹，筆意宕漾，如聆三峽猿啼。」的確慧眼靈心，別有妙悟。

為了進一步刻劃「朝朝暮暮情」的有增無已，於是作者更以「行宮見月傷心色，夜雨聞鈴腸斷聲」來表示所見所聞無不獻愁供恨，令人無所遁逃！「蜀江水碧」以下四句，濃縮了由入蜀之後駐蹕行宮起算，直到肅宗派遣太子太師韋見素來迎接玄宗返京的幾個月的時間。讀者彷彿可以見到玄宗獨自閒步月下時憔悴蒼老的身影，強烈地感受到他幽居獨處時的寂寞與悽涼，甚至還能看到他仰望清輝時臉上閃著晶瑩的淚光；也彷彿可以看到他正獨自佇立在行宮的迴廊上，望著漫天的雨絲，心亂如麻地聽著檐鈴風響，跌入痛苦的回憶中：當他在棧道上舉步維艱地逃難時，正逢霖雨，他一邊摸著鐵鎖，一邊在淒風苦雨中聽著索上顫抖的鈴鐺聲，同時又悼念著慘死馬嵬、草葬道旁的楊貴妃正被無情的風雨肆虐著……甚至還可以看見他在迴廊上的孤孑身影被淒風苦雨的暗夜襯托得更為落寞單薄，同時他痛苦的心魂似乎也正穿越雨絲，翻越蜀道，飛向楊妃魂歸離恨的馬嵬而去……。換言之，作者不過是借月華來敷色，借鈴聲來傳情，便把玄宗此時無窮的傷心斷腸之幽恨，渲染得淒涼滿紙，扣人心弦，使讀者不得不為之眼熱鼻酸；由此可見作者融情入景的功力，的確已達梅聖俞所謂「狀難寫之景，如在目前；含不盡之意，見於言外」的化境了。

＊六段「天旋地轉迴龍馭……東望都門信馬歸」六句，是寫玄宗返京的途中經過馬嵬時的觸景傷情之恨。

「天旋地轉迴龍馭」七字，譬喻混亂的變局暫時安定下來，長安和洛陽相繼收復，玄宗也被迎回長安。「天旋地轉」四字，形容整個變局的扭轉，筆力極為雄渾。「迴龍馭」三字，是寫已經退位成為太上皇的玄宗之車駕要返回長安，其中隱藏著多少不堪回首的淒涼！「到此躊躇不能去」七字，寫盡玄宗重臨傷心地時既悲且怨，既愧且恨，然而卻已經救贖無方，回天乏術，只能失魂落魄地踟躕徘徊以悼念貴妃的無奈與痛苦情狀。「馬嵬坡下泥土中，不見玉顏空死處」兩句，點出臨穴哀悼時遙想玉顏卻徒見荒塚的無比沉痛！就文法而言，「不見玉顏空死處」七字，是「不見玉顏，空見死處」的蒙上省略句法，既營造出貴妃已經蟬蛻成仙，故而不見其屍首的神秘感，又遙引後半幅中道士前往仙山尋訪魂魄的情節，同時還增加幽明異途、天人永訣的徹骨之痛。「君臣相顧盡沾衣，東望都門信馬歸」兩句，前句寫玄宗的哀慟無人能夠撫平，因此只能君臣相對流涕；後句則寫玄宗遭受到二度傷害後，心神俱碎、魂飛魄散的恍惚情狀。此時的京城既已無至尊的權位等著他，冷清的南內也沒有善解人意的貴妃陪伴他，七十四歲的玄宗只能把餘生交付給無知的馬匹，任隨牠們馱向何方了！那種心如死灰而身如槁木，失神地兀坐在車駕上顛簸搖晃的形象，至今讀之，仍使人悽愴唏噓！

＊七段分為兩節，前半「歸來池苑皆依舊……椒房阿監青娥老」十句，極寫玄宗還都後物是人非的感慨；後半「夕殿螢飛思悄然……魂魄不曾來入夢」八句，極寫幽居獨處時長夜漫漫的淒涼，借以表現所見所聞，無不勾起悠悠之愁，惹出綿綿之恨。

「歸來池苑皆依舊」七字，是以頂真句法承上啟下，銜接得自然流暢，一氣呵成。「太液芙蓉未央柳」七字，是以剪影法舉出荷花與楊柳來補足上句之意，同時也帶出玄宗憶念貴妃之情在回到昔日儷影成雙的宮苑中時，更是堅韌得斬不斷，濃厚得化不開了！第五段中「行宮見月傷心色，夜雨聞鈴腸斷聲」的思慕憶念，還不妨視為他在動亂中新遭喪妻之痛，一時之間難以釋懷，因此未必能夠代表玄宗此生不渝的真情；可是在本段裡，玄宗既已回到長安成為太上皇，安穩地享有尊榮的地位，對貴妃的思念卻無所不在，有增無減。換言之，所謂「長恨」，不獨針對貴妃無法彌補的悠悠遺恨而言，也兼指玄宗後來表現出難以斬斷的綿綿深情苦恨而言。隨著故事情節的進展，詩人越來越明顯地改變了他原先對玄宗貪戀女色、悖逆倫常、荒淫享樂、濫施恩寵及昏瞶失政的批判態度了。

「芙蓉如面柳如眉，對此如何不淚垂」兩句，又以頂真的句法和電腦動畫般的疊映技巧，寫出玄宗心神恍惚時的錯覺，可見詩人認定玄宗的確懷有刻骨銘心的傷痛。而且這種傷痛又不僅止於他剛回宮時的初期而已，還隨著時間的拉長而蔓延滋長，因此詩人進一步以「春風桃李花開日，秋雨梧桐葉落時」兩句，說明不僅姹紫嫣紅的暖春如此，連雨打梧桐的清秋亦然；不僅春光融融的白晝如此，連秋雨綿綿的夜晚亦然。顯然玄宗已是自春徂秋，不捨晝夜，無時無地不如此黯然神傷了！這兩句純粹寫景，一樂一悲，兩相映襯，便把樂景生哀而悲景生恨的旨趣，表現得興象豐富，令人不勝感慨，可見詩人借景增情的功力之高了，無怪乎元朝的白樸要化用次句作為他傳世傑作《唐明皇秋夜梧桐雨》的劇名了！

「西宮南內多秋草，落葉滿階紅不掃」兩句，是寫玄宗退位還京後居室之蕭條與處境之淒涼，借以渲染冷清衰殘的情境，烘托玄宗心境之孤寂苦悶。「歸來池苑皆依舊……落葉滿階紅不掃」下八句，都是側重在景物的刻劃；「梨園弟子白髮新，椒房阿監青娥老」兩句，則轉筆寫玄宗眼中所見的人物已然髮白顏老，借以對顯出他經過這一番天人永訣的折磨後，形容枯槁衰老的模樣。梨園弟子是他親自挑選、親授法曲的得意門生，並沒有經歷過他的椎心之痛，如今都已經新生白髮，則玄宗又豈能不秋霜滿頭？椒房阿監是事奉貴妃的親信宮女，連她們都為貴妃駕返瑤池而哀傷蒼老，則痛徹心扉的玄宗又豈能不老態龍鍾？

這一節十句，把物是人非的滄桑之感，寫得婉轉悁悵，一唱三嘆，真有使人不勝其悲的魔力；下一節則轉而渲染他幽居獨處的悲涼，又把孤鶴難眠的景象，寫得哀婉沉痛，情文相生，更具有令人哽咽憂傷的魅力。

「夕殿螢飛思悄然」七字，寫出偌大的宮殿中，只有流螢明滅閃爍，既烘托出殿宇的深沉空寂，也浮顯出環境的冷清闃暗，而玄宗內心的寂寥空虛，也不問可知了。「孤燈挑盡未成眠」七字，則縮小空間，只寫他兀坐燈畔，挑盡燈芯的舉動，則他心境之憂愁苦悶，百無聊賴，也自然可想。「遲遲鐘鼓初長夜，耿耿星河欲曙天」兩句，是以兩組疊字摹寫夜晚越來越漫長難捱的煎熬，和好不容易終於等到天色漸漸明亮的痛苦。前句是以聲音傳達遲緩漫長的深沉無盡之感，後句是以影像傳遞晨光曦微時如釋重負的虛脫之感；兩句合觀，玄宗終夜開眼，愁思如潮的情形，便見於言外了。

接下來的兩句，作者又極力馳騁筆墨，先以鴛鴦的長相左右和翡翠的儷影成雙，來對比玄宗的形單影隻，又以訴諸視覺之美和觸覺之冷的感官意象，來刺激讀者去想像「鴛鴦瓦冷霜華重，翡翠衾寒誰與共」的淒涼，同時又和前面「芙蓉帳暖度春宵」的溫馨旖旎、浪漫纏綿，形成最鮮明、最強烈，也最具體的對比；經過如此層層渲染對比之後，玄宗隨著夜色的深濃而愁懷更為沉重，也隨著夜晚的增長而憂傷更為綿長的悠悠之恨，便表露得使人黯然神傷，甚至於泫然欲泣了！

更有甚者，在這一段幽冷淒寒的漫長時日裡，如果偶爾能有「金屋妝成嬌侍夜，玉樓宴罷醉和春」的美夢，讓他即將熄滅的生命火花重新點燃，稍為溫暖他逐漸枯槁空洞的心房，也都能夠聊勝於無地給他片時的撫慰；可是現實竟然冷酷到「悠悠生死別經年，魂魄不曾來入夢」！不只長達四年之間重溫舊夢的渴望完全變成奢求妄想，連在夢中當面向楊妃懺悔未能保護她的安全，以致讓她含恨而歿的一絲希望，也都化為泡影；則玄宗內心的深悲極恨，更是歷歷如見，令人同情了。這兩句不僅總結前半幅的悲歡憂喜，生離死別，同時又自然飛渡到後半幅殷勤尋訪魂魄的縹緲幻境，開闢出一段瑰麗奇詭的淒美戀情，使前後兩幅銜接得天衣無縫，渾融為一，而且虛實相涵，層次分明；由此可見作者在創作長篇鉅製時構思之奇、結撰之巧、關鎖之妙和鉤連之密，在在令人嘆為觀止，因此乾隆御批的《唐宋詩醇》才會火眼金睛地稱讚：「二句暗涉下意，一氣直下，滅去轉落之痕。」宋宗元的《網師園唐詩箋》也說這兩句：「引起下半首。」

＊八段「臨邛道士鴻都客……雪膚花貌參差是」共十四句，是寫道士竭力追尋貴妃魂魄，為玄宗消愧釋恨。

「臨邛道士鴻都客，能以精誠致魂魄」這兩句，雖然不是採用頂真句法來和前段的末句鉤鎖，但其中仍有藕斷絲連的脈絡可循：因為這兩句為前段收束處所表現出的灰心失意與希望幻滅，乃至於愧恨難消，重新開啟了一線生機；也讓玄宗在無盡的瓦冷霜濃之夜，和漫長的秋雨梧桐聲中，看見一道希望的曙光。「為感君王展轉思，遂教道士殷勤覓」兩句，前句總收五段至七段共三十二句的無限相思，暗中流露出作者深受感動與深表同情之意；後句則又開啟以下四句，極寫道士殷勤尋覓的精神。換言之，作者是以這兩句作為收束的同時，又開啟了一番新的局面；由於章法極為綿密，關鎖極為靈活，因此無形中能和「臨邛道士鴻都客，能以精誠致魂魄」兩句一氣貫注，造成情節的轉折起伏，詩境的波瀾壯闊。事實上不僅這四句如此，在這首體大思精的傑作中，處處都可以見到這種匠心獨運的安排，例如：首段之末的「回眸一笑」二句，開啟了次段的種種專寵恩遇；次段「春宵苦短」二句的收束，又逗出二、三段的尋歡作樂；三段中的「漁陽鼙鼓」二句，更是整首詩由樂轉悲的關鍵所在；五段中的「聖主朝朝暮暮情」七字，又一意蟬聯，直貫至第七段的種種淒獨欲絕的景象，及第八段以後的尋覓情節……。正由於這種別出心裁的細針密線，隨處可見，才能織造出這首如幻似夢的錦繡詩篇，因此《唐宋詩舉要》引吳北江之言曰：「如此長篇，一氣卷舒，時復風華掩映，非有絕世才力，不易到也。」

「排雲馭氣奔如電，升天入地求之遍」兩句，都是用「二、二、三」的層折句法，表現出道士使盡渾身解數，經歷各種困境，用盡一切法術的「殷勤」情狀；這是由側面表示玄宗的鍾情不渝和長恨之痛給人的感動。「上窮碧落下黃泉」七字，則變換句法，既使音節具有錯落跌宕之美，同時也以更具形象感的優美語言，進一步刻劃道士不僅憑虛御風、騰雲駕霧地苦心追尋而已，甚至不惜上衝天庭、下闖冥府地鞠躬盡瘁了。這三句都是由道士的殷勤折射出玄宗的鍾情摯愛與真誠悔恨的婉轉之筆，令人激賞。「兩處茫茫皆不見」七字，又讓玄宗才剛剛展開的希望之翼頓時折斷，讓他猛然墜落地面，跌得粉身碎骨！

不過，這只是作者精心安排出另一個驚喜前的挫折而已，他並不想讓玄宗從此喪志到死心的地步，因此就在「山窮水盡疑無路」之際，他又讓讀者擁有「柳暗花明又一村」的更大期待：「忽聞海上有仙山，山在虛無縹緲間」！「忽聞」二字，真有絕處逢生、旋乾轉坤的萬鈞之力；玄宗得知此事後心頭的狂喜，不難由此領略一二。「虛無縹緲」四字，則是在他剛剛衝破烏雲的心靈上，又抹上似有若無、神祕難測的輕煙淡霧，自然使玄宗在枯木逢春的驚喜和期待中，不免又湧現是耶非耶的疑雲，蒙上半憂半喜的陰霾。從「臨邛道士」至此共十句中，作者不僅經營得情境多變，高潮迭起，也把玄宗時喜時憂、又驚又疑的忐忑之情，刻劃得細膩入微，既扣人心絃，也耐人玩味。

「樓閣玲瓏五雲起」七字，一方面以彩雲的升騰湧現，渲染「虛無縹緲」的意境，同時又以華貴而空明的樓閣，呼應「仙山」二字，自然引出「其中綽約有仙子」那種飄逸輕盈的風韻。「中有一人字太真，雪膚花貌參差是」兩句，進一步把前面兩句中所勾勒的模糊而不確定的希望，落實為具體明確的尋訪目標——不僅字號和貴妃當年出家時一致，連白皙如雪的肌膚與嬌豔若花的容顏，都和貴妃生前最得寵時相彷彿，這當然又喚起玄宗無限的追思和無窮的希望。隨著道士的出現，為玄宗開啟了贖罪和續緣的契機之後，詩人又安排了一緊一鬆、一喜一悲的波瀾，和若隱若現、疑真疑幻的情境，借以浮現出玄宗患得患失、半信半疑的心理變化。甚至直到本段末句，詩人仍然不肯斬釘截鐵地確定是否打聽到貴妃魂魄的所在，反而以模稜兩可、欲語還休的「參差是」三字來賣盡關子，吊足胃口，並借以描摹出玄宗既期待又怕受傷害的焦躁心情，可謂極盡撩撥與煽情之能事；由此可見作者從容不迫，遊刃有餘的筆力之一斑。

＊九段「金闕西廂叩玉扃……梨花一枝春帶雨」共十句，寫道士所見

貴妃之憔悴，以增幽恨之思。

「金闕西廂叩玉扃」七字，是以金玉之華貴，襯托仙人金枝玉葉的氣質，喚起高潔而不可方物的聯想，並回應「樓閣玲瓏」四字，點染出仙境獨具的光華。一個「叩」字，省略道士再度風馳電掣的尋覓過程，直寫已經來到傳聞中的仙宮所在；筆墨簡潔，詳略得宜。「轉教小玉報雙成」七字，是借著小玉和雙成兩位內外侍女的輾轉通報，表現出仙府重深、規矩嚴謹的氛圍，既襯托出太真的仙籍與輩分之尊崇，也暗示她幽居深宮的寂寞，同時還讓道士（也包括後來傾聽道士回報過程的玄宗）多少帶些謎底即將揭曉的興奮、期盼、緊張和焦慮。換言之，這看似漫不經心的虛境實描，不僅是寫出仙宮的幽深邃密而已，還曲傳人物心理的微妙變化，可謂筆淺意深，耐人尋繹，最是白居易抒情時擅長的手法。

「聞道漢家天子使，九華帳裡夢魂驚」兩句，終於就要讓貴妃的仙姿出現了！這一段千迴百轉的情節安排，很可以看出詩人煞費苦心的經營，才能以一個「驚」字傳達出「千呼萬喚始出來」前那種令人屏息凝神以待的緊張氣氛。「九華帳裡」四字，寫出貴妃仙界的生活，猶如在人間「芙蓉帳暖度春宵」一樣養尊處優，奈何卻缺少「三千寵愛在一身」的憐惜之人！則貴妃仙心之寂寞，又已曲曲傳出矣。「夢魂」二字，暗示貴妃心境的空虛、心情的苦悶和生活的單調乏味，因此才會百無聊賴而又無限慵懶地墜入白日夢境之中——她是多麼渴望在夢境之中和玄宗再度相會，重享旖旎浪漫的愛情啊！可歎即使她已魂歸九天而名列仙籍，卻也無法如願！因此，這個「驚」字之中包含了多少驚愕、詫異、震撼與狂喜之情，也就不難揣摩了。

「攬衣推枕起徘徊」七字，連用四個動作，表現出她乍聞通報時驚喜交集、迫不及待的反射動作和心理狀態。攬衣和推枕這兩個動作，把她猛然驚起的連續反應，寫得歷歷在目；起身而徘徊，則似乎是以放慢動作的表現方式，寫出她也有類似「近鄉情怯」的遲疑、矛盾與掙扎。簡單的七個字，寫來很有〈琵琶行〉中「猶抱琵琶半遮面」和「未成曲調先有情」的況味。也就是說，這裡雖然還沒有正式寫出貴妃此時的形象，卻已經流露出她將信將疑、且悲且喜時猶豫難決和躊躇再三的複雜心理；詩人善於狀寫人物心理的功力，於此可見。

「珠箔銀屏迤邐開」七字，一方面是以珠箔紛紛捲起，銀屏逐一洞開，表現她終於下定決心接見來使的意思；一方面藉著這層層疊疊的珠箔屏風迤邐開啟的情狀，補足環境的深邃幽密；同時也象徵她幽暗的心靈門戶，原本層層關鎖著一段讓她傷心欲絕、肝腸寸斷的幽密往事，如今終於可以坦然面對，讓它重見天日的心理變化。而這一幕情景，又像是探險電影的情節一般，並不讓觀眾一覽無遺地看見稀世珍寶的光華，總是要以重重障礙、層層陷阱來製造緊張和驚悚的氣氛，讓觀眾始終捏著一把冷汗，兩眼發直地盯著銀幕，同時用力地嚥下即將衝口而出的心臟，不斷地安慰並提醒自己注意「寶物就在前方，謎底即將揭曉，可千萬別錯過任何一點風吹草動的變化！」如此安排場景，最能吸引觀眾（讀者）的注意力，拓展想像空間的深度和廣度，造成劇情的高潮迭起和懸疑緊張，也最具有扣人心絃、引人入勝的無形魅力。換言之，作者描寫景物的功力，不僅使他可以成為一位優秀的編劇，甚至還可以從他運鏡的角度和佈景的層次，進而判斷他具備成為一位傑出導演的條件了。

「雲髻半偏新睡覺，花冠不整下堂來」兩句，總收「夢魂驚」以下各句的意思，終於讓太真仙子「正式」出場了！只見她雲鬢斜亂，還來不及梳理，花冠未整，還來不及妝扮，已經翩然來到廳堂要和道士見面了。可見她是多麼急欲從道士口中輾轉得到一些玄宗對她的思慕之情、疼惜之意與愧悔之恨，來撫慰自己空虛寂寞的心靈；又是多麼渴望能打探到玄宗的近況，好使自己牽掛的衷腸有個安頓之處。「風吹仙袂飄飄舉，猶似霓裳羽衣舞」兩句，是寫道士眼中所見到的太真，確乎是《楊太真外傳》所載「上又宴諸王於木蘭殿。時木蘭花發，皇情不悦，妃醉中舞〈霓裳羽衣〉一曲，天顏大悦」的貴妃無疑！「猶似」二字，既呼應「雪膚花貌參差是」的疑而未定之意，而又多了幾分把握，以及當年在驪宮上表演〈霓裳羽衣曲〉時曼妙飄逸的形象[7]，又遙啟十、十一兩段中貴妃以鈿盒金釵託付之後，更以山盟海誓的密約相告，以取信於道士之意[8]，由此可以看出作者措詞的矜慎不苟和佈局時的細針密線。

「玉容寂寞淚闌干，梨花一枝春帶雨」兩句，是寫貴妃經年求夢，終於美夢成真時的激動；妙在氣韻生動，形象幽婉，而且風神搖曳，唱嘆多情。「玉容」，正寫其容顏潔美如玉；「寂寞」，流露出淒苦的心境；「淚闌干」，描繪出悲喜交集的激動。以上三層，一寫其外貌，一寫其內心，一寫其神態，彼此相輔相成地勾勒出仙姿綽約的太真，並透露出她仍保有昔日的深情。梨花的雪白，既譬喻她的容顏之嬌美、肌膚之白皙，又和她生前「芙蓉如面柳如眉」的粉紅臉頰所代表的青春奔放、熱情洋溢相對襯，勾畫出貴妃在失去君王的疼愛之後臉色的蒼白和容顏的憔悴。「一枝」二字，可能融入了李白在〈清平調三首〉中以「一枝紅艷露凝香」歌頌貴妃得到玄宗寵愛的詩義，兼寫她超凡脫俗的丰采與神韻，同時也以「一」字，暗示她芳心深鎖的孤獨寂寞。再加上「春帶雨」三字的點染，更把她珠淚婆娑、悽楚動人的仙姿玉容，襯托得既芳潔幽冷，不可方物，又哀怨淒婉，惹人憐惜，甚至令人心神欲碎，肝腸欲斷；無怪乎連嫌棄樂天詩過於淺陋而無餘韻，又批評〈長恨歌〉穢褻無禮、淺陋可笑的張戒，都不得不摸著良心說：「此數語稍佳」了。

＊十段「含情凝睇謝君王……天上人間會相見」共十二句，是寫貴妃自述其悲，卻又深情如昔，無怨無悔，更見此事之可恨。

「含情」二字，寫她不僅悲而不怨，反而深情如昔。「凝睇」二字，寫她辨認道士身分時之專注認真，和鄭重託付轉達心意時之誠摯懇切，使人既不敢有所欺瞞，又不忍心辜負她。「一別音容兩茫茫」七字，寫她命喪馬嵬之後，不僅無所怨尤，而且日日等候人間音信，與夜夜設法於夢中相見的深情苦心，和玄宗的「聖主朝朝暮暮情」實無二致，更見仙凡雖隔，兩心相繫的無奈與可悲。「昭陽殿裡恩愛絕」七字，寫她對於「春從春遊夜專夜」時集三千寵愛於一身的無限眷戀與感慨。「蓬萊宮中日月長」七字，再進一步寫她也有和玄宗「遲遲鐘鼓初長夜，耿耿星河欲曙天；鴛鴦瓦冷霜華重，翡翠衾寒誰與共」的痛苦完全相同的煎熬。這兩句把「生死雖殊，情親猶一」，幽明雖遠，心有靈犀的仙凡之戀，寫得淒涼哀婉，真能使有情人為之一慟！「回頭下望人寰處，不見長安見塵霧」二句，寫她身在仙界，心念凡塵，柔情萬縷，猶繫君王，故而經常凝神眺望，以及望而不見的失意與感傷，則又使人思之傷心，念之不忍。

前六句是她乍見來使，不勝其悲的自述；後六句則是她交付信物的深情告白。

「唯將舊物表深情，鈿合金釵寄將去」兩句，是希望以定情之物喚起玄宗的回憶，使他睹物思人，稍慰寂寞。「釵留一股合一扇，釵擘黃金合分鈿」兩句，表面上是寫她以擘分兩半的信物，象徵兩處懸隔的淒苦寂寞和企盼重逢團圓的纏綿情意；更深入體會的話，可以發覺其實是寫她用心之良苦：她擔心玄宗由於愧悔交加而悲傷過度，憔悴瘦損，此其一。或者擔心玄宗既禁不起良心的譴責和天人永訣的打擊，又熬不住晚年喪妻的痛苦和長夜漫漫的寂寞，甚至於想不開而自尋短見，此其二。因此便用無比感性、無比浪漫的作為，許他一個必然可以相會的未來，以便撫慰玄宗心靈的創傷，此其三。為了增強玄宗寄團圓之指望於未來的信心，她又再以無比堅定而又無比溫柔的口氣鼓勵玄宗：「但教心似金鈿堅，天上人間會相見。」像這樣即使自己冤死馬嵬，命喪黃泉，依然無怨無尤地款款抒情，殷殷寄語，真能使玄宗聞言傷心，睹物落淚，同時又能激起他相會的希望，鼓舞起他求生的意志[9]。由此可以見出貴妃深情無悔的一片真心，是多麼淒婉動人；而作者體物抒情的細膩功力，又是多麼令人蕩氣迴腸，心絃欲斷了。讀詩至此，不禁令人想起李商隱的〈馬嵬〉詩：「海上徒聞更九州，他生未卜此生休……如何四紀為天子，不及盧家有莫愁？」責備玄宗薄倖寡義、虛情負恩的語氣，何其冷峻犀利；而樂天「但教心似金鈿堅，天上人間會相見」二句，描寫貴妃善體人意，反復叮嚀的口吻，又是何其寬厚和平，纏綿溫柔！比較義山冷潮熱諷的尖刻和樂天溫言軟語的體貼之後，的確令人對《禮記・經解》所謂「溫柔敦厚，詩之教」有比較清楚的認知，同時也隱約意識到詩名「長恨」，可能主要是表示作者對貴妃執著不悔的生死之戀充滿同情悲傷，更對天地竟然忍心拆散這對苦命鴛鴦，致使貴妃抱恨九天的冷酷不仁，感到悲哀而轉生悠悠之恨了！

＊十一段「臨別殷勤重寄詞……在地願為連理枝」六句，是以貴妃細訴星盟月誓的密語，再渲染天人永隔之可恨。

「臨別殷勤重寄詞」七字，是寫貴妃仍然擔心玄宗不肯採信方士誇誕之言而依舊沮喪頹廢，繼續形銷骨毀，因此再三懇切叮嚀，殷勤託付，可見他期盼玄宗擅自珍攝，務必保重龍軀的憂念之深切了。「詞中有誓兩心知」以下各句，寫她在交付信物，切切叮嚀之後，猶恐無法取信於玄宗[10]，因此更進一步提出旁人絕對無從打探得知的真情告白作為關鍵佐證：「七月七日長生殿，夜半無人私語時；在天願作比翼鳥，在地願為連理枝。」如此一來，玄宗不能不信道士之言，也必然確知貴妃真氣猶存，長情不悔，從而堅定信約，守誓不渝，以期天上相會，人間重逢了[11]。

＊十二段「天長地久」兩句，是以作者的悠悠之嘆，襯托貴妃的綿綿之恨作結（見【後記】)。

大概正由於貴妃思慮細密、大費周章的巧妙安排，和含悲忍冤、藏而不露的深情苦心，都使詩人感慨至深，心疼不已，以至於即使用最華麗的詞藻、最綿邈的情思，和複沓重出的句式、流美曼妙的音節，錘鍊出「在天願作比翼鳥，在地願為連理枝」這麼唯美而浪漫的千古名句，仍然沖淡不了詩人為貴妃叫屈抱恨的痛切之感，因此他不得不讓自己悽愴沉鬱的滿腔幽怨，噴薄出使天下傷心人奇痛徹骨的慨歎：「天長地久有時盡，此恨綿綿無絕期！」大概詩人吟唱至此，也覺得柔腸寸斷，悲不自勝，不得不讓自己浪漫的詩筆戛然而止；但是這兩句詩卻像是對無情天地提出了最沉痛的血淚控訴，不僅能使天下有情眷屬在品味之時意亂情迷，性靈搖蕩，也能令古今癡情兒女在涵詠之時黯然神傷，心魂俱碎！

【補註】

01 本詩是白氏在元和十年（815）自編詩集 15 卷之後，戲贈元稹和李紳之作；詩中並未提及〈琵琶行〉，是因為元和十一年才有〈琵琶行〉成篇。詩人在自注中說：「元九向江陵日，嘗以拙詩一軸贈行，自後格變。」因此詩中戲稱老元偷其格律。而李紳身材短小，時人呼為「短李」，自注又云：「李二十嘗自負歌行，近見予〈樂府五十首〉，默然心伏。」故詩中戲稱能使短李折服。

02 白氏〈與元九書〉云：「及再來長安，又聞有軍使高霞寓者，欲娉倡妓。妓大誇曰：『我誦得白學士〈長恨歌〉，豈同他妓哉？』由是增價。」

03 范攄《雲溪友議》曰：「……（杜）牧又著論，言近有元、白者，喜為淫言媟語，鼓扇浮囂，吾恨方在下位，未能以法治之。」而杜牧《樊川文集》中〈唐故平盧軍節度巡官隴西李府君墓誌銘〉記李戡之言曰：「嘗痛元和以來，有元、白詩者，纖豔不逞，非莊士雅人，多為其所破壞。流於民間，疏於屏壁，子父女母，交口教授，淫言媟語，冬寒夏熱，入人肌骨，不可除去。吾無位，不得用法治之。」《四庫全書總目提要》以為「然則此論乃戡之說，非牧之說。或牧嘗有是語，及為戡志墓，乃藉以發之，故（范）攄以為牧之言歟！」

04 張戒《歲寒堂詩話》:「〈長恨歌〉雖播於樂府，人人稱誦，然其實乃樂天少作，雖欲悔而不可追者也。其敘楊妃進見、專寵、行樂事，皆穢褻之語。首云:『漢皇重色思傾國，御宇多年求不得』，後云:『漁陽鼙鼓動地來，驚破〈霓裳羽衣曲〉』，又云:『君王掩面救不得，回看血淚相和流』，此固無禮之甚。『侍兒扶起嬌無力，始是新承恩澤時』此下云云，殆可掩耳也。」

05 王夫之《薑齋詩話》卷下:「艷詩有述歡好者，有述怨情者，《三百篇》亦所不廢；顧皆流覽而達其定情，非沉迷不反，以身為妖冶之媒也。嗣是作者，如『荷葉羅裙一色裁』『昨夜風開露井桃』，皆艷極而有所止。至如太白〈烏棲曲〉諸篇，則又寓意高遠，尤為雅奏。其述怨情者，在漢人則有『青青河畔草，鬱鬱園中柳』，唐人則『閨中少婦不知愁』『西宮夜靜百花香』，婉孌中自矜風軌。迨元、白起，而後將身化作妖冶女子，備述衾裯中醜態。杜牧之惡其蠱人心，敗風俗，欲施以典刑，非已甚也。」

06 〈霓裳羽衣歌〉全詩共八十八句，六百一十四字，其中有一段文句是:「〈散序〉六奏未動衣，陽台宿雲慵不飛。〈中序〉擘騞初入拍，秋竹竿裂春冰拆。飄然轉旋回雪輕，嫣然縱送游龍驚。小垂手後柳無力，斜曳裾時雲欲生（按：小垂手、斜曳裙，皆為舞姿名詞）。煙蛾斂略不勝態，風袖低昂如有情（按:寫舞女眉目傳情，舞袖飄揚之媚態）。上元點鬟招萼綠，王母揮袂別飛瓊。繁音急節十二遍，跳珠撼玉何鏗錚。翔鸞舞了卻收翅，唳鶴曲終長引聲。」

07 大概因為「猶似」二字有這兩重呼應前文的作用，因此宋宗元《網師園唐詩箋》稱之為「回眸一盼」。

08 其實，不論是深情難忘的玄宗、經年思夢的貴妃，或是殷勤尋訪和傳語的道士，都須要確認對方的身分，才能使彌補長恨、再續前緣的美夢成真。可是玄宗卻只憑道士的誇誕之言，就完全信賴對方而寄予厚望，可見玄宗思慕的渴望、煎熬的痛苦是如何的沉重與迫切了。道士雖然沒有得到玄宗所收藏的香囊（見㉚所引《新唐書・卷 89・列傳第 1・后妃上》）以取信於太真，但是太真卻能交付信物給道士以取信於玄宗，可見太真心思之細密，與安慰玄宗的一片真心，相當動人。

09 筆者甚至以為金庸的武俠名著《神雕俠侶》中小龍女知道自己身中奇毒，神仙無救，也深知楊過必然殉情，為了避免楊過死志已決，故而在躍下山谷自盡前，特意在斷腸崖上留言：「十六年後，在此重會，夫妻情深，勿失信約」的苦心和悽楚，和本詩中貴妃以信物表情的用心，實有異曲同工之妙。

10 因為信物仍有可能被人在馬嵬坡拾獲，而傳話也有可能只是出於方士的信口開河罷了，未必能使玄宗採信，因此須要更進一步說出星盟月誓的密語來確認方士所言為真；正如楊過對於黃蓉所謂南海神尼前來搭救小龍女之說，本也半信半疑，直到確定崖壁上的十六字留言是愛妻的字跡無疑，才肯服下斷腸草以解情花之毒一般。

11 這又像楊過先前以為小龍女藥石罔救而有殉死之志，但是想到崖巖上十六年之約的留詞，唯恐將來愛妻到斷腸崖見不到自己時必會傷心欲絕，因而求生意志大熾而靜待日後相會一般。

【後記】

前人對作者命題為「長恨」之意，多以為是諷玄宗沉迷女色而誤國之可恨，似乎未曾深入領悟作者為貴妃叫屈抱恨之的用心。茲錄三家之說，以為代表：

* 唐汝詢：譏明皇迷於色而不悟也。始則求其人而未得，既得而愛幸之，即淪惑而不復理朝政矣。不獨寵妃一身，而又遍及其宗黨；不惟不復早朝，亦且盡日耽於絲竹，以致祿山倡亂，乘輿播遷。帝既誅妃以謝天下，則宜悔過，乃復展轉懷思，不能自絕，至令方士遍索其神，得鈿合金釵而不辨其詐，是真迷而不悟者矣。(《唐詩解》)
* 沈德潛：此譏明皇之迷於色而不悟也。以女寵幾於喪國，應知從前之謬戾矣，乃猶令方士遍索，而方士因得以虛無縹緲之詞以對，遂信鈿釵私語為真，而信其果為仙人也。天下有妖豔之婦而成仙人者耶？(《唐詩別裁》)
* 弘曆：(原選者評)從古女禍，未有甚於唐者。明皇踐祚，覆轍匪遠。開元勵精，幾致太平。天寶以後，溺情床笫。太真潛納，〈新臺〉同譏。豔妻煽處，職為厲階。倉皇播遷，祖宗再造，幸也。姚、宋諸賢臣輔之而不足，一太真敗之而有餘。南內歸來，儻返而自咎，恨無終窮矣，遑繫心於既殞傾城之婦耶？(《唐宋詩醇》)
* 編按：所謂「(原選者評)」，指的可能是錢謙益的評語。又，所謂「〈新臺〉同譏」，源自《詩經・邶風・新臺》詩，內容是諷刺衛宣公本欲為其子伋迎娶齊國公主，竟因公主極其貌美，而在黃河邊上築造新臺，截取兒媳，據為已有之醜。

上引唐、沈二說，都有以訛為真的誤解，因此認為玄宗聽信術士之言為迷悟不返之舉，趙翼《甌北詩話》特別加以澄清：

* 方士訪至蓬萊，得妃密語歸報上皇一節，此蓋時俗訛傳，本非實事。明皇自蜀還長安，居興慶宮，地近市廛，尚有外人進見之事。及上元元年，李輔國矯詔遷之於西內，元從之陳玄禮、高力士等，皆流徙遠方，左右近侍，悉另易人。宮禁嚴密，內外不通可知。且鴻〈傳〉云：上皇得方士歸奏，其年夏四月，即晏駕。則是實

應元年事也。其時肅宗臥病，輔國疑忌益深，關防必益密，豈有聽方士出入之理！即方士能隱形入見，而金釵、鈿盒，有物有質，又豈馭氣者所能攜帶？此必無之事，特一時俚俗傳聞，易於聳聽，香山竟為詩以實之，遂成千古耳。

筆者以為，其言雖較明達合理，但分辨術士之事的可信度，對於史學而言，絕對必要；然就文學作品而言，仍屬蛇足。

【評點】

01 周珽：作長篇法，如構危宮大廈，全須接榫合縫，銖兩悉稱。樂天〈琵琶行〉〈長恨歌〉，幾許膽力。覺龍氣所聚，有疑行疑伏之妙，讀者未易測其涯岸。（《唐詩選脈會通評林》）

02 黃周星：〈長恨歌〉〈琵琶行〉，皆所謂老嫗解頤者矣；然無一字不深入人情，而且刺心透髓，即少陵、長吉歌行皆不能及。所以然者，少陵、長吉雖能為情者，然猶兼才與學為之；凡情語一夾才學，終隔一層，便不能刺心透髓。樂天之妙，妙在全不用才學，一味以本色真切出之，所以感人最深。由是觀之，則老嫗解頤，談何容易？（《唐詩快》）

03 徐增：收縱得宜，調度合板，譬如跳獅子，鑼也好，鼓也好，獅子也跳得好，三回九轉，周身本事，全副精神俱顯出來。（《而庵詩話》）

04 沈德潛：迷離恍惚，不用收結，此正作法之妙。（《唐詩別裁》）

05 弘曆：居易詩詞特妙，情文相生，沉鬱頓挫。哀艷之中，具有諷刺。「漢皇重色思傾國」「從此君王不早朝」「君王掩面救不得」，皆微詞也；「養在深閨人未識」，為尊者諱也。欲不可縱，樂不可極；結想成因，幻緣奚罄？總以發乎情而不能止乎禮義者戒也。通首分四段：「漢皇重色思傾國」至「驚破霓裳羽衣曲」，暢敘楊妃擅寵之事，卻以「漁陽鼙鼓動地來」二句暗攝下意，一氣直下，滅去轉落之痕。「九重城闕煙塵生」至「夜雨聞鈴斷腸聲」，敘馬嵬賜死之事；「行宮見月傷心色」二句暗攝下意，蓋以幸蜀之靡日不思，引起還京之彷徨念舊；一直說去，中間暗藏馬嵬改葬一節，此行文飛渡法也。「天旋地轉迴龍馭」至「魂魄不曾來入夢」，敘上皇南宮思舊之情；「悠悠生死別經年」二句，亦暗攝下意。「臨邛道士鴻都客」至末，敘文士招魂之事；結處點清「長恨」，為一詩結穴，戛然而止，全勢已足，更不必另作收束。(《唐宋詩醇》)

06 趙翼：香山詩名最著，及身已風行海內，李謫仙後一人而已。……蓋其得名，在〈長恨歌〉一篇。其事本易傳，以易傳之事，為絕妙之詞，有聲有情，可歌可泣，文人學士既歎為不可及，婦人女子亦喜聞而樂誦之。是以不脛而走，傳遍天下。又有〈琵琶行〉一首助之。此即無全集，而二詩已自不朽，況又有三千八百四十首之工且多哉！　〇〈長恨歌〉自是千古絕作。其敘楊妃入宮，與陳鴻所傳選自壽（王）邸者不同，非惟懼文字之禍，亦諱惡之義，本當如是也。(《甌北詩話》)

＊琵琶行序

【序文】

元和十年，余左遷九江郡司馬。明年秋，送客湓浦口，聞舟中夜彈琵琶者，聽其音，錚錚然，有京都聲。問其人，本長安倡女，嘗學琵琶於穆、曹二善才。年長色衰，委身為賈人婦。遂命酒，使快彈數曲。曲罷憫然，自敘少小時歡樂事，今漂淪憔悴，轉徙於江湖間。余出官二年，恬然自安；感斯人言，是夕始覺有遷謫意，因為長句，歌以贈之，凡六百一十二言，命曰〈琵琶行〉。

【注釋】

① 「左遷」句—左遷，指貶官；古人以右為尊，故左遷即降職貶謫之意。按：元和十年（815）白氏原任太子左贊善大夫。七月，盜殺宰相武元衡，居易首上疏論其冤，急請捕賊以雪國恥。當道惡其非諫官而僭越體制，又因白母看花墮井而卒，居易適有〈賞花〉及〈新井〉詩，遂以甚傷名教為由貶江州刺史，又追詔改授司馬。九江郡，隋代郡名，唐初置為江州（州治在今江西省九江市），後易名潯陽郡，又改為江州；故詩文中此三名實同指一地。司馬，唐時於各州置司馬一員，為州郡太守之副貳，實際上是閒差；作者〈江州司馬廳記〉云：「州民康，非司馬功；郡政壞，非司馬罪。無言責，無事憂。」可以概見其牢愁。

② 湓浦口—簡稱湓口，正當湓浦水流入長江之處。湓浦，又名湓水、湓澗，源出江西瑞昌市之清湓山，東流經九江縣城下，北流入長江。

③ 「錚錚」二句—錚錚然，形容絃音鏗鏘清脆。有，為、是也。有京都聲，謂演奏的是京都流行的曲調。

④ 倡女—古代演奏音樂或歌舞的女藝人。

⑤ 「嘗學」句—穆、曹，指穆姓與曹姓兩位琵琶樂師。穆氏，不詳。善才[1]，唐人對琵琶藝人或曲師之通稱。曹氏，舊注謂指曹保保之子，原名不詳，因琵琶曲藝高妙，時人以「善才」呼之而不名。

⑥ 委身—委託終身，謂嫁與某人。委，託付。

⑦ 命酒—吩咐擺置酒菜。

⑧ 憫然—感傷貌。

⑨ 漂淪憔悴—漂淪，漂泊淪落，流離失所。憔悴，困頓失意狀。

⑩ 出官—由京城外放至郡縣任職。

⑪ 長句—唐人稱七言詩為長句，五言詩為短句。

⑫ 歌以贈之—乃「以此歌贈之」的倒裝。

⑬「凡六百」句—凡，共也。全詩共六一六字，云「六一二」者，殆傳寫之誤。言，字也。

【補註】

01 段安節《樂府雜錄・序琵琶》:「貞元中有王芬、曹保保——其子善才、其孫曹綱皆襲所藝。次有裴興奴，與綱同時。」編按：李紳〈悲善才〉詩描述曹善才演奏，使人如見「花翻鳳嘯天上來，裴回滿殿飛春雪」，如聞「金鈴玉佩相磋切，流鶯子母飛上林，仙鶴雌雄唳明月」，劉禹錫亦有〈曹綱〉詩云:「大絃嘈囋小絃清，噴雪含風意思生。一聽曹綱彈〈薄媚〉，人生不合出京城。」

238 琵琶行（七言樂府） 白居易

潯陽江頭夜送客，楓葉荻花秋瑟瑟。主人下馬客在船，舉酒欲飲無管弦。醉不成歡慘將別，別時茫茫江浸月。

忽聞水上琵琶聲，主人忘歸客不發。尋聲暗問彈者誰？琵琶聲停欲語遲。移船相近邀相見，添酒迴燈重開宴。千呼萬喚始出來，猶抱琵琶半遮面。轉軸撥弦三兩聲，未成曲調先有情。絃絃掩抑聲聲思，似訴平生不得志。低眉信手續續彈，說盡心中無限事。輕攏慢撚抹復挑，初為霓裳後六么。大絃嘈嘈如急雨，小絃切切如私語；嘈嘈切切錯雜彈，大珠小珠落玉盤。間關鶯語花底滑，幽咽泉流水下灘。

冰泉冷澀弦凝絕，凝絕不通聲暫歇。別有幽愁暗恨生，此時無聲勝有聲。銀瓶乍破水漿迸，鐵騎突出刀槍鳴。曲終收撥當心畫，四弦一聲如裂帛；東船西舫悄無言，唯見江心秋月白。

沉吟放撥插弦中，整頓衣裳起斂容。自言本是京城女，家在蝦蟆陵下住。十三學得琵琶成，名屬教坊第一部。曲罷曾教善才伏，妝成每被秋娘妒。五陵年少爭纏頭，一曲紅綃不知數。鈿頭雲篦擊節碎，血色羅裙翻酒污。今年歡笑復明年，秋月春風等閒度。弟走從軍阿姨死，暮去朝來顏色故。門前冷落車馬稀，老大嫁作商人婦。商人重利輕別離，前月浮梁買茶去。去來江口守空船，繞船月明江水寒。夜深忽夢少年事，夢啼妝淚紅闌干。

我聞琵琶已歎息，又聞此語重唧唧。同是天涯淪落人，相逢何必曾相識！我從去年辭帝京，謫居臥病潯陽城。潯陽地僻無音樂，終歲不聞絲竹聲。住近湓江地低濕，黃蘆苦竹繞宅生。其間旦暮聞何物？杜鵑啼血猿哀鳴。春江花朝秋月夜，往往取酒還獨傾。豈無山歌與村笛？嘔啞嘲哳難為聽。今夜聞君琵琶語，如聽仙樂耳暫明。莫辭更坐彈一曲，為君翻作琵琶行。

感我此言良久立，卻坐促絃絃轉急。淒淒不似向前聲，滿座重聞皆掩泣。座中泣下誰最多？江州司馬青衫濕。

【詩意】

夜裡，我在潯陽江邊送別友人時，聽到楓葉、荻花在秋風中瑟瑟作響，不免又增添了幾許憂傷的情緒。我們跨下馬鞍，送朋友上船之後，想要舉杯暢飲來沖淡離愁，卻沒有音樂可以侑酒助興。不能痛快地喝醉，卻又要悽慘地別離，真是情何以堪；只見臨別之際，迷茫的江面上映照著一片朦朧的月色，讓人倍覺惆悵。

忽然聽到水面上傳來琵琶絃音，主人聽得入神而忘了離船上岸，客人也捨不得啟程離開。經過分辨後，我們尋找出絃音的來處，於是便在昏暗的夜色中出聲探詢：「敢問何方高人雅士在此演奏美妙樂章？」琵琶絃音突然停了下來，感覺上對方彷彿有意要回答，卻又遲疑著沒有作聲。我們把船移近過去，誠懇地發聲邀請她從船屋中出來相見；還特別添了酒菜，點了燈燭，又重新擺開筵席。經過再三再四的敦請催促之後，她才終於肯出來相見，可她出來的時候還抱著琵琶遮住了半邊羞怯的臉頰。只見她轉動絃軸試彈了三兩個音符，雖然並未彈出完整的曲調，卻已經先流露出豐富的情感。漸漸地，她演奏出一絃一絃低沉而幽怨的音調來，彷彿是在傾訴她一生不如意的往事。只見她低鎖愁眉，隨手繼續彈奏，藉著絃音說盡了她無限的心事。她的左手有時輕輕地按捺琴絃，有時又慢慢地加以顫動；右手有時順勢往下撥弄，又反手往上挑起（她的指法真是嫻熟極了）。她先彈奏的是〈霓裳〉曲，而後彈奏的是〈綠腰〉曲。粗絃演奏出繁雜的音調，有如傾盆急雨的威勢；細絃撥弄出輕微的聲響，有如低聲細語的纏綿；

當繁雜和輕細的絃音交相錯雜地彈奏時，有如大珠小珠滾落玉盤中那麼清脆悅耳，錯落有致。

有時絃音清亮，有如黃鶯的啼叫聲從花叢底下輕滑而過那麼婉轉動聽；有時又如微弱的泉水流下水灘，彷彿有人在悲泣哽咽，令人感傷。接著，絃音越來越緩慢，越來越低沉，有如泉水逐漸冰冷以致阻澀停滯而不再流動，然後又冰凍起來而完全斷絕無聲。這時彷彿另有一種深藏的愁緒和隱約的憾恨正在蔓延滋長，而這種令人憂傷的氣氛比起有聲的情境來得更為動人情衷。

突然，絃聲乍起，就像銀瓶突然爆裂、水漿激射而出那麼清脆高亢，又像鐵甲騎兵驟然衝出時刀槍交鳴那麼激越悲壯……。樂曲終了時，她拿起撥子在琵琶中心迅速一劃，四根絃同時發出像撕裂縑帛那麼清厲的聲音。這時左右的船舫全都靜悄悄地，沒有任何人發出的聲息，只見江心正映照著一輪皎潔的秋月。

她遲疑了一會兒（好讓自己慢慢從樂曲的情境中回到現實來），緩緩把撥子插放在琴絃之間，慢慢整理好衣裳，然後臉色端莊地站起來自我介紹：「我本來是京城的女子，家住在蝦蟆陵附近。十三歲就學會了彈奏琵琶，我的名籍隸屬教坊樂團的第一隊。演奏完曲子的時候，常使老琵琶樂師佩服我的技藝，妝扮過後也常被長安貌美的歌妓們忌妒我的美貌。京師附近的富貴子弟爭先恐後贈送纏頭來討好我，往往演奏一支曲子所得到的紅色綢緞，就會多得難以計算。許多鑲有金花寶飾，刻有雲彩圖案的梳子，被我拿來打拍子而碎裂了，我一點都不在乎；打翻酒杯時把鮮紅色的羅裙給弄髒了，我也一點都不心疼……。在年復一年的歡樂生活中，春花秋月這些美好的時光都被我漫不經心地就度過了。後來弟弟從軍去了，料理我演藝事業的阿姨也過世了；日子一天一天飛快地消逝了，我的容貌突然間就顯得衰老了。我的門前越來越冷清，車馬來得也越來越少了；知道自己的年紀越來越大，只好找個商人也就嫁了。商人看重的是財富，不把離別當要緊的事兒，上個月又到浮梁批發茶葉去了；他走了之後，我只好到江邊獨守空蕩蕩的船屋，陪伴著船屋的就只有一輪明月和淒寒的江水了……。深夜裡，我常會忽然夢見年輕時的歡樂往事；夢醒之後，總是哭得滿臉都是縱橫交錯的胭脂淚。」

聽過她的琵琶曲調，已經夠讓我感歎了；又聽到她這番傷心的經歷，更令我一再嘆息。我告訴她：「我們同樣都是淪落天涯的異鄉人，既然有緣相逢，又何必要曾經相識才能相知相惜呢？我從去年辭別京城，貶謫到潯陽來之後，就一直臥病在床。潯陽地區相當荒涼偏僻，沒有可以散愁遣悶的音樂，整年都聽不到動人的管絃聲。我的住處靠近湓江，地勢低窪而又潮濕，房屋四周長滿了繁密的黃蘆和苦竹。這裡整天能聽到的都是些什麼呢？只有杜鵑泣血的悲啼和猿猴淒厲的哀鳴罷了。在春花開滿江邊的清晨，或者秋月當空的夜晚，往往只能獨自喝著悶酒。難道這裡沒有山野歌謠和江村風笛可以消遣嗎？只是嘈雜不和諧而難以聽得下去罷了。今夜聽了你的琵琶曲調，有如聽到仙樂一般，耳朵突然清爽起來。請不要就此離去，請坐下來再彈一支曲子，讓我為你按照舊譜填寫一首〈琵琶行〉來送給你。」

她被我的話所感動而佇立了很久，才又退回原位坐下來，只見她收緊絲絃讓絃音變得急促起來；那悲傷淒涼的絃音和先前的曲調並不一樣，在座所有的人再聽之後都深受感動而掩面哭泣。其中誰流的眼淚最多呢？江州司馬連青色的官服都給濕透了啊……。

【注釋】

① 詩題—行，是樂曲和詩歌的體裁之一，《白氏長慶集》作「引」。琵琶，撥絃樂器名，初名「批把」；劉熙《釋名》：「批把，本出胡中，馬上所鼓也。推手前曰批，引手卻曰把。」可知是以演奏時手指前撥後挑的情狀命名。原流行於波斯、阿拉伯等地，漢代傳入中原，略經改造，圓體修頸，四絃十二柱；南北朝時又有由西

域傳入之曲項琵琶，腹呈半梨形，四絃，橫抱懷中，以撥子彈奏。唐宋以後又迭經變造，柱位增多，改橫抱為豎抱。

② 瑟瑟—形容風吹楓、荻的聲音；一本作「索索」。

③ 「主人」句—此乃互文見義句法，謂主客皆下馬，亦皆因送行而上船。

④ 管絃—泛指音樂。管，指簫、笛之類的管樂；絃，指琴、瑟、琵琶之類的絃樂。

⑤ 慘將—愁慘狀。將，義同「然」。

⑥ 「別時」句—茫茫，朦朧、模糊不清也。江浸月，江中映照著一片月色。浸，映照也。此句殆以茫然昏昧之景，象徵當時詩人心緒之惆悵惘然。

⑦ 闇問—闇，通「暗」字。闇問，在昏暗的夜色中發問。雖亦可釋為雙方舟船相距非遙，是以低聲詢問；唯既相距非遙，似不必再「尋」聲矣。

⑧ 「琵琶聲停」句—此以想像之筆，寫對方矛盾驚疑之心理。欲語遲，欲言又止，寫出對方似有所顧慮之心理狀態。

⑨ 迴燈—移燈過來；迴，移也。

⑩ 「猶抱」句—此以具體形象捕捉對方羞怯之情。

⑪ 「轉軸」句—轉動絃軸，試撥琴絃，是演奏前調絃校音的準備動作。軸，琵琶上纏繞絲絃的把手。

⑫ 「絃絃」句—掩抑，掩藏遏抑其情意而使聲調顯得低沉幽怨；作者所作新樂府詩〈五絃彈〉云：「第五絃聲最掩抑，隴水凍咽流不得。」思，音ㄙˋ，心緒、情意之謂。

⑬ 「輕攏」句—形容彈奏琵琶時指法的巧妙變化，其中攏、撚為左手指法；抹、挑為右手指法[1]。攏，音ㄌㄨㄥˊ；撚，音ㄋㄧㄢˇ。攏與撚是用手指按捺琴絃，作輕重相間的抖動，使絃產生或鬆或緊的連續變化而發出或緩或急、或輕或重的顫音；其微細者曰攏，

顯著者曰撚。或攏或撚，便使音樂更饒細膩委婉而豐富深邈的情韻。抹，順手下撥。挑，反手回撥。

⑭ 「初為」句—〈霓裳〉，見〈長恨歌〉注。〈綠腰〉，琵琶曲調名，原名〈錄要〉，唐德宗貞元年間，樂工進曲，德宗令錄出要者而名，後因諧音而訛作〈綠腰〉；又作〈六么〉〈錄腰〉。綠，音ㄌㄨˋ。

⑮ 「大絃」句—大絃，指琵琶四絃中最粗的一絃，次句中「小絃」則指最細者。嘈嘈，形容聲音繁急而濁重。

⑯ 切切—形容聲音輕微而低細。

⑰ 「大珠」句—比喻絃音之圓潤清脆而錯落有致。

⑱ 「間關」句—借喻絃音如流鶯清亮細軟的鳴聲由花下輕滑而過。間關，形容輕快婉轉的鳥鳴聲。

⑲ 「幽咽」句—借喻絃音之低沉微弱、徐緩滯澀，有如泉水嗚咽地流下水灘。幽咽，形容水聲低沉微弱，如人在悲泣哽咽[2]。

⑳ 「水泉」句—冷澀，形容聲音之停滯阻澀，如水泉因極度寒冷而凝凍，以致又滯又澀。澀，與「滑」相對，形容絃音阻塞而遲滯。凝絕，形容聲音逐漸低緩，像是凍滯不通的泉水凝結成冰一般，由沉滯阻塞而越趨低緩，最後斷絕聲息。

㉑ 「銀瓶」二句—形如絃音在片刻沉寂之後，突然爆發出清脆而激越的強音，而後立即奏出雄壯鏗鏘、撩亂而高亢的音響。乍，突然。迸，音ㄅㄥˋ，濺射而出狀。

㉒ 「曲終」句—收，取、拿也；收撥，取用撥子。撥，彈奏琵琶時所用的撥絃器具；形如薄斧，以象牙、牛角製成。當心畫，劃過琵琶槽中心，以示曲子終了。當，在也。心，指琵琶槽的中心。

㉓ 裂帛—撕裂縑帛之音，此形容聲音的清厲淒絕。

㉔ 「唯見」句—以江心映著皎潔月輪之景，象徵離愁散盡，纖塵不染的胸臆。

㉕ 沉吟—猶豫遲疑貌，或深思不語貌、心境沉重貌。編按：「沉吟」

之前，依照情理，應有白氏等人的詢問之辭；作者殆為求敘述之簡潔生動，故予以省略，僅於序文中交代情節而已。而商婦沉吟之後才自述身世，表現出遲疑與謹慎等複雜的心理情狀。

㉖ 斂容—臉色矜持端莊貌。斂，端莊貌。

㉗ 蝦蟆陵—即董仲舒墓，在長安東南之曲江附近。仲舒卒後，其門人過此皆下馬以示敬意，故有「下馬陵」之稱，後因音近訛變而作「蝦蟆陵」，見李肇《國史補》卷下；其地以出名伎與美酒而著名，為歌伎舞姬聚居之處。

㉘ 「名屬」句—教坊，宮廷負責教習歌舞的官署名。第一部，謂優伶與歌伎分部編制中的第一隊。名屬教坊，是指掛名在教坊中，臨時被召入宮中演奏的外間歌舞伎，又名「外供奉」；詳見杜甫〈觀公孫大娘弟子舞劍器行〉之〈序文〉注⑧。

㉙ 秋娘—唐代優伶歌伎多以「秋娘」為名，故以「秋娘」為優伶歌伎之代稱。又，唐代有美女謝秋娘為李德裕家姬，杜秋娘為李錡之妾，故以「秋娘」為美女之代稱。

㉚ 「五陵」句—五陵年少，指京師附近的富貴子弟。五陵，漢、唐各有五陵；漢五陵見岑參〈與高適薛據同登慈恩寺浮屠〉注⑩，唐五陵見杜甫〈哀王孫〉注⑭。由於王室曾遷徙豪族巨富於五陵附近，故詩文中常用以代替豪門貴族聚居之地。爭纏頭，爭相把羅錦、綾帕等物置於歌舞藝人頭上，作為賞賜。蓋古代歌舞藝人表演時，常以羅錦、綾帕等物纏於頭上作為裝飾，謂之纏頭；後作為贈送歌舞者財物之通稱。

㉛ 紅綃—紅色彩綢，指賞賜的財帛。綃，音ㄒㄧㄠ，彩綢，亦可指極為細緻輕薄的絲織品。

㉜ 「鈿頭」句—鈿頭，花鈿也，指以金玉為花朵形狀的首飾。雲篦，飾有雲紋圖案的梳子。雲，一本作「銀」；篦，音ㄅㄧˋ，細密的梳子。句謂用鑲有金花寶飾的雲篦打拍子而敲碎，形容其豪奢情

狀。

㉝「血色」句—血色，鮮紅色。污，音ㄨˋ，弄髒。

㉞「秋月」句—秋月春風，泛指良辰美景、青春年華。等閒，隨便、漫不經心。

㉟顏色故—容顏衰老。

㊱浮梁—指今日江西景德鎮市，舊時為茶葉集散地。

㊲去來—去，離去；來，動詞後之助詞。去來，指商人離去以來。

㊳闌干—淚流縱橫貌。此句寫琵琶女盛妝苦候良人歸來，常疲憊不堪而臥夢往事，卻因夢醒成空而啼哭，以致滿臉流淌著縱橫交錯的胭脂淚，故曰紅闌干。

㊴重唧唧—重，一再。唧唧，嘆息聲。

㊵「春江」句—泛指良辰美景。花朝，舊俗以農曆二月十五日為百花生日，謂之花朝節；宋吳自牧《夢粱錄‧二月望》：「仲春十五日為花朝節，浙間風俗以為春序正中，百花爭望（按：初一曰朔，十五曰望）之時，最堪遊賞。」

㊶「還」獨傾—僅、只。

㊷「嘔啞」句—嘔啞，音ㄡ ㄧㄚ，小兒語或鳥叫聲。嘲哳，音ㄓㄠ ㄓㄚˊ，或音ㄔㄠˊ ㄓㄚˊ，繁雜細碎之聲。四字形容嘈雜不和諧的聲音。難為聽，難以入耳。

㊸暫明—突然清爽起來。

㊹翻作—按照舊的曲譜製作新詞。

㊺卻坐促絃—卻坐，退回原位坐下。促絃，收緊琴弦。

㊻向前—先前。

㊼掩泣—掩面哭泣。

㊽青衫—古代官職卑微者所穿的青色官服。唐八、九品文官著青色官服，白氏雖任州司馬，實職則為文散官將仕郎，從九品，故著青衫。

【補註】

01 段安節《樂府雜錄・序琵琶》:「曹綱善運撥若風雨，而不事扣弦，與奴長於攏撚，不撥稍軟。時人謂:『曹綱有右手，與奴有左手。』」而葛立方《韻語陽秋》卷 15 :「彈絲之法，妙在左手，脫（按：若也）右優而左劣，亦何足論乎？嘗觀《琵琶錄》云:『元和中，曹保有子善才，善才有子綱，皆能琵琶。又有裴興奴長於攏撚，時人謂綱有右手，興有左手。蓋攏撚在左手也。』綱劣於左手，則琵琶之妙處逝矣。白樂天有〈聽彈琵琶示重蓮詩〉云:『誰能截此曹綱手，插向重蓮紅袖中。』惜乎樂天未知截興奴手之妙也。」

02 段玉裁《經韻樓文集・卷 8・與阮芸臺書》謂:「『泉流水下灘』不成語，且何以與上句屬對？昔年嘗謂當作『泉流冰下難』，故下文接以『冰泉冷澀』。『難』與『滑』對；難者，滑之反也。『鶯語花底』『泉流冰下』，形容澀、滑二境，可謂工絕。」筆者甚以為然。不過，由於「冰下難」屬於意識層次，較為抽象而難以由經驗理解，故仍以「水下灘」譯注之。

【導讀】

這是一首以音樂溝通兩朵孤絕苦悶的心靈，宣洩彼此凝重鬱積之情的名作。由於作者能憑藉匠心巧思和生花妙筆把敘事、寫景、狀物、抒情熔於一爐，而又相互關涉，彼此涵括，已經達到情景交融而又興象豐美，詩樂合璧而又相映成趣的境界，因此使本篇成為獨步詞苑，雄視古今的音樂詩。

借用他人之酒杯，澆自已心中的塊壘，正是寄慨遙深而託意幽遠的詩篇中常用的手段。尤其是舊時文人認為仕宦遭貶與婦女失寵，同其悲涼，因此往往以代婦女立言的方式來抒發自已的牢愁悲憤，在詩壇上留下了大量的抒怨之作。即使是豪邁曠達的蘇軾遭貶黃州時，都還會藉著楊世昌的洞簫聲傳達出「舞幽壑之潛蛟，泣孤舟之嫠婦」的悲哀——正因為遠謫在外，不能施展抱負，處境與困居幽壑的潛蛟無異；而失寵於君，黜斥外放，際遇也與見棄於夫的寡婦同其淒涼，因此才會思之神傷而言之痛切如此。其他比東坡熱衷功名而懷憂喪志的遷客騷人，自然就更難以釋懷了；這也是詩人創作本篇時的心理背景。

詩人以「同是天涯淪落人，相逢何必曾相識」為全詩立意的重心，藉以綰合詩人與藝妓同樣悲涼的命運，抒發兩人滄桑淪落的痛苦，因此在詩中自憐商婦，又復自憐。商婦的心事，是借絃音來寫意，而作者的心曲，又借商婦的琴韻來傳情；因此能夠琴心共鳴而同病相憐，唱嘆多情而幽怨深至。詩人在寫給楊虞卿的信中表明：只因為諷諭詩篇譏刺的對象太廣，平日得罪了太多人，以致「握兵於外者，以僕潔慎不受賂而憎；秉權於內者，以僕介獨不附己而怨。其餘附麗之者，惡僕獨異，又信狺狺吠聲，唯恐中傷之不獲[1]」；因此，當他因宰相被刺而首先上疏請急捕賊以雪國恥時，忌恨他的人便「或誣以偽言，或構以非語[2]」地羅織罪狀，使他橫遭貶謫而困居在遠離京城將近三千里的江鄉水村之間，則他心情之痛苦鬱悶，也就可想而知了。換言之，當商婦首度彈奏出哀傷的曲調時，就已經撥動了詩人敏感的心絃，觸發他深藏心底的際遇之悲而發出歎息了；當對方娓娓訴說滄桑的身世時，自然更刺激作者含冤莫白的悲憤，引起他強烈的情感共鳴。於是作者便在同病相憐、同聲相應的情況下，也忍不住傾吐自已鬱積的苦悶，訴說自已艱難的際遇；而這段告白又反過來觸動了商婦深藏密斂的悲苦心事。因此，商婦再度彈奏的曲調，也就在酬報知音的心理作用下，毫無保留地宣洩心事；於是淒音怨調又反過來刺痛了傷心人特有的懷抱，激盪起作者的感情波瀾，使他再也無法遏抑而淚濕青衫了！

換言之，音樂在本詩中具有宣洩情緒和溝通心靈的雙重功能：藉著音樂的流動，無形中泯沒了雙方的隔閡，沖淡了相互防衛的疏離感，同時也稀釋掉自我保護的矜持和自尊，進而洗淨了兩顆孤獨苦悶的心靈，使彼此得到溫柔的撫慰。

本詩最令人嘆賞的是作者正面描寫琵琶演奏時的驚人才思；而最耐人尋味的則是絃音中所流露的情思顯得隱約縹緲，寄意在若有若無之間。這是由於作者除了能夠大量調動模擬聲音情態的疊字、雙聲和疊韻詞來捕捉琴韻的節奏感和絃音的多變性，在聽覺上引起讀者賞心悅耳的快感之外；又構想出許許多多形色兼美的精妙譬喻，喚起讀者鮮明具體而又繁複多變的感官刺激與心靈圖像，使人在娛心悅目之餘，產生意亂情迷的聯想。換言之，作者創造了許多聲情並美、音義兼備、形色生新、情境互諧的音樂畫面，因此使讀者不僅有閱讀詩篇的深沉體驗，又有聆聽音樂會的豐美享受，還有觀賞畫展與戲劇的琳瑯滿目之感，更有尋訪一顆幽密心靈的驚奇、欣喜和滿足。

茲先點出本詩第二段音樂情境和第三段身世際遇之間的進程和關聯，再進一步歸納出七種優點，逐項析論於後。

如果說商婦在前半段的「轉軸撥絃三兩聲」與「低眉信手續續彈」時，仍然只是藉著調絃試音來整理和陌生人初次相見時起伏不定的心情，則當她「輕攏慢撚抹復挑，初為霓裳後綠腰」時，就已經逐漸進入可以讓她放鬆戒備而感到安心自在的音樂世界了。而當她演奏到「嘈嘈切切錯雜彈，大珠小珠落玉盤，間關鶯語花底滑」這些變化多端而優美動人的樂曲時，可能正沉浸在追憶「五陵年少爭纏頭，一曲紅綃不知數」時的絕代的風華，陶醉在「鈿頭雲篦擊節碎，血色羅裙翻酒污」的豪奢歲月裡；因此詩人便以形相與聲色並美的繽紛畫面來概括她此時的琴韻和心聲。換言之，這時清美而滑順的絃音，已經開始隱約象喻她的情感暗流了；只不過詩人把這豐富而幽密的情感暗流留待第三段才讓商婦自己現身說法，以補足此處未能淋漓盡致地形容之不足。

至於「幽咽泉流水下灘」七字，則是接連以悲哭飲泣時的哽咽滯澀，和泉流淺灘時的低沉微弱這兩層譬喻，透露出商婦長期壓抑的積鬱難以在一時之間盡情傾吐的愁苦；讀者在誦讀時，便似乎在腦海中浮現出棄婦在水邊茫然不知何去何從時的憔悴身影，又聽到她嗚咽悲泣的聲情，自然牽動讀者憐憫的憂傷和同情的淒惻之感。此時商婦的感情暗流，似乎已經到了「弟走從軍阿姨死，暮去朝來顏色故」這一段暗淡的時光了。

「水泉冷澀絃凝絕，凝絕不通聲暫歇」兩句，是藉著聲音越來越微弱，象徵她的心境越來越消沉失意，悽愴悲傷；此時商婦的感情暗流，在潛意識中似乎流到了「門前冷落車馬稀，老大嫁作商人婦」的心酸委屈，更流到了「商人重利輕別離，前月浮梁買茶去」的孤獨苦悶了！

由於詩人被琴音中流露出的愁苦情懷碰觸到自己內心深處蒙冤遭貶的隱痛，於是便以傷心人特有的懷抱，聽出常人所難以領略的絃外之音與曲中幽情，甚至還進而察覺到「別有幽愁暗恨生，此時無聲勝有聲」。「別有」二字，表示並非原曲所有的情調，而是商婦在彈奏昔日得意京華的〈綠腰〉與〈霓裳〉舞曲後，想到自己後來可悲的際遇，而在不經意間洩露出「平生不得志」的「心中無限事」；偏偏作者正好是愛樂成癡的當代鍾子期，因此才能毫無隔閡地顧其曲而知其心。當商婦從全神貫注於演奏的狀態中回到現實世界時，她猛然意識到自己信手揮灑時眉宇間洩漏的心事，已經一一映入賓客的眼中，於是便刻意壓抑思潮的起伏和感情的動盪；偏偏此時又難以立即平靜，因此只好暫停演奏，以便整理一下自己的情緒。就在這短暫的片刻之間，商婦的感情暗流已經流到了「去來江口守空船，繞船月明江水寒」的近日而不勝淒涼之悲了！此時詩人似乎察覺到對方的幽愁暗恨正牽引著自己的感情波動，也意會到表面的「無聲」，其實代表對方內心深處正在波翻浪湧，天人交戰；同時詩人的感情暗流，也正在悄無聲息中潛滋暗長了起來。作者這種寄激情於無聲的手法，除了像是中國水墨畫中的留白，帶給人更豐富綿邈而引人入勝的情境聯想之外，又像是陶潛「但識琴中趣，何勞絃上音」的哲思妙理，給人似可意會而又難以言傳的神祕感受。而且這種超乎經驗的形上層次，又彷彿縹緲如夢的鏡花水月，只能以心靈領略，無法用耳目感官去擷取，最是羚羊掛角，無跡可求的精采之筆。

或許琵琶女也從詩人的沉默以及眉宇表情之間的變化，有了巧逢知音的直覺，因而喚起她年輕時出入公卿之門，能使勝流傾心的自信與豪情；這使她覺得不必再有所矜持和掩飾，於是便痛快淋漓地藉著絃音宣洩她長久以來積鬱心底的苦悶。此時她盡情揮灑自己的才華，把嫁為商人婦之後獨守空船的種種辛酸與委屈，和壓抑多年的滄桑和淪落之感，熱烈而激切地奔放出來了：「銀瓶乍破水漿迸，鐵騎突出刀槍鳴」！詩人以「銀瓶乍破」的乒乓聲，和「水漿迸」的激射狀，表現出清亮亢爽、不可遏抑的心聲之急切強烈；又以「鐵騎突出」的凶猛奔暴之感，和「刀槍鳴」的鏗鏘鏦錚之聲，表現出衝突激盪而無法平息的心聲之複雜繁亂。這兩句不僅寫出了樂曲的音調、音色、音量的健捷激宕，也寫出了節奏的加快和彈撥力道的增強，更寫出了繁音促節扣人心弦的震撼感來；此時究竟是琵琶女在傾洩排山倒海而來的激情，或是詩人在鼓盪自己洶湧澎湃的悲憤，只怕已經難以分得清楚了！

正當雙方的感情暗流相互溝通激盪，逐漸匯聚為濤翻浪湧的浩蕩洪流時，似乎正好到了「翔鸞舞了卻收翅，唳鶴曲終長引聲」（白居易〈霓裳羽衣歌和微之〉）的尾聲，或者「猿鳴雪岫來三峽，鶴唳晴空聞九霄；逡巡彈得六么切，霜刀破竹無殘節」（元稹〈琵琶歌〉）的緊要關頭了，因此當她把滿腔的幽怨和悲憤貫注指掌之間而「曲終收撥當心畫，四絃一聲如裂帛」時，便把千軍萬馬奔騰時峻急迅猛的氣勢，作了懸崖勒馬的收煞；只聽得有如撕裂縑帛時短暫而急促的清厲聲一揚，一切便戛然而止！這種急遽變化，像猛然撲向讀者的一道霹靂，產生了疾雷破柱時足以開山裂碑的無比力道，使人心神震顫，久久難以平復！此時餘音裊裊而恨意綿綿，足以使人迴腸蕩氣，心折骨驚，以至於情感激動到難發一語的程度，因此詩人說：「東船西舫悄無言，唯見江心秋月白。」

總而言之，第二段正面描寫音樂演奏的奇文妙筆，在作者發揮超乎常人的靈敏音感和令人瞠目結舌的驚人想像，以及出神入化的譬喻功力之下，達到了波瀾壯闊、高潮迭起，變幻莫測、駭人耳目而又扣人心絃的成就。讀者彷彿經歷了狂風暴雨的驚擾、細語呢喃的撫慰、珠滾玉盤的爽快、鶯語花香的愉悅、水流淺灘的嗚咽、水泉冷澀的幽怨、絃凝聲斷的闃寂、銀瓶乍破的驚心、鐵騎突出的動魄、縑帛撕裂的清厲、人絃俱寂的渺茫……的確是眾音繁會而妙境紛呈。整個表演過程，熱鬧暢快而又段落分明，變幻多端而又層次井然，而且化無形無影的絃音為有聲有色的圖像，變抽象浮泛為具體真實的體驗；讀者可以經由聲光、色相、嗅味和畫面的錯綜變化與相互疊映，感受到節奏的快慢強弱、旋律的高下起伏、絃音的輕重清濁，進而體會出音樂情境中所深藏的豐富情感和複雜的心理變化，無怪乎王若虛《滹南集詩話》說：「樂天之詩，情致曲盡，入人肝脾，隨物賦形，所在充滿，殆與元氣相侔。」乾隆也評賞本詩曰：「滿腔遷謫之感，借商婦以發之，有同病相憐之意焉。比興相緯，寄託遙深，其意微以顯，其音哀以思，其辭麗以則。〈十九首〉云：『清商隨風發，中曲正徘徊；一彈再三嘆，慷慨有餘哀。』及杜甫〈觀公孫大娘弟子舞劍器行〉與此篇同為千秋絕調。」

以下逐項析論本詩其他值得欣賞的優點：

＊第一，除了捕捉琴韻心筆的才思使人嘆為觀止之外，作者描繪商婦演奏前後的心理、動作、表情、指法等文句，也都細膩入微，形神逼肖，不僅楚楚動人，我見猶憐的風韻，宛然在目，同時也在無形中渲染了演奏時的氣氛，引領讀者在不知不覺中展開想像的翅膀，

飛進音樂情境裡去一探幽微的詩心。

「尋聲暗問彈者誰，琵琶聲停欲語遲」兩句，表現出對方在月下撫琴的孤絕世界裡乍聞有人出聲尋訪探問的驚訝與詫異，凝神傾聽發問者的聲調、口吻，借以揣測陌生人的身分、教養與知音程度時的靜默和遲疑，以及她躊躇再三，乃至於舉棋不定，欲語還休時複雜而矛盾的心理。換言之，這兩句是密度極高，詩意極豐，從虛處傳神而又千迴百轉的入微之筆。

「千呼萬喚始出來，猶抱琵琶半遮面」兩句，是進一步以誇張的口氣、疏淡的筆墨和略貌取神的手法，氣韻生動地勾勒出風姿綽約，意態矜莊，而又含羞帶怯的琵琶女形象，同時也表現出詩人對於商婦技藝的肯定（編按：由「主人忘歸客不發」及千呼萬喚，必欲一見可知），與萬分期盼的誠意。「琵琶聲停欲語遲」是以虛筆揣摹她的矛盾猶豫，「猶抱琵琶半遮面」則是以實筆側寫她的嬌羞膽怯。虛實相映，更見出她貞靜的品德和修美的儀態所散發出的風調之美；的確稱得上是耐人懸想的化工之筆。

「轉軸撥絃三兩聲，未成曲調先有情」兩句，既寫她調絃試音的準備動作，又捕捉她強作鎮定，調整心情的下意識行為；同時也暗示她既有幽密的心事，又有豐富的情感，更有驚人的絕藝，因此能夠以聲傳情。由於她在不經意間就已經展現出以聲傳情的行家風範，因此「似訴平生不得志」和「說盡心中無限事」等聽者的感受，便顯得自然而然；則她正式演奏時能讓繁複的曲調旋律和豐富的情感內涵融合無間，也就顯得理所當然了。這言簡意賅的兩筆，彷佛是為觀眾揭開舞臺上布幕的一角，讓人先行看到幕後演員的服色妝扮等狀況，而有先睹為快的竊喜，從而對即將粉墨登場的主角與即將表演的劇情充滿期待與幻想。換言之，這兩句語近情遙的描述，已經為後段正式表演預留了揮灑自如的空間，也預告了精采可期的節目即將展開，因此具有使人屏息以待的戲劇效果。

「低眉信手續續彈，說盡心中無限事」兩句，是寫她演奏時氣度的雍容、舉止的優雅、態度的端莊、神情的專注，以及眉眼之間流露出的矜持、羞怯與不安；同時也由聽者的感受側寫她的曲藝之高妙、感情之豐富。除了「續續」兩字摹寫出春蠶吐絲般傾訴不盡的綿綿情意，使人彷彿聽見琴韻嫋嫋，不絕如縷之外；「低眉」二字極細膩地捕捉到眉部的動態，更是栩栩如生地賦予她嫻靜優雅的形象，又象徵她心緒的低沉悲抑，可以稱得上是頰上添毫的神來之筆。

「輕攏慢撚抹復挑，初為霓裳後綠腰」兩句，寫她指法精妙，曲調嫺熟，在手揮目送之際，不僅動作連貫得一氣呵成，而且變幻多端，惑人耳目；同時還揮灑自如，有行雲流水般的自然超妙。「攏、撚、抹、挑」連續四個分明的動作，宛如是作者的〈霓裳羽衣歌〉中所描述的舞蹈動作一般：「飄然轉旋回雪輕，嫣然縱送游龍驚；小垂手後柳無力，斜曳裾時雲欲生（按：小垂手、斜曳裙，皆為舞姿名詞）。煙蛾斂略不勝態，風袖低昂如有情（按：寫舞女眉目傳情，舞袖飄揚之媚態）。」而且還輕重有節、緩急有序；商婦此時已經在不知不覺中進入忘我的音樂世界了。這兩句一方面表露她已經由原先抱琴遮面和低眉信手的顧慮、羞怯與表情的凝重，漸入佳境而感到心神自在；一方面預示了以下美不勝收的音樂饗宴的豐富內涵，同時還使得「沉吟放撥插絃中，整頓衣裳起斂容」兩句所表現的由音樂情境回到現實世界時的驚悸、遲疑、躊躇、拖延的心理，以及沉澱激情、重拾理性、整頓儀容、恢復自尊的種種舉措，都有一個合理而自然的過渡與轉換，因此也是不可或缺的關鍵情節。

「曲終收撥當心畫，四絃一聲如裂帛」兩句，是以一收一畫的乾淨俐落，曲寫商婦在渾然忘我地以琴傳情之餘，自己也悲不自勝，淒然欲絕；因此想要藉著清厲的收煞聲調來斬斷紛亂難理的心緒，為自己的失態畫上一個石破天驚的終止符！連演奏者都隨著琴韻的變化而有如怨如慕、如泣如訴的悲情，詩人又豈能不深受感動而如痴如醉，以至於在後段中和商婦互剖心跡而真情流露呢？

＊第二，通過聽者的感受，由側面折射出演奏者技藝之高超，有助於營造本詩豐富的審美情趣。

「忽聞水上琵琶聲，主人忘歸客不發」兩句，是以未見其人先聞其音的安排，使人產生空谷足音的神秘美感，最具有逗人情思，引人入勝的悠遠意境。前一句寫出絃音飄忽而來，恍如及時雨的降臨，正好可以沖淡送別前愁慘苦悶的情緒，使人對於未曾謀面的演奏者先產生了親切的好感和美妙的期望。第二句則點出絃音之來，足以破除鬱悶，稀釋離愁，頓時使人凝定在音樂的情境中；可見對方曲藝之精湛，使人流連忘返而陶醉不已。

「轉軸撥絃三兩聲，未成曲調先有情」兩句，寫商婦乍見陌生男子唐突夜訪而驚疑未定，羞怯不安時，隨意撥弄的絃音都還有先聲奪人，技驚四座的本事；則當她逐漸進入忘我的情境，氣定神閒地自由揮灑時，將會有如何出神入化的表演，的確讓人深深期待。有了這兩句所透露出的隱微情思，才使後面令人耳亂心迷的高妙曲藝有了寬綽的開展空間。換言之，這兩句像是信手拈來，別無深意的平凡語言中，正孕育著後半各種繁富而美妙的音樂情境，因此作者才能逐層採用象徵譬喻的技巧，條理分明地疊映出豐美的藝術內涵。

「似訴平生不得志」「說盡心中無限事」兩句，既承接「未成曲調先有情」而次第展開，又表示對方的心境逐漸澄定而沉靜，因此美妙的音符和動人的旋律便自然流注指尖而撩人心絃；同時也暗示了作者懷有失意淪落之悲，因此才能聞聲知意，倍覺多情。

＊第三，以外在環境的氣氛，烘托、象徵感情的變化起伏，最有蘊藉婉轉、淵永不匱的韻致。

由於〈琵琶行〉是一首長篇的敘事抒情詩，既要具有敘事詩的情節變化，又要有抒情詩的波瀾起伏；因此配合情節的推展，讓故事發生的時空背景隨之產生微妙的變化，醞釀出詩情畫意的浪漫氣氛，有助於增加夢幻般迷離縹緲的色彩，傳達筆墨之外的幽情遠韻。

「潯陽江頭夜送客，楓葉荻花秋瑟瑟」兩句，先勾勒出夜色迷濛，江水幽咽，楓荻搖曳，秋風蕭瑟的畫面，一方面讓送客的場景瀰漫著淒清的離情別緒，一方面為後半商婦傾吐悲涼的身世點染出使人悵觸感傷的氣氛；同時也讓故事情節始終沉浸在黯淡愁慘的色調之中，有助於傾洩詩人自己謫居無歡的一腔憂憤。

「醉不成歡慘將別，別時茫茫江浸月」兩句，是以迷茫朦朧的景色，象徵心緒的淒迷落寞，抑鬱惆悵。詩句的蒼白色調，有助於渲染深濃的離愁，表現消沉的意緒；秋月浸寒江的畫面，也有助於呈現縹緲空靈的意境，引發淒涼冷清的聯想。

「東船西舫悄無言，唯見江心秋月白」兩句，前一句仍是以聽者陶醉在樂曲餘音中的靜默之情，烘托出商婦琴藝之美妙，達到使人入神忘我的境界；雖然此時並沒有熱烈的鼓掌、忘情的喝彩，或是唱嘆吁嗟、悲傷落淚等深受感動的描述，但是絃音使人渾忘塵囂，心中一片空靈的情狀，則不難想像。因此詩人便以皎潔的月華融入江心的明朗素淨，象徵鬱積的愁緒得到宣洩之後，心情的寧靜平和與心境的澄澈清明；此時如痴如醉的心靈，彷彿在萬籟俱寂的秋夜，也隨著江月的光波一起搖盪在絃音的餘韻之中了。比較起來，「別時茫茫江浸月」的色調較為灰白朦朧，意境較為迷茫，象徵作者的心中浸透著惆悵迷惘的失落感和撥不開、理不清的濃濃離愁；而「唯見江心秋月白」的色調則較為清爽明朗，意境較為空靈恬靜，因此使人有豁然開朗，心曠神怡的感受。「唯見」兩字，表現出塵慮盡消，離愁盡散，胸懷灑落，寵辱偕忘的舒坦。而「江心秋月白」五字，又似乎象徵雙方由於音樂的洗滌而陰翳盡去，可以推心置腹，誠懇晤對，因此又自然導引出兩人剖示心跡而坦白自陳的兩段；這也是不應輕忽的關鍵所在。

「去來江口守空船，繞船月明江水寒」兩句，是以江面的遼闊黝黯襯托她心情的黯淡和形影的孤單，又以江心的岑寂暗示她心緒的落寞；而江水的寒涼，明月的幽冷，又象徵她心境的淒涼冷清。尤其是當她午夜夢迴而妝淚縱橫之餘，又只有惹人離恨、勾人別愁的明月，和一江蕩人迷思、撩人情懷的寒光伴她孤獨，則她心境的淒楚，處境的幽絕也就宛然如見了。這兩句描繪出她漂泊江湖，獨守空船的窮愁失意之狀，使人彷彿可以見到她獨坐船側時憔悴的身影，和望著江心時茫然的眼神，令人悽愴憂傷，這不能不歸功於秋江明月對於情境的襯托和氣氛的烘染效果，才使詩中三次月色的描寫，都蘊含著耐人尋味的豐富情思，營造出使人意亂情迷的幽邈畫境。沈德潛《唐詩別裁》評本詩為「惻惻動人」，並且分別在三句描寫月色處批曰：「以江月為波瀾」「應江月」「又應江月」；的確是深悟詩心的見道之言。正由於詩人能以一江明月貫串情節發展的脈絡，寄藏巧妙的匠心，才使融情入景的畫面無不顯得風神搖曳，蘊藉深遠，散發出迷人的藝術魅力。

連作者自述際遇之悲的部分，也借助於環境來傳達心境。「住近湓江地低濕」，既是實景，也象徵遭貶後的卑微處境，不啻跌入了生命的谷底，備嘗孤寂冷落的滋味。「黃蘆苦竹繞宅生」，是以環境的逼仄閉藏，和情調的蕭瑟淒苦，象徵自己謫居臥病期間，坐困愁城，有如深鎖牢籠之中，難於伸展的窘迫和苦悶。詩人刻意選用「苦」「繞」兩字來抒情，有助於傳達進退維谷的困頓之感。「杜鵑啼血猿哀鳴」七字，是以淒怨清厲的禽啼獸嘯，撩起思鄉懷歸的愁思，流露出不堪愁聽卻又無計迴避的落寞之情，並烘托出謫居寡歡的苦況。「春江花朝秋月夜」七字，是以良辰美景勾起對得意京師時的眷戀，反顯出此時的窮愁潦倒，因此只能獨飲悶酒，強求一醉。「豈無山歌與村笛，嘔啞嘲哳難為聽」兩句，則藉著村俗的地方樂曲，除了反顯出琵琶絃音之美妙，達到「尊題」的要求，也表示內心之煩亂窒悶，抑鬱寡歡；並引起下文「如聽仙樂耳暫明」的感動與迷戀，又順勢引出「莫辭更坐彈一曲」的請求等。凡此種種，都可以看出作者調和色彩、融入聲音，點染景物、烘托意境來暗傳情思的功力之巧妙。

＊第四，詩人調動了豐富的視覺、觸覺、嗅覺、聽覺的感官功能和心理上可以聯想的各種畫面來摹寫示現、譬喻比擬，使得抽象的音樂概念有了具體可觀可觸可感的各種形象。

「大絃嘈嘈如急雨，小絃切切如私語；嘈嘈切切錯雜彈，大珠小珠落玉盤」四句中的「嘈嘈」和「切切」，是分別模擬繁密濁重和幽細清輕的兩種絃音；這是以疊字傳寫絃音變化的神韻，為粗絃和細絃的音色做了鮮明的對比。至於其餘二絃的趣味，則由粗細對比的變化之大，留給讀者絃音具有豐富層次的想像的空間。在疊字摹聲之後，作者又以「急雨」的濕冷觸感和「私語」的幽密情狀，進一步讓絃音給人的感受更為具體與形象化；由於化虛為實地調動聽覺、視覺和觸覺來摹寫絃音，自然給人形色兼備而意象豐富的感受。如此生動的譬喻之後，詩人加上「大珠小珠落玉盤」七字，來表現疾徐有序、輕重有節地輪指彈撥時，眾音繁會而又錯落有致的音響效果，以及珠滾玉盤時清脆溜轉的音色、華貴圓潤的質感、靈動柔美的畫面；於是聽覺效果便因為輔之以視覺形象的賞心悅目，越加清晰鮮明而精采畢現了。讀者彷彿是先視聽到繁雜濁重的傾盆驟雨聲正挾帶著陰濕寒肅的水氣瀰天漫地而來，繼而聽見幽細輕微的低語聲隱隱傳出，而後兩種聲音錯綜交會地呈現在感官之前；儘管有輕重緩急的分別，和清濁抑揚的變化，但是彼此卻配合得相當和諧順暢而又歷落分明；再加上指尖撫絃時琮琮錚錚、叮叮咚咚的摩擦叩擊聲，自然使人產生珠走玉盤時滑溜圓轉的幻象，而有眼花撩亂，心耳俱迷的感覺了。

尤其在前半段中，作者運用許多筆墨來勾勒演出前的種種情態：「轉軸撥絃三兩聲，未成曲調先有情；絃絃掩抑聲聲思，似訴平生不得志；低眉信手續續彈，說盡心中無限事」，已經先使人有不勝嚮往企盼之情；一旦正式演出，便立即把疾風驟雨捲入聽者的耳中，更是具有先聲奪人的氣勢，使在心神一震之後，不由得屏氣凝神地側耳傾聽，自然更能全神貫注地融入音樂的情境之中，用心品賞出絃音中所寄藏的幽微情意。如此一來，詩人便能順勢開展出以下各節的音樂情調，給予讀者豐富的審美經驗了。

「間關鶯語花底滑」七字，是以黃鶯穿梭於紅花綠葉之間時明媚亮麗的彩相、輕盈矯捷的姿影、婉轉和諧的啼音，以及「滑」字的豐富意涵——包括肌膚觸感的柔和滑潤與耳朵聽覺的滑順流美——營造出有聲有味（花葉隱然散發的芬芳）、有動作有姿態的彩色立體畫面，藉以強化輕盈流宕、清脆嘹喨、高下閃幻、圓滑柔美的琴音之美。「間關鶯語」的摹聲，自然喚起鳥鳴幽谷的入耳動心之感；「滑」字的形容，又使人產生舒徐輕柔的快意；再加上花葉藏鶯的色澤，更使人有賞心悅目的滿足；於是在多重感官的交相觸發下，自然使人有豐富而愉快的聯想。

至於「幽咽泉流水下灘」七字，則是以細小的泉水緩慢地流下淺灘的畫面，以及女子悲哭飲泣時的哽咽滯澀，摹寫低沉微弱的弦音，讓人產生悲戚之感。「水泉冷澀絃凝絕，凝絕不通聲暫歇」中的「冷、澀、凝、絕」四字，除了訴諸意識聯想——有如製作布丁時由流質狀態，逐漸凝結成果凍般不再流動的半流體狀態——來表現絃音由低沉悲切而漸趨於微弱緩慢，以至於阻滯乾澀而不可聽聞的變化之外，還輔之以冰冷凝凍之感，來喚起絲絃凝霜結冰時又冷又澀，以至於完全緊繃固定，無法撥弄出任何聲響的聯想；這些都是相當成功的示現摹寫與譬喻象徵的綜合運用。

＊第五，在商婦自述身世的一段中，特別以昔日享盡榮華的歡樂豪奢，對比今日飽嚐辛酸的憔悴落魄，最能使人有不勝滄桑的淒涼之感。尤其是「今年歡笑」以下四句中，時間的變化越來越快速，時間的遞減也越來越迫促，把歲月對於女人的冷酷無情所形成的沉重壓力，

表現得極為具體明白，自然呈現出美人遲暮的萬般無奈。

「今年歡笑復明年」七字，是追憶色藝雙絕，風靡京師的當紅時期，由於年輕貌美，貪圖歡樂，因此和武陵年少揮霍青春時是以「年」為單位，渾然不覺蹉跎歲月的可悲。「秋月春風等閒度」七字，表示流光不居，歲月匆匆之感，則是以季節的變化為單位，一方面反顯出前一句中只知尋歡作樂，絲毫不覺季節遞嬗與景致暗換的可悲；另一方面，則暗示琵琶女已經由不識愁滋味的荳蔻年華，逐漸成熟到春風已能牽愁，秋月已能勾恨的年紀了。因此她才驚覺到時序的變遷，生命的虛擲；並且體會出恣意狂歡的空虛苦悶，也感受到時間造成的壓力了。

「弟走從軍阿姨死」七字，是以人事的變故來加快時間的節奏，表現出她飽經世故的滄桑與無助；則此時青春不再，紅顏難駐的感傷，和歲月無情，年光易逝的壓力，已經清楚湧現了。「暮去朝來顏色故」七字，是更逼近一步以「日」為催促她人老珠黃的單位：「朝」「暮」相繼，「去」「來」相承，自然更加快時光流逝的速度，則商婦風華不在的驚心駭骨和美人遲暮的黯然神傷，實不難想像；此時，年光莫追，歲月難留的壓力，已經是無法負荷的沉重，到了足以摧毀她的自信，壓垮她的自尊的地步了！因此她只好別無選擇地「老大嫁作商人婦了」，也才必須夜夜以濃妝掩飾自己的衰老，以至於「夢啼妝淚紅闌干」了！

換言之，這一節時間的安排，是由年而季而月而日而朝而暮地逐步壓縮時間的長度，逐步扭緊時間的發條，自然把她備受時間煎熬的焦慮，和越絞越痛的心情，表現得細膩入微，令人驚心動魄。尤其是她為了良人（萬一）突然歸來時，能看見自己美麗的容顏，因此夜夜精心打扮，耐心守候到疲困不堪而入睡，以致於午夜夢迴而哭斷肝腸，妝淚縱橫；更是把美人遲暮之後千回萬折的幽祕心思，剖示得痛切無比，更讓人驚嘆作者對女人心理了解的深刻，簡直到了比女人還更細膩入微的地步了！

＊第六，詩人描寫前後兩次的演奏，不僅筆墨濃淡有別，文字詳略合宜，而且還能暗示出她心理狀態的變化，可謂佈局得法，剪裁有度。

作者在第二段中以濃彩重墨的三十二句鉅細靡遺地渲染氣氛，描寫技藝。表現旋律，刻畫心理，捕捉神態，可謂淋漓盡致矣；而在末段中卻以簡筆淡墨的「卻坐促絃絃轉急，淒淒不似向前聲，滿座重聞皆掩泣」這三句，就足以表現曲中幽情之感人肺腑。這是因為在這兩段演奏之間，穿插了雙方心跡的剖白，既激起了同病相憐的共鳴，也豐富了首次演奏中的絃外之音，還破除了陌生的隔閡，讓她可以無所顧忌地流露真情，因此絃指之間的琴韻，就倍覺淒怨悱惻而能催人淚下了。

把兩次彈撥的情況作一個對比之後，可以發覺：就商婦而言，第一次的演奏，起初是「表演式」的賣弄才華；而後才在撫絃的過程中勾起潛藏的感傷，逐漸不自覺地抒發幽怨，直到曲終前簡直悲不自勝到無所顧慮、盡情怨嘆的地步。因此她才藉著「沉吟放撥插絃中，整頓衣裳起斂容」時低頭不語、收拾琴具與整理衣裳的動作，調和自己的心情；在恢復平靜之後，才開始娓娓敘述身世。至於第二次的演奏則是商婦在傾聽詩人的遷謫之悲後，完全打開自己的心靈，因此能盡情地把知音和自己的際遇之痛，都化為激盪澎湃的絃音，自然具有更為感人的力道。

而對作者來說，首次傾聽時的態度是冷靜的「欣賞」琴韻之美，因此在「輕攏慢撚抹復挑」以下共十八句形容他暫聽的「仙樂」之繁富；唯恐紀錄得不夠詳盡而不嫌其多。至於第二次的演奏，則是他的感情閘門先被對方無所保留的自剖心跡打開，因而有了淒風苦雨的哀傷；又被自己吐露的遷謫之苦所激盪，因而有了濤翻浪湧的沉痛；因此當商婦再以「同是天涯淪落人，相逢何必曾相識」的相知相惜之情，化為盡情宣洩的淒音怨調時，他已經無法再客觀地「聆賞」樂曲之美了，而是主觀地投入其中，自然倍覺「絃絃掩抑聲聲思」「說盡心中無限事」，於是再也無法強自遏抑感情的波動，以至於淚如泉湧而青衫盡濕了。因此，詩人才能以十八句描寫琴韻之美而不嫌其繁，又能以三句描寫「淒淒」之感而不嫌其略。這種巧妙穿插兩段心事的佈局，前詳後略的適度剪裁，不僅能使琴韻和心笙融合無跡，又能同時透露出雙方心境的變化和情感的起伏，很可以看出作者一筆兩情、賓主兼顧的匠心安排。

＊第七，由於這是一首音樂詩，因此作者相當注重音韻和情感的配合。

全詩共八十八句，大抵上都能符合隨情換韻的原則：或兩句一韻，或四句一轉，或六句一變，或十數句一換；換韻的疏密有間，有助於烘托不同的音樂情境，渲染出符合詩情意境的氣氛。再加上或押仄韻，或叶平聲，既有助於形成抑揚頓挫、錯綜變化的聲調，也似乎曲折地反映了人物內心活動的複雜，自然使人在朗讀時更能領略到「大珠小珠落玉盤」的節奏錯落之奇，和音韻頓宕之美。

至於其他映襯、對比、借代、對偶、譬喻、頂真、摹寫……使全詩表意抒情的效果更為豐贍優美的修辭手法，相對而言前述七項優點而言，不過是雕蟲餘技罷了，也就不再逐項縷析。

綜合而言，由於作者能靈活多變地調動各種豐富優美的藝術手法，因此全詩鋪敘詳密，真情流露；而且詩樂渾融，心事暗傳，能帶給讀者感官和心理上多重的審美情趣，因此使本詩成為能和古代著名的敘事詩〈孔雀東南飛〉〈悲憤詩〉輝映千古的偉大傑作。明人何良俊《四友齋叢說》以為本詩和〈長恨歌〉〈連昌宮詞〉「皆是直陳時事，而鋪寫詳密，宛如畫出，使今世人讀之，猶可想見當時之事」的名作而譽之為「古今長歌第一」；清人賀貽孫《詩筏》也認為〈琵〉〈長〉〈連〉

三詩的「才調風致，自是才人之冠；其描寫情事，如泣如訴，從〈焦仲卿〉篇得來。」黃子雲《野鴻詩的》說本詩「婉轉周詳，有意到筆隨之妙；篇中句亦警拔。」趙翼《甌北詩話》更推崇說：「即無全集，而二詩（指〈琵〉〈長〉）已自不朽。」其實，何止古人稱揚有加，直到今日，愛詩習詩之人也必讀這兩首鉅作；又不僅今日詩家愛賞，就在樂天生前，他們就已經是膾炙人口，流播海內外的名篇了，因此《全唐詩話》載唐宣宗弔白氏的七律說：「綴玉聯珠六十年，誰教冥路作詩仙？浮雲不繫名居易，造化無為字樂天。童子解吟長恨曲，胡兒能唱琵琶篇。文章已滿行人耳，一度思卿一愴然！」

正由於本詩成就極高，對後世影響相當深遠，唐朝九江人曾在送客的湓浦口修築「琵琶亭」並題詩其上以為紀念[3]，相傳李清照曾繪〈琵琶行圖〉，並親書本詩於其上[4]；歷代詩家以本詩的情節為題而吟詠的感慨之作，更是不勝枚舉。元人馬致遠的《青衫淚》、清人蔣士銓的《四絃秋》，都是改編本詩為戲曲的名作。清人張維屏的〈琵琶亭〉詩說得好：「楓葉荻花何處尋？江州城外柳森森；開元法曲無人記，一曲琵琶說到今。」（《松心詩集・戊集・黃梅集》）可見不管滄海桑田如何升沉變異，這一曲〈琵琶行〉的幽情遠韻將會一代一代流傳下去，撥動每一位多情兒女的心絃。

【補註】

01 見《全唐文》卷 674〈與楊虞卿書〉。

02 同前。

03 劉邠《中山詩話》載：江州琵琶亭，前臨江，左枕湓浦，地尤勝絕。夏（英公）、梅（公儀）詩最佳。夏云：「年光過眼如車轂，職事羈人似馬銜；若遇琵琶應大笑，何須涕泣滿青衫？」梅云：「陶令歸來為逸賦，樂天謫宦起悲歌；有絃應被無絃笑，何況臨絃泣更多？」又有葉氏女（名桂女，字月流）詩曰：「樂天當日最多情，淚滴青衫酒重傾；明月滿船無處問，不聞商女琵琶聲。」

＊ 編按：按：夏、梅、葛三作有嘲諷白氏不善安處窮境之意，情味與馬致遠〈題西湖〉套曲〈阿納忽〉:「枕頭上鼓吹鳴蛙，江上聽甚琵琶」相近。此外，張耒也有〈題江州琵琶亭〉詩。

04 見宋濂《宋學士集．芝園續集》卷10〈題李易安所書琵琶行後〉，一說是李清照請人畫圖，而後李清照親自書寫本詩於圖上。

【後記】

宋人洪邁、清人趙翼對本詩情節的真確性有所懷疑地說：

＊白樂天〈琵琶行〉一篇，讀者但羨其風致，敬其詞章，至形於樂府，詠歌之不足，遂以謂真為長安故倡所作。予竊疑之。唐世法網雖於此為寬，然樂天嘗居禁密，且謫官未久，必不肯乘夜入獨處婦人船中，相從飲酒，至於極彈絲之樂，中夕方去；豈不虞商人者他日議其後乎？樂天之意，直欲攄寫天涯淪落之恨爾。(洪邁《容齋五筆》卷7)

＊〈琵琶行〉亦是絕作，然身為本郡上佐，送客到船，聞鄰船有琵琶女，不問良賤，即呼使奏技，此豈居官者所為？豈唐時疏闊若此耶？蓋特香山借以為題，發抒其才思耳。(趙翼《甌北詩話》)

甚至還有衛道之士這麼說：

＊白香山謫居江州，禮宜避嫌勤職，以圖開復；乃敢黌夜送客，要茶商之妻彈琵琶，侑觴彈琴，相對流涕。……律有明條，知法犯法，白某之罪杖，的決不貸。……越禮驚眾，有玷官箴；今時之士大夫絕不為也。……其〈琵琶〉之辭，必當毀版；琵琶之亭及廬山草堂，胥拆毀而滅其跡。(見舒夢蘭《天香隨筆》)

洪邁和趙翼的看法，不僅比起衛道之士要明達得多，也提供我們文學創作是否完全植基於現實的省思。當然，有不少學者為本詩的真實性提出辯護的意見；其中的是非，實在難以遽下判斷，因此不再抄錄。不過，筆者以為這首足以表現白氏卓越的音樂素養之作，很可能經過多年的醞釀、摸索、嘗試和錘鍊之後才逐漸整合出完整的面貌；因此摘錄作者相關的詩句，藉以見出它們和〈琵琶行〉的淵源，以及本詩逐漸蛻變的痕跡：

＊大絃粗若散，颯颯風和雨；小絃細欲絕，切切鬼神語。(〈五絃〉)

＊第一第二絃索索，秋風拂松疏韻落。第三第四絃泠泠，夜鶴憶子籠中鳴。第五絃聲最掩抑，隴水凍咽流不得。五絃並奏君試聽，淒淒切切復錚錚。鐵擊珊瑚一兩曲，冰瀉玉盤千萬聲。……曲中聲盡欲半日，四座相對愁無言。(〈五絃彈〉)

＊紫袖紅絃明月中，自彈自感暗低容；絃凝指咽聲停處，別有深情一萬重。(〈夜箏〉)

＊夜泊鸚鵡洲，秋江月澄澈。鄰船有歌者，發調堪愁絕。歌罷繼以泣，泣聲通復咽。尋聲見其人，有婦顏如雪。獨倚帆檣立，娉婷十七八。夜淚似真珠，雙雙墮明月。借問誰家婦，歌泣何淒切？一問一沾襟，低眉終不說。(〈夜聞歌者〉)

以上這些詩句，都隱約可以看出〈琵琶行〉中描寫音樂情境和刻劃人物形象的影子；只是其中還沒有商婦自述身世之悲和作者自陳遷謫之苦，也就少了一些情節的動盪起伏，和心靈的共鳴所激起的波瀾，因此感人的層面就較不深刻罷了。

最後，附帶一提的是：第四段「我聞琵琶已嘆息……為君翻作琵琶行」共二十句，雖然就交代詩人的心理背景，以及兩顆苦悶的心靈激盪出「相逢何必曾相識」的喟嘆而言，自有其必要性；但是卻顯得繁雜冗長，缺乏詩歌優美的情味，等於是押韻的散文而已；無怪乎宋人張戒《歲寒堂詩話》以為本詩「未免於煩悉」，明人鍾惺《唐詩歸》也只稱賞「同是天涯」二句之妙，並認為「亦似多後一段」，清人施補華《峴傭說詩》也說：「香山七古，所謂『長慶體，然終是平弱漫漶。」又評本詩說：「『我從去年』一段，又嫌繁冗；如老嫗向人談舊事，叨叨絮絮，厭讀而不肯休也。」正是基於這個看法，筆者對第四段著墨甚少，特此說明。

【評點】

01 朱熹：「嘈嘈切切錯雜彈，大珠小珠落玉盤」云云，這是和而淫；至「淒淒不似向前聲，滿座重聞皆掩泣」，這是淡而傷。(《朱子語類》)

02 李沂：初唐人喜為長篇，大率以詞采相高而乏神韻；至元、白去其排比，而仍踵其拖沓。唯〈連昌宮詞〉直陳時事，可為龜鑑；〈琵琶行〉情文兼美，故特取之。(《唐詩援》)

03 郝敬：以詩代敘記，情興曲折婉轉；〈連昌宮詞〉正是伯仲。(《批選唐詩》)

04 陸時雍：樂天無簡煉法，故覺頓挫激昂為難。　○作長篇須得崩浪奔雷、驀澗騰空之勢，乃佳；樂天只一平鋪次第。(《唐詩鏡》)

05 唐汝詢：〈連昌〉紀事，〈琵琶〉抒情，〈長恨〉諷刺，並長篇之勝。○此樂天宦遊不遂，因琵琶以托興也。　○「飲無管絃」，埋琵琶話頭。　○一篇之中，「月」字五見，「秋月」三用，各自有情，何嘗厭重？　○「聲沉欲語遲」，「沉」字細；若作「停」字便淺。「欲語遲」形容妙絕。　○「未成曲調先有情」，「先有情」三字，一篇大機括。　○「絃絃掩抑」下四語總說，情見乎辭。　○「大弦」以下六語，寫琵琶聲響，曲窮其妙。　○「水泉冷澀」四語，傳琵琶之神。　○「銀瓶」二語，已歇而復振，是將罷時光景。　○「唯見江心秋月白」，收用冷語，何等有韻！　○「自言本是京城女」下二十二句，商婦自訴之詞，甚夸，甚戚，曲盡青樓情態。　○「同是天涯」三句，鍾伯（敬）謂：「止此，妙！亦似多後一段。」若止，樂天本意，何處發舒？惟以淪落人轉入遷謫，何等相關。樂天善鋪敘，繁而不冗；若百衲衣手段，如何學得？(《唐詩解》)

06 田雯：〈琵琶行〉一篇，從杜子美〈觀公孫大娘弟子舞劍器行〉詩得來。「臨潁美人在白帝，妙舞此曲神揚揚；與余問答既有以，感時撫事增惋傷。」杜以四語，白成數行，此演法也。鳧脛何短？鶴脛何長？續之不能，截之不可，各有天然之致；不惟詩也，文亦然。（《古歡堂集雜著》）

07 宋宗元：此詩及〈長恨歌〉，諸家選本率與元微之〈連昌宮詞〉並存；然細玩之，雖同是洋洋大篇，而情辭斐亹（編按：文采絢麗貌）無倫，元詞之遠不逮白歌。（《網師園唐詩箋）

239 問劉十九（五絕） 白居易

綠螘新醅酒，紅泥小火爐。晚來天欲雪，能飲一杯無？

【詩意】

我有新釀的米酒，表面還浮著淡綠色細小的泡沫，散發出誘人的酒香喔！還有紅泥燒成的小火爐裡面，通紅的炭火把屋子裡烘得暖洋洋的喔！眼看著天色已經晚了，就快要下雪了（今天晚上一定會越來越冷喔），你能不能來和我共飲一杯呢？

【注釋】

① 詩題—本詩大約作於元和十二年（817）冬，白居易時任江州司馬。劉十九，名事不詳；作者有〈劉十九同宿〉詩云：「唯共嵩陽劉處士，圍棋賭酒到天明。」則其人蓋為河南登封人氏，此時應在江州，故作者能以詩代柬，邀其對雪溫酒，共度冬夜。

② 「綠螘」句—螘，通「蟻」字。唐時私釀米酒，煮穀米和以酒麴，

一宿即成。而在尚未漉出渣滓時，酒面浮起淡綠色的糟粕泡沫，其細如蟻，謂之綠蟻，又可借為酒的別名；謝朓〈在郡臥病呈沈尚書〉詩：「綠蟻方獨持」；杜甫〈對雪〉詩：「無人竭綠蟻，有待至昏鴉。」醅，音ㄆㄟ，未濾去渣滓的酒。

③ 無—疑問語尾詞，用同「否」字。

【導讀】

這是一首邀請友人雪夜圍爐，溫酒談心的情趣小詩，屬於白氏在〈與元九書〉中所謂「吟翫情性」「思澹而詞迂」的閒適之作。作者以詩代柬，邀友會飲，語言素淡，態度從容，寫得比「綠螞蟻釀新米酒」本身還要情味醇厚，溫馨洋溢，使人讀來胸膽開張，心神俱爽；相信劉十九在接獲詩柬時，已經如飲醇醪而醺醺然欲醉了。孫洙《唐詩三百首》說：「信手拈來，都成妙諦；詩家三昧，如是如是。」大概正是欣賞本詩能用口頭語，寫眼前景，抒心中情，因此自能沁人心脾而耐人咀嚼。由於酒香爐暖，情真意摯，吐語自然，有觸手成春之妙，因此俞陛雲《詩境淺說．續編》說：「尋常之事，人人意中所有而筆不能達者，得生花江管之筆寫之，便成絕唱，此等詩是也。」

「我有鋪滿綠螞蟻的新米酒，正用紅泥燒的小火爐溫燙著呢。」這起筆的兩句，純粹是用當時里巷村夫的口語土話，不僅不覺得鄙野粗俗，反而顯得親切樸實，自然有味；因此章燮《唐詩三百首注疏》說：「用土語不見俗，乃是點鐵成金手法。」作者〈與元九書〉信末有「潯陽臘月江風苦寒，歲暮鮮歡，夜長無睡」等句，可知此時天候之冷，因此詩人才會有溫酒小酌之舉。

而當新酒飄香，紅火搖曳，映著浮泛酒面的糟粕綠泡時，真是色香俱全，令人垂涎三尺，此時作者多少有些陶然了；只是望著屋外寒氣森然，暮雪轉眼即至，雖有溫暖的火光相伴，終究四壁冷肅，一燈悄然，難免略感淒清難耐，又覺獨酌無味，因此才有邀友圍爐夜話的想法。何況天色已晚，俗務已了，有閒可乘，無事可忙，與其一人獨酌鮮歡而抑鬱難排，何如兩人圍爐共飲，敘舊談心；於是便以親切的口吻竭誠相招：「晚來天欲雪，能飲一杯無？」詩人先在前兩句烘染出暖融融的情境，作為引誘劉十九前來小敘的香餌，而後再點出日暮天寒的感覺，一方面讓友人倍覺雪夜獨處的無聊，一方面暗示自己清宵難捱的寂寞，同時又傳達出親切而溫馨的友誼，自然使劉十九對於溫酒談心的情景充滿嚮往而覺得難以抗拒誘惑了。白居易問得淡然而疏朗，其實心意卻豪快得令人難以回絕：「一切都已經準備就緒，就等你來了！」尤其是末句以問代請，極其明快熱絡地表達出邀約的誠意，又極其委婉含蓄地流露出殷切期盼的渴慕，更顯得思澹詞直，語淺情深，耐人回味。章燮《唐詩三百首注疏》說：「一筆揮去，毫不著力；且得『問』字神理，真妙手也。」俞陛雲《詩境淺說・續編》說：「當天寒欲雪之時，家釀新熟，爐火正溫，招素心人清談小飲，此境正復佳絕。末句之『無』字，妙作問語，千載下如聞聲口也。」前者賞其神韻超妙，後者嘆其情境佳絕，語言天然，都點出了本詩所以傳誦不衰的藝術成就。

不過，筆者以為本詩最動人的地方還是溫馨可感的「思念」；唯其情真意摯，因此能夠扣人心絃，蕩人性靈。就以孫洙《唐詩三百首》中所選的五言詩句為例，張九齡〈望月懷遠〉說：「海上生明月，天涯共此時；情人怨遙夜，竟夕起相思。」孟浩然〈秋登萬山寄張五〉說：「北山白雲裡，隱者自怡悅；相望試登高，心隨雁飛滅。」〈夏日南亭懷辛大〉說：「欲取鳴琴彈，恨無知音賞；感此懷故人，中宵勞夢想。」〈宿業師山房期丁大不至〉說：「之子期宿來，孤琴候蘿徑。」王昌齡〈同從弟南齋玩月憶山陰崔少府〉說：「美人清江畔，是夜越吟苦；千里共如何？微風吹蘭杜。」韋應物〈寄全椒山中道士〉說：「欲持一瓢酒，遠慰風雨夕；落葉滿空山，何處尋行蹤？」〈秋夜寄丘二十二員外〉說：「懷君屬秋夜，散步詠涼天；空山松子落，幽人應未眠。」錢起〈送僧歸日本〉說:「水月通禪寂,魚龍聽梵聲;唯憐一燈影,萬里眼中明。」司空曙〈賊平後送人北歸〉說:「曉月過殘壘,繁星宿故關;寒禽與衰草,處處伴愁顏。」以上詩句,都是由於對親友魂牽夢縈,一往情深,因此形諸吟詠,自然鋒發韻流,動人衷腸;這也是為什麼蘇軾的〈水調歌頭〉:「但願人長久,千里共嬋娟」能膾炙人口的根本原因。

思念,的確是詩國裡最綿長、也最溫馨的小品。

240 後宮詞二首其一(七絕) 白居易

淚濕羅巾夢不成,夜深前殿按歌聲。紅顏未老恩先斷,斜倚熏籠坐到明。

【詩意】

多少個深宮幽冷的夜晚,她只能空閨獨守,流盡清淚,溼透羅帕;百般無奈之餘,只好寄望在夢中重獲君王柔情蜜意的愛憐,卻又始終輾轉反側,難以成眠。於是她只好攬衣而起,強自忍受著前殿傳來節奏分明的笙歌對她無情的刺激,獨自吞嚥夜深不寐時淒清愁煩的苦澀……。想到自己依然青春美麗,芳華正茂,卻已經失去了君王的恩寵,她真是心痛如煎,腸絞欲斷!即使如此,她仍然懷抱著萬分之一僥倖的期盼,堅持要繼續等待下去;只見她困乏地斜斜倚靠著薰染衣物的香籠,枯坐到天明……。

【注釋】

① 詩題—或作「後宮怨」「宮詞」;原題有二首,另一首是:「雨露由來一點恩,爭能遍布及千門?三千宮女胭脂面,幾個春來無淚痕?」

② 按歌—按，循也；依照節拍歌唱演奏，謂之按歌。

③ 熏籠—覆蓋香爐的竹籠，藉以熏香衣物，或作烘物取暖之用；《藝文類聚》卷 70「火籠」引《東宮舊事》:「太子納妃，有漆畫手巾熏籠二，大被熏籠三，衣熏籠三。」

【導讀】

這一首被宋顧樂《唐人萬首絕句選評》稱為「極直致而味不減，所以妙也」的宮怨名篇，截取的雖然只是某一個夜深到天明的短暫時間，讀者感受到卻是由無數的漫漫長夜所堆砌累積而成的千古幽怨；描寫的雖然只是某一個失寵的宮妃孤棲獨宿的哀苦，讀者卻能有一葉落而知天下秋的體認而感到同情。這固然是由於作者避開王昌齡〈長信秋詞〉〈春宮怨〉等託古詠史的模式和王建〈宮詞百首〉歌詠今事的題材，因此詩中內容並不專屬於一人一事，而是具有普遍意義；也是由於作者擁有細膩入微的靈敏心思，和體物賦形，纖毫畢現的高妙才情，才能傳神生動地替宮女圖形寫貌，抒發哀怨，因而引起廣泛的共鳴。

「淚濕羅巾夢不成，夜深前殿按歌聲」兩句，是以一悲一樂、一靜一喧的場景作對襯，又以一冷一熱、一疏一親的際遇作比較，於是後宮嬪妃備受冷落，飽嚐寂寞的幽怨暗恨，便被鮮明地凸顯出來了。仔細推敲，可以發現本詩之中至少深藏著八層幽怨：

* 傷心落淚，表示她原本深心期盼君王能從燕瘦環肥的脂粉堆中回心轉意，翩然臨幸；但是終究希望成空，她只能暗彈珠淚。這是第一層幽怨。
* 而她滴落的粉淚，並不止是一顆兩顆的珍珠而已，竟是如泉湧出，直到羅巾盡濕為止。這種悲從中來，以致無法遏抑的傷心斷腸之苦，顯示出她仍然無法接受新近失寵的事實，因此感覺特別沉痛。這是第二層幽怨。

＊儘管現實給予她無情的打擊，但是她並未因此死心認命，她還希望能在旖旎的美夢中重新擁有君王的疼惜，因此她也曾設法及早安歇以便編織美夢；可是卻始終無法撫平傷痛，只能在輾轉反側之時，更覺淒涼悲苦。這是第三層幽怨。

＊百般無計之餘，她只能起身下床，獨自面對著冷清寂寞的空閨而深自愁苦。這是第四層幽怨。

＊夜更深了，她突然聽到從前殿傳來的清歌妙曲，讓她一方面想像著自己曾經也陪侍在君王身旁，倍受寵愛，不禁悠然神往；一方面又從那歡樂熱鬧的笙歌聲中，感受到自己眼前幽棲獨處，備受冷落的困境而妒恨交加。這是第五層幽怨。

＊尤其當前殿的妲己、褒姒、鄭袖、飛燕等人越能迷惑君王，君王越是耽溺在前殿的聲色之中，自己就越沒有重沐君恩的可能，前途也就越加暗淡，命運也就越加悲慘。這是第六層幽怨。

因此，思前想後，她不禁淒苦難禁地感慨：「紅顏未老恩先斷」了！

＊倘若她是因為色衰才愛弛，那麼也許還能因為年事已長，閱歷已豐，情愛漸淡，對君王喜新厭舊的作為覺得司空見慣而處之泰然，也就不至於妒怨交加而悲憤不已了；偏偏自己風華正美、青春正茂之時，還有無限旖旎的期盼、浪漫的幻想、纏綿的情思，以及對愛情的渴慕、對幸福的憧憬……可是君王卻已經恩斷義絕，移情別戀了，更是讓她覺得情何以堪而恨無由平了。這是第七層幽怨。

＊倘若自己未曾蒙受過恩寵，君王未曾為自己的美貌而神魂顛倒，也未曾說過甜言蜜語的海誓山盟，那麼自己也就不至於為君王魂牽夢縈，朝思暮盼了；偏偏「愛過方知情深，醉過方知酒濃」，因此她只能一方面迷戀昔日受寵承歡的甜美，讓自己勉強維持著自欺欺人的希望；一方面忍受目前失寵寡歡的淒涼，為君王的薄情負義而嗟嘆不已，也為自己的花容月貌惋惜不已。這是第八層

幽怨。

儘管她已經有「紅顏未老恩先斷」的悲憤和怨嘆，但是她仍然有夢，仍然有淚，仍然嬌豔如昔，因此她才會不自覺地「斜倚熏籠坐到明」。這透露出她的潛意識裡還沒有完全斬斷癡心妄想的情愫，因此她還冀望能在濃熏翠袖之後，以襲人的香風誘使君王再來一親芳澤；也透露出她難耐獨居的寂寞，難忍冷宮的淒清，希望能夠得到君王的溫暖慰藉，因此不自覺地靠近熏籠，進而跌入回憶中溫馨旖旎的承歡歲月裡。

夜更深了，她感覺到疲倦慵乏了，可是卻又無法在前殿極樂窮歡的歌舞聲中入睡，因此只能無奈地斜倚熏籠，清楚地聽著自己內心滴血的聲音而坐待漏盡天明，卻依舊不見君王前來探望。她認知到現實是如此冷酷無情：得意的人是通宵達旦地狂歡享樂，失意的人卻是長夜難捱，自哀自憐！她終究又一次受傷，再一次失望了！君王是越來越冷漠無情了，自己的命運是越來越黯淡悲慘了……這其中又不知道隱藏著多少層剪不斷、理還亂的幽愁暗恨了！「斜倚」兩字，不僅勾勒出她失魂落魄，心神恍惚的憔悴身影，也透露出她一腔幽怨，滿腹辛酸的淒楚心聲，使人彷彿可以聽到她靈魂深處的幽幽嘆息；真是令人感到其情可憫，其癡可憐，其境則可悲亦可歎！

大概作者描繪至此，連自己都覺得悲不自勝而意氣難平，因此才會以既同情又悲憫，既安慰又怨嘆的口吻，寫下第二首以議論為主的〈後宮詞〉來斥責君王的無情無義，為千百年來不幸的深宮怨女抒發無窮無盡的悲恨：「雨露由來一點恩，爭能遍布及千門；三千宮女胭脂面，幾個春來無淚痕！」

白居易並不是只能寫出憤激直切而少含蓄的宮詞而已，他也能以較為婉約柔美的筆觸來揣摩女子的心理狀態；〈春詞〉曰：「低花樹映小妝樓，春入眉心兩點愁；斜倚欄杆背鸚鵡，思量何事不回頭？」〈琵琶行〉云：「千呼萬喚始出來，猶抱琵琶半遮面」「水泉冷澀絃凝絕，凝絕不通聲暫歇；別有幽愁暗恨生，此時無聲勝有聲。」他並不只是以婦女可悲的命運為題材來吟風弄月，馳騁才思而已，而是以悲憫的熱腸來揭露她們的怨曠，希望能使君王聞而知誡，因此他寫下了〈上陽白髮人〉這一首使人讀之鼻酸，思之落淚的樂府詩；他甚至還化為具體的行動，剴切地為婦女請命而上過〈請揀放後宮內人疏〉。由此可見樂天的確是一位真心關懷女性的「古代好男人」，足可出掌政府中的婦女部門而無愧了。

【評點】

01 徐用吾：淺易中有思致。 〇周珽：色衰寵弛，情之常也；紅顏未老而恩先斷，非有奪愛在中，即為讒妒使然也。聞歌而淚盡，夢不成而坐到明，一腔幽思，誰得知之？懷才未試，貶黜旋及，何以異此？（《唐詩選脈會通評林》）

02 俞陛雲：詩言露蘭啼眼（編按：以露染幽蘭譬喻清淚盈眼），夜不成眠，遙聽前殿笙歌，悲樂之懸殊若是。方在盛年，已金環不御，此後身世茫茫，更將焉屬？惟有耐寒倚火，坐待天明耳。作宮詞者，多借物以寓悲，此詩獨直書其事，四句皆傾懷而訴，而無窮幽怨，皆在「坐到明」三字之中。（《詩境淺說・續編》）

五三、柳宗元詩歌選讀

【事略】

柳宗元（773－819），字子厚，河東（今山西永濟市）人。七世祖柳慶於北魏時曾任侍中，封平齊公；六世祖柳旦，為北周中樞侍郎，封濟陰公；高伯祖柳奭曾任宰相，與褚遂良、韓瑗俱忤武后而死。父柳鎮以孝聞，剛直嫉惡，有文名。世以宗元於柳州（今廣西壯族自治區柳州市）有善政，稱之為柳柳州，又以其籍地稱之為柳河東。

貞元九年（793）登進士第，十二年中博學宏辭科，授集賢殿正字。十七年調藍田縣（今陝西省藍田縣）尉，十九年擢為監察御史，與素有革新之志的王叔文、韋執誼友善。順宗即位後，王、韋得勢秉權，擢宗元為禮部員外郎，參與國事，欲大加重用；時劉禹錫、呂溫等名士亦共襄大業，如：取消便利宦官威福謀私的宮市，罷黜為皇帝飼養鷹犬的五坊小兒，放還宮女及教坊女樂以適人，嚴懲貪官李實，追還直臣陸贄，又擬由宦官手中奪回禁衛軍指揮權，而交付給名將范希朝等，使氣象一新，駸駸然有中興郅治之勢，史稱「永貞新政」。

順宗在位數月而宿疾發作，宦官俱文珍聯合反改革之朝臣與悍將擁立憲宗，大肆反撲，王叔文以「謀領財柄取兵權」之罪，先貶後處死，其餘重要王、韋集團成員如韋執誼、柳宗元、劉禹錫等八人皆貶為司馬，時稱「八司馬」，而宗元得永州（治所在今湖南省永州市零陵區），時年三十三；雖曾多方致書朝士乞代言情，然終乏有力人士營救。

元和十年（815）徙柳州，而劉禹錫徙播州（今貴州遵義市），宗元以劉禹錫老母在堂，而播州荒僻非人所宜居，恐其母子永訣，故冒死上書自請以柳易播，幸朝中大臣亦為劉陳請，乃改派劉至連州（今廣東連州市）；即此可見其人之節義，足使頑廉懦立，薄敦鄙寬。

宗元在柳州四年餘，教化時屬半開化狀態之獠傜居民，使之建廬舍、知耕織、造舟車、放奴隸、贖子女等，善政惠民，勤而有功，故百姓為之立祠享祭，血食百世。居柳期間，雖曾數上書乞求返京，然終乏奧援，遂因水土不服，染毒瘡霍亂，抑鬱客死異鄉。柳人建廟祭祀後，韓愈作〈柳州羅池廟碑〉，並刻石以記其功。

韓、柳二人於唐代古文運動上雖各有卓著貢獻，然二人之個性、思想、政治立場實大相逕庭，宗教主張亦儼然敵對。大抵而言，韓、柳之差異如下：

＊一、韓反對革新，柳積極革新。

＊二、韓似易於依附權貴，以求榮顯；柳較傾向於深自隱晦，不慕名利。

＊三、韓崇儒術而力斥釋、老，柳深喜浮圖而博涉諸子。

＊四、韓文氣格雄放正大，柳文風調深婉駁雜。

＊五、韓長於議論，奇崛勁健；柳長於敘述，雋潔簡練。

其文學成就以山水遊記及寓言散文為佳。山水遊記以〈永州八記〉之峻潔精奇，寄興遙深而獨步千古，蓋脫胎自酈道元之《水經注》；寓言散文則筆調冷峻，嘲諷深峭。細讀這兩類文體，常有笑聲淚痕隱藏於字裡行間，又微露其憤懣怨悱之氣。

《全唐詩》存其詩 4 卷，《全唐詩續拾》補詩 3 首。

【詩評】

01 司空圖：今於華下方得柳詩，玩精極思，味其探搜之致，亦深遠矣；俾其窮而克壽，則固非瑣瑣者輕可擬議其優劣。（〈題柳柳州集後序〉）

02 劉昫：宗元少聰穎絕眾，尤精兩漢詩騷，下筆構思，與古為侔；精裁密致，燦若貝珠，當時流輩咸推之。(《舊唐書・列傳一百一十・柳宗元本傳》)

03 蘇軾：李、杜之後，詩人繼作，雖間有遠韻，而才不逮意；獨韋應物、柳宗元發纖穠於簡古，寄至味於淡泊，非餘子所及也。(〈書黃子思詩集後〉) ○柳子厚詩在陶淵明下，韋蘇州上。退之豪放奇險則過之，而溫麗清深不及也。所貴乎枯淡者，謂其外枯而中膏，似淡而實美，淵明、子厚之流是也。若中邊皆枯淡，亦何足道。(〈評韓柳詩〉)

04 蔡絛：柳柳州詩若捕龍蛇、搏虎豹，急與之角而力不敢暇，非清蕩也。 ○雄深簡淡，迥拔流俗，致味自高，直揖陶、謝；然似入武庫，但覺森嚴。(《西清詩話》)

05 陳知柔：柳子厚小詩幻渺清妍，與元、劉並馳而爭先；而長篇大句，便覺窘迫，不若韓之雍容。(《休齋詩話》)

06 胡仔：若唐之李、杜、韓、柳，本朝之歐、王、蘇、黃，清辭麗句，不可悉數；名與日月爭光，不待摘句言之也。(《苕溪漁隱叢話》)

07 張戒：柳柳州詩，字字如珠玉，精則精矣，然不若退之之變態百出也。使退之收斂而為子厚易，使子厚開拓而為退之則難；意味可學，而才氣則不可強也。 (《歲寒堂詩話》)

08 何汶：韓子蒼云：淵明詩，惟韋蘇州得其清閑，尚不得其枯淡；柳州獨得之，但恨少遒耳。柳州詩不多，體亦備眾家，惟效陶詩是其性所好，獨不可及也。(《竹莊詩話》引)

09 楊萬里：五言古詩，句淡雅而味深長者，陶淵明、柳子厚也。(《誠齋詩話》)

10 敖陶孫：柳子厚如高秋獨眺，霽晚孤吹。(《臞翁詩評》)

11 嚴羽：唐人惟柳子厚深得騷學，退之、李觀皆不及也。 ○若柳子厚五言古詩，尚在韋蘇州之上，豈元、白同時諸公所可望耶？（《滄浪詩話》）

12 劉克莊：子厚永、柳以後詩，高者逼陶、阮，然身老遷謫，思含淒愴。 ○柳子厚才高，它文惟韓可對壘；古律詩精妙，韓不及也。當舉世為元和體，韓猶未免諧俗，而子厚獨能為一家之言，豈非豪傑之士乎？ ○韓、柳齊名，然柳乃本色，詩人自淵明沒，雅道幾熄。當一世競作唐詩之時，獨為古體以矯之，未嘗學陶和陶；集中五言凡十數篇，雜之陶集，有未易辨者。其幽微者可玩而味，其感慨者可悲而泣也。其七言五十六字尤工。（《後村詩話》）

13 晦庵：作詩須從陶、柳門庭中來乃佳，不如是，無以發蕭散沖淡之趣，不免於傴促塵埃，無由到古人佳處也。（魏慶之《詩人玉屑》引）

14 劉辰翁：子厚古詩，短調沉鬱，清美閑勝；長篇點綴清麗，樂府托興飛動。退之故當遠出其下，並言韓、柳，亦不偶然。 ○子厚文不如退之，退之詩不如子厚。（蔣之翹《柳集輯注》引）

15 元好問：謝客風容映古今，發源誰似柳州深？朱絃一拂遺音在，卻是當年寂寞心。（〈論詩絕句〉） ○柳子厚，晉之謝靈運也；陶淵明，唐之白樂天。（〈論詩絕句〉自注）

16 方回：柳柳州詩精絕工致，古體猶高。世言韋、柳，韋詩淡而緩，柳詩峭而勁。此五言律，比老杜尤工矣；杜詩哀而壯烈，柳詩哀而酸楚，亦同而異也。（《瀛奎律髓》）

17 瞿佑：唐詩前以李、杜，後以韓、柳；姚合以下，君子不取焉。（《歸田詩話》）

18 李東陽：陶詩質厚近古，愈讀而愈見其妙。韋應物稍失之平易，柳子厚則過於精刻，世稱陶、韋，又稱韋、柳，特概言之。惟謂學陶者，須自韋、柳而入，乃為正耳。（《麓堂詩話》）

19 王世貞：韓退之於詩，本無所解；宋人呼為大家，直是勢利他語。子厚於〈風〉〈雅〉〈騷〉賦，似得一斑。（《藝苑卮言》）

20 陸時雍：詩貴真，詩之真趣，又在意似之間。認真則又死矣。柳子厚過於真，所以多直而寡委也。《三百篇》賦物陳情，皆其然而不必然之詞，所以意廣象圓，機靈而感捷也。　○讀柳子厚詩，知其人無以偶。讀韓昌黎詩，知其世莫能容。　○劉夢得七言絕，柳子厚五言古，俱深於哀怨，謂《騷》之餘派，可。劉婉多風，柳直損致，世稱韋、柳，則以本色見長也。（《詩鏡總論》）

21 王會昌：李太白古風，韋蘇州、王摩詰、柳子厚、儲光羲等古體，皆平淡蕭散，近體亦無拘攣之態、嘲哳之音，此詩之嫡派也。（《詩話類編》）

22 胡應麟：元和而後，詩道浸晚，而才人故橫絕一時；若昌黎之鴻偉、柳州之精工、夢得之雄奇、樂天之浩博，皆大家材具也。（《詩藪》）

23 許學夷：唐人五言古，氣象宏遠，惟韋應物、柳子厚，其源出於淵明，以蕭散沖淡為主。然要其歸，乃唐體之小偏，亦猶孔門視伯夷也。　○韋、柳五言古，意趣幽玄，妙在文字之外。　○韋、柳雖由工入微，然應物入微而不見工，子厚雖入微，而經緯綿密，其工自見。故由唐人而論，是柳勝韋；由淵明而論，是韋勝柳。（《詩源辯體》）

24 賀貽孫：詩中之潔，獨推摩詰。即如孟襄陽之淡，柳柳州之峻，韋蘇州之警，劉文房之雋，皆得潔中一種，而非其全。　○嚴滄浪謂「柳子厚五言古詩在韋蘇州之上」。然余觀子厚詩，似得摩詰之潔，而頗近孤峭。其山水詩，類其〈鈷鉧潭〉諸記，雖邊幅不廣，而意境已足。如武陵一隙，自有日月，與韋蘇州詩未易優劣。惟〈田家〉詩直與儲光羲爭席，果勝蘇州一籌耳。（《詩筏》）

25 王士禎：韋蘇州古澹，柳柳州峻潔，二公於唐音之中，超然復古，非可以風骨論者。(《帶經堂詩話》)

26 賀裳：大曆以還，詩多崇尚自然。柳子厚始一振厲，篇琢句錘，起頹靡而蕩穢濁，出入〈騷〉、〈雅〉，無一字輕率。其初多務谿刻，故神峻而味冽，既亦漸近溫醇。如「高樹臨清池，風驚夜來雨」「寒月上東嶺，泠泠疏竹根。石泉遠逾響，山鳥時一喧」「道人庭宇靜，苔色連深竹」，不意王、孟之外，復有此奇。　○韋、柳相同者神骨之清，相異者不獨峭淡之分，先自憂樂之別。　○柳構思精嚴，韋出手稍易，學韋者易以藏拙，學柳者不能覆短也。　○柳五言詩猶能強自排遣，七言則滿紙涕淚。如「桂嶺瘴來雲似墨，洞庭春盡水如天」……「驚風亂颭芙蓉水，密雨斜侵薜荔牆」……「歸目並隨回雁盡，愁腸正遇斷猿時」。只就此寫景，已不可堪，不待讀其「一身去國六千里，萬死投荒十二年」矣。(《載酒園詩話・又編》)

27 宋犖：五言絕句……錢、劉、韋、柳，多神來之句；所謂好詩必是拾得也。(《漫堂說詩》)

28 吳喬：韋詩皆以平心靜氣出之，故近有道之言。宋人以韋、柳並稱，然韋不造作，而柳極鍛煉也。(《圍爐詩話》)

29 田雯：韋蘇州、柳柳州，一則雅澹幽靜，一則恬適安閒。漢、魏、六朝諸人而後，能嗣響古詩正音者，韋、柳也，非僅貞元、元和間推獨步也。(《古歡堂雜著》)

30 汪森：柳先生詩其沖澹處似陶，而蒼秀則兼乎謝；至其幽思鬱結，紆徐悽惋之致，往往深得於楚《騷》之遺，亦詩歌之雄傑也。……韓長於敘說，而其議論之閎肆，亦時見之於詩；柳工於記，而其詩之絕勝者，亦在山水登臨之際。古人之論文未有不先乎詩者也，知此然後可與並觀韓、柳之詩。　○柳州諸律詩，格律嫻雅，最為可玩。(《韓柳詩選》)

31 張謙宜：柳柳州氣質悍戾，其詩精英出色，俱帶矯矯凌人意；文詞雖掩飾些，畢竟不和平。　〇此公筆力峭勁，又不是王、孟、韋流派。(《絸齋詩談》)

32 屈復：柳柳州詩屬對工穩典切，情景悲涼，聲調亦高。刻苦之作，法最森嚴；但首首一律，全無跳擲之致耳。(《唐詩成法》)

33 牟願相：柳子厚詩如玄鶴夜鳴，聲寒霜氣　〇唐人學陶者，儲光羲、王昌齡、王維、孟浩然、韋應物、柳宗元；然昌齡氣傲，宗元氣慘，浩然清詞麗句，有小謝之意。(《小澥草堂雜論詩》)

34 葉矯然：韓、柳二家以詩論，韓具別才，柳卻當家。韓之氣魄奇矯，柳不能為；而淡雅幽峭，得騷人之致，則韓須讓柳一席也。(《龍性堂詩話》)

35 喬億：柳州哀怨，騷人之苗裔，幽峭處亦近是。　〇永、柳山水孤峭，與永嘉、隴蜀各別，故子厚詩文，不必謝之森秀、杜之險壯；但寓目輒書，自然獨造。　〇子厚寂寥短章，詞高意遠，是為絕調；若〈放鷓鴣〉〈跂烏辭〉，並悔過之作，惻愴動人。　〇子厚長律，極峭蒨可喜。　〇韋、柳歌行之善者，妙絕時人；但五言更臻極則，不能不自掩之耳。　〇柳州歌行甚古，遒勁處非元、白、張、王所及。　〇柳、韋並稱，五言小詩也；至大篇馳騁筆力，當不在韓吏部下。顧韓自出規模，柳則運以古詩；韓氣奇，柳氣峻，分路揚鑣，而柳詩品貴。(《劍溪說詩》)

36 沈德潛：陶詩胸次浩然，其中自有一段淵深樸茂不可到處。唐人祖述之者，王右丞有其清腴，孟山人有其閒遠，儲太祝有其樸實，韋左司有其沖和，柳儀曹有其峻潔，皆學焉而得其性之所近。　〇大曆十子後，劉夢得骨幹氣魄，似又高於隨州……柳子厚哀怨有節，律中騷體，與夢得故是敵手。(《說詩晬語》)

37 錢良擇：柳州與韓孟同時，而不欲如韓孟之自闢蹊徑；其詩大概本陳拾遺，而參以右丞、襄陽，以勁骨秀色，自成一家言。(《唐音審體》)

38 袁枚：詩人家數甚多，不可硜硜然域一先生之言，自以為是而妄薄前人。須知王、孟清幽，豈可施諸邊塞？杜、韓排奡，未便播之管絃；沈、宋莊重，到山野則俗；盧仝險怪，登廟堂則野。韋、柳雋逸，不宜長篇；蘇、黃瘦硬，短於言情。(《隨園詩話》)

39 管世銘：十子而降，多成一幅面目，未免數見不鮮；至劉、柳出，乃復見詩人本色，觀聽為之一變。子厚骨聳，夢得氣雄，元和之二豪也。(《讀雪山房唐詩鈔凡例》)

40 許印芳：王、孟、韋、柳四家詩格相近，其詩皆從苦吟而得；人但見其澄澹精緻，而不知幾經淘洗而後得澄澹，幾經鎔鍊而後得精緻。(《詩法萃編》)

41 施補華：子厚幽怨有得騷旨，而不甚似陶公，蓋怡曠氣少，沉至語少也。(《峴傭說詩》)

42 陸貽典：子厚詩律細於昌黎，至柳州諸詠，尤極神妙，宣城、參軍（按：指謝朓、鮑照）之匹也。(《瀛奎律髓匯評》)

43 張世煒：昌黎文獨步千古，而同時柳州與之抗衡……。至其詩則不然，韓詩雄而刻，柳詩雅而潔；柳州當弟視昌黎矣。(《唐七律雋》)

241 漁翁（七古）　　柳宗元

漁翁夜傍西巖宿，曉汲清湘燃楚竹。煙銷日出不見人，欸乃一聲山水綠。迴看天際下中流，巖上無心雲相逐。

【詩意】

漆黑的暗夜裡，靠臨瀟水邊的巨大西巖旁，有一簇搖曳閃爍的火光——那是漁翁露營野宿的地方（而我則離他並不遙遠）。破曉時分，岸邊傳來汲引清澈湘水的聲音（讓我也逐漸醒轉過來），而後可以聽到燃燒楚地山竹時爆裂開來的嗶啵聲，還可以聞到他晨炊的煙火味道飄散過來（這使得夜宿江邊的我頓時感到飢腸轆轆而完全清醒過來）……。一會兒之後，白茫茫的煙霧消散開來，陽光出現了，卻看不見他的蹤影了！當我還感到驚疑詫異時，忽然聽到遠方傳來一段搖船盪槳的漁歌聲；循著歌聲望去，突然好大的一片青山綠水猛然撲向我的眉眼而來，景色清幽得使人眼睛一亮，胸臆一盪，渾然忘我地融入那一大片翠綠的意境中……。再回過神來，看看漁翁的扁舟何在？卻發現：原來他已經順流而下到遙遠的天邊了，而原本在山巖間徘徊自如的白雲，似乎也隨著他的船影，悠悠然地飄向天際而去……。

【注釋】

① 西巖—又作「西岩」，是位於瀟水西岸的天然石灰岩溶洞所隆起的巨巖[1]，與湖南省零陵縣城隔江相望，為當地名勝[2]。西巖又稱朝陽岩，初唐詩人元結至此，曾作〈朝陽岩銘〉與〈游朝陽岩〉詩。本詩殆為詩人貶為永州（治所在今湖南省永州市零陵區）司馬期間所作。

② 「曉汲」句—汲，取水。清湘，零陵正在瀟、湘二水合流之處，水色清澈，故云。楚竹，因永州古屬楚國，故云。

③ 欸乃—搖動槳櫓時所發出的戛軋聲，或搖船時伴著槳櫓聲所唱的棹歌，借以鼓舞精神，有助於使力划船，忘記疲倦。

④ 「迴看」二句—迴看，是指詩人暫時沉醉於山青水碧之景而渾然忘我，再回神去眺望漁翁何在之意。天際，形容漁舟已遠。下中流，謂漁舟順中流而下。無心雲，化用陶潛〈歸去來辭〉：「雲無

心以出岫」句，形容白雲之悠閒自在。相逐，相隨也，謂白雲隨漁翁而去。又，中流，一說指瀑布，則此二句亦可解為：作者迴望從對岸山巖上飛濺而下的懸泉瀑布時，又偶然間發現巖上白雲自如自在，彷彿自相戲逐，渾不以漁翁之去為意，與作者之惘然若失有別。

【補註】

01 石灰岩溶洞含有碳酸鈣，易被雨水溶解，含碳酸鈣的水，沿岩縫滴下，有時沉澱覆蓋在邊坡植物上成為石灰華，有的滲入地洞中再度沈澱結晶，長久地日積月累之後形成晶瑩潔白的鐘乳石。

02 見湖南學者李元洛之《歌鼓湘靈》，頁 175。

【導讀】

唐憲宗元和元年（806），參加王、韋革新集團的柳宗元被貶為永州（今湖南省永州市零陵區）司馬，時年三十三。對於滿懷政治抱負與改革理想的熱血青年而言，從權力核心被遠謫到蠻荒的瘴癘之地，當然會產生忠而被謗、信而見疑的挫折感和失落感，以及生死難料、歸期難卜的驚惶與絕望，從此他必須在群醜當道，罪謗交織，去國懷鄉，憂讒畏譏的牢愁中長期忍受羞辱與悲憤的煎熬；直到元和四年九月，他首度領略到永州山水的清奇之美，寫了〈始得西山宴遊記〉等散文之後，心境才有了柳暗花明的轉變，因為他找到了以遊山玩水，吟詩作文的方式來宣洩鬱悶，寄託情志。這種心境的轉變，使他的山水散文和詩篇，別開新面而寄曠遙深，成為別有奇趣與幽情的名作；本詩大約正是這段期間的作品。

基本上，筆者擬測本詩的情境應該是：柳宗元是在西巖邊夜宿，發覺到有一處火光閃爍，知道自己並不孤獨（但是當時他未必知道對方的身分；「漁翁」的身分，很可能是在聽到欸乃的漁歌之後所作的判斷)。第二天清晨，他可能是在聽到汲水燃竹的聲音時醒轉過來，又在聞到晨間炊爨的煙火味時完全清醒。等到他正式起身，整理衣衫儀容後，想要和對方打個招呼，或者想要攀談時，才發覺對方已經頓失蹤影，於是使他感到一陣錯愕、茫然，隱約領悟到其中頗有飄逸自如而又空靈自在的禪趣……。

「漁翁夜傍西巖宿」七字，是以視覺形象為基礎，發揮想像力，點出時間、地點、詩中人物的身分和作為，讓讀者想像在西巖腳下的水邊，一處火光搖曳的地方，有一位漁翁正在烤火露宿；因為如果沒有火光的閃爍，以及飄出燻烤鮮魚或野味的香氣，作者在闃暗漆黑的四野，根本無從得知對方的位置。「曉汲清湘燃楚竹」七字，則兼用視覺、聽覺、嗅覺及想像力，由曙色的初明、打水聲、燃竹爆裂聲、柴火燒烤味和煙氣飄散情狀，想像漁翁正在晨炊。這兩句除了簡單地勾勒出依山傍水、夜宿曉行的漁翁生活型態之外，還暗示了詩人也棲宿野外，直到漁翁開始活動時才逐漸醒轉。夜宿曉起，除了暗示漁翁無憂無慮的純真心性以外，還顯示漁翁儉樸勤快的生活習慣。「汲清湘」和「燃楚竹」兩組詞語的講究，使得不過是打水燒柴的動作，既帶有粗菜淡飯、隨遇而安的純樸形象，又隱然刻劃出閒雲野鶴親山愛水的悠閒自在。尤其是「燃楚竹」的爆裂聲，既可以讓聽到汲水聲而將醒未醒的作者頓時驚醒，又能飄散出晨炊的氣味誘使作者完全清醒，還能夠以飄散開來的炊煙抹去漁翁的行蹤——這一方面使以下的「不見人」有了合理的交代，另一方面又能自然引出「煙銷日出」的光景。由此可見，前兩句在詩人匠心獨運的經營下，不僅措詞優美，景致如畫，而且情節自然，針線細密，值得玩味。

「煙銷日出不見人，欸乃一聲山水綠」兩句，對讀者而言，「煙銷日出」四字，是寫煙霧消散，旭日初昇；那麼接著就應該是漁翁正式出場和讀者打照面的時候了，也就是詩筆該暗示或描繪他的穿著打扮、容貌表情等特徵，或者他的所作所為——例如「孤舟簑笠翁，獨釣寒江雪」之類——才合理；可是作者卻出人意表地接上「不見人」三字，既造成使人詫異的驚疑感，又讓讀者產生錯愕不解的迷惑。而且正當讀者感到事有蹊蹺，急欲尋覓憑空消失的漁翁蹤影時，作者卻突然送來一段浩蕩清朗的棹歌，使人頓時恍然有悟：原來漁翁早已盪舟離岸，在山水之間遨遊了！於是讀者循聲望去，滿以為應該會看見一葉扁舟浮盪江心的畫面，誰知道撲人眉眼而來的竟然是一大片的青山綠水！這一片蒼翠的山林、澄碧的江水，頓時使人的眼睛為之一亮，胸臆為之一盪，只覺得滿眼清幽，奇趣橫生，使人心曠神怡，渾然忘我，恍惚間自己已經幻化為站在岸邊的柳宗元，忘記了時間的流逝，甚至連浩浩的歌聲和渺渺的漁舟都被遺忘了！作者這種讓漁翁從畫面憑空消失，卻從畫面之外送來浩蕩的歌聲，藉以烘染山水的手法，既營造出「空山不見人，但聞人語響」那種縹緲空靈的意境，使人產生清幽深邃之感；也創造出魔術幻境中化有為無，而後又無中生有的驚奇效果，令人目眩神迷；同時還可能藏有南北朝人王籍〈入若耶溪〉詩中「蟬噪林逾靜，鳥鳴山更幽」的禪境，耐人回味。此外，這兩句既以山青水碧之美，使人陶然沉醉在清絕的景致之中，又讓漁舟在不知不覺中悄然遠去，從而醞釀出末二句那種「驀然回首，那人卻在燈火闌珊處」的頓悟與驚喜的情趣，的確是心裁別出的巧思，值得嘆賞。

仔細玩味「煙銷日出不見人，欸乃一聲山水綠」這兩句的妙處，可以發覺是因為詩人採用了錯綜突接的手法，才使得這有聲有色的畫境，顯得奇趣盎然，引人入勝。換句話說，作者是把依照時間順序遞進而又彼此互為因果的「煙銷日出」（因）和「山水綠」（果）給拆開移置，又把彼此矛盾衝突的「欸乃一聲」和「不見人」給切割截斷，然後運用錯綜排列、逆折突接的手法加以對調、重組，因而形成煙銷日出竟不見人的奇幻詭異，和欸乃一聲而山水皆綠的豁人眼目之感。尤其是「不見人」放在前句之末，已經先引發了使人驚疑困惑的失落感，讓人陷入迷惘之中；此時再加入「欸乃一聲」，不僅能營造出如暮鼓晨鐘般扣人心絃或空谷跫音般令人驚喜的感受，而且能吸引人把所有的感官投向聲音的來處去搜尋意想中的漁舟。然而，此時卻只見一大片閃亮翠碧的山水迎面撲來，又會使人有猝不及防的驚奇詫異之感。這種頓挫跌宕的句法，給人彷彿是由於漁翁浩蕩的棹歌一唱，山水頓時從沉睡中清醒過來的感覺；而原本煙霧瀰漫而白茫茫的視野，也因為歌聲的關係突然轉為蒼翠碧綠，整個畫面便由靜態幻變成充滿躍動的美感。這種巧妙的安排，不僅使畫境空曠遼闊，景物活潑生動，山水清幽脫俗，而且也把漁翁襯托得豪邁灑脫，頗有幾分隱逸之士的神秘感，的確是情景交融，聲色兼美的精采之筆；因此蘇軾稱賞前四句說：「詩以奇趣為宗，反常合道為趣。熟味此詩有奇趣。」（宋・釋惠洪《冷齋夜話》卷 5 引）正由於作者的構思奇特不凡，突接逆折的句法又有跌宕頓挫之妙，所以使漁翁的消失、棹歌的浩蕩和山水的碧綠等情景的變化，顯得既出人意料之外，卻又在情理之中，形成所謂「反常合道」的奇趣，不僅造語活潑靈動，而且意境清奇飄逸，和錢起〈省試鼓瑟湘靈〉詩末「曲終人不見，江上數峰青」兩句，同樣具有耐人尋味的玄理禪趣，和令人涵詠不盡的遙情遠韻。王安石〈泊船瓜州〉的「春風又綠江南岸」這一句，前人都相當讚賞，以為巧用「綠」字作為詩眼而使意境全活，因而成為膾炙人口的名句[1]；本詩則把「山水綠」安排在句末，不僅意境空靈飛動，而且語勢渾樸自然，更有以聲音點染畫面的迷幻奇詭之妙，評價似應更在王作之上。

「迴看天際下中流，巖上無心雲相逐」兩句，是寫詩人的性靈完全沉醉在山青水碧之中，不知過了多久，才從意亂神迷而渾忘時間的狀態中回過神來，再回頭去尋覓漁翁的蹤影時才赫然發覺：漁舟早已順著江流航向天邊而去了！而且連先前在山巖上優遊自得的白雲，似乎也隨著漁翁飄然遠去了……。三、四、五句把漁翁寫得行蹤飄忽，宛若遊龍；最後一句則以毫無心機的白雲隨之而去，映襯漁翁也是一位純任天真，毫無心機，雲棲谷隱，逍遙自得的世外高人。有了末二句，則漁翁出塵脫俗，無拘無束，既清迥又飄逸的形象，便躍然紙上，使人悠然神往；而作者放浪山水之間的蕭散風神，和對漁翁目注神馳，歆羨嚮往的情思，也就宛然可遇了。

另外，末二句也可以解釋為：「作者在面對豁人心胸的青山綠水，感到情靈搖蕩之餘，已經找不到漁翁的蹤影了。當他回望漁翁夜宿之處時，瞥見對岸的山巖上有一道飛濺而下的瀑布，滌蕩著他略感迷惘的心靈。瀑布的上方，則有幾片白雲悠閒自在的相互嬉遊，渾不以漁翁之遠去為意。」如依此解，詩人所要傳達的禪趣可能是：「白雲無拘無執，不著色相，所以如如自在；正如漁翁去住無礙，不拘形跡，所以逍遙自在。然而作者卻仍然執著於漁翁的行蹤，未能戡破色相，以至於惘然若有所失，也就憬然若有所悟了。」這兩種解釋，都有去住無跡，纖塵不染之意。

【補註】

01 巧用「綠」字的詩句，在柳氏之前還有李白的〈侍從宜春苑賦柳色聽新鶯百囀歌〉：「東風已綠瀛洲草，紫殿紅樓覺春好。」丘為〈題農父廬舍〉：「東風何時至？已綠湖上山。」只是情景、意境都不如柳宗元和王安石之作來得妙趣天成，是以未能成為膾炙人口的名句。

【商榷】

許多學者認為柳宗元在永州期間模山範水的散文中，往往寄藏著作者孤傲自負的精神，流露出抑塞不平的悲憤；而他的山水詩中，也常常自覺或不自覺地融入自己清峭峻潔的性格，表現出不肯屈服的頑強意志。筆者雖然同意言為心聲，文為心象，但是更認為賞讀文學作品時，應該避免流於穿鑿附會及捕風捉影，以免陷入句句有寄託、篇篇有諷諭的魔障之中。就以本詩的情節發展而論，作者只是記錄在山陲水涯間和一位漁翁偶然邂逅的奇趣而已，既無意刻劃自己超凡脫俗的志趣，也無意標榜自己孤傲高潔的形象。儘管他對漁翁自來自去、無罣無礙的悠閒瀟灑，流露出難以言喻的嚮往之情，但是卻不能在毫無佐證的情況下，就輕率地斷言漁翁就是柳宗元本人的寫照。正如儘管韋應物對「澗底束荊薪，歸來煮白石」的全椒道士頗為契慕，但是「落葉滿空山，何處覓行蹤」的道士卻並非韋應物的化身；又如賈島對「只在此山中，雲深不知處」隱士極為景仰，但是雲山採藥的隱士顯然與「詩囚」的形象大異其趣。

至於像喻守真盛稱此詩的神韻獨步千古，卻又說：「題目雖是漁翁，但其主旨卻在寫景。」筆者也難以認同。因為詩中真正寫景之處，只有「山水綠」和「巖上雲」，其餘全是敘事。事實上，敘事和寫景結合成的筆墨，主要是烘托漁翁無拘無束，隨緣自在而又蕭然世外的形象，並融入詩人的驚詫和嚮往之情罷了。讀者只要熟讀全詩，自然會感受到在奇趣橫生之外，彷彿另有清空澹遠，似有若無的禪機可玩。

另外一個須要釐清的關鍵是詩人敘述的角度。有些學者以為「迴看天際下中流，巖上無心雲相逐」中「迴看」的主詞是漁翁；例如：

＊施蟄存：以無心來形容雲，這雲是漁翁的主觀認識。天上浮雲，雖然形似互相追逐，實則彼此都是無心的。（《唐詩百話》）

＊龔德才：末二句寫漁翁到中流，回望西山[1]已遠在天際，山上的白雲繚繞，似在無心追逐。（《唐宋詩詞評析辭典》）

＊趙昌平：你看他多麼悠閒自在，回望著中天而下的懸流，和懸流起處，青青山尖上，那幾朵自由自在，相親相戲的潔白的雲……。（《唐詩三百首新譯》）

＊蔣凡：末了兩句，舟至中流，無以為伴，回頭望去，唯見西山白雲無心出岫，相逐而飛。（《古詩觀止》）

＊王國安：煙消霧散，紅日東升，山水呈綠之時，他已駕駛小舟，

搖曳離岸，船兒緩緩滑向中流，回望西山，只見山巖上白雲飄飄，悠然相逐。(《唐詩藝術技巧分類辭典》)

筆者以為這些說法非常值得商榷，因為作者顯然是以旁觀的角度（甚至他應該也在西巖夜宿，所以才能記錄漁翁由夜晚至破曉的活動情形）來勾勒漁翁的形象，讀者則是經由作者的眼睛而「看到」漁翁（事實上詩人和漁翁很可能根本未曾打過照面）和山水情境，包括「迴看天際下中流，巖上無心雲相逐」兩句，也都是透過作者的眼睛所看見的。試想：作者怎麼可能先在煙消日出時佇立岸邊（「煙銷日出不見人」表示作者已經找不到漁翁的蹤影了；不可能是漁翁自己找不到自己吧），卻又能在末二句裡跳到早已遠離岸邊的漁舟上，再經由漁翁回望的眼眸來看見巖上相逐的白雲呢？因此，在解讀本詩之前，我們應該先釐清作者身在何方，才不至於讓柳宗元變成〈長恨歌〉中那一位具有特異功能，可以「排雲馭氣奔如電，升天入地求之遍」的臨邛道士。

此外，蘇軾雖然盛稱前四句有反常合道的奇趣，卻又以為末二句「雖不必亦可。」（宋・釋惠洪《冷齋夜話》卷 5 引）嚴羽在《滄浪詩話》中也表示認同地說：「東坡刪去後二句，使子厚復生，亦必心服。」胡應麟、周珽、王士禎、沈德潛也都以為蛇足當刪；不過劉須溪、邢昉、李東陽、王世貞等人則以為全璧較佳。

筆者以為有此二句，不僅江天、雲山的構圖，更增畫面之美，而且一葉扁舟，盪漾其間，更顯景致之清幽絕俗，空間之遼闊敻遠。更重要的是：有助於襯托漁翁水流雲行般自來自去的性格，並使意境縹緲，妙趣橫生，丰神搖曳，耐人尋思；因此孫月華《評點柳柳州集》卷 43 云：「是神來之調，句句險絕，鍊得渾然無痕。後二句尤妙，意竭中復出餘波，含景無窮。」筆者認同此說，以為還是尊重原作為宜。

【補註】

01 依照李元洛之說，一般選注本都誤將「西巖」注為柳宗元〈始得西山宴遊記〉中的「西山」，是由於注家未曾實地考察之故。李氏為湖南長沙人，依其籍貫及語氣判斷，應該是親臨其地勘查過的，故依從其說。本條及下引諸說中的「西山」，皆同此誤。

【評點】

01 劉辰翁：或謂蘇評為當，非知言者；此詩氣渾，不類晚唐，正在後兩句，非安蛇足者。（高棅《唐詩品彙》引）

02 郝敬：無色無相，蕭然自得。（《批點唐詩》）

03 桂天祥：「煙銷日出不見人」二句，古今絕唱。（《批點唐詩正聲》）

04 邢昉：高正在結。欲刪二語者，難與言詩矣。（《唐風定》）

05 胡應麟：「漁翁夜傍西巖宿」，除去末二句自佳。劉以為不類晚唐，正賴有此；然加此二句為七言古，亦何詎勝晚唐？故不如作絕也。（《詩藪》）

06 唐汝詢：此盛稱漁翁之樂，蓋有欣慕之意。言彼寢食自適，而放歌於山水之間，泛舟中流，與無心之雲相逐，豈不蕭然世外耶？（《唐詩解》）

07 王文祿：〈漁翁〉詩……氣清而調逸，殆商調歟！（《詩的》）

08 吳山民：豈子厚失意時詩耶？　○顧璘：幽意切。　○周珽：熟味此詩，有奇趣，然尾二句不必亦可。蓋以前四句已盡幽奇，結反著相也。陸時雍謂「欸乃」句是淺句，「巖下」句是淺意，然歟？（《唐詩選脈會通評林》）

09 李東陽：詩貴意，意貴遠不貴近，貴淡不貴濃。濃而近者易識，淡而遠者難知。如……李太白「桃花流水杳然去，別有天地非人間」；王摩詰「返景入深林，復照莓苔上」，皆淡而愈濃，近而愈遠，可與知者道，難與俗人言。……柳子厚「回看天際下中流，

巖上無心雲相逐」，坡翁欲削此二句，論詩者類不免矮人看場之病。予謂若止用前四句，則與晚唐何異？（《麓堂詩話》）

10 沈德潛：東坡謂刪去末二語，餘情不盡，信然。（《唐詩別裁》）

11 吳瑞榮：「煙銷」二語幽絕。（《唐詩箋要》）

12 蔣之翹：此詩急節閒奏，氣已太峭削矣，自是中、晚伎倆；宋人極賞之，豈以其蹊徑似相近乎！（《柳集輯注》）

13 汪森：歌行短章，與絕句只是一例耳。此詩固短篇之有致者，謂當截去末二句與否者，皆屬迂論。（《韓柳詩選》）

242 江雪（古絕） 柳宗元

千山鳥飛絕，萬徑人蹤滅。孤舟蓑笠翁，獨釣寒江雪。

【詩意】

崇高峻拔的千巖萬壑中，絕對看不到任何飛鳥的蹤影；遼闊廣袤的山野上，橫斜曲折的萬條路徑中，也絕對沒有任何行人的足跡。此時，唯有一位身披蓑衣，頭戴笠帽的漁翁蜷縮在一葉扁舟中，孤獨地在祁寒大雪的江心垂釣。

【注釋】

① 蓑笠—蓑，音ㄙㄨㄛ，指棕葉或蓑草編成的雨衣。笠，指竹葉編成如漏斗狀的帽子。

【導讀】

這首描寫冰封萬徑，雪覆千山的高原上，孤舟笠翁寒江獨釣的小詩，根據前人的說法，大概是柳宗元謫居永州期間所作，可以視為詩人在政治上遭遇挫折困厄後心志更為峻潔孤傲，心境極度淒清幽冷的寫照[1]。

就政治層面來說，首二句所營造出的幽僻隔絕的世界，可能象徵當時沉重而肅殺的政治氛圍，和詩人仕途失意後困厄封閉的心靈；至於抗風冒雪，獨自垂綸江心的舉止，可能象徵他屢受擯棄而不改堅持革新的執著，其中可能包含有屈原〈漁父〉中所謂「舉世皆濁我獨清，眾人皆醉我獨醒」的孤芳自賞，〈涉江〉中所謂「接輿髡首兮，桑扈臝行」的佯狂自放，以及王昌齡〈芙蓉樓送辛漸〉詩所謂「一片冰心在玉壺」高傲自負。

如果就設境造情而言[2]，整首詩所營構出冰封雪覆，纖塵不染，唯有江心一點，生機暗藏的情境，則又隱然有空明寂寥中澹定自如的禪修情趣可參。大概是因為作者把滿腹牢愁和一腔熱忱化為清峭峻潔的詩境，因此能情蘊景中而意餘言外；讀來不只有寒光映紙，冷意襲人之感，而且有墨氣四射，渾涵天地之勢，因此備受詩家推崇。范晞文《對床夜話》說：「唐人五言四句，除柳子厚〈釣雪〉一詩外極少佳者。」蘇軾《東坡題跋》卷 2 說：「殆天所賦，不可及也。」顧璘《批點唐音》說：「絕唱，雪景如在目前[3]。」吳昌祺《刪訂唐詩解》說：「清極！峭極！傲然獨往。」孫洙《唐詩三百首》更說：「二十字可作二十層，卻是一片，故奇。」

「千山鳥飛絕，萬徑人蹤滅」兩句，造語極為峭折奇險，氣象極為廣闊遼遠。鳥飛於千山萬嶺之中，自是一派天機洋溢，生意盎然的景象；人行於縱橫萬徑的山路上，也是一方活潑熱鬧，絡繹不絕的場面。可是作者卻在喚起讀者豐富綿邈的聯想時，分別在句末嵌上一個語氣斬截急促的入聲字「絕」和「滅」，於是廣袤無垠的大地和峰巒層疊山谷間，頓時幻化為沉寂冷漠，絕無生趣的空曠畫面，自然使人產生驚愕詫異之感；猶如千萬騏驥揚蹄競奔於原野之上，正感到風馳電掣，疾行若飛的快意之際，眼前竟然已是斷崖絕壁，萬丈深淵！這種使人驚心動魄的畫面變化和句法安排，除了得力於句末入聲字所形成的短促而又緊急的收煞效果，造成橫空斬截的氣勢之外，千山萬徑的雄奇壯偉與鳥飛人蹤的活潑生動，又正好和「滅」「絕」二字的肅殺嚴峻形成大開大闔，突兀強烈的對比，有助於表現出頓挫跌宕，遒勁凌厲的語勢，是相當成功的化實為虛與旁襯烘托的手法；因此楊逢春《唐詩偶評》說：「通首絕不寫雪景。『江雪』二字，只末句煞出；其寫景純用空中烘托之筆，真是繪虛高手，清絕！高絕！」李鍈《詩法易簡錄》說：「前二句不沾『雪』字，而確是雪景，可稱空靈；末句一點便足。」這兩句所營造出的畫面，和作者在〈至小丘西小石潭記〉中所描繪的「寂寥無人，淒神寒骨，悄愴幽邃；其境過清，不可久居」的意境極為神似，隱約刻劃出作者遭貶之後冷清枯淡的心境。

至於「孤舟蓑笠翁，獨釣寒江雪」兩句，則一改前半奇峭逆折的逼仄氣勢和端整凝鍊的對偶句法，轉而以流利舒暢的散文句式和氣韻生動的雅潔筆致，勾勒出寒江獨釣的漁隱形象；於是原本極度岑寂冷肅的環境，便點綴成靜謐空靈而生機暗藏的畫面，而原本極為勁健斬絕的氣勢，也頓時凝定為空濛清遠而風神搖曳的意境。尤其是「孤」「獨」二字，既與前面的千山萬徑形成意義上的反差而引人注目；蓑笠抗雪，又自然補足人鳥絕蹤的原因，使人茅塞頓開；至於寒江獨釣，又浮顯出哲人傲然獨醒的形象和禪師沉靜自在的氣度，更令人悠然神往；因此俞陛雲《詩境淺說・續編》說：「空江風雪中，遠望則鳥飛不到，近觀則似無人蹤；而獨有扁舟漁父，一竿在手，悠然於嚴風盛雪間。其天懷之淡定，風趣之靜峭，子厚以短歌為之寫照，志和〈漁父詞〉所未道之境也。」在作者層層渲染之餘，便使全詩意境渾成，風味澹遠，可謂詩中有奇趣，畫中有禪機，完全符合詩畫相涵的意趣，因此黃生《唐詩摘抄》說：「此等作真是詩中有畫，不必更作寒江獨釣圖也。」黃周星《唐詩快》說：「只為此二十字，至今遂圖繪不休，將來竟與天地相終始矣。」

除了前述映襯反差的技法，烘托出令人驚嘆神往的意境之外，作者在空間安排方面，也極具一位傑出導演在掌鏡取景時的匠心：先是由地面向高遠處掃描千山萬壑，拍攝出聳峻磅礴的氣勢，而後搭乘直升機由高空向低處作地毯式的搜索，獵取阡陌縱橫，廣袤萬里的畫面；經由仰眺和俯瞰的全面取景之後，已給人冰封萬里、雪堆千山的森冷寂寥和奇峭空曠之感。然後再把鏡頭挪向靜止的江心，移向停泊的孤舟，為披蓑戴笠而獨自兀坐的漁翁作特寫；接著再把鏡頭緩緩轉向一動也不動的釣竿，再順勢滑向絲綸入水的一點上作定格處理……於是所有的詩情畫意便全部集中到江心一點上來了。然後再緩緩地把鏡頭逐漸後退游移，只見雪花紛飛，沾在漁翁的蓑衣上，黏在鬢眉間，停在釣竿上，堆在孤舟中……再把鏡頭拉遠，拍攝漫天飛雪的蒼茫之感；然後直升機漸高漸遠而盤旋，鏡頭攝取的範圍便由江心孤舟逐漸擴大，納入了冰封的萬徑、雪壓的群山……整個畫面便顯得和諧凝定而又清峭冷峻起來，而無限的禪境奇趣也逐漸擴散開來了……。

朱之荊《增訂唐詩摘鈔》說：「寒江魚伏，釣豈可得？此翁之意不在魚也。如魚可得，釣豈獨翁哉[4]？」可見這首詩只是作者為情造境的意想出奇之作，藉以抒發宦情淒冷，志潔心高的感慨而已；換言之，寒江獨釣的漁翁，正是作者本人的寫照！因為即使漁翁當真可能在人鳥絕蹤的風雪之日垂釣寒江，甚至還有收穫，作者也不可能翻越千山，跋涉萬徑，一路追蹤至此，只為一嘗鮮魚的美味。至於漁翁寒江獨釣的動機或目的為何？其實不必刻意求解；作者既然情藏景中，意在言外，讀者也不妨各依體悟，境由心生。陶淵明說：「但識琴中趣，何勞絃上音？」淺嘗詩中的奇趣禪機，已經足以怡情悅性了；得「意」之餘，何妨忘「魚」？

【補註】

01 徐增《而庵說唐詩》以顧影自悲的角度說：「此乃子厚在貶時所作以自寓也。當此途窮日短，可以歸矣，而猶依泊於此，豈為一官所繫耶？一官無味，如釣寒江之魚，終亦無所得而已矣！余豈效此漁翁者哉？」吳烶《唐詩選勝直解》從歸隱和期待的角度說：「千山萬徑，人鳥絕跡，則雪之深可知；然當此之時，乃有蓑笠孤舟，寒江獨釣者出焉。噫！非若傲世之嚴光，則為待聘之呂尚；賦中有比，大堪諷刺。」

02 王堯瞿《古唐詩合解》即從造境寄懷的角度說：「置孤舟於千山萬徑之間，而以一老翁披蓑戴笠，兀坐於鳥不飛、人不行之地，真所謂寄蜉蝣於天地，渺滄海之一粟矣，何足輕重哉？江寒而魚伏，豈釣之可得？彼老翁何為穩坐孤舟風雪中乎？世態炎涼，宦情孤冷，如釣寒江之魚而終無所得，子厚以自寓也。」王文濡《唐詩評注讀本》也由借題立意的角度說：「雪大則鳥斷飛，人絕跡；獨此蓑笠老翁，猶棹孤舟而釣寒江之雪，其高曠為何如耶？子厚遠謫江湖，宦情冷淡，因舉以自況。」

03 此處轉引自《萬首唐人絕句校注集評》上冊頁 569；王國安《柳宗元詩箋釋》頁 268 亦載為顧璘之言，書名則為《評點唐詩正音》。然《唐詩彙評》頁 1790 則載此條為《批點唐詩正聲》中桂天祥之言。

04 《萬首唐人絕句校注集評》上冊頁 569 作黃生《唐詩摘抄》語，而《柳宗元詩箋釋》頁 269 作「朱子荊」語。

【評點】

01 蘇軾：鄭谷詩云：「江上晚來堪畫處，漁人披得一蓑歸。」此村學中詩也。柳子厚云：「千山鳥飛絕，萬徑人蹤滅；孤舟簑笠翁，獨釣寒江雪。」人性有隔也哉？殆天所賦，不可及也已。(《東坡題

跋》卷 2）

＊ 編按：鄭谷〈雪中偶題〉前兩句為「亂飄僧舍茶煙濕，密灑歌樓酒力微」。

02 劉須溪：得天趣，獨由落句五字道盡矣。（高棅《唐詩品彙》引）

03 胡應麟：二十字骨力豪上，句格天成，然律以〈輞川〉諸作，便覺太鬧。青蓮「明月出天山……吹度玉門關」，渾雄之中，多少閑雅。（《詩藪》）

04 孫月峰：常景耳，道得峭快便入妙。（《評點柳柳州集》）

05 唐汝詢：人絕、鳥稀，而披蓑之翁傲然獨釣，非奇士耶？按七古〈漁翁〉亦極褒美，豈子厚無聊之極，託以自高歟？（《唐詩解》）

06 蔣之翹：此詩特落句五字寫得悠然，故小有致耳；宋人乃盛稱之。（《柳集輯注》）

07 王士禎：余論古今雪詩，唯羊孚一贊，及陶淵明「傾耳無希聲，在目皓已潔」，及祖詠「終南陰嶺秀」一篇，右丞「灑空深巷靜，積素廣庭閒」，韋左司「門對寒流雪滿山」句最佳。若柳子厚「千山鳥飛絕」，已不免俗。（《帶經堂詩話》）

＊ 編按：《世說新語・文學》載羊孚嘗作〈雪贊〉云：「資清以化，乘氣以霏。遇象能鮮，即潔成輝。」王維〈冬晚對雪憶胡居士家〉詩云：「寒更傳曉箭，清鏡覽衰顏。隔牖風驚竹，開門雪滿山。灑空深巷靜，積素廣庭閒。借問袁安舍，翛然尚閉關。」韋應物〈休暇日訪王侍御不遇〉詩云：「九日驅馳一日閒，尋君不遇又空還。怪來詩思清人骨，門對寒流雪滿山。」

08 吳瑞榮：天趣。柳州氣骨遲重，故攀躡陶、韋，不落浮佻。（《唐詩箋要》）

09 趙彥傳：詩中有畫。「千」「萬」「孤」「獨」，兩兩對說，亦妙。（《唐人絕句詩鈔注略》）

10 沈德潛：江雪詩清峭已極，王阮亭尚書（按：即王士禎）獨貶此

詩，何也？（《唐詩別裁》）

11 楊逢春：首固是託雪景，其作意只是要映出下二句意，為「獨」字伏根。「山」「徑」襯「寒江」，「人」「鳥」襯釣翁，「絕」「滅」逼「獨」字，此又其針線細密處也。（《唐詩偶評》）

12 李鍈：阮亭論前人雪詩，於此詩尚有遺憾；甚矣詩之難也！（《詩法易簡錄》）

13 潘德輿：門人蘇養吾問：「雪詩何語為佳？」予曰：王右丞「隔牖風驚竹，開門雪滿山」，語最渾然；老杜「暗度南樓月，寒生北渚雲」，次之；他如「獨釣寒江雪」「門對寒流雪滿山」「童子開門雪滿松」，亦善於語言者。（《養一齋詩話》）

14 胡本淵：清峭獨絕。（《唐詩近體》）

15 朱庭珍：祖詠「終南陰嶺秀」一絕，阮亭最所心賞，然不免氣味凡近；柳子厚「千山鳥飛絕」一絕，筆意生峭，遠勝祖詠之平，而阮翁反有微詞，謂未免近俗；殆以人口熟誦而生厭心，非公論也。（《筱園詩話》）

16 李慈銘：漁洋（按：王士禎之號）嘗謂此詩有傖氣，洵然。（《萬首唐人絕句選批》）

17 劉文蔚：此子厚貶時取以自寓也。（《唐詩合選評解》）

18 傅庚生：前兩句句尾「絕」「滅」二字，恰足以襯起後兩句句首「孤」「獨」二字；而第一句之「鳥飛絕」，第二句之「人蹤滅」，第三句之「蓑笠」，第四句之「寒江」，上下、動靜、遠近、人物，無一字妄費，逼出最後一「雪」字，此畫龍點睛之作，書中之張僧繇也，須學不得。（《中國文學欣賞舉隅・摹擬與鎔裁》）

19 劉永濟：此詩讀之便有寒意，故古今傳誦不絕。（《唐人絕句精華》）

20 張夢機：千山萬徑，氣象闊大，孤舟獨翁，垂綸江雪，畫面逐漸收縮。（《近體詩發凡》）

243 溪居（五古） 柳宗元

久為簪組束，幸此南夷謫。閒依農圃鄰，偶似山林客。曉耕翻露草，夜榜響溪石。來往不逢人，長歌楚天碧。

【詩意】

長久以來，我一直被中央繁忙的職務所束縛而不得清閒，而今被貶官到南方蠻荒地區來之後，反而僥倖能夠放曠自得，優游自在。司馬這個無所事事的閒差，讓我可以走向田園和淳樸的農夫結鄰相親；偶爾還能像個遨遊山林的隱士般逍遙自在。破曉時分開始耕地翻土，還可以觸摸到沾著冷露、泛著幽光的小草，感到沁涼無比；遊玩到昏夜才盪舟歸來時，船槳常會激起水花，並發出擦碰溪石的聲響，也使我領略到別有情韻的山水清音。這樣來去自如的生活，可以不必對長官逢迎，也不必和俗人應酬，反而能隨時仰望碧藍的楚天而放懷浩歌，真是寫意得很！

【注釋】

① 詩題—溪居，是指在冉溪東南築室而居。作者於憲宗元和五年（810）漫遊永州零陵縣西南之冉溪（又名「染溪」）後，愛其景致之幽絕，乃築室其上，改溪名為愚溪，買小丘為愚丘，買泉為愚泉，名泉流為愚溝，塞其隘而為愚池，築堂曰愚堂，建亭曰愚亭，池中之島名曰愚島，又作詩寫序以詠其事；本詩殆即作於此時。

② 「久為」二句—簪，繫官帽於髮結的飾物。組，繫官印之絲繩；亦可指繫帽於頦下的絲帶。簪組，可借代指官服、官職，通常指顯宦之位而言。束，牽絆、束縛；一作「累」。幸，徼倖、慶幸。

南夷，永州當時為南方少數民族所居之區，故云。

③ 「夜榜」句—榜，音ㄅㄥˋ，原指船槳；此作動詞解，盪舟放船之意。響溪石，謂回航向岸時，船槳會激起水花、碰撞溪石而發出聲響。

④ 「來往」兩句—來往，指生活其中。不逢人，意謂遠離京城，不必對長官逢迎諂媚，也不必勉強應酬往來。楚天，永州古屬楚地，故云。

【導讀】

這是一首故作曠達而強顏放歌的山水田園詩。詩人表面上似乎頗能勘破得失，以順處逆，因此詩中只見怡悅閒澹之情，並無悲觀頹廢之思，讀來不太像是投荒逐臣之作；其實是故作若無其事狀，勉強表現出隨遇而安、暫時欣其所遇而已，和陶淵明完全融入田園生活的自然和天真的情態，絕不相同。因此《蔡寬夫詩話》說：「子厚之貶，其憂悲憔悴之嘆發於詩者，特為酸楚。閔己傷志，固君子所不免；然亦何至於是？卒以憤死，未為達理也。」又說：「淵明則不然，觀〈貧士〉〈責子〉與其他所作，當憂則憂，遇喜則喜；忽然憂樂兩忘，則隨所遇而皆適，未嘗有擇於其間。所謂超世遺物者，要當如是而後可也。」（見《苕溪漁隱叢話・卷 19》引）其實，何須後人區辨他和淵明的差異？他自已都曾知之甚明地說：「嘻笑之怒甚乎裂眥，長歌之哀過於慟哭；庸詎知吾之浩浩非戚戚之尤者乎？」(《柳宗元集・對賀者》) 因此，解讀本詩時應該理會出作者以謫為幸、以貶為樂的反諷中，其實深藏著以歌為哭的心酸，而他故示豪宕的浩浩歌聲中，其實也隱含著斑斑血淚。

「久為簪組束，幸此南夷謫」兩句，表面上是說自已久羈朝廷而厭悶不樂，幸貶南荒而得其所哉；其實是以倒反的手法自嘲自解，流露出遷客逐臣又苦又悲的鬱憤和又酸又澀的心理。作者在獲罪之初，曾經極力致書朝臣，乞求代為說情，以免淪落窮裔，奈何終究還是遠放永州，因此他對於權力傾軋的恐怖和勾心鬥角的驚心，自然充滿惶恐畏懼而感到憂愁苦悶；在〈始得西山宴遊記〉中他就坦白說出這種心境說：「自余為僇人，居是州，恆惴慄。」即使是遭貶四五年之後，在冉溪東南築室而居的此時，他都還無法沖淡心中抑鬱不平的悲憤與牢騷，竟把當地頗有山水之奇的溪丘、泉溝、池島、亭堂，全都冠上了「愚」字，表明是由於自己愚鈍不諳仕途凶險，才會有遠謫不歸的際遇；這種自我悲憫、自我怨嗟仍不足以遣懷，還得殃及無辜的泉石溪壑也為自己而蒙羞受辱（見〈愚溪詩序〉），才能稍洩心頭之恨的作為，使人在覺得匪夷所思之餘，不免擔心他在遭受貶官的打擊之後的心理狀態。如果不是深陷在氣短神傷的困境中，倍覺刻骨錐心的沉痛，又怎會有如此悖逆常情，禍及丘溪的詭異行徑？因此，所謂「久遭束縛」「幸貶南夷」云云，根本是言不由衷、自欺欺人的謊言罷了！以下六句，作者便「刻意」描寫以禍為樂的生活內涵來補足「幸」字之意。儘管他的確可能在一時之間欣於所遇而暫得於己，但是仍然不脫無可奈何而苦中作樂的心態，這與陶淵明那種飽嚐「羈鳥戀舊林，池魚思故淵」的苦悶之後，終於如願以償地晴耕雨讀、嘯傲山林的快意，畢竟大不相同：宗元是出於被迫的無奈，淵明是出於自願的愉悅，豈能相提並論？因此沈德潛《唐詩別裁》一針見血地說：「愚溪諸詠，處連蹇困厄之際，發清夷淡泊之音，不怨而怨，怨而不怨，行間言外，時或遇之。」這個看法，正可以作為解讀本詩時體會騷心的南鍼。

「閒依農圃鄰，偶似山林客」兩句，透露出司馬之職是丟給被投閒置散的罪吏之雞肋，根本沒有實權可言，則詩人有志難伸的鬱憤，可想而知。因此，他只好勉為其難地和淳樸而全無心機的農夫結鄰為友，以免又落入爾虞我詐、勾心鬥角的官場陷阱之中；也只能「偶」爾翻山越林，體驗難得的遨遊之樂了。「偶」透露出他心恆惴慄，唯恐隨時又獲罪受謗而遭落井下石的情狀；則他臨深履薄的戒惕之情，也就意在言外了。「依」字暗示他並未真正落地生根，認同鄉土，呈現出只不過是暫時親近農圃，聊以度日的過客心態；「似」字也很誠實地透露出他雖然偶爾也像閒雲野鶴般寄情山水，卻終究只是襲其貌而未得其神的逐官謫臣而已。換言之，這兩句寫出他並未真正融入田園山水之中，自得其樂，不過是跡似逃避的自欺欺人而已；因此他在〈始得西山宴遊記〉裡寫出自己即使表面上很熱衷於遊山玩水而「日與其徒上高山、入深林、窮迴谿，幽泉怪石，無遠不到」，彷彿真有泉石煙霞之癖，其實卻是「到則披草而坐，傾壺而醉；醉則更相枕以臥，臥而夢。意有所極，夢亦同趣。覺而起，起而歸。」仔細玩味之後，會發覺他不過是借此逃避官場的是非，因此一路上匆忙倉卒得像顆不斷旋轉的陀螺，根本是走馬而不看花，而其目的不過是藉酒澆愁，憑醉入夢來麻痺自己痛苦的心靈罷了！因此他只能偶爾披著山林隱士的外衣來包藏他遷客逐臣的苦悶，何嘗真能領略山水之美呢？又何嘗真能體悟陶淵明「開荒南野際，守拙歸園田」的勤奮與淡泊？以及「久在樊籠裡，復得返自然」的欣慰與自在？甚至是享受「時復墟曲中，披草共來往；相見無雜言，但道桑麻長」（以上〈歸園田居〉詩句）、「過門更相呼，有酒斟酌之。農務各自歸，閒暇輒相思；相思則披衣，言笑無厭時」（〈移居〉）「耕種有時息，行者無問津；日入相與歸，壺漿勞近鄰」（〈癸卯歲始春懷古田舍〉）那種和農夫互動時如魚得水而又水乳交融的渾樸與純真之樂呢？因此，所謂「閒依」和「偶似」透露出來的，正是虛有其表的依樣畫葫蘆罷了，何嘗真能使他脫胎換骨而敝屣功名，不遣是非而渾忘得失呢[1]？

「曉耕翻露草，夜榜響溪石」兩句，寫他或耕或遊的新奇感受，以充實「閒依」和「偶似」兩句的內涵，並遙應「幸」字之意。但是，即使他偶爾曉耕翻地時接觸到沾帶涼露、泛著幽光的青草，覺得沁人心脾而感到新鮮有趣，卻仍然沒有陶潛〈歸園田居〉中「晨興理荒穢，帶月荷鋤歸。道狹草木長，夕露沾我衣」那種夙興夜寐的勤苦自甘之態。即使他偶爾盪舟出遊，暮夜方歸，卻仍然缺少〈歸去來辭〉中「舟搖搖以輕颺，風飄飄而吹衣」的輕鬆愉快，也還沒有領略「木欣欣以向榮，泉涓涓而始流」的盎然生機和豐富野趣，進而產生「羨萬物之得時，感吾生之行休」的生命體悟和哲理思考。換言之，這兩句所寫的仍然只是短暫的苦中作樂而暫時感到安慰罷了，還不足以顯示出他對山林田園生活產生如同陶淵明〈歸園田居〉:「曖曖遠人村，依依墟里煙；狗吠深巷中，雞鳴桑樹顛」那種執著的眷戀感和溫馨的歸屬感，以及〈飲酒〉詩中「此中有真意，欲辯已忘言」那種物我兩忘、情靈歡洽的陶然寫意之情[2]。

「來往不逢人，長歌楚天碧」兩句，前一句似乎是寫獨來獨往，不曾遭遇旁人，反而樂得輕鬆自在，無拘無束。不過，如果這不僅是指獨自出遊的愉快，還包括前去曉耕翻地時也不曾遇到他人，則冉溪一帶的農友睡得也未免太熟了些，相當不合常理。如果僅是指獨自出遊而言，則前一年所寫的〈始得西山宴遊記〉才說「日與其徒」結伴而遊，其餘的永州遊記也往往呼朋引伴，共探幽奇，為何此時獨來獨往呢？實在很費斟酌。因此，「來往」應是指來去自如的生活而言，「不逢人」應是指不必逢迎奉承，應酬周旋，詩人反而樂得清閒自在。如此解讀，則前一句又是以差堪告慰的口吻，寫他憂讒畏譏之餘，對達官顯宦敬鬼神而遠之的態度；慶幸的語氣中仍然流露出冷淡的自嘲和無奈的自解，表示他的內心仍有一段難以紓解的鬱結，和一道難以癒合的創傷。後一句則是說反而能時時放懷高歌，嘯傲山林，使楚地的長空為之澄然如碧。不過這個用來表示由於自己胸無罣礙，因此能引吭浩歌的句子，雖然因為「楚天碧」三字落在句尾而有了想要胸懷楚天、涵容碧空的豪宕之氣，其實也正代表作者的心中深藏著難以紓解的鬱結，因此才藉著浩歌來散愁遣悶；的確正如他在〈對賀者〉一文中的告白:「長歌之哀過於慟哭，庸詎知吾之浩浩非戚戚之尤者乎？」因此，這首詩讀來只覺得作者極其費心地想要淡化心中的淒苦，卻反而透露出他被淒苦吞噬的無奈；想要稀釋心中的牢愁，卻反而流露出他被牢愁深鎖的悲哀。換言之，作者似乎竭力想要說服自己：他也能豪邁灑脫地嘯歌，可是他所唱出的卻是飽嘗禁錮之苦的心靈哀歌。他似乎勉強想要擠出笑容來說服讀者：他也能徜徉山水，優游田園，但是筆者卻覺得他擠出了辛酸的眼淚！而這段心靈哀歌和幾滴酸淚，其實早就藉著「久束」「幸謫」「閒依」「偶似」「不逢」「長歌」等詞語，誠實地暗示（甚或自然地流露）出來了。即使是寫作本詩的八年之後，這層遠謫蠻荒時匡救無人、返京無望的心靈創痛，仍然難以癒合，因此他才向初任門下侍郎同中書門下平章事的李夷簡剖心泣血地乞援說：「曩者齒少心銳，徑行高步，不知道之艱，以陷於大阨。窮躓殞墜，廢為孤囚，日號而望者十四年矣。」（〈上門下李夷簡相公陳情書〉）那種日夜企盼能得到有力人士的垂憐，來幫助他掙脫謫荒的痛苦，以及讓他重返京師的卑微心聲，真是寫得語悲意哀，令人黯然。由此再回顧本詩，也就可以了解作者竭力想要藉著山水田園來陶寫性靈，撫平傷痛，其實只是反增淒楚之悲的自欺之舉罷了。可見前引沈德潛所謂「不怨而怨，怨而不怨，行間言外，時或遇之」的評語，真是把詩人欲蓋彌彰的苦悶心靈，指點得昭然若揭，無所遁形啊！

【補註】

01 關於這一點，只要看淵明說出「吾豈能為五斗米折腰」之後就毅然歸隱，宗元卻繼續混跡官場，直到九年後他卒於柳州刺史任上，也就可以不辯自明了。

02 汪森在《韓柳詩選》中評論作者〈晨詣超師院讀禪經〉詩的一段話，正可以用來說明柳宗元和陶潛貌同而神異之處；他說：「胸無真得而作心性語，終是捕空捉影之談耳；若陶公則實有所見，是春風沂水之流（按：孔門高弟之一的曾點有「浴乎沂，風乎舞雩，詠而歸」的逸興），與佛氏迥別。」李開鄴《文章正宗》卷 24 評論同一首詩時也指出陶、柳詩境差異的關鍵所在說：「公詩非不似陶，但音調外不見一段寬然有餘處。」這兩段評論，其實間接說明了柳宗元「閒依農圃鄰，偶似山林客」時的確缺乏宿願得償的歸屬感和情靈歡洽的寫意之情；因為他終究只是為了逃避是非而暫時遁跡林泉的過客，並不是像淵明一樣能真正落地生根、逍遙山林的歸人。

【商榷】

這一首不甚著名的五言古詩，有不少人只看到語言表面的涵義，就以為詩人的確能不以貶謫為苦，寵辱皆忘；當然也就無法貼近詩人的內心，體認出詩中鬱紆難宣的苦悶，因此對本詩的評價就往往傾向於頌揚其意興之高曠了。茲舉數家之評語於後：

＊劉須溪：境與神會，不由思得，欲重見自難耳。（《唐詩品彙》引）

＊顧璘：超逸。（《唐詩選脈會通評林》引）

＊周珽：因謫居尋出樂趣來，與〈雨後尋愚溪〉〈曉行至愚溪〉二詩，點染情興欲飛。（《唐詩選脈會通評林》）

＊孫月峰：灑脫。（《評點柳柳州集》卷 43）

＊高步瀛：清泠曠遠。（《唐宋詩舉要》）

＊章士釗：子厚自表謫居，不一其態，而此云「久為簪組累，幸此南夷謫」，頗近於隱居求志，自適其道，與平時伊鬱自懟者迥乎不同。末云「來往不逢人，長歌楚天碧」，又與「煙銷日出不見人，欸乃一聲山水綠」，彷彿一致。顧讀者於〈漁翁〉一首，千人共喋；而〈溪居〉則渺無人知。可見人於柳詩，大抵以耳代目；能精心治之者，罕矣。（《柳文指要・通要之部・卷 14》）

此外，陸時雍說：「音如琢玉。」（《唐詩選脈會通評林》引）賀裳說：「（東）坡語曰：『所貴於枯淡者，謂外枯而中膏，似淡而實美，淵明、子厚之流是也。若中邊皆枯，淡亦何足道。』自是至言。即如

『曉耕翻露草，夜榜響溪石』,『引杖試荒泉，解帶圍新竹』『寒花疏寂歷，幽泉微斷續』『風窗疏竹響，露井寒松滴』，孰非目前之景，而句字高潔，何嘗不澹？何病於穠？」(《載酒園詩話．又編》）則一個從音響稱讚，一個由情味賞析，仍然未能觸及騷心之苦悶，終有隔靴搔癢之憾。

244 晨詣超師院讀禪經（五古） 柳宗元

汲井漱寒齒，清心拂塵服。閒持貝葉書，步出東齋讀。真源了無取，妄跡世所逐。遺言冀可冥，繕性何由熟？道人庭宇靜，苔色連深竹。日出霧露餘，青松如膏沐。淡然離言說，悟悅心自足。

【詩意】

清晨進入禪院之後，我先去汲取寒冽的井水，好好漱洗口齒，又拂去衣服上的灰塵，讓自己內外清靜，心無雜念；然後才悠閒地捧著禪經，漫步到東齋外去誦讀。讀完一卷經書之後，心中頗有一些感觸：世人對於佛經中講究的真如本心，似乎全然不去深入地參悟；反而對於荒誕虛妄的跡象，執迷不意地追求。其實，唯有拋開一切言語文字的假相，才能有默通禪理而妙悟正道的指望；如果一味地以世俗研究學問時講究章句訓詁的方式去修治本心，哪能達到佛性具足、不假外求的圓熟境界呢？

當我隨興閒步時，只見超師的庭院屋宇之間極為清幽寧靜；長滿青苔的小徑，蜿蜒地延伸入深邃的竹林之中。當陽光從雲層後出現時，花葉之間還籠罩著縹緲的薄霧，沾掛著晶瑩的露珠；蒼翠的古松也被瀰漫的溼氣滋潤得如同剛沐浴過一般，極為青碧明亮，雅潔可愛。

在這樣清靜的環境裡，讓我的心神格外淡泊寧靜，喜樂自足；似乎沒有任何語言文字能夠表達我心中頓悟的愉悅。

【注釋】

① 詩題—本詩寫清晨前往超師禪院誦讀佛經的感想。詣，往、到也。超師，對法名為「超」的僧人之敬稱；然其人之事跡不詳。禪經，泛指佛典而言；《全唐詩》在「禪」字下注云：「一作『蓮』」，則殆指《妙法蓮華經》而言。

② 「汲井」二句—汲取井水以漱洗牙齒，拂去衣衫上的塵垢以清心澄慮；這些動作表示誦經前力求精誠純一，身心清淨。寒齒，指井水清涼，有入齒生寒之感。

③ 「閒持」二句—貝葉書，指佛經。西域原本無紙，常以貝多羅樹之皮葉加工後書寫經文，如果妥善維護，也能保存五六百年之久[1]，故佛經又名貝葉經。齋，書房；此指藏經處。

④ 「真源」二句—謂世人往往迷於妄而失其真，逐其末而捨其本。真源，指真如本心，乃佛性與智慧的本源；亦可指禪宗明心見性的真義。了，全然也。妄跡，謂世俗相傳種種迷信荒誕的跡象或徵兆；亦可指真如本心以外一切虛妄的幻相（包括經書）。逐，追求。

⑤ 「遺言」句—遺，脫棄、拋卻也。遺言，擺脫言語文字的迷障。冀，指望。冥，默識心通，妙悟正道也。蓋明心見性，不立文字，乃禪宗妙悟佛理的不二法門，言語文字不過是悟道的指引或津渡而已；得魚可以忘荃，得意自應忘言。倘若執著於言語文字，終究誤入迷宮而不得清淨自在之正道。

⑥ 「繕性」句—繕，治也，修持之意。繕，修治也；繕性，用世俗的學問去修治本性，或用研究學問的訓詁工夫去解悟佛經[2]。何由熟，哪能達到明心見性，圓滿具足而不假外的境界呢？

⑦ 「道人」二句—道人，修道之人的通稱，此指超師而言。苔色，石徑上長滿青苔，暗示人跡罕至；或作「蒼色」「翠色」。

⑧ 「日出」二句—日出，通常指旭日初昇，然此處應指雲破日出而言；蓋詩人先前誦讀經書時應憑藉晨曦照明，故此處之日出應指陽光破雲而出。霧露餘，謂花木之間夜霧未散，朝露未晞；餘，殘存也。膏沐，本為女子用以潤髮的膏油之類；《詩經·衛風·伯兮》:「豈無膏沐？誰適為容？」青松如膏沐，謂青松碧綠如洗，有如沐浴潔淨之後，塗上了潤髮的膏油般蒼翠欲滴，照人眼目。

⑨ 「澹然」二句—澹然，心境恬淡自如，不染塵垢狀。離言說，謂離棄言語說經之途，達到妙悟真如之境；此呼應第七句的「遺言」之義。亦可釋為：難以運用語言形容恬淡自如的心境；此近於陶潛〈飲酒詩〉其五:「此中有真意，欲辯已忘言」之境界。悟悅心自足，謂已能領略清淨自在之理，頓悟本性自足之樂。

【補註】

01 《酉陽雜俎·前集·卷 18·廣動植之 3》云:「貝多，出摩伽陀國，長六七丈，經冬不凋。此樹有三種。……『貝多』是梵語，漢翻為『葉』。貝多婆（一曰娑）力叉者，漢言『葉樹』也。西域經書用此三種皮葉，若能保護，亦得五六百年。」

02 繕性，實暗用《莊子·繕性》篇之語，有其特定之義涵:「繕性於俗學，以求復其初；滑欲於俗思，以求致其明，謂之蔽蒙之民。古之治道者，以恬養知……。」編按：滑，亂也；滑欲，謂迷亂其情志也。引文試譯:「用世俗的學問去修治本性，以求恢復淳真的本心；用世俗的思想去迷亂性靈，以求獲得澄澈的智慧，這叫作蒙蔽愚昧的人。古時修道之人，是以恬靜涵養智慧……。」

【導讀】

本詩是寫在禪院晨讀佛經之後的感想，表現出作者對於「教外別傳，不立文字」「言語道斷，明心見性」的領悟。

柳宗元的思想體系和以崇揚儒學，排斥佛老為職志的韓愈大不相同，他雖然也深受儒家的教化，卻不像韓愈偏激地專主一家，甚至於要焚毀佛經道藏，拆毀寺廟觀宇，勒令僧尼道士還俗，一付「韓」始皇的架勢[1]。相反地，他能欣賞各家各派的優點，以為應該兼容並蓄，求同存異；尤其是在遭貶永州之後，他更是以佛老之道稀釋鬱憤，進而以之安身立命。本詩大約就是在這種背景下的作品。

首段四句即寫足題意。「汲井漱寒齒，清心拂塵服」兩句，是以對偶形式的端整凝鍊，表現出對於禪經的虔敬和對於佛境的嚮往。作者在清晨抵達禪寺之後，便鄭重其事地汲引寒冽的井水漱洗牙齒，小心翼翼地撣去衣服上的塵垢；經過一番澄心靜慮的工夫，讓自己內外清潔，纖塵不染之後，才靈臺空明地誦讀禪經，體悟佛理。這是以外在的動作，表現屏除塵念，專心向佛的心理過程，因此《苕溪漁隱叢話・前編》引范溫《詩眼》說：「至誠潔清之意，參然在前。」正由於此時心靜意遠，恬淡自在，故曰：「閒持貝葉書，步出東齋讀。」這兩句寫出作者讀經時心境之悠閒自得，與隨緣隨興之自在。由於是漫步中庭，並非關在斗室之中苦苦參詳經文，因此引出次段中不可執著於章解句釋以求通悟佛理的感慨，也自然帶出第三段寄禪趣於清靜優美的庭宇景致之意。

次段四句，抒發對於世人學佛時捨本逐末，迷妄失真的感慨。「真源了無取，妄跡世所逐」兩句，是感歎世人對於佛學精義一無所知，不去探求存在本心自性之中的靈明智慧，反而愚昧鄙陋地追逐虛妄怪誕的事跡，染上種種迷信的惡習。所謂「真源」，是指能使人湧現慧見，領悟佛性而如如自在的本心，也是萬事萬理的真正源頭。「遺言冀可冥，繕性何由熟」兩句，是在前兩句針砭世俗的愚妄之後，進一步專就禪宗「言語道斷，明心見性」的頓悟之境提出自己的慧見。「遺言」，意謂拋開、擺落言詞的迷霧；「冀可冥」，才有默識心通，妙悟正道的指望。「繕」，修治之意；「繕性」，謂以世俗的章句訓詁之學修治心性。「何由熟」，意謂豈能達到義精理熟，明心見性，不假外求的境界。換言之，這四句意在破除執著形跡而捨本逐末的迷誤。

三段四句，除了遠承「步出東齋」四字而寫所處環境之清靜，所見景致之幽雅外，並寄託蘇軾〈贈東林揔長老〉詩「溪聲便是廣長舌，山色無非清淨身」那種所遇無非般若，觸處皆成妙諦的禪機。「道人庭宇靜，苔色連深竹」兩句，就象徵意義而言，可能是稱頌超師靈臺空明，禪心澄靜，不染塵垢，同時也暗示世俗之人不易尋得妙悟正道的途徑而直探本心真源之所在。因為「苔色」可以表示人跡罕至，故苔深蘚厚；而「深竹」正喻示本心真如之幽微難覓。大概正因為這兩句寫景中藏有玄機，與象之外別有妙理，因此賀裳《載酒園詩話・又編》說：「不意王、孟之外復有此奇句。」

至於「日出霧露餘，青松如膏沐」兩句，是實寫早晨雲翳散開，日光乍現時，花木之間還有些許晨霧飄浮與朝露沾潤的景象，顯得迷濛縹緲，而又晶瑩明潔；而蒼翠的古松，也在晨霧朝露的溼氣沾溉之後，有如沐浴潔淨之後塗上潤髮的膏油一般翠綠明亮。這兩句寫景如畫，使人心神俱淨，因此范溫《詩眼》說：「予家舊有大松，偶見露洗而霧披，真如洗沐未乾，染以翠色；然後知此語能傳造化之妙。」如果就詩中旨趣的連貫而言，這兩句也可能有象徵的涵義，因此何焯說：「日出霧去，青松如沐，即去妄跡而取真源也，故下云澹然有悟。」（《唐宋詩舉要》引）只不過詩人說霧露「餘」（殘存也）而不是「去」，何氏之說，仍有缺失。筆者以為「日出」，可能象徵作者在閒步庭宇，漫遊曲徑之後，頓時感到靈臺清淨，明心見性的境界（至於作者是否真能達到這種妙境，則是另一回事）；「霧露餘」，可能象徵身心頗得佛法之沾溉啟發。「青松如沐」，則可能象徵頗有脫胎換骨，身心俱暢的爽逸之感。這一方面是由於佛法滋潤心靈的新生之感，使他覺得空明自在，塵念不起；另一方面是因為薰染了禪院清幽的氛圍之後，令他體會到心境淵然湛靜之樂，因此能靜觀萬物自得之境，領略生機洋溢之趣，參悟性分具足之理。

「澹然離言說，悟悅心自足」兩句，承前四句而總結此行遊目賞心的感受。作者自謂此時心境恬淡寧靜，空明自如，頗能領略清淨自在之妙理，頓悟本性自足之禪趣；而這種境界，既接近於陶潛「此中有真意，欲辯已忘言」的妙趣，又純然是禪宗直指本心，離棄言詮的勝義。正如鹽、醋二物，可以增益飲食之美味，然豈能盡傾鹽罐，痛飲醋醰，便得餚饌之美味？同樣的道理，因指而見月，然月輪本不在指尖之末；誦經以求佛，而佛性豈在經文之中？因此，末二句所欲闡釋的，正是得魚可以忘荃，得意可以忘言之義。這既是禪宗教外別傳，不立文字的精髓所在，顯示作者頗能妙契斯旨；同時又是對於「遺言冀可冥，繕性何由熟」二語的進一步發揮。因此范溫又說：「蓋因指而見月，遺經而得道，於是終焉。其本末立意遣詞，可謂曲盡其妙，『毫髮無遺恨』者也。」

雖然有些學者以為本詩有「不著一字，盡得風流」的手法而充滿詩趣與禪機，筆者卻以為本詩第二段落入了以禪語抒發議論的窠臼，以至於既使詩趣索然，淡乎寡味，又使文句晦澀，詩義難明。更嚴重的是：不僅第二段四句的解釋，眾說紛紜，甚至還因而影響到對於全篇旨趣的掌握，以及扭曲了作者思想的真面目。不過，這個問題並非三言兩語可以說明，只好請讀者自行參見筆者另一篇專文討論：〈柳宗元「禪語詩」疑義辨析〉，《國文天地》月刊第 17 卷 6 期，2001 年 11 月；頁 51－56。

【補註】

01 韓愈〈原道〉一文末段云：「不塞不流，不止不行。人其人，火其書，廬其居……。」他這種為了維護儒術而肆意打擊佛老的想法，其實與焚書坑儒的秦始皇相去不遠。

【評點】

01 許顗：柳柳州詩，東坡云在陶彭澤下，韋蘇州上；若〈晨入超師院讀佛經〉詩，即此語是公論也。(《彥周詩話》)

02 劉辰翁：妙處言不可盡，然去淵明尚遠，是唐詩中轉換耳。(《唐詩品彙》引)

03 范溫：識文章者，當如禪家有悟門。夫法門百千差別，要須自一轉語悟入；如古人文章，直須先悟得一處，乃可通其他妙處。向因讀子厚〈晨詣超師院讀禪經〉詩一段，至誠潔清之意，參然在前。「真源了無取，妄跡世所逐，遺言冀可冥，繕性何由熟？」真妄以盡佛理，言行以盡薰修，此外亦無詞矣。「道人庭宇靜，苔色連深竹」，蓋遠過「竹徑通幽處，禪房花木深」。(《苕溪漁隱叢話》引)

* 編按：范氏所謂「真妄以盡佛理」三語，實不知所云；可見前人誤解柳氏原詩之意，作者實難辭其咎。

04 元好問：深入理窟，高出言外。(《遺山先生文集卷 37·木庵詩集序》)

05 唐汝詢：此讀經而迷，覽物而悟也。言清潔其心，取經以讀，專精如此，而不獲其真源；彼世之所逐，特其妄跡耳。然言尚可冀其默悟，性何由治之使純一哉？今觀草木自得之天，而性在是矣，是以不待言說而心自悟也；經豈必深讀哉？(《唐詩解》)

* 編按：此說的結論是不必深讀佛經，與柳氏屢稱佛經與聖賢之道相合之說頗相逕庭，是以筆者不取。

06 楊慎：不作禪語，卻語語入禪，妙！妙！　○吳山民：起極清，「道人」二語幽靜；「離言說」三字是真悟。　○周珽：讀經本期悟悅真源，如世徒逐紙上遺言，只循妄跡而已迷日甚，曷取繕性為也？故清潔身心以事言悅，何如覽物境自得之天，而性多自了然耶？（《唐詩選脈會通評林》）

07 吳昌祺：詩言佛家真源一無所取，世所逐者皆妄耳。我欲忘言而悟，治性殊難；偶對晨光，又如有得也。《詩眼》論結為「遺經而得道」，唐（汝詢）因解「真源」句為「讀經無得」；不知結乃轉換語耳。（《刪訂唐詩解》）

08 汪森：胸無真得而作心性語，終是捕空捉影之談耳；若陶公則實有所見，是春風沂水之流（按：孔門高弟曾點回應孔子「盍各言爾志」時有「浴乎沂，風乎舞雩，詠而歸」的逸興），與佛氏迥別。（《韓柳詩選》）

09 章燮：幽閒清靜，遊目賞心，反得雅趣也。（《唐詩三百首注疏》）

245 登柳州城樓寄四州（七律）　　柳宗元

城上高樓接大荒，海天愁思正茫茫。驚風亂颭芙蓉水，密雨斜侵薜荔牆。嶺樹重遮千里目，江流曲似九迴腸。共來百粵文身地，猶自音書滯一鄉。

【詩意】

登臨柳州城的高樓之上，游目四顧，只見城垣連接著蒼莽遼闊的荒野，頓時彷彿有瀰天漫海的愁緒洶湧而來，使我在茫茫無際的悲涼中黯然神傷，佇立良久……。突然一陣暴風襲來，使我從失魂落魄中驚醒回神，只見水塘中的芙蓉正被險惡的風浪狂亂地摧殘著，看起來是那麼孱弱無助；牆上的薜荔也正被斜飛的密雨無情地侵襲著，看起來是那麼驚悚不安。這些令我怵目驚心的景象，不禁使我特別掛念幾位在政治的狂風暴雨中飽受挫折的朋友，可是崇嶺疊嶂之上鬱鬱蒼蒼的雲樹，卻遮斷了我遙望千里的視線；而星離四方的他們是否已經平安抵達謫所，都無法得知，真使我千迴百轉的愁腸，有如大地上迂迴曲折的江流，無法盡情舒展開來……。患難與共的幾位知己，一同被貶到百越這一帶斷髮紋身的蠻荒之區，已經夠令人喪氣傷神了；竟然還得忍受彼此被滯留阻隔在窮鄉僻壤之中，連互相慰藉的音信都無法傳遞出去的苦悶，就更令人痛徹肝腸，感到沮喪絕望極了！

【注釋】

① 詩題—為筆者所節略，原題作「登柳州城樓寄漳汀封連四州」。柳宗元因「永貞革新」失敗而遭貶永州長達十年之久，終於在元和十年（815）初與韓泰、韓曄、劉禹錫、陳諫等政治難友奉詔入京。本以為可以留京任用，從此否極泰來，告別罪臣謫宦的夢魘；不料五人竟再被黜放到更為蠻荒偏僻的東南遠州擔任刺史：韓泰漳州（今福建省漳州市）、韓曄汀州（今福建省長汀縣）、劉禹錫連州（今廣東省連州市）、陳諫封州（今廣東省封開縣）、柳宗元柳州（今廣西壯族自治區柳州市）。本詩大約是十年六月抵達柳州後不久所作。

② 「城上」二句—高樓，指古代城池上方的望樓。接，有連接、目接二義。大荒，泛指荒僻邊遠之區。海天，非具體實指之處，乃用以形容愁思之瀰天漫海而來，無窮無盡，使人難以承受；蓋柳州距離海邊超過三百公里。正，表示心靈完全淹沒於愁思之中，難以自拔。茫茫，謂失魂落魄，茫然不知如何自處。

③ 「驚風」二句—驚風，狂擾不定的暴風。颭，音ㄓㄢˇ，風吹浪動也。芙蓉，荷花之別稱。薜荔，常綠牆蔓生的植物，一名木連；又為香草之名。

④ 「嶺樹」二句—嶺，如指五嶺，則詩人乃北眺長安；否則亦可泛

指東望四友所在的方向時所見的層巒疊嶺而言。重，謂層層疊疊也。九迴腸，形容愁苦之甚，鬱結之深。「嶺樹」句一作「雲馳去如千里馬」。

⑤ 「共來」二句—百粵，又作「百越」，泛指五嶺以南少數民族散居之區；實指五人謫放之所。文身，古時吳、越一帶居民有斷髮紋身之習俗；《莊子・逍遙遊》：「越人斷髮文身。」《淮南子・原道訓》：「九疑之南，陸事少而水事眾，於是民人被髮文身以象鱗蟲。」高誘注：「文身，刻畫其體，內墨其中，為蛟龍之狀；以入水，蛟龍不害也。」猶自，包括：卻還得、奈何、何況、竟然還是……等義。滯，阻隔而無法傳送。

【導讀】

永貞新政的失敗，造成充滿改革理想的政治集團土崩瓦解：王叔文、王伾被貶斥而死，柳宗元和韋執誼、劉禹錫、韓泰、程異、韓曄、凌準、陳諫八人分別貶謫為遠州司馬，此即當時著名的「二王八司馬」事件。詩人遭遇到生平第一次重大的挫敗，經歷了長達十年身在荒陬而心懷魏闕的謫宦生涯。即使是在最窮愁潦倒的苦悶之中，四十三歲的他仍然懷著沉冤得雪之後東山再起的夢想，因此當他奉詔入京時的驚喜交集，疑信相參之情，便自然流露在詩篇之中，例如〈朗州竇常員外寄劉二十八詩見促行騎走筆酬贈〉云：「投荒垂一紀，新詔下荊扉。疑比莊周夢，情如蘇武歸。賜環留逸響，五馬助征騑。不羨衡陽雁，春來前後飛。」又在二月初返抵京師時，回首前塵作〈詔追赴都二月至灞亭上〉曰：「十一年前南渡客，四千里外北歸人。」詩中歷盡滄桑，浩劫歸來的僥倖與感慨，至今讀來，仍使人為之神傷。

然而，當他滿懷憧憬地回到京師，自料可以留京重用，從此由剝而復，步入坦途；誰知竟然又被外放到更荒遠的東南海濱[1]，則他灰心喪志，失魂落魄的消沉情態，其實不難想像。因此，他和劉禹錫一同離京後曾寫下〈衡陽與夢得分路贈別〉來表達心中的酸楚：「十年憔悴到秦京，誰料翻為嶺外行。……今朝不用臨河別，垂淚千行便濯纓。」劉禹錫也寫下〈再授連州至衡州酬柳柳州贈別〉云：「去國十年同赴召，渡湘千里又分歧。……歸目並隨回雁盡，愁腸正遇斷猿時。桂江東過連山下，相望長吟有所思。」詩中流露出兩人異苔同岑的情誼之深切，淪落窮裔的積鬱之濃重，的確可以使人讀之增悲。不僅如此，柳宗元心中對友人的悽楚依戀，唯恐生離即成死別的憂懼不安，更是一再清楚地表露，因此〈重別夢得〉云：「二十年來萬事同，今朝歧路忽西東。皇恩若許歸田去，晚歲當為鄰舍翁。」〈三贈劉員外〉云：「信書成自誤，經事見知非。今日臨歧別，何年待汝歸？」正是這種一別再別，難分難捨的牽腸掛肚，使詩人才到柳州上任不久，便登城樓遙望患難諸友，而有本詩之作。

「城上高樓接大荒，海天愁思正茫茫」兩句，表現出詩人黯然出京，遠赴絕域後，面對蠻鄉荒陬，擔憂前途渺茫，凶多吉少，不免感到消沉頹廢的悲愴心境。當他眺望未來十年（甚至更長時間）內所要困居的柳州城時，所見到的是什麼呢？唯有孤獨的城樓銜接著廣袤無垠的荒郊僻野而已！當他意識到這片毫無指望的不毛之區，正如他槁木死灰般絕望的心境時，詩人自然也就感到茫茫的愁思正如天風海雨席捲而來，令人難以招架，不僅淹沒了他的性靈，葬送了他的希望，也使他看不到出路而感到窒息難安，悲愴不已。必須特別指出的是，「海天」遼闊的境界，其實並非眼前的實景[2]，因為柳州到海邊的直線距離達三百公里左右，絕非詩人當時在城樓上可以眺望所及。換言之，「海天」二字，只是借意想中的景象，形容愁思之翻騰洶湧，瀰天漫地，使人無所遁逃，難以自贖。由於首聯寫景闊遠，意境蒼茫，寄託於其中的深沉悲涼之感，足以涵括以下各聯的詩意，因此得到詩家的極高的評價；紀昀在《瀛奎律髓匯評》中說：「一起意境闊遠，倒攝四州，有神無跡，通篇情景俱包得起。」查慎行《初白庵詩評》

說：「起勢極高，與少陵『花近高樓傷客心』兩句，同一手法。」

詩人可能是在城樓上極目茫茫，感到落寞惆悵，心神恍惚時，覺得自己十餘年來在權力傾軋中備受打壓的悽慘境遇，與眼前所見（或留存在詩人記憶中）的風浪凌虐芙蓉，密雨侵逼薜荔的景象相似，因此感慨萬千地寫下形象生動而意涵深遠的「驚風亂颭芙蓉水，密雨斜侵薜荔牆」！屈原早在〈離騷〉中就曾經以薜荔和芙蓉來象徵自己芬芳高潔的心志：「擥木根以結茝兮，貫薜荔之落蕊。……謇吾法夫前脩兮，非世俗之所服。」又說：「製芰荷以為衣兮，集芙蓉以為裳；不吾知其亦已兮，苟余情其信芳。」深得騷心的柳宗元[3]，也有意藉此表示自己與同遭貶謫的四位友人都具有芳潔美好的人品。試想：出水芙蓉，何其清麗脫俗，奈何驚風偏要亂颭！覆牆薜荔，何其碧綠生鮮，奈何密雨橫加斜侵！「風」而加之以「驚」，「颭」而加之以「亂」，「雨」而加之以「密」，「侵」而加之以「斜」，經過如此重重烘托、層層渲染的刻意修飾之後，便把飄風驟雨之粗暴無情，與花瓣枝葉之橫斜凌亂，描寫得狀溢目前，令人驚心；也把亂世之中孤臣孽子備遭欺凌威迫的情狀，刻畫得入木三分，令人悲憤；同時還把詩人所面對的形勢之波詭雲譎和處境之危疑動盪，呈現得極為凶惡險峻，令人有親臨其境的壓迫感和窒息感了。因此，廖文炳說：「有風雨蕭條，觸物興懷意。」（《唐詩鼓吹注解》）俞陛雲《詩境淺說》也說：「以『風』『雨』喻讒人之高張，以『薜荔』『芙蓉』喻賢人之擯斥。」經過詩人靈心妙筆的點染，不僅作者在政治鬥爭的迫害下已成驚弓之鳥的怖懼之情和惶恐之狀，宛然可遇；他失魂落魄地跌入回憶，進入冥想時孤單的身影和憔悴的心神，也不難想像了。

正由於詩人處境孤危，驚魂難定，因此他對於際遇相同而又心意相通的摯友也就更加惦記，於是便在城樓上翹首眺望，神馳遠天。可是卻只見重嶺密樹，遮斷望眼，空教詩人對於分散四方的難友是否平安更加牽掛，自然他千迴百折的愁腸也就如荒野中盤曲紆迴的江流一般，不能盡情舒展而鬱結難排了！「嶺樹重遮千里目，江流曲似九迴腸」是情景交融的名聯，就寫景而言，有俯瞰、有遠眺、有縱深、有層次，錯落有致，妙合造化。就抒情而言，思念層疊遙深而不可見，故愁腸盤曲綿長而難解，可謂把眺望四州雖不可到，思念四友卻無已時的深情遠目，寫得悲涼滿紙，風神如見；因此曹毓德《唐七律詩鈔》說：「聲調高，色澤足，直欲奪少陵之席。」正由於作者揮灑自如，把前三聯寫得情景交融，興象繁富，而且沉鬱頓挫，一唱三嘆，因此元好問編《唐詩鼓吹》時以本詩冠首，應有許為壓卷之意。

「共來百越文身地，猶自音書滯一鄉」兩句，是承接望之不見、思之無已的牽掛而來。作者以「共來」統攝詩人及詩題中的漳、汀、封、連四位刺史，以「百粵文身地」遙應「大荒」之意，便自然傳寫出患難與共的有志之士，竟然同貶化外蠻荒瘴癘之區的沉痛之感，以及音問難通、愁腸難解的悽楚之情。詩人望之不見，思之無已，自然會有互相探訪，一訴別衷的渴望；可是身為罪宦逐臣，當然不可能來去自如地互訪，因此又有魚雁往返，聊慰離情的卑微心願。奈何不僅現實的政治形勢險惡異常，使人動輒得咎；連客觀的地理環境都雲山遙隔，鴻雁難度，空教人懸念不安而憂悶無已；因此詩人先以「共來百粵文身地」七字述其悲涼，再以「猶自音書滯一鄉」七字來加倍寫其愁恨之糾纏難解。

詩人滿懷希望地入京，卻又滿懷落寞地離京，本來就是令人灰心喪志的重大挫折，何況又是黜放到更為遙遠的海陬之地、蠻荒之區？他內心的憤激不平，其實不難想像。所幸還有同命契友共赴異域，尚可一路相伴，不致孤單寂寞；即使臨歧分手，還能期望憑藉著魚雁往返，相濡以沫，不致有深陷絕境，乏人聞問之悲。可是卻由於形格勢禁的關係，竟然一入蠻荒即須勞燕分飛，風流雲散，不僅無法相互存問而略有天涯若比鄰之親，反而由於音書阻滯而徒增牽攣乖隔之悲和安危未卜之憂；則詩人內心的苦悶、無助、酸楚、淒涼、憤鬱與感慨等複雜的情緒所揉合成的絕望之痛，也就不難體會了。因此，廖文炳《唐詩鼓吹注解》說：「當時共來百越，意謂易於相見；今反音問疏隔，將何以慰所思哉？」黃叔燦《唐詩箋注》說：「昔日同來，今成離散；蠻鄉絕域，猶滯音書，讀之令人慘然。」這種山長水闊，難於度越的疏隔感，和時局險惡，難通音問的無力感，放在中間兩聯情藏景中的畫面之後，顯得更加淒哀沉痛，也更加讓人體會到權力傾軋和政治迫害之可厭、可怕與可恨。

【補註】

01 詩人作於次年的〈別舍弟宗一〉詩云：「零落殘魂倍黯然，雙垂別淚越江邊。一身去國六千里，萬死投荒十二年。桂嶺瘴來雲似墨，洞庭春盡水如天。欲知此後相思夢，長在荊門郢樹煙。」可知柳州竟比〈詔追赴都二月至灞亭上〉中所說的永州在「四千里外」更遠二千里。

02 唐汝詢《唐詩解》說：「言樓高與大荒相接，海天空闊，愁思無窮。」廖文炳《唐詩鼓吹注解》說：「首言登樓遠望，海闊連天，愁思與之瀰漫，不可紀極也。」朱三錫《東岩草堂評定唐詩鼓吹》說：「次曰『海天愁思』，是一望無際，觸景傷懷也。」胡以梅《唐詩貫珠》更說：「柳州之南，直之廣東廉州濱海，所以接大荒，而又云海天也。」王文濡《唐詩評注讀本》也以為：「前六句直下，皆言登樓所望之景。」以上說法，似乎都誤解了「海天」二字，以為是遠眺所及之景。

03 柳宗元還有一些採用《騷》體所寫的篇章，例如：〈弔屈原文〉〈懲咎賦〉〈閔生賦〉〈夢歸賦〉〈囚山賦〉等，都屬於悲遠謫、懷古烈、明心跡的作品，無不意境瑰瑋，想像奇詭，沉鬱頓挫，悽惻動人。由此可見，融情入景，運實入虛以抒幽憤，寫騷心，正是詩人常用的手法，因此嚴羽《滄浪詩話》說：「唐人惟柳子厚深得《騷》

學。」

【評點】

01 唐汝詢：此登樓覽景，慕同類也。言樓高與大荒相接，海天空闊，愁思無窮，驚風密雨，愈添愁矣。況嶺樹重疊，既遮我望遠之目；江流盤曲，又似我腸之九迴也。因思我與諸君同來絕域，而又音書久絕，各滯一鄉，對此風景，情何堪乎！（《唐詩解》）

02 徐禎卿：何其淒楚。　〇周敬：思致亦工，感辭亦藻。（《唐詩選脈會通評林》）

03 錢朝鼒、王俊臣：「驚風」「密雨」有寓無端被讒，斥逐驚懷之意；又寓風雨蕭條，觸景感懷之意。《詩三百篇》為鳥獸草木各有所托，唐人寫景，俱非無意，讀詩者不可不細心體會也。（《唐詩鼓吹箋注》）

＊ 編按：《柳宗元詩箋釋》頁 316－317 引此作朱三錫之言。

04 吳喬：中四皆寓比意。驚風、密雨，喻小人；芙蓉、薜荔，喻君子；亂颭、斜侵，則傾倒中傷之狀。嶺樹句，喻君門之遠；江流句，喻臣心之苦，皆逐臣憂思煩亂之詞。（何焯《義門讀書記》引）

05 金聖嘆：此前解恰與許仲晦〈咸陽城西門晚眺〉前解便是一付印板……。今先生擅場，卻是一句下個「高樓」字，二句下個「海天」字。「高樓」之為言，欲有所望也；「海天」之為言，無奈並無所望也。於是心絕、氣絕矣。然後下個「正」字，「正」之為言，人生至此，已是入到一十八層之最下層，豈還有餘苦未喫再要教喫？今偏是「驚風」「密雨」，全不顧人；「亂颭」「斜侵」，有加無已。雖盛夏讀之，使人無不灑灑作寒，默默無言。……此妙處是三、四句加染第二句。……五，望四州不可見也；六，思四州無已時也。七、八言欲離苦求樂，固不敢出此望，然何至苦上加苦，至於如此其極？蓋怨之至也。（《貫華堂選批唐才子詩》）

06 吳昌祺：本言腸之九迴，而反言江流似之也。(《刪定唐詩解》)

＊ 編按：《柳宗元詩箋釋》頁 315 注⑥引此作朱之荊《閑園摘鈔》卷 7 之言。

07 汪森：柳州諸律詩，格律嫻雅，最為可玩。　〇結語最能兼括，卻自入情。(《韓柳詩選》)

08 宋宗元：「驚風」「密雨」「嶺樹」「江流」，無非愁思，楚《騷》遺響也。(《網師園唐詩箋》)

09 黃叔燦：芙蓉、薜荔，皆增風雨之悲；嶺樹、江流，彌攪回腸之痛。(《唐詩箋注》)

10 方東樹：一氣揮斥，細、大景分明。(《昭昧詹言》)

11 俞陛雲：唐代韓、柳齊名，皆遭屏逐。昌黎〈藍關〉詩見忠憤之氣，子厚〈柳州〉詩多哀怨之音。起筆音節高亮，登樓四顧，有蒼茫百感之慨。三、四言臨水芙蓉，覆牆薜荔，本有天然之態；乃密雨驚風，橫加侵襲，至嫣紅生翠，全失其度。以風雨喻讒人之高張，以薜荔喻賢人之擯斥，猶《楚辭》之以蘭蕙喻君子，以雷雨喻摧殘；寄慨遙深，不僅寫登城所見也。五、六嶺樹雲遮，所思不見；臨江遲客，腸轉車輪。戀闕懷人之意，殆兼有之。收句歸到寄諸友本意，言同在瘴鄉，已傷謫宦；況音書不達，雁渺魚沉，愈悲孤寂矣。(《詩境淺說・丙編》)

五四、元稹詩歌選讀

【事略】

元稹（779－831），字微之，別字咸明，乃北魏鮮卑族拓跋部的後裔，寄籍河南洛陽。以排行第九，時稱元九。

元稹八歲喪父，九歲即工於屬文，十五明經及第，二十四書判入等，授秘書省校書郎，二十八歲應「才識並茂，明於體用」科制舉，評列第一，拜左拾遺。因屢次上書論利弊得失，當路惡之，出為河南尉。後拜監察御史，按獄東川（按：肅宗至德二年析劍南道東部地區所置之方鎮，治所梓州，位於今四川省綿陽市三台縣），還次敷水驛（位於今陝西省華陰市城西）時，宦官仇士良（按：為文宗朝甘露之變時大殺朝官之元凶，在朝二十餘年，前後共殺二帝、一妃、四相）夜至，稹拒不讓邸設，仇大怒，擊傷其顏。宰相以年少而輕樹威望，有失御史風範，貶為江陵士曹參軍。歷任通州司馬、虢州長史、膳部員外郎、祠部郎中、知制誥、中書舍人、翰林承旨，穆宗長慶二年（822）拜同中書門下平章事。

稹雖居相秉權，然志驕氣銳，舉動浮薄，朝野雜笑，公議鄙之，故三月即罷相，出為同州刺史。後歷浙東觀察使、鄂州刺史，卒於武昌軍節度使任內，贈尚書右僕射。

元稹與白居易相知相契，情逾金石；唐人千里神交，唱和酬作之多，無有過之者。二人同尚平易詩風，且共倡新樂府而齊名，故時人稱其所作為「元和體」。蘇軾嘗評之曰：「元輕白俗」，世人遂誤以輕薄俚俗鄙之。大抵而言，前人對其詩作貶多於褒，然未必公允。其長篇詩作〈連昌宮詞〉，頗為宮中樂色眾口傳誦，至有「元才子」之稱。另有傳奇小說〈會真記〉之作，又名〈鶯鶯傳〉，即元朝王實甫《西廂記》雜劇之藍本。有《元氏長慶集》傳世。

《全唐詩》編其詩 28 卷，《全唐詩外編》及《續拾》補詩 10 首，斷句 53 句。

【詩評】

01 白居易：（稹）尤工詩，在翰林時，穆宗前後索詩數百篇，命左右諷詠，宮中呼為「元才子」。自六宮兩都八方，至南蠻東夷國，接傳寫之。每一章一句出，無脛而走，疾於珠玉。（〈河南元公墓誌銘〉）

02 韋穀：閱李、杜集，元、白詩，期間天海混茫，風流挺特。（《才調集・序》）

03 張戒：元、白、張籍詩，皆自陶、阮中出，專以道得人心中事為工。本不應格卑，但其詞傷於太煩，其意傷於太盡，遂成冗長卑陋爾。比之吳融、韓偓俳優之詞號為格卑，則有間矣。若收斂其詞而少加含蓄，其意謂豈復可及也！（《歲寒堂詩話》）

04 敖陶孫：元微之如李龜年說天寶遺事，貌悴而神不傷。（《臞翁詩評》）

05 蔡正孫：高秀實云元微之詩，艷麗而有骨。（《詩林廣記》引）

06 元好問：排比鋪張特一途，藩籬如此亦區區；少陵自有連城璧，爭奈微之識碔砆。（〈論詩絕句〉）

07 鍾惺：元、白淺俚處，皆不足為病；正惡其太直耳。詩貴言其所欲言，非直之謂也；直則不必為詩矣。又二人酬唱，似唯恐一語或異，是其大病；所謂同調，亦不必語語同也。（《唐詩歸》）

08 許學夷：白五言古……雖長篇而體自勻稱，意自聯絡；元體多冗漫，意多散緩，而語更輕率。……故知微之本非樂天儔耳　○又云：元不如白，乃是功有疏密，非才有大小也。（《詩源辯體》）

09 賀裳：選語之工，白不如元；波瀾之闊，元不如白。白蒼莽中間存古調，元精工處亦雜新聲；既由風氣轉移，亦自材質有限。（《載酒園詩話·又編》）

10 錢良擇：元相用筆，專以段落曲折見奇，亦前古所未有。其大篇多冗長，《才調集》所載多靡艷。 ○又云：元、白絕唱，樂府歌行第一，長韻律詩次之，七言四韻又其次也。（《唐音審體》）

11 葉燮：元稹作意勝於白，不及白春容暇豫。（《原詩》）

12 沈德潛：白修直中皆雅音，元意拙語纖，又流於澀。（《唐詩別裁》）

13 薛雪：元、白詩，言淺而思深，意微而詞顯，風人之能事也。至於屬對精警，使事嚴切，章法變化，條理井然；其俚俗處，雅亦在其中，杜浣花之後，不可多得者也。（《一瓢詩話》）

14 翁方綱：張、王已不規規於格律聲音之似古矣，至元、白乃又伸縮抽換，至於不可思議，一層之外，又有一層。 ○又云：詩至元、白，針線鉤貫，無乎不到；所以不及前人者，太露太盡耳。（《石洲詩話》）

15 陳寅恪：微之以絕代之才華，抒寫男女生離死別悲歡之情感，其哀艷纏綿，不僅在唐人詩中不可多見，而影響於後來之文學者尤巨。 ○又云：讀微之古題樂府，殊覺其旨趣豐富，文采艷發，似勝於其新題樂府。（《元白詩箋證稿》）

246 行宮（五絕） 元稹

寥落古行宮，宮花寂寞紅。白頭宮女在，閒坐說玄宗。

【詩意】

當年富麗堂皇的上陽宮，如今已經寥落殘破，一派冷清，只有宮苑中的豔麗的紅花幾十年來寂寞地開了又謝，謝了又開，卻再也沒有君王前來臨幸玩賞了……。宮中只剩幾位白髮蒼蒼的宮女依然健在，禁閉深宮之中幾十年的她們，只能坐著閒聊玄宗時代的天寶遺事，卻又難免勾起各自的傷心回憶……。

【注釋】

① 詩題—行宮，原指君王離京外出時的巡幸之所，此處殆指唐高宗在洛陽所建的上陽宮。白居易在新樂府〈上陽白髮人〉詩題下自注云：「天寶五載（746）以後，楊貴妃專寵，後宮人無復進幸矣。六宮有美色者，輒置別所；上陽其一也，貞元（785－804）中尚存焉。」白氏在〈上陽白髮人〉中描述這些宮人是「玄宗末歲初選入，入時十六今六十；同時採擇百餘人，零落年深殘此身。……未容君王得見面，已被楊妃遙側目；妒令潛配上陽宮，一生遂向空房宿……。」可見這批受害者，僅因楊妃善妒就軟禁洛陽的上陽宮中四十餘年，紅顏憔悴，白髮頻添，令人哀嘆。編按：明人胡應麟《詩藪》以為本詩是擅寫宮詞的王建之作。

【導讀】

這首文淺義深而又字少情多的小詩，儘管畫面簡單，興象卻相當豐富，不僅表達了詩人對宮女宿命的真切同情，而且寄寓了作者對王朝盛衰的深沉感慨，因此贏得相當高的評價。

本詩和常見的宮怨詩最大的不同是：以行宮作為描寫的主體，而非以冷宮怨妃失寵後的心理活動為主體，因此不僅在短短二十字的五言絕句中不避忌諱地重出三個「宮」字[1]：行宮、宮花、宮女，甚至連詩題都不是「宮詞」或「宮怨」，而是「行宮」。如此安排，使宮花和宮女都成為點綴「行宮」的景物，從而凸顯出「行宮」的冷清蕭瑟之感。有了這個認知之後，我們再順著作者匠心安排的取景角度，來看看這些鏡頭所傳達的意象之豐富。

首句「寥落古行宮」，是先以遼闊的全景鏡頭，在相當的距離之外鳥瞰行宮的全貌，帶給讀者「寥落」而「古」老的總體印象。值得注意的是：詩人在「古行宮」三字之上，更冠以「寥落」二字，不僅可以提攝其神，總寫其貌，而且還能渲染出殘破冷落的氣氛來籠罩全詩，是相當簡練而又成功的起筆，因此王堯衢《古唐詩合解》就認為如此安排使情境變得「分外悽涼」。

次句「宮花寂寞紅」，是進入行宮御苑中拍攝局部景物時所見：宮花依然紅得很嬌媚，奈何無人愛賞；宮花依然紅得很熱情，奈何行宮冷清；宮花依然紅得很新豔，奈何行宮老舊。原本應該是奼紫嫣紅的爛漫春光，作者卻只拈出「紅」這個單一色調，而且用「寂寞」二字來反襯紅花給人的感受，可見在「寥落古行宮」五字的籠罩下，連春色都變得呆板單調，春光都因而黯然失色，春意也都淡乎寡味了！紅艷的花朵竟然無人欣賞，只能獨自綻放它的寂寞，又反過來把人物逐漸凋零之後的古老行宮，襯托得更為冷清寥落，從而寄託了「江頭宮殿鎖千門，細柳新蒲為誰綠」（杜甫〈哀江頭〉）、「庭樹不知人去盡，春來猶發舊時花」（岑參〈山房春事〉）、「無情最是臺城柳，依舊煙籠十里堤」（韋莊〈臺城〉）的滄桑沉重之感。

第三句「白頭宮女在」的鏡頭，已經由靜態的花木轉移到人物的活動上來。詩人仍舊保持相當的取景距離，而不作細部的特寫，因此略去了服飾、妝扮、相貌、姿勢或體態的描繪，只凸顯出令人側目的「白頭」形象，就已經把她們被禁閉冷宮四十餘年，未曾及時獲得恩准，讓她們在猶可婚嫁之齡放還民間，以致空使她們花容憔悴，月貌瘦損，青春蹉跎，白髮頻添的一段漫長而悲慘的歲月，用鏡頭作了無言的控訴，的確使人入目驚心，也令人倍覺淒涼哀傷。詩人刻意選用

「在」字，暗示了維持行宮華貴氣派的眾多物件早已老舊不堪，甚至前後入宮的不幸女子也早已凋零殆盡，碩果僅存的幾位也早已風華不再；和杜甫〈春望〉詩中「國破山河在，城春草木深」的命意一樣曲折沉痛，充分流露出作者對於白頭宮女虛度一生，哀告無門的深切同情。宮花雖紅，奈何寂寞滿園；宮女雖在，無如白髮蒼蒼；則冷清的行宮那寥落殘破、古老斑駁的景況，也就可想而知了。

末句「閒坐說玄宗」的鏡頭，推近到隱約能聽到白頭宮女的交談聲：她們提及早已入土多年的玄宗如何如何……。可是詩人並不交代她們閒談的具體內容，全詩便戛然而止，留給讀者更多想像的空間。不僅作者本人對玄宗沒有隻字片語的是非褒貶，連宮女都沒有任何恩怨愛憎的論斷，反而使意蘊更為含蓄雋永，寓託遙深，詩情也更為搖曳生姿，唱嘆有味；因此吳逸一大為嘆賞地說：「冷語令人惕然深省處，『說』字得書法。」（《唐詩正聲》引）顧璘也認為詩意蘊藉深厚：「『說』字含蓄，更一字不得。」（《唐詩正聲》引）沈德潛《唐詩別裁》評曰：「說玄宗，不說玄宗長短，佳絕。」可見這種點到為止，懸崖勒馬的筆致，反而有興寄象中而意餘言外的幽情遠韻，格外引人深思，值得細加揣摩。

「閒坐」二字，透露出白頭宮女對於四十餘年的花開花謝早已司空見慣，因此即使紅花吐艷，春色滿園，她們仍然意興闌珊，漠然以對；甚至連春花嬌媚如昔，而自己早已紅顏憔悴、白髮蒼蒼的強烈對比與刺激，她們都能視若無睹，無動於衷了。換言之，寥落的行宮與繁華的春花，早已引不起她們任何的關切，逗不出她們寂寞心湖裡的任何漣漪了，因為她們似乎只對和玄宗有關的話題感興趣而已了！這種一切置之度外的態度，和枯寂冷淡的形象，又烘染得古老行宮更是生趣泯然，一派荒涼。

「說玄宗」之前的十七個字，完全是空間景物的配置：鏡頭由外而內，由大而小，由遠而近，逐漸移步換形地拍攝；直到最後，焦距才對準了閒坐一隅的白頭宮女。這種運鏡的安排，已經層層烘托出古行宮殘破而老舊的冷清氛圍，詩人再加上「說玄宗」三字，便把鏡頭帶進時光隧道之中，似乎有意向讀者展示出天寶時代的輝煌繁華如何逐漸黯淡褪色的變化，於是便使古老行宮在原有的荒涼寂寞之外，又折射出時代盛衰、人事滄桑的歷史縱深，也使詩趣更為豐富，詩境更形幽邈。

玄宗，正是造成宮女們一生悽楚的「美麗的錯誤」！當年她們是「臉似芙蓉胸似玉」地被「扶入車中不教哭」，以為「皆云入內便承恩」了，誰知道才進宮門就「已被楊妃遙側目」了！就在妒意與敵意的監視下，她們「未容君王得見面」就「一生遂向空房宿[2]」了！可憐的是四五十年過去了，她們竟然對這位早年英明，晚年荒唐，終而薄倖的「無緣夫君」，仍然懷著無限的憧憬。她們無法去「思憶」玄宗，因為從未謀面，從未得寵；她們也無法論斷玄宗，因為完全沒有接觸的印象，根本無從批評；她們更無從表達對玄宗或褒或貶、或愛或憎的觀感，因為她們仍然沉湎在一場遙不可及而又難以醒轉的夢幻之中，因此在空等了四五十年、虛耗了一生青春之後，她們只能迷夢未醒地閒坐「說說」玄宗而已！而這一說，悠悠四十餘年就過去了！只要她們還「在」，那麼夢中說夢的情景，將會繼續在她們的殘年餘歲中出現，而古老的行宮也還要在她們「想當年」的閒說中繼續寥落下去……，這就又襯托得行宮更加滄桑而寥落了，因此徐增《說唐詩詳解》卷 9 說：「玄宗舊事而出於白髮宮人之口，白髮宮人又坐於宮花亂紅之中，行宮真不堪回首矣！」這段文字正點出白頭宮女閒說玄宗的畫面，主要還是在襯托行宮的寂寞冷清。筆者在撰寫白居易〈長恨歌〉和柳宗元〈江雪〉詩的導讀時認為白、柳二人都稱得上是優秀的導演；由本詩的運鏡取景來看，元稹正是他們角逐金像獎的勁敵啊！

【補註】

01 如此安排，不僅不覺複沓犯重，反而別具意味，因此章燮《唐詩三百首注疏》說：「疊用三『宮』字，總由於用意各別，所以不見重複，而且信手拈來，一氣趨下，令人不覺也。」

02 以上六句皆出自白居易〈上陽白髮人〉。

【評點】

01 洪邁：語少意足，有無窮之味。（《容齋隨筆》）

02 瞿佑：樂天〈長恨歌〉凡一百二十句，讀者不厭其長；微之〈行宮〉才四句，讀者不覺其短。文章之妙也。（《歸田詩話》）

03 胡應麟：語意妙絕，合（王）建〈宮詞〉百首，不易此二十字也。（《詩藪》）

04 顧璘：何等感慨深遠，愈咀嚼而意味愈長。（《批點唐音》）

05 沈德潛：只四語，已抵一篇〈長恨歌〉矣！（《唐詩別裁》）

06 潘德輿：二十字足賅〈連昌宮詞〉六百餘字，尤為妙境。詩品至微之，猶非浪得虛名也。（《養一齋詩話》）

07 李瑛：明皇已往，遺宮寥落，卻借由白頭宮女寫出，無限感慨。凡盛世既過，當時之人無一存者，其感人猶淺；當時之人尚有存者，則感人更深。白頭宮女，閒說玄宗，不必寫出如何感傷而哀情彌至。（《詩法易簡錄》）

08 劉文蔚：故宮寥落，誰對殘紅？惟餘此白頭宮女，不堪復談舊事矣。（《唐詩合選詳解》）

09 黃叔燦：父老說開元、天寶遺事，聽者藉藉，況白頭宮女親見親聞？故宮寥落之悲，黯然動人。（《唐詩箋注》）

10 宋宗元：（末二句）妙能不盡。（《網師園唐詩箋》）

11 劉永濟：二十字中，於開元、天寶間由盛而衰之經過，悉包含在內矣！此詩可謂〈連昌宮詞〉之縮寫，白頭宮女與〈連昌宮詞〉之老人何異？（《唐人絕句精華》）

247 遣悲懷三首其一（七律） 元稹

謝公最小偏憐女，自嫁黔婁百事乖。顧我無衣搜藎篋，泥他沽酒拔金釵。野蔬充膳甘長藿，落葉添薪仰古槐。今日俸錢過十萬，與君營奠復營齋。

【詩意】

她原本像東晉的才女謝道韞一樣出身高貴，是最得父母疼愛的掌上明珠；奈何自從嫁給像春秋時代齊國的黔婁那麼清寒貧窮的我之後，就沒有過一件順心如意的事了！顧念我沒有體面的衣服，她就翻箱倒櫃，尋找可以變賣的財物，好為我裁製新裝；又總是不忍心拒絕我溫言軟語的百般央求，只好拔下金釵去典當沽酒，好讓我解饞遣悶。當年新婚不久，經常困窘到只能採集野菜、咀嚼豆葉來充飢，她也心甘情願；必須辛苦地撿拾古槐樹的枯枝和掃集落葉來生火煮飯，她也怡然自得……。如今，我擔任監察御史，官俸已經超過十萬了，卻只能一再地為你準備祭品，並延請僧侶來誦經超度亡魂而已，真是情何以堪……！

【注釋】

① 詩題—貞元十八年（802），作者書判及第，授校書郎，與韋叢（字蕙叢，或曰字茂之）完婚，時作者二十四歲，韋氏二十歲。憲宗元和四年（809）作者任監察御史，韋氏亡故，作者為此悲慟縈懷，

先後寫了三十七首悼亡詩；本書所選三首七律，約寫成於元和六年納妾前，是作者所有悼亡詩文中最感人肺腑之作[1]。

② 「謝公」句—為「謝公偏憐最小女」之倒裝，意謂其妻原為出身豪門權貴，才情過人，備受寵愛的大家閨秀；故作者〈祭亡妻韋氏文〉曰：「夫人之生也，選甘而味，借光而衣，順耳而聲，便心而使，親戚驕其意，父兄可其求，將二十年矣，非女子之幸耶？」偏，特別；憐，愛。謝公，代指韋父夏卿，曾任京兆尹、太子少保，死後追贈左僕射（同宰相銜）；韋叢為其幼女，故作者以謝安特別稱賞謝道韞之典擬之[2]。

③ 「自嫁」句—黔婁，據皇甫謐《高士傳》所載，春秋時齊人，相傳魯君嘗賜粟三千鍾，欲聘為相，齊王又以黃金百斤欲聘為卿，皆不受。故陶潛〈詠貧士七首〉其四云：「安貧守賤者，自古有黔婁。」又，劉向《列女傳》也有專章記其妻之樂道安貧，淡泊自甘[3]，由此可見黔婁之窮與其妻之賢。乖，不順遂也；作者新婚時任校書郎，遷左拾遺，因直言正諫而失官，後授河南尉，官微品卑，諸事不順，故云「百事乖」。

④ 「顧我」二句—顧，念也，想起的意思；也可以作「回頭看」解。藎篋，以草莖編織而成的衣物箱。泥，音ㄋㄧˋ，溫言軟語地央求、糾纏。

⑤ 「野蔬」二句—意謂：甘於以野蔬長藿充飢，仰賴古槐落葉乃能添薪。充膳，充飢裹腹也。甘，甘之如飴也。長藿，長長的豆葉。仰，依賴、仰仗；亦可有仰視之意。

⑥ 「今日」二句—俸錢過十萬，指任監察御史或觀察使時。據《澹園詩話》所載，元和四年詩人以監察御史奉師東蜀，會分務東臺、浙西觀察使；而唐時外官待遇較高，觀察使之俸，應有十萬之數。故「俸錢過十萬」，殆指元和五六年間任觀察使時[4]。營，料理、準備。奠，祭品。齋，延請僧眾誦經超度亡魂。

【補註】

01 陳寅恪《元白詩箋證稿》中指出這組三首悼亡詩之所以感人的原因是：「直以韋氏之不好虛榮，微之之尚未富貴，貧賤夫妻關係純潔；因能措意遣詞，悉為真實之故。夫唯真實，遂造詣獨絕歟？」可謂深中肯綮的見道之論。

02 東晉宰相謝安曾於寒雪日內集，與兒女輩講論文義之際，特別嘆賞侄女（安西將軍謝奕之女）謝道韞的詠絮之才，見《世說新語・言語》篇；《晉書・列女傳》亦謂道韞「聰慧有才辯。」按：韋氏是當時的大族，故杜甫〈贈韋七贊善〉詩云：「爾家最近魁三象，時論同歸尺五天」，並自注云：「俚諺曰：『城南韋杜，去天尺五。』」

03 《列女傳・卷 2・賢明傳・魯黔婁妻》詳載其事曰：「先生死，曾子與門人往弔之。其妻出戶，曾子弔之。上堂，見先生之尸在牖下，枕墼席稿，縕袍不表（按：枕在土磚坯上，躺在稻穀稈上；舊絮和亂麻填充的衣服也沒有外罩）；覆以布被，首足不盡斂。覆頭則足見，覆足則頭見。曾子曰：『邪（按：通「斜」）引其被，則斂矣。』妻曰：『邪而有餘，不如正而不足也。先生以不邪之故，能至於此；生時不邪，死而邪之，非先生意也。』曾子不能應，遂哭之曰：『嗟乎，先生之終也！何以為諡？』其妻曰：『以康為諡。』曾子曰：『先生在時，食不充虛，衣不蓋形。死則手足不斂，旁無酒肉。生不得其美，死不得其榮，何樂於此而諡為康乎？』其妻曰：『昔先生君嘗欲授之政，以為國相，辭而不為，是有餘貴也。君嘗賜之粟三十鍾，先生辭而不受，是有餘富也。彼先生者，甘天下之淡味，安天下之卑位。不戚戚於貧賤，不忻忻於富貴。求仁而得仁，求義而得義。其諡為康，不亦宜乎！』曾子曰：『唯斯人也而有斯婦。』君子謂黔婁妻為樂貧行道。」

＊ 編按：元稹雖非裘馬輕肥的五陵少年，但是自比食難充飢、衣難

蔽體的黔婁，未免過於誇張。然為尊重原作，是以不由質疑的角度解讀本詩。

04 由《「全唐詩」經濟資料輯釋與研究》甲編中所載盧華語的〈唐詩中經濟史料的特點及其價值芻議〉一文來看，「俸錢過十萬」極可能指二品以上的高官。

【導讀】

這一組聯章的悼亡詩，包含著窮通與生死這兩大主軸，而以「悲」字貫串其間，因此命題曰「遣悲懷」；表面上似乎各自獨立，其實彼此間又有藕斷絲連的照應。前兩首是為對方而悲：從第一首的追憶生前之悲愁，寫到第二首的淒涼身後之悲哀；最後一首則是為自己而悲苦，從眼前寫到未來，更見無限悽楚的深悲極痛。

「謝公最小偏憐女，自嫁黔婁百事乖」兩句，是以涵義豐富的典故作鮮明的對比，表達對於愛妻的稱讚、感念與愧疚之意。韋氏原本是達官顯宦的掌上明珠，知書達禮，才高詠絮，備受寵愛。如此豪門名媛，本來應該和芝蘭玉樹般的五陵年少締結連理，共譜琴瑟，奈何竟然委身下嫁一介貧士，以至於備嚐困窘，飽受折磨，則詩人怎能不感念她擇婿求賢而不求富的蕙質蘭心？又怎能不對她為自己捨棄榮華富貴與錦衣玉食，以致歷盡貧窮卑賤，吃盡粗菜淡飯而深覺愧疚？試想：以豪門貴媛而下嫁寒門文士，在極講究門第出身的唐代已屬不易；何況她還能在元稹仕途不順，諸事乖違的情況下，對於貧賤生涯甘之如飴，那就更是難能可貴了。無怪乎作者會衷心感佩而深心愧疚地在〈祭亡妻韋氏文〉中說她：「逮歸於我，始知貧賤，食亦不飽，衣亦不溫；然而不悔於色，不戚於言。」可以看出元稹的確感念韋氏的嫻淑堅毅。正由於不僅首聯語語出自肺腑，中間兩聯也句句皆為實錄，才使本詩顯得真誠感人。

「顧我無衣搜藎篋，泥他沽酒拔金釵」兩句，是直承「百事乖」而寫窮愁之窘狀，藉以凸顯出韋氏的貞淑之美。「顧我」句是韋氏主動的關懷與細心的愛憐；「泥他」句則是被動的溫順與善意的體貼。「顧」字寫出韋氏的心念無時不記掛著作者的真摯之情；「搜」字寫出韋氏竭盡心力照顧夫君，想讓他衣著體面合宜的愛護之意。一「顧」一「搜」的兩個動作，把韋氏萬縷纏綿的柔情縈繞在夫君身上的深心蜜愛，表現得絲絲入扣。「泥」字寫出作者溫言軟語地百般央求糾纏，與愛妻不忍拂逆夫君心意的情狀，可謂窮形盡相，口吻如生，而且還能表現出極度窘迫困苦的境地中夫妻感情之親暱甜蜜，以及作者撫今追昔的五味雜陳；其用筆之細膩、心思之婉曲，都有值得稱道之處。「拔」字勾勒出髮妻動作之果斷迅捷，捕捉到她絕無遲疑，毫不為難的心理。試想：在已經翻箱倒櫃之餘，連最後的一點首飾都不惜拔下典當，好為詩人沽酒解饞，可見韋氏的確是罄其所有，全力迴護夫君了。一「泥」一「拔」的連續動作，又把作者窮極無聊的耍賴，和韋氏斷然割捨富貴（「金釵」可能有此象徵意義）的情意，寫得狀溢目前，耐人懸想。這兩個在作者的記憶中難以磨滅的畫面，浮顯出韋氏的賢慧柔順；儘管能使讀者備覺溫馨甜美，但是當詩人在沉吟細思時，只怕是淒楚依戀，悲不自勝的吧！

「野蔬充膳甘長藿」七個字，是敘寫嬌妻安於貧賤，嚼得菜根的美德；「落葉添薪仰古槐」七字，則更進一步刻劃出她逡巡在古槐落葉間時勤儉而堅毅的形象。兩相結合，則詩人思之淒哀而又念之黯然的慨歎、感傷，與憐惜、愧悔之情，其實不難想像。「充」字寫出勉強餬口的心酸悲苦；「甘」字則又寫出安於清苦的淡泊自在。「添」字寫出撿拾落葉枯枝時的歡心慶幸之情，暗示出愛妻天真樂觀的心性和勤儉刻苦的美德。「仰」字除了表現出「唯有依賴枯枝落葉才能生火」那種隨時有斷炊之虞的潦倒境況之外，甚至還把嬌妻仰望古槐時默禱枝葉飄墜的虔誠形象，寫得宛然在目，讓人讀之不忍而思之鼻酸；則詩人寫作時墨淚合流的愧疚之痛，也就不言可喻了。

由於頷、腹兩聯都能拈出具體的實景實物來作追述式的示現，又能苦心地鍛句鍊字來作動態畫面的演示，因此能夠狀難寫之景於眉睫之前，含不盡之意於言詞之外，使人在如見如聞的情境中，彷彿聽到了作者如泣如訴的心聲，自然也就具有感人肺腑、令人哽咽的效果了。

前兩聯中精心挑選出四個嬌妻深情無悔的生活細節，既刻劃出詩人窮苦窘迫的景況，又勾勒出嬌妻勤毅柔順的美德，使人心疼不忍，甚至泫然欲泣，自然滿心期盼韋氏能夠獲得上天的眷顧，苦盡甘來；此時詩人再以「今日俸錢過十萬，與君營奠復營齋」兩句，作生前死後的鮮明對比，吐露出共歷貧賤卻不能同享富貴的慨歎，於是天地不仁，竟令如意美眷香消玉殞而不能否極泰來的缺憾遺恨，就表現得格外悲憤不平，鬱懷難宣了。

「今日俸錢過十萬」是在前五句備嚐艱辛之後，筆勢極力一揚，讓讀者正要為韋氏終於能夠苦熬出頭而感到安慰時，詩人的筆勢卻又突然向下一抑，以「營奠營齋」四字讓讀者的心情陡然一沉：她竟然已經魂歸離恨了！這種抑揚跌宕的筆法，自然使讀者心中產生了沉鬱頓挫的悲愴，而有「人生至此，天道寧論」的憤慨，也自然逼出了詩人心中「悲懷」的深度與強度。由「復」字可以見出次數之頻繁、憶念之深悲與哀悼之極痛，表示即使俸錢再充裕、祭奠再豐厚、誦經再虔誠、儀式再莊嚴再繁縟，奈何造化弄人，天意難回，也只能感慨「一見無期，百身何贖？」「百年幾何？泉穴方同」（梁朝劉令嫻〈祭夫徐敬業文〉）了！詩人明知「素俎空乾，奠觴徒溢」（同前），以及梵唄深沉而芳魂幽渺，一切的愧疚和所有的追悔，都已經化為女媧難補的恨天、精衛難填的怨海了，他卻仍然要一而再、再而三地營奠營齋，誦經懺悔，追思悼念，聊表寸心，則他「悲懷」之難遣，悲恨之難消，也就可以揣摩得之了；因此黃叔燦《唐詩箋注》說：「俸錢十萬，僅為營奠營齋，真可哭殺！」

除了運典入化而文約義豐，刻劃入微而氣韻生動，自然平易而情深語重，取材瑣屑而形神如見等優點之外，作者另有細密包藏的匠心獨運之處，值得仔細玩味：前半像是面對不相干的第三者追述往事一般，所以語調平緩，感情克制，以第三人稱的口吻稱韋氏為「他」。可是畢竟往事如昨，歷歷在目，思之淒楚，念之神傷；再加上嬌妻的天真善良、溫柔體貼、勤儉刻苦、堅毅果決……種種音容笑貌縈繞心懷之際，詩人在第八句便再也無法勉強壓抑自已的情感，繼續保持客觀敘述的立場，於是便在不知不覺中就跌入與愛妻對話的情境而逕呼之為「君」了！這種無形之中暗換口吻、改變語氣的構思，把「不思量，自難忘」（蘇軾〈江城子〉詞）的纏綿悱惻之情，表現得極其含蓄蘊藉，曲折婉約，使人讀來似有果核入喉之感，只能掩卷而悲，任憑視線越來越模糊了……。

【評點】

01 毛張健：（末二句）以反映收，語意沉痛。（《唐詩餘編》）

02 黃叔燦：通首說得哀慘，所謂「貧賤夫妻」也。「顧我」一聯，言其婦德；「野蔬」一聯，言其安貧。（《唐詩箋注》）

248 遣悲懷三首 其二（七律） 元稹

昔日戲言身後事，今朝都到眼前來。衣裳已施行看盡，針線猶存未忍開。尚想舊情憐婢僕，也曾因夢送錢財。誠知此恨人人有，貧賤夫妻百事哀。

【詩意】

當年新婚燕爾，恩愛親密，渾不知死別的慘痛，還曾經戲言誰先離開人世之後，活著的人將會如何如何的傻話；誰知道那些傻話和戲言到如今竟然都成為眼前的事實，使我獨自面對孤單淒涼的景況時，更是倍覺迷惘沉痛而悔恨交加。我已經遵照你的意思，把你生前所穿的衣裳儘量送人，以免我睹物傷情，引起我內心的悽楚之感；可是你並沒有多少衣物啊！才不過三送兩送，眼看著就要送完了……（這不禁使我感慨萬千！因為你溫柔體貼的一時戲言，竟然成為我執行時沉重萬分的遺囑，怎不令人悲從中來）！你替我縫綴衣物的針線盒，我還是捨不得送人，因此仍然仔細地收藏著；可是直到如今，我還是不忍心打開它（因為那一針一縷，全都留存有你的遺澤；你想：誰又能擁有你的巧手和慧心，能用它們縫補我破碎的心靈和寸斷的肝腸呢？就讓它們原封不動吧）。到如今，我還是經常想起恩愛而窘迫的往事，自然也就對曾經陪伴你共度貧賤歲月的僕婢格外疼惜體恤；也曾經一再夢見在從前艱苦備嚐的窮困日子裡，我終於能夠送錢給你時的驕傲——可是醒來之後才知道那只不過是辛酸而悲涼的幻夢而已！我知道陰陽永訣的遺恨，的確是人人都會經歷的憾事，本來無須過於傷痛；但我們畢竟是患難與共，一起熬過千百種不如意的貧賤夫妻，當然會讓我在思憶往事時更是感到哀痛萬分哪！

【注釋】

① 「衣裳」二句—施，捨與他人。行，即將也；行看盡，眼看著即將送完。針線，代指針線盒而言。編按：大概亡妻生前曾經有過死後請作者把衣物送人，以免睹物傷情，空留遺恨的戲言，所以此二句是直承首聯而來，寫戲言竟成遺囑而自己執行時的悲慘。

【導讀】

這首悼亡詩用的全是最平淺的語言，寫的全是最尋常的瑣事，既不堆砌華詞麗藻，也不運用典故，卻能把物在人亡時觸目生悲的悵恨，表達得委婉情深，一唱三嘆，因此也最為感人肺腑，令人不忍卒讀。它和作者〈離思五首〉其四所謂「曾經滄海難為水，除卻巫山不是雲」的感情同樣出於真情至性，因此也同樣沉鬱傷痛，扣人心弦，成為膾炙人口的千古名作。蘅塘退士孫洙評點這組詩時說：「古今悼亡詩充棟，終無能出此三首範圍者，勿以淺近忽之。」的確，瑣細中見綿長，淺近中見深沉，尋常中見非凡，正是本詩最成功的地方，符合魯迅在《南腔北調集‧作文秘訣》中所說白描手法的秘訣：「有真意，去粉飾，少做作，勿賣弄。」

「昔日戲言身後事，今朝都到眼前來」兩句，總寫少年夫妻共歷艱苦而情愛彌篤之際百無顧忌的一時戲言，竟然成為讖語的傷痛。這兩句思前想後時脫口而出、毫無做作的尋常話語，已經成為千古傷心人共有的深悲極痛了，因此讀來特別具有樸婉沉摯而又動人衷腸的魔力。兩情繾綣之時，誰不曾有過「在天願作比翼鳥，在地願為連理枝」的美好願望？但是這「美好願望」本身就已經包含著難以實現、無法企及的隱憂了，因此總是會產生「天長地久有時盡」的感慨，也就不免想到「此恨綿綿無絕期」的身後之事。正由於情愛之中隱藏著無法天長地久的缺憾，因此戀愛中的男女常會有幽渺的遐想而作戲言身後的安排：有些是故作曠達之語，有些是纏綿悱惻之言，有些是悽涼哀傷之嘆，有些則是冷靜理智之思，不一而足。作者雖然並未在首聯中明言當年的戲言內容為何——有可能正與頷聯的內容有關——但是撫今追昔，已經讓讀者感到無限悽涼了，何況成為孤鸞獨鶴的詩人？自然更是情何以堪了！

「衣裳已施行看盡，針線猶存未忍開」兩句，是寫戲言竟成遺囑而必須由作者執行的悲痛，讀來令人淚眼婆娑，哽咽難忍。亡妻可能擔心作者承受不了睹物思人的傷痛，因而要求身後衣物盡數送人，而這樣的交代，又正好曲折地透露出她冷靜理性之中所蘊藏的深情；如果不是了解夫君對自己的愛情不容易轉薄變淡，哪裡須要預先如此要求？如果不是自己對夫君真摯地愛憐，又哪會有如此了解而預作戲言安排？「行看盡」三字，既狀溢目前地寫出作者邊看邊送邊回憶的難捨之情，使人悽楚鼻酸，也呈現出「貧賤」的真實意涵：才不過三送、兩送，就已經快要送完了；可見妻子生前並沒有幾件體面的衣物啊！這一句不僅從側面烘托出愛妻生前荊釵布裙的勤儉刻苦，也委婉含蓄地流露出詩人的疼惜、愧疚和不忍所揉合成的酸楚之情；如果回顧第一首詩中嬌妻主動翻箱倒櫃要為詩人添置新裝的賢慧，此時追悔虧欠的感嘆就更沉痛幾分了！「針線猶存」四字，寫出自己雖然深愛妻子，遵照遺囑而分送衣物，但是仍然珍藏著一分難捨的回憶未曾送出，也不忍檢視；因為針線正是蕙質蘭心的妻子用來縫綴濃情蜜意而披覆在自己身上的綿長愛心，也是細密地穿梭在妻子和自己之間恩義情深的無價之寶。它們雖然和衣裳一樣都有亡妻的遺澤，但不同的是：衣裳只會喚起作者對亡妻倩影的追憶而徒增感傷，針線卻有無限纏綿和無盡溫存，縈繞著亡妻對自己的無窮關愛。「未忍開」三字，寫出捨不得送出，又不忍心打開的矛盾之情：光是動心起念想到針線盒，就已經夠令人傷情了；一旦打開檢視，又將會如何斷腸呢？屆時誰又有妻子的巧手靈心能縫補自己破碎的心靈呢？這兩句纏綿悱惻的傷痛，申足了首聯戲言身後卻應驗眼前的淒涼，使人讀來眼熱鼻酸，胸悶喉脹。

「尚想舊情憐婢僕，也曾因夢送錢財」兩句，是回應第一首無衣搜篋、拔釵沽酒、野蔬長藿、落葉古槐……種種貧苦和種種恩愛的「舊情」，並關聯到尾聯貧賤之哀的過渡與深化之筆。元稹在元和六年納妾安氏之前寫作這一組悼亡詩，當時韋氏已經過世兩年，作者卻仍傷痛難癒，故曰「尚想舊情」。而作者既為了自己無法使韋氏生前豐衣足食而抱愧不已，也只能對曾經陪伴亡妻共度貧賤的婢僕多加體恤，以求彌補歉疚於萬一；這種愛屋及烏的心理，烘托出見僕念主的綿長思憶，和頷聯的睹物思人同樣沉痛。作者既愧歉於心，遂積想成夢，夢中終於能送錢給韋氏，完成了一家之主應有的義務與擔當，紓解了長久困窘而累積在心中的鬱悶，不難想像他的驕傲與自負；偏偏那只不過是一場彌補心靈缺憾的短暫夢境而已！則醒來後的心酸悲涼，也就不問可知了。傷感之餘，他除了「營奠復營齋」地焚燒紙錢、接濟亡魂之外，又能有什麼讓自己稍微感到安心的作為呢？這兩句把憐婢僕時幽微曲折的心理，和送錢財時如對愛妻焚燒心魂的恍惚情狀，刻劃得悽楚哀痛，令人慘然！

由首聯戲言成讖的傷感，到頷聯睹物思人的淒婉，而後是腹聯積想成夢的悵惘，真是一波未平，一波又起，層層疊疊地堆砌成撞痛胸臆、撕裂肝腸的愧悔悲愴！這巨大、深沉而難以言喻的感受，作者只能在尾聯概括之以「恨」，總名之曰「哀」！誠然哀情滿紙，恨意悠悠，足可催人淚下！尤其詩人和韋氏是曾經飽嚐窮苦的貧賤夫妻，卻又不能在苦盡甘來之後成為共享榮華的富貴鴛鴦，更是令人扼腕，因此詩人便在前六句逐漸累積蘊蓄的傷痛深沉到無法再行克制的情況下，噴薄出一腔的悲憤：「誠知此恨人人有，貧賤夫妻百事哀」！這兩句不僅有筆落驚風雨的才華而已，還有詩成泣鬼神的真情，因此特別撼動人心。

「誠知此恨人人有」七字，是在前面具體敘述情事的基礎上宕開一筆，作者似乎跌入了精神恍惚的靈異之境，彷彿韋氏正在寬慰他：「夫妻終究會有生離死別，這是人人都會有的遭遇，您就別再過分悲傷了……。」而作者則先是反復喃喃自語地同意她，卻又禁不住陷入種種前塵往事的漩渦裡，不知過了多久，終於讓他找出了自己比別人更沉痛的原因了，因此便悲不自勝地回應她：「貧賤夫妻百事哀」！此言一出，靈異幻境似乎頓時間煙消雲散，只有作者獨自面對著無邊的渺茫，不斷地聽到這句斷腸人的傷心語在空中迴盪罷了。換言之，「誠知此恨人人有」是感情的暫時收斂、克制與壓抑；「貧賤夫妻百事哀」卻是感情的宣洩、奔放和崩潰。一收一縱之間，更顯得深婉沉摯，傷痛莫名了。

第一首是以「自嫁黔婁百事乖」領起全篇，極寫生前的窮困情狀；第二首以「貧賤夫妻百事哀」收束全詩，極寫身後的淒涼情狀。把兩首詩合觀對讀之後，更能見出章法之嚴謹、脈絡之貫通、筆觸之細膩、情思之深苦和恨意之綿長。讀完這兩首詩之後，恍惚中彷彿聽到安子順又沉痛地說出：「讀元稹〈遣悲懷〉不墮淚者，不仁[1]。」

【補註】

01 宋人謝枋得《文章軌範》引安子順之言曰：「讀諸葛亮〈出師表〉不墮淚者，不忠；讀李密〈陳情表〉不墮淚者，不孝；讀韓愈〈祭十二郎文〉不墮淚者，不慈。」此處套用其語謂之「不仁」，蓋兼有麻木不仁、無血無淚、薄情寡義之意。

249 遣悲懷三首 其三（七律） 元稹

閒坐悲君亦自悲，百年多是幾多時？鄧攸無子尋知命，潘岳悼亡猶費詞。同穴窅冥何所望，他生緣會更難期。惟將終夜長開眼，報答平生未展眉。

【詩意】

獨自閒坐時，常不知不覺地想到紅顏薄命的你而深感悲傷，也不禁為自己困蹇的際遇而悲歎不已！人生百年，好像是很漫長的；但是你又活了多久呢？不過是短短的二十七年而已啊！而如果真的活到百歲，則我究竟還必須忍受多少年的喪妻之痛呢？從西晉時的好人鄧攸竟然沒有子嗣來看，就可以了解你我沒有兒子是天意如此、命中注定的，因此你既無須為此自責，也無須為我悲傷。我知道自己就像西晉的詩人潘岳，即使悼念亡妻的詩篇寫得再絞人愁腸、催人熱淚，也喚不回你的靈魂了！可是我卻無法抑制自己對你的思念，也無法化解傷痛之情，只好繼續浪費筆墨，虛耗文詞了！本來我以為我們生前無法同享長壽，至少可以在死後同葬一穴而情意相通，恩愛一如生前；可是死後究竟有知或無知，依舊是渺茫難解的謎題啊！又哪能有什麼指望呢……？至於投胎轉世，來生再續前緣的話，恐怕更只是安慰傷心人的謊言吧？它們是那麼虛無縹緲，終究只是難以實現的幻想啊……！（撫今追昔，思前想後，我簡直不知道該如何安慰九泉之下孤獨的你了）我只能終宵不寐，睜著眼睛苦苦思念著你，來報答你嫁給我之後就從來沒有一天展顏歡笑，卻又始終無怨無悔的美德了！

【注釋】

① 「鄧攸」句—鄧攸（？－326），字伯道，西晉時官河東太守。永嘉末年遇石勒之亂，以牛馬負載妻、子而逃。後遇盜賊劫掠其牛馬，乃步行擔其子及其弟之子綏；自度難以兩全，謂其妻曰：「吾弟早亡，唯有一子，理不可絕；只應自棄我兒。幸而得存，我後當有子。」妻泣而從之。其子朝棄而暮及；明日，攸繫之於樹而去。後其妻竟不復孕，渡江後乃納妾，甚寵之。訊其家屬，謂北人遭亂；憶父母姓名，則鄧攸之甥。攸素有德，聞之感恨，遂不復蓄妾，卒以無嗣，故時人義而哀之曰：「天道無知，使鄧伯道無兒。」事見《晉書・列傳第六十・良吏傳》。尋，常也，亦可作不久解。知命，了解天意注定要令自己絕嗣；非用《論語・為政》篇：「五十而知天命」之義。編按：韋氏雖生有五子，然卒時僅留一女，見韓愈〈監察御史元君妻京兆韋氏夫人墓誌銘〉；

因此元稹特別體貼地予以安慰，盼其勿以未能為元氏傳宗接代、延續香火而抱愧。作者於五十歲時，才由繼室裴氏生下一子，名道護；然不幸三歲而卒。

② 「潘岳」句—西晉詩人潘岳（247－300），字安仁，有玉樹臨風之姿；妻亡後，曾作〈悼亡〉三首，情淒語摯，哀切沉痛，世所傳誦。費辭，謂往者已矣，難再復生，縱費盡筆墨，流盡血淚，又何補於彌天之痛？徒惹悲愴而已！猶，仍也；表現出雖知筆墨無益，卻猶耗盡心血地作詩遣懷的執著，實有不能自已的沉痛。或曰「猶，空也」，亦可通。

③ 「同穴」句—同穴，謂夫妻死後合葬。窅，音ㄧㄠˇ，深遠貌；冥，幽暗難明貌。窅冥，深遠渺茫也；殆如袁枚〈祭妹文〉所謂：「吾又不知何日死，可以見汝；而死後之有知無知，與得見不得見，又卒難明也！」正由於渺茫難解，所以說「何所望」。

④ 「唯將」—前句謂終宵勞想，苦恨難眠。長開眼，傳說鰥魚眼睛終夜長開[1]，而世人又以喪妻而未續娶之人曰鰥夫，作者「似」有暗用此意而表示不再續娶之「念」。未展眉，並非指韋氏戚戚於貧賤之愁眉不展，而是作者因清苦憂勞的生活未曾使她展顏歡笑感到慚愧[2]。

【補註】

01 《釋名‧釋親屬》曰：「鰥，昆也；昆，明也。愁悒不寐，目恆鰥鰥然也，故其字從魚；魚目恆不閉者也。」

02 作者於〈祭亡妻韋氏文〉中除稱贊她於食不飽、衣不溫之際猶能色不悔、言不戚的堅毅外，還感念她的善解人意，多所迴護：「他人以我為拙，夫人以我為尊；置生涯於濩落（按：窮愁潦倒也；意猶「落拓」），夫人以我為適道；捐晝夜於朋宴，夫人以我為狎賢……。」可見韋氏果然賢如黔婁之妻，不因生活清苦而憂戚。

【導讀】

哀祭至親的夫君，寫得瑰麗沉雄，悽惻悲愴的駢文，由劉令嫻的〈祭夫徐敬業文〉獨領風騷；悲悼至愛的髮妻，寫得語淺情深，事細景真的組詩，則以元稹的〈遣悲懷〉三首號為絕唱[1]。前者不因繁典縟藻而掩其悲思，後者也不因質樸無華而減其傷痛；推原其故，可以一言以蔽之曰：「真」。因此《文心雕龍・情采》說：「桃李不言而成蹊，有實存也；男子樹蘭而不芳，無其情也。」旨哉斯言！讀元稹這三首如怨如慕、如泣如訴的詩篇，正應該純從平易淺近的語言中去體會「豪華落盡見真淳」的椎心之痛、刻骨之恨！

首句「閒坐悲君亦自悲」中的「閒坐」兩字，寫出失魂落魄，心神不寧，恍恍悠悠，渾渾噩噩的情狀來。兩年鰥居的歲月裡，作者並非只有這三首悼亡詩篇而已，同樣作於此年的還有〈六年春遣懷八首〉，也是語近情遙，句句血淚的佳作，何況他的悼亡詩總共有三十七首之多！簡直是除了悼念亡妻之外，他已經不知如何自處了，因此在越遣越是悲思滿懷之餘，他也只能心魂落寞地「閒坐」度日了！「悲君」兩字則自然銜接前兩首描寫生前身後的種種辛酸而不免悲恨感傷；「亦自悲」則轉而自哀自憐，自傷自嘆了。就三篇渾融為一的結構而言，首句是承上啟下的樞紐，是由追憶紅顏薄命的悲嘆，過渡到展望未來之茫然的關鍵;有了這個關紐,才更能由敘事開拓出抒情的領域，而且能進一步、深一層地剖析自己心靈的傷痛。前兩首是為卿而悲，已經寫得沉痛十足；「亦自悲」則又如何呢？作者總括一句說：「百年多是幾多時」！

百年何其悠久？但是愛妻卻只有忽忽二十七年！不待育子傳宗，送女出閣，就已經「霜凋夏綠，雹碎春紅[2]」了！不待苦盡甘來，安享富貴，就已經紫玉化煙，魂歸離恨了！則作者豈能不為亡妻而悲？再說，這兩年的喪妻之痛已是如此難捱，果真人生百年，又將是如何漫長而殘酷的煎熬呢？作者又豈能不為自己而悲呢？換言之,「百年」

七字，簡直已經把人世無常，了無生趣的鰥居之悲寫得黯淡慘白，令人絕望了！「悲君亦自悲」五字，是以重出的「悲」字見出沉浸在悲愴之中難以自拔，簡直無片時安寧之意；「多是幾多時」五字，則是在重出「多」字以後，以反詰語氣加以質疑，既有進一步強調傷痛之深刻與難耐的涵義，又以轉折的語勢模擬出錯綜複雜的沉痛心境，以及跌入痛苦深淵之中感到救贖無方，欲振乏力時那種心灰意冷，甚至不妨就此頹廢沉淪下去的味道。

悲君又復自悲，是悲愴的展延，顯出綿長之意；才說「百年多」，又立即質疑「是幾多時」，則是以自相矛盾逆折的句法造成衝突和激盪，藉以挑戰世俗期待長命百歲的觀點，更能見出作者感情崩潰時哽咽的心聲和悽慘的心境。如果沒有銘心鏤骨之痛，誰能說出「百年多是幾多時」這樣質木無文卻又使人驚心動魄的話來呢？換言之，首句是以綿長的悲傷感人情懷，次句卻是以強烈的悲恨撼人性靈；一柔一剛的映襯對比，更凸顯出作者悲憤莫名的強度！誰說一定要有李商隱「春蠶到死絲方盡，蠟炬成灰淚始乾」那樣表明心跡的情話才動人呢？誰說一定要有白居易「行宮見月傷心色，夜雨聞鈴腸斷聲」那樣融情入景的詩句才哀婉呢？脫口而出的肺腑之言，有時反而有火山爆發、岩漿迸射的驚人力道！關鍵還是在情真故語切罷了，無怪乎歐陽修會在〈玉樓春〉詞中說：「人生自是有情痴，此恨不關風與月」了。

首聯是以直抒胸臆的口語，顯出感情的強度與純度；「鄧攸無子尋知命，潘岳悼亡猶費詞」兩句，則是化用典故來曲傳情思的深度與厚度。「鄧攸無子」是承接「自悲」的情懷而來，既直截地訴說心中的隱憂與遺憾（作者當時只有三十三歲，還不到完全絕望的地步），又約略抒發好人無嗣的憤慨之意；其中隱藏著對天道不公的質疑，則又是延續亡妻的生命能有「幾多時」的語氣和態度而來。這種不平與懷疑，又逗出腹聯的「何所望」「更難期」的憤激，而且表現得越來越強烈。可是，儘管作者既悲且憤，他卻又溫婉地安慰亡妻：「我已經覺悟而認命了，你也不必再對我感到抱歉，不必再為我感傷了！」「尋知命」三字裡，既有自哀自憐的傷痛，又有故作達觀，替對方設想的體貼；詩人的用心，可謂溫柔敦厚之至。「潘岳悼亡」四字，寫出喪偶之痛及恩愛難忘這兩層意思，同時也是「自悲」的內涵之一。「費辭」表示明知不能起死回生，只是徒費文墨的無奈，再加上「猶」字的點染，便顯出執迷不悟，難以自拔，不惜燃盡生命，熬乾心血的一往情深；詩人的情懷，又可謂纏綿悱惻之至[3]。

第五句才提出「同穴」的淒美嚮往，就立刻以「窅冥」表示渺茫難以企及的迷惘，而且還更進一步質疑「何所望」！這種頓挫跌宕的手法，最能見出作者心靈之苦悶與矛盾，以及心思之糾纏與紊亂。第六句才提出「他生緣會」的浪漫憧憬，就立即又以「更難期」加以斷然否定，充分表現出憤嫉的強烈和絕望的悲涼。從第二句起，作者就有意以連續的一正一反、或順或逆的句式，激盪出衝突和矛盾的張力，同時也蘊蓄了翻騰和轉折的勁道：「百年雖多，你卻能有多久？我則還要忍受多久？鄧攸無子雖然可悲，豈能勝過我的悲痛？不過我早已認命，你又何必自責？潘岳悼亡固然情深，終究徒勞！然而又何妨繼續耗費筆墨文辭？同穴之願，何其美麗？卻又何其渺茫！哪能寄望於此？他生緣會之約，何其動人？卻又何其縹緲虛妄？根本不必期待！」如此一正一反、即立即破的句法，不僅造成詩情的跌宕頓挫，搖曳生姿，並且把一腔難以宣洩的情緒壓縮到無可再退的死角，既斬斷一切可能得到安慰的憑藉，又阻絕一切可能暫時宣洩的管道，自然讓胸中累積了波濤洶湧、難再遏抑驚人能量；然後才一舉藉著末聯「惟將終夜長開眼，報答平生未展眉」的勁道噴薄而出，因此最具有奪人心魄的震撼力。

「惟將」兩字表達出經過百般努力卻無力回天之後，只能無所保留地放手一搏、孤注一擲的無可奈何之沉痛，和長此以往無怨無悔的決心之堅定，因此詩人又接著以「終夜」「長」這兩個表達之死靡它、無怨無尤之意的詞語來強化氣勢。這五個字串聯起來之後，便有了波翻浪疊的力道和氣勢，因此讀來抑揚頓挫，鏗鏘有力，很能描摹出悲愴淒涼而又義無反顧的聲情和神態，相當扣人心弦；再加上「報答平生未展眉」的辜負、歉疚之情的點染，便使得全詩流盪著救贖無方、愧悔交加的悽慘情調，即使讀者未遭其人之極痛，也能同感其人之深悲。必須注意的是：「未展眉」三字，並非如實地描繪愛妻生前愁眉關鎖的模樣（否則無法和第一首中的「顧我無衣」「泥他沽酒」「野蔬充膳」「落葉添薪」四句所描寫的生活細節相吻合，尤其無法和「甘長藿」的溫柔嫻淑形象相呼應），而是詩人揉合著愛憐、歉疚及刻骨銘心的傷痛之感所形成的主觀「心象」，並非客觀的「實象」；則詩人餘生將懷抱著悠悠不盡、永無止境的深愧長恨，也就不言可喻了。

這組聯章詩，就內容而言，取材瑣細而又情景如生；就詞藻而言，運典時精切深婉，白描時自然淺易。就情感而言，既纏綿悱惻，又沉鬱頓挫；在娓娓細訴之中，自有難以克制的深悲極痛，令人動容。就章法而言，由憶生前而悲身後，由傷昔日而痛今朝，由哀餘生而疑來生，最後又不惜終其一生獨自咀嚼愧悔之恨以回報亡妻平生的厚愛，誠可謂層次井然而條理分明。尤其是所有撫今追昔、傷往痛來的詩句，無不表現出愈遣愈悲、愈悼愈痛的情懷，讀來使人方寸凌亂而愁腸糾結，喉頭如梗而酸淚欲滴，因此毛張健《唐詩餘論》中總評三首說：「真鏤肝擢腎之語。」周咏堂在《唐賢小三昧續集》中說：「字字真摯，聲與淚俱。騎省[4]〈悼亡〉之後，僅見此制。」如此推崇備至的佳評，絕非溢美而已；讀者只要真心領略，自然會在深受感動之餘，彌篤伉儷之情[5]。

【補註】

01 陳世鎔《求志居唐詩選》說：「悼亡之作，此為絕唱。元白並稱，其實元去白遠甚，唯言情諸篇傳誦至今，如脫於口耳。」

02 見劉令嫻〈祭夫徐敬業文〉。

03 這組悼亡詩，筆者讀來深受感動；可是潘德輿《養一齋詩話》譏之曰：「微之詩云：『潘岳悼亡猶費詞』，安仁〈悼亡詩〉誠不高潔，然未至如微之之陋也。『自嫁黔婁百事乖』，元九豈黔婁哉？『也曾因夢送錢財』，直可配村笛山歌耳！」評價之偏頗，實令筆者感到匪夷所思。想來他可能是「以人廢言」而貶損本詩。

04 「騎省」二字指曾任散騎侍郎，後遷給事黃門侍郎，供職於臺省的潘岳而言。

05 洪亮吉《北江詩話》曾拈出可以敦厚人倫恩義的詩句曰：「明御史江陰李忠毅〈獄中寄父〉詩：『出世再應為父子，此心原不間陰陽。』讀之使人增天倫之重。宋蘇文忠〈獄中寄子由〉詩：『與君世世為兄弟，又結來生未了因。』讀之令人增友于之誼。唐杜工部〈送鄭虔〉詩：『便與先生成永訣，九重泉路盡交期。』讀之令人增友朋之風義。唐元相〈悼亡〉詩：『惟將終夜長開眼，報答平生未展眉。』讀之令人增伉儷之情。孰謂詩不可以感人哉？」

【商榷】

由於元稹作本詩的同年就已納安氏為妾，六年後又在通州續娶裴淑（以上詳見陳寅恪《元白詩箋證稿・第四章・艷詩及悼亡詩》）等因素，使他頗受物議，劉逸生在《唐詩廣角鏡》中評賞這組詩篇時，甚至以「詩真未必情貞」為題，深致譏評之意。筆者卻以為：就文學創作而言，「剎那即是永恆」，在他賦詩悼亡時，只要是出於真情流露，而且又寫得樸婉沉痛，足以感人肺腑，也就完成了詩人抒情的使命；如果外在形勢與客觀條件有所改變，詩人選擇納妾與續絃，自有其特殊的考量，讀者實在無須苛求作者非終身鰥居不可。因此，賞讀這三首詩時，其實無須以人廢言，只要以意逆志，直探詩人悼亡時悲愴的騷心即可。

五五、賈島詩歌選讀

【事略】

賈島（779－843），字浪仙，范陽（今北京市一帶）人。

雖有超卓之材，且《六經》、百氏，無不該覽，然屢敗文場而囊篋蕭然，遂祝髮為僧，法名無本，談玄抱佛，所交悉塵外之人，頗悟浮幻之莫實，信無生（按：不生不滅，脫離煩惱生死之境）之可求。

元和五年（810）以詩謁見張籍、韓愈、孟郊等人而得賞識，遂為韓愈門下詩友。後還俗應舉，又累試不第。一說長慶二年（822）進士及第，一說應舉時，因事與平曾等十人被稱為「舉場十惡」而同遭貶斥。開成二年（837）因故貶為長江（今四川蓬溪縣）主簿，故世稱賈長江；後遷普州（今四川安岳縣）司倉參軍，未及赴任而卒。

元和間，元、白變詩風為輕淺通俗，時人競相仿效，流為浮豔。唯賈島另闢蹊徑，轉入冷僻一途，以矯時弊，故其詩清奇幽僻，蹇澀瘦硬，率多嘔心瀝血之作，孟郊譽之為「詩骨聳東野，詩濤湧退之」；韓愈稱之為「狂詞肆滂葩」「勇往無不敵」；姚合〈寄賈島〉云：「吟寒應齒落，才峭自名垂。」張蠙〈傷賈島〉云：「生當名代苦吟身，死作長江一逐臣」；蘇絳為作墓誌銘時說：「妙之尤者，屬思五言；孤絕之句，記在人口。」賈島本人也以苦吟自我標榜，於〈送無可上人〉詩之頸聯「獨行潭底影，數息樹邊身」下自注云：「兩句三年得，一吟雙淚流；知音如不賞，歸臥故山丘。」每至除夕，必取一歲所作置於几上，焚香再拜，酹酒祝曰：「此吾終年苦心也。」遂痛飲長謠而罷。

蘇軾〈祭柳子玉文〉嘗謂：「元輕白俗，郊寒島瘦。」孟郊之寒澀、賈島之瘦硬，均與韓愈同屬僻苦一派；唯孟長於五古而賈長於五律耳。前人以為其詩往往似先苦思一聯而成奇句，再配以首尾各聯而成篇，故雖有警句而無佳篇，頗有生搬硬湊之感；換言之，由於他只是為作詩而苦吟，不像孟郊是把生命的激情融入詩篇之中，因此他的作品常會出現前後聯之間情思截斷，互不相屬的現象，以至於得到「有句無篇」之譏。

清人盧文弨嘗言：「昔人以瘦評島，夫瘦豈易幾也？彼臃腫蹣跚者，正苦不能瘦耳。」許印芳《詩法萃編》亦云：「生李、杜之後，避千門萬戶之廣衢，走羊腸鳥道之仄徑，志在獨開生面，遂成僻澀一體。」無怪乎能以其特立獨行側身文學史中。

歐陽修《集古錄》載賈島之〈紫極宮碑〉曾傳於世，故其友蘇絳所作〈賈司倉墓誌銘〉說他：「善攻書法，得鍾、張之奧」，應非諛美之詞。

《全唐詩》收賈島詩 4 卷，計 403 首，《全唐詩外編》及《續拾》補詩 2 首，斷句 14 句。

【詩評】

01 蘇絳：妙之尤者，屬思五言；孤絕之句，記在人口。……所著文篇，不以新句綺靡為意，淡然躡陶、謝之蹤；片雲獨鶴，高出塵表。（〈賈司倉墓誌銘〉）

02 呂本中：島之詩，約而覃，明而深，捷健而閒易，故為不可多得。（〈書長江集後〉）

03 歐陽修：島嘗為衲子，故孤寂氣味，形之於詩句中，（蔡正孫《詩林廣記》）

04 方岳：賈閬仙，燕人，生寒苦地，故立心亦然，誠不欲以才力氣勢，掩奪情性，特於事物理態，毫忽體認，深者寂入仙源，峻者迥出靈岳。古今人口數聯，固於劫灰之上，泠然獨存矣。至以其

全集，經歲逾紀沉咀細繹，如芊蔥佳氣，瘦隱秀脈，徐露其妙，令人首肯，無一可以厭斁。（《深雪偶談》）

05 陸時雍：賈島衲氣終身不除，語雖佳，其氣韻自枯寂耳。（《詩境總論》）

06 顧麟：浪仙詩清新沉實，自足為一家，但少從容敦厚也；溫飛卿輩同倫，當儕之長吉、元、白間可也。（《批點唐音》）

07 許學夷：島五言律氣味清苦，聲韻峭急，在唐體尚為小偏；而句多奇僻，在元和則為大家。東坡云：「郊寒島瘦」。（《詩源辯體》）

08 劉邦彥：自有詩以來，無如浪仙之刻削者，宜其自苦吟得之也。……特其守氣過矜，取途太逼，故止長於五律，而長篇散體，病未遑焉。（《唐詩歸折衷》）

09 李懷民：其五古，五七言律以及絕句，皆生峭險僻，錘煉之功，不遺餘力。……尊為「清奇僻苦主」，與張水部分壇領袖。（《重訂中晚唐主客圖》）

10 楊慎：其詩不過五言律，更無古體。五言律起結皆平平，前聯俗語十字，一串帶過，後聯謂之頸聯，極其用工。又忌用事，謂之「點鬼簿」，惟搜眼前景而深刻思之，所謂「吟成五個字，撚斷數莖鬚」也。（《升庵詩話》）

250 尋隱者不遇（五絕）　　賈島

松下問童子，言師採藥去；只在此山中，雲深不知處。

【詩意】

我經過崎嶇的長途跋涉之後，來到鬱鬱蒼蒼的松林旁向童子打聽隱士是否在家，他告訴我：「師父採藥去了。」這個回答，使我有些失望。我沉吟著想要再進一步詢問，他又接著說：「師父就在山裡隨處游玩休息；但是山裡雲深霧濃，也不知道何處才能尋覓到他的行蹤。」隨著他的指點，我不禁望向雲山縹緲的深處，佇立凝想其人的丰采……。

【注釋】

① 詩題—本詩最早見於宋初的《文苑英華》，作者孫革[1]，題為「訪夏尊師」。南宋洪邁《萬首唐人絕句》則署名賈島出家時之法號「無本」[2]。

② 處—指行蹤所在而言。

【補註】

01 孫革歷事憲、穆、文宗三朝，官至太子左庶子；《中興間氣集》載韓翃〈送孫革及第後歸江南〉詩云：「無數滄洲客，如君達者稀。」

02 賈島 403 首存詩中有 29 首與他人詩集重出互見者，且其詩以奇險僻苦著稱，尤以鍛鍊字句、鎔裁匠心的雕琢功夫為註冊商標。本詩則出語天然，絕無藻飾斧鑿之跡，且問答之中，純是天機流行，又與其詩風迥別；故本詩恐非賈島之作。又，本詩同題其二云：「聞說到揚州，吹簫有舊游。人來多不見，疑是上迷樓。」然作者一作「包何」，詩題則為「同諸君子尋李方真不遇」；就內容與風格而言，似又非賈島之作。

【導讀】

這首詩能以尋常的景物，營造出人人意中所有，卻又是他人筆下所無的縹緲而又優美的情境，不僅使人在平淡的色調中感受到悠遠的畫趣，在樸素的文字裡讀出深沉的餘韻，同時還在真率的對話裡聽出似有還無、若隱若現的禪機，因此鍾惺《唐詩歸》評曰：「愈近愈杳。」黃叔燦《唐詩箋注》評曰：「語意真率，無復人間煙火氣。」尤其值得留意的是：童子自然淡遠的措辭，和彷彿可遇而終不可尋的語意，既是使本詩浮盪著若即若離、可望而不可及的煙嵐雲霧之妙筆，也是詩人雖無一字刻劃隱士，卻能在無字句處寫其形貌而傳其丰神的關鍵所在。由於問答吞吐靈妙，章法變幻莫測，筆致婉轉曲折，意境縹緲飄忽，因此所呈現出隱士的精神面貌也就特別清遠飄逸，逗人遐思了。

就整首詩所營造出的意境和風調而言，隱士築室松崗，可見其人真有超凡出塵之志；採藥雲遊，可見既懷濟世救人之仁，又諳攝生葆真之道，更有不食人間煙火的閒雲野鶴那種來去自如，瀟灑自在之意趣。不過是淡淡幾個詞語的點染，就使得這位世外高人迥拔於唐朝某些以終南為捷徑的假隱士之上，因而使作者在詩末流露出高山仰止、可望不可及的心儀景慕之情。不僅如此，作者在以山居抒寫其志趣，採藥表露其仁心，白雲象徵其高潔，蒼松映襯其風骨之餘，又勾勒出一位服侍隱士的童子，談吐如此率真，出語如此不俗，措詞如此優雅，意態如此淡遠；則隱士之丰神將如何飄逸，意態將如何散朗，舉止將如何從容，以及言談將如何清妙等風調，全都耐人遐想。惟其如此，詩人雖是乘興而訪，卻無敗興而返的惆悵失落，反而像是只聽童子的言談，就彷彿已經會晤了隱士而感到不虛此行一般；於是不知不覺之中，便隨著童子親切的指點而注目於雲山縹緲之處，移情於深邃邈遠之境，進而神遊在嵐封霧鎖的天地之中，與隱士的精神相往來，只覺心凝形釋，渾然忘我了……。即此而論，作者不僅是一位精於借景抒情的丹青妙手而已，更是一位善於透悟言語機鋒、妙傳哲人玄思的高明禪師了。劉熙載《藝概》卷 2 說：「絕句取徑貴深曲，蓋意不可盡，以不盡盡之。正面不寫，寫反面；本面不寫，寫對面、旁面。須如睹影知竿，乃妙。」本詩實已臻此妙境。

就章法與情趣而言，本詩雖然只有四句，但是問答之間，卻頗有開闔頓挫之妙，詩人的情緒也隨之而有波瀾起伏之勢，因此使人有吟哦再三，其味愈出而其境彌遠之感。作者先以「松下問童子」五字，透露出在他遠離塵囂，長途跋涉之後，乍見幽人山居的清適之感，和即將謁見方外逸士的喜悅之情；而後以「言師採藥去」的回答，流露出遠訪不遇時的悵然若失之情，以及隱者遊蹤難尋，此行似將徒勞的沮喪之感。接著轉而開出「只在此山中」的新境界，表現出在失望落寞之中，童子又透露出一些有可能尋覓得到的希望，詩人不免頓感喜出望外；最後拈出「雲深不知處」五字，則是藉著繚繞氤氳的雲嵐掩去詩人渺茫的希望——他應該是不可能尋覓得到了！

然而，作者的高明處也就在這裡透顯出來：雲山縹緲，難知其處，似乎杳不可尋了；但是詩人並未全然絕望，他的目光正隨著童子的指點而飛向雲山深處去凝神遐思，去做一番心靈之旅的尋覓——這才寫足了詩題中的「尋」字之意。於是這位可能偶遇而不能求其必遇的隱士，便顯得雖然遙不可及，卻又似乎近在咫尺；雖然遠隔雲嵐，卻又只在山中，讓人在遠望山岳蒼蒼、雲靄茫茫時，宛然若見其鶴髮童顏的容貌，憬然如睹其布衣藜杖的身影，更對他瀟灑飄逸的丰神嚮往有加，心儀不已，反而覺得似乎不虛此行了。

【評點】

01 蔣一葵：設為童子之答，以狀山居之幽。首句問，下三句答；直中有婉，婉中有直。（《唐詩選匯解》）

02 吳瑞榮：此首似盛唐音調，極淺近，極幽微。孩提時爛熟口頭，垂老或不能窺其門徑，真妙制也。唐人訪隱者不遇詩，總以此為上。（《唐詩箋要》）

03 吳逸一：自是妙音，所謂不由意而得者。（《唐詩正聲》）

04 楊逢春：此逐句轉筆之格，首二句設為問答。首句領「尋」字意，二領「不遇」意。第三句之下，暗藏「何處去」一問。三又若還他去路，四又颺入空際；寫得若近若遠，可望不可即。為「不遇」渲染，即為隱者寫照。（《唐詩偶評》）

05 黃生：「採藥去」，難尋也；「此山中」，似可尋也。究答以「不知處」，何能尋哉？「不遇」二字，寫得如此曲折。（《唐詩摘抄》）

06 徐增：此詩一遇一不遇，可遇而終不遇，作了多少層曲折。（《說唐詩詳解》）

07 章燮：四句極開合變化，令人莫測。（《唐詩三百首注疏》）

五六、朱慶餘詩歌選讀

【事略】

朱慶餘，生卒年不詳，名可久，以字行，越州人。寶曆二年（826）進士，授祕書省校書郎，官終於太常寺協律郎。

由於得到張籍的推獎贊許，海內外知其詩名。詩風近似張籍，巧思精麗，旨意超絕，而氣度平和中正。張為《詩人主客圖》以李益為「清奇雅正主」，慶餘則列名「及門」八人之中。

《全唐詩》存其詩 2 卷。

【詩評】

01 張洎：吳中張水部為格律詩，尤工於匠物，字清意遠，不涉舊體，天下莫能窺其奧，唯朱慶餘一人親授其旨。（〈項斯詩集序〉）

02 劉克莊：慶餘絕句，為世所稱賞，然他作皆不如此。（《後村詩話》）

03 徐獻忠：朱生文有精思，詞有調發，意匠所遣，縱橫得意。親承張水部意旨，遂擅名場，不能更揚其志。上窺〈大雅〉，豈非抱玉握珠而更有彬彬之嘆者耶？（《唐詩品》）

04 劉邦彥：慶餘受之於文昌，而得交於閬仙，仍其選句，亦兼島之深刻、籍之娟秀而有之。（《唐詩歸折衷》）

05 賀裳：朱慶餘不能為古詩，及近體亦唯工於絕句。（《載酒園詩話・又編》）

06 李懷民：慶餘無古體，格律專學張水部，表裡渾化，他人鮮能及者，斷推上入室。（《重訂中晚唐詩人主客圖》）

251 宮詞（七絕） 朱慶餘

寂寂花時閉院門，美人相並立瓊軒。含情欲說宮中事，鸚鵡前頭不敢言。

【詩意】

在春花吐艷，姹紫嫣紅的美好時光裡，深宮禁苑的大門卻緊緊關閉著，反而顯得寂寞幽靜，甚至冷冷清清；只有兩位美麗的宮女在華麗的軒窗前並肩而立，隨興閒話……。正當她們想要相互傾吐幽居冷宮的複雜情愫時，突然察覺到饒舌學語的鸚鵡就在面前，只好硬生生地把滿腹辛酸哀怨強行吞忍下去……。

【注釋】

① 詩題—章燮云：「慶餘官不達，故託宮詞以寄怨。」筆者以為詩人的生平與寫作背景皆不詳，似無證據如此判斷，故不刻意強調人臣失寵於君與憂讒畏譏之意，而視本詩為抒寫宮怨之作。

② 花時—繁花似錦的時節。

③ 瓊軒—裝飾華麗而有窗戶的長廊。

【導讀】

一般的宮怨詩，多半集中筆力描寫一位宮女獨處時的怨嘆悲苦：或遙想春殿歌舞以反襯幽居之孤寂，或描寫環境之冷清以烘托心境之愁絕；本詩則匠心獨運地另闢蹊徑，拈出雙美並立廊軒時欲言又止的形象，來傳達敢怨而不敢言的幽情，從而暗示君王之淫威、偵防之嚴密、宮人之可悲等深意，因此令人有心裁別出，一新耳目之感。

「寂寂花時閉院門」七字，是以矛盾逆折的語意，形成衝突激盪的張力，引領讀者去深思曲折含蓄的言外之意。「花時」本來是春風駘盪，花團錦簇，最為繽紛熱鬧的時節，能使人青春洋溢，熱情奔放；可是作者偏偏冠上「寂寂」兩字來傳達冷清幽寂的感受，讓人頓感錯愕之外，也令人產生莫名的惆悵感傷。「院門」理應常開，以便爛漫的春光普照宮苑，融融的春意洋溢滿園，同時也讓蟄伏嚴冬後的心扉隨之敞開；可是詩人卻冠上「閉」字，這又自然使人頓時感到窒悶。這樣雙重矛盾的安排，便相互衝激出令人困惑的情境，從而透露出禁錮冷宮之中的美人內心之幽獨、寂寞、黯淡、苦悶、悽涼、哀傷、愁絕與憂憤……。

「美人相並立瓊軒」七字，則是以隱微婉約的手法，傳達幾層深刻的涵義：首先，「相並」二字，一方面表示失寵絕歡的美人不止一個，則君王喜新厭舊的薄倖，隱然可知。其次，原本爭風吃醋、勾心鬥角，甚至相互敵視的美人，竟能捐棄前嫌，進而相安無事地瓊軒並立，則失寵的時間顯然已經漫長到足以撫平彼此間的裂痕，拉近兩人的距離，並消弭雙方的敵意，甚至由於同病相憐而化敵為友了。再者，她們與時俱增的幽愁暗恨和曲折心事，顯然也鬱積得更加深沉凝重，也更為不吐不快了。再加上她們由瓊軒外望時，自有滿園春色襲人而來，因此觸景感懷之餘，便有一腔難以抑止的情愫漲滿胸臆而急欲傾訴了。經過如此層次豐富的暗示之後，便能水到渠成地轉入第三句「含情欲訴」四字。正由於詩人構思縝密，針線細膩，才使本詩承轉自然，渾融無跡。

有了前兩句曲折深婉的涵義，美人所含之情乃是怨情，欲說之事必屬恨事，也就不言可喻了。而就在她們的滿懷心事有如奔暴的洪水即將潰堤而出時，作者卻突然藉著「鸚鵡前頭不敢言」這七個字，讓本詩的衝突達到了最高潮：她們瞥見了學舌效語的「間諜鳥」正在延頸轉睛、歪頭探腦地側耳傾聽，似乎準備將來在君王面前大顯身手地

「原音重播」！於是那原本已經衝到喉頭的滿腹幽怨，便在千鈞一髮之際硬是吞嚥回去！多少驚恐憂懼的畏忌，以及難以按捺卻又不得不強行壓抑的辛酸悲恨，傳達得既委婉含蓄，又淋漓盡致，的確令人深深同情。美人固然是欲言又止，但是她們心裡暗潮洶湧的逆流，以及宮禁之中耳目之眾多、法網之嚴密等情形，卻在「不敢言」三字中表露無遺了。換言之，整首詩雖不及「怨」字，但卻怨情滿紙；雖不及「憤」字，但卻憂憤滿懷！詩人雖未明言欲說之事與所含之情為何，但是他在無字句處所暗示出來的怨情恨事，卻遠比這二十八字所能傳達的深宮哀怨，多了何止十倍！古人所謂「不著一字，盡得風流」者，本詩足以當之。

儘管王建的〈宮詞〉裡也控訴過「間諜鳥」：「鸚鵡誰教轉舌關，內人手裡養來奸。」王涯的〈宮詞〉裡也提到「學舌禽」：「教來鸚鵡語初成，久閉金籠慣認名。」白居易的〈春詞〉裡更有能令所有人都不安的「攝影錄影機」：「低花樹映小妝樓，春入眉心兩點愁。斜倚欄杆背鸚鵡，思量何事不回頭？」但是那些詩歌內容，都不及本詩之刻畫細膩而又自然渾成，沉鬱頓挫而又情韻綿邈；尤其沒有本詩在高潮之處戛然截斷的戲劇張力和耐人遐想的深情遠韻；因此鍾惺在《唐詩歸》中歎賞本詩「纖而深」，賀裳在《載酒園詩話・又編》中以為本詩之「深妙，更在〈閨意〉之上。」評價之高，的確是見道之言——有誰能把宮人「無處可訴」的幽苦，寫得更為層折有味而又委婉悃悵呢？

【評點】

01 唐汝詢：美人相並，正宜私語，乃畏鸚鵡而不敢言；花前事，必有不可使人言者。（《唐詩選脈會通評林》引）

02 陸次雲：宮詞中最新妙者。（《五朝詩善鳴集》）

03 沈德潛：詩有當時盛稱而品不貴者……，「鸚鵡前頭不敢言」，此纖小派也。（《說詩晬語》）

04 徐增：胸中所含之情，定是長門買賦、昭陽嬌妒之事，不可傳諸於人口者。……鸚鵡是能言之鳥，故亦避忌他；此不是言美人謹慎，是言其有苦無處道。慶餘之憐美人至矣。（《而庵說唐詩》）

05 黃叔燦：此詩可作白圭三復，而宮中憂讒畏譏，寂寞心事，言外味之可見。（《唐律箋注》）

＊ 編按：「三復白圭」，意謂說話謹慎。《論語·先進》記載南容三復白圭，孔子後來把兄長的女兒嫁給他。何晏《論語集解》引孔安國曰：「詩云：『白圭之玷，尚可磨也；斯言之玷，不可為也。』南容讀詩至此，三反復之，是其心慎言也。」

06 范大士：鸚鵡能言，即欲防之，聰慧深心如見。（《歷代詩發》）

07 俞陛雲：此詩善寫宮人心事，宜為世所稱。凡寫宮怨者，皆言獨處含愁，此則幸逢采伴，正堪一訴衷情，奈鸚鵡當前，欲言又止。……對鎖蛾眉，一腔幽怨，宜宮中秘事，世莫能詳矣。（《詩境淺說·續編》）

08 劉永濟：玩詩意似有所諷。……鸚鵡當有所指。（《唐人絕句精華》）

252 閨意獻張水部（七絕） 朱慶餘

洞房昨夜停紅燭，待曉堂前拜舅姑。妝罷低聲問夫婿：畫眉深淺入時無？

【詩意】

昨晚的洞房裡，一對喜氣洋洋的紅燭燃燒了一整夜，新娘子也不敢安枕休息，因為她等著天剛破曉就要立刻到廳堂上正式拜見公婆，這才算完成了終身大事。為了能留下美好的最初印象，她仔細地梳妝打扮後，又左右端詳，前後照鏡，等一切都妥妥當當之後，她還是放心不下，只見她臉色靦腆，語帶羞怯地輕聲詢問夫婿：「我描畫眉毛的式樣和濃淡淺深，是否時髦好看呢？」

【注釋】

① 詩題—閨意，閨中情思；這是詩的題材及內容。上張水部，進呈給時任水部員外郎的張籍，請求指點；這是詩的作用[1]。張籍於穆宗長慶四年（824）至文宗太和二年（828）間任水部員外郎，而朱慶餘於敬宗寶曆二年(826)登進士第，故本詩應作於登第之前。

② 「洞房」二句—洞房，原指深邃之臥室；此指新婚之臥室。停，留也；停紅燭，即不熄滅喜燭之意。舅姑，公婆也。古時新婚夫婦拜堂成親，送入洞房之後，時已深夜，往往無暇安歇，新娘即準備梳妝打扮，俟天明於堂上行拜謁公婆之大禮，才算正式完成婚禮。

③ 「妝罷」二句—畫眉，《漢書‧卷 76‧張敞傳》：「張敞為婦畫眉，長安中傳張京兆眉憮（按：眉樣嫵媚好看）。有司以奏敞。上問之，對曰：『臣聞閨房之內，夫婦之私，有過於畫眉者。』」詩人以張敞事切張籍，頗見巧思。深淺，指眉色濃淡、粗細、長短等樣式。無，義同於疑問詞「否」；白居易〈問劉十九〉詩末句「能飲一杯無」之「無」字，義亦同此。入時無，是否合乎時樣、是否時髦。

【補註】

01 宋人趙彥衛所撰之《雲麓漫鈔》卷 8 載：「唐之舉人，先藉當世顯人以姓名達之主司，然後以所業投獻；踰數日又投，謂之溫卷。」宋人王闢之《澠水燕談錄・雜錄》也有類似記載：「國初襲唐末士風，舉子見先達，先通牋刺，謂之請見。既與之見，他日再投啟事，謂之謝見。又數日再投啟事，謂之溫卷。」張籍時因曾典校秘書，又曾任國子博士教導達官顯宦的子弟而名重一時，成為青年士子投謁以求延譽褒美的對象。朱氏能得當年的主考官禮部侍郎楊嗣復的提拔而登第，張籍頗有推薦引介之功；故《全唐詩》及《唐詩三百首》中本題作「近試上張籍水部」。不過，這種稱謂既屬不敬，又不合唐人制作詩題時先題材而後作用的原則，以至於「近試」二字在詩中並無著落，因此未必可取。

【導讀】

本詩是以比興手法，作旖旎婉約之詞，而行溫卷投謁之實。由於構思新穎，譬喻精巧，描繪入微，情景如見，因此膾炙人口。詩人的作為分明是攀附權貴，寄望對方在科考前能為自己關說，卻能以〈閨意〉二字隱瞞其行而美飾其詞，使人讀之但愛新娘之明禮慎重與羞怯風情，渾然不覺請託之可鄙，真使人不得不佩服詩人匠心之高明、想像之奇巧與詩筆之美妙；無怪乎《文心雕龍・情采》說：「綺麗以艷說，藻飾以辯雕，文辭之變，於斯極矣[1]！」讀了張籍拒絕藩帥之聘的〈節婦吟〉：「還君明珠雙淚垂，恨不相逢未嫁時」的婉轉含蓄，再看看本詩的風流蘊藉，渾融無跡，的確令人不得不由衷讚歎：詩歌美飾之作用大矣哉！

本詩是借「閨意」來表露士子參加科考前那種既期待又怕受傷害的憧憬、興奮與忐忑不安的複雜心態。詩人是志在功名的年輕人，因此自比為一心希冀婚姻幸福的新娘：由於新娘如果得到公婆的喜愛，地位從此穩固，處境從此順遂，生活得到保障，生命有了寄託；如同士人一旦得到主考官的賞識，仕途從此展開，地位大幅提升，甚至還能鵬程萬里，建立功業一般。事實上，詩人仰仗張籍的揄揚引薦，也如同新娘把幸福寄託在丈夫的疼惜愛憐，並在公婆跟前多加美言稱讚一般；因此，把望重士林的張籍比擬為說話頗有分量的公婆愛子，要先取得他的認可，進而引導新娘拜謁高堂，才能贏得公婆的肯定而宜室宜家，也才能確保婚姻的美滿而高枕無憂。換言之，新娘、夫婿、公婆三者的關係，正如詩人、張籍與主考官的關係，不僅若合符契，甚至渾融無跡，由此可見詩人設想之精巧、筆致之曲折、詩心之細密與措詞之委婉，的確功力非凡。至於以張敞畫眉的典實來切合張籍的本姓，則是信手拈來而又自然貼切的靈心妙筆，同樣值得稱道。

宋人尤袤的《全唐詩話》說：「張籍知音，索慶餘新舊篇，擇留二十六章，置之懷袖而推贊之；時人以籍重名，皆繕錄諷詠，遂登科。慶餘作〈閨意〉一篇以獻……。籍酬之曰：『越女新妝出鏡心，自知明艷更沉吟；齊紈未足時人貴，一曲菱歌值萬金。』由是朱之詩名流於海內矣[2]。」由這段文句推敲，應該是張籍先遇慶餘而奇之，遂索取其詩作而加以簡擇、推獎，慶餘不知所作是否能登大雅之堂而入方家之眼，故以本詩婉轉地請益求證，於是張籍答以必能獨領風騷，技驚科場，並囑其安心赴選。由於朱慶餘是越州人，越州多美女而著稱，其地又有鏡湖為遠近知名的風景區，故而張籍也妙用比興而作答，頗有爭勝之意。其中「新妝」二字，回應朱作之「畫眉」；「更沉吟」三字，則回應朱作之「問夫婿」；而且更以「時人貴」一句回應朱作之「入時無」的顧慮，誠可謂銖兩悉稱，功力相敵，因此這兩首詩千年來被視為珠聯璧合而傳為佳話。

其實，即使不從唐人溫卷的風氣來解讀本詩，只純粹由新婚燕爾的閨中情事來欣賞，本詩一樣風神旖旎，婉轉細膩，令人欣賞。「洞房昨夜停紅燭」七字，極其凝鍊地渲染出新婚之夜紅燭高燒，華帳低垂，喜氣洋洋，春光融融的歡慶氛圍；而夫妻恩愛的情景，已不言可喻矣。「待曉堂前拜舅姑」七字，極其流暢地寫出新婦敬慎守禮，故以「待」字傳達出不敢安枕高眠的戒惕之心。「妝罷低聲問夫婿，畫眉深淺入時無」兩句，是直承次句的慎重之意而來，進一步細膩入微地刻劃她緊張、忐忑、興奮、期待、焦慮等複雜心理。尤其「低聲」二字，更是極其傳神地表現出她雖然已經嫁為人婦，卻對新婚夫婿還不熟稔時那種既親近卻又生疏，與既甜蜜又羞澀的感覺，以及對自己七分自信、三分膽怯的心虛，和對未來既憧憬又徬徨的不踏實、不確定感。詩人所描繪出新嫁娘微妙的心理、綽約的風華、溫柔的語調、嬌羞的情態，無不氣韻生動，令人有狀溢目前的親臨親見之感，因此宋人洪邁《容齋五筆》卷 4 說：「細玩此章，元不談量女子之容貌，而其華艷韶好，體態溫柔，風流蘊藉，非第一人不足當也。歐陽公所謂『狀難寫之景如在目前，含不盡之意見於言外，然後為工。』斯之謂也。」這種靈心慧眼的妙悟，深具啟發性；如果從這個角度切入，也就不難體會李白〈長干行〉中「低頭向暗壁，千喚不一回」所描寫的兒女情態，以及白居易〈琵琶行〉中「猶抱琵琶半遮面」「低眉信手續續彈」所傳達的無限風情了。

【補註】

01 試譯：用美好的文采來巧妙地雕飾說詞，用華麗的詞藻去艷麗地修飾論辯；文章措辭的變化之妙，到《莊子》《韓非子》的時候已經達到極點了。

02 除了《全唐詩話》之外，唐人范攄的《雲溪友議》、宋人計有功的《唐詩紀事》皆有類似記載。詩中「菱歌」有可能是指張籍特別擇取的朱慶餘那二十六首詩，當然也不妨包含〈閨意〉而言。至於張籍之詩，試譯如下：「越州採菱角的姑娘剛剛細心妝扮好之後，出現在鏡湖的湖心。她知道自己明艷動人，可是又求好心切地看著水中的倒影而暗自端詳，並且忖度著如何才能讓自己的容顏更令人驚羨愛慕。其實她根本不須要多慮，因為即使有些姑娘身上穿的是齊國東阿地區珍貴的絲綢所裁製而成的衣服，卻還不值得時人特別看重；反而是她採菱角時風韻天成而又自得其樂的那一串歌喉，才抵得上萬金的價值啊！」

五七、許渾詩歌選讀

【事略】

許渾（791？－858？），字用晦，又字仲晦，高宗朝宰相許圉師之五世孫。原籍洛陽一帶，因兩河戰亂，乃舉家南遷湖、湘之間，居十年；後定居於潤州丹陽（今江蘇省丹陽市）。

文宗太和六年（832）年進士，開成四年（839）前後，曾任當塗、太平縣（今為安徽省當塗縣和黃山區）令。因少時苦學勞心而有清羸之疾，乃以伏枕養病而辭官。曾入宣武節度使王彥威、嶺南節度使崔龜從幕下。久之，起為潤州司馬。大中三年（849）拜監察御史，歷虞部員外郎、郢州（州治在今湖北江陵縣）、睦州（州治在今浙江建德市）刺史。

許渾性愛林泉，有出塵之想。二十餘歲嘗遊天台山，仰觀瀑布，旁眺赤城，窮覽幽勝，儼然有歸隱之思；惟因志在經世，乃流連再三而去。分司潤州時，買田築室；抱病後即退居其地之丁卯澗橋村舍，輯錄所作，因名其詩集為《丁卯集》。集中慷慨悲歌、登高懷古之作，格調豪麗，語勢勁健，頗見匠心；唯其詩歌評價，則有仁智之爭。

相傳許渾嘗晝夢登山，有宮闕凌虛。問是何處，答曰：「此崑崙也。」少頃，遙見數人方飲，召許渾就座，至暮而罷。一佳人出箋求詩，未成而夢破。後乃成吟曰：「曉入瑤臺露氣清，庭中唯見許飛瓊；塵心未斷俗緣在，十里山前空月明。」他日復夢至山中，佳人曰：「子何題余姓名於人間？」遂改次句曰：「天風吹下步虛聲。」曰：「善矣。」（事見孟棨《本事詩‧感情第一》）其事雖不稽，然其人才思翩翩，為仙家所愛，至託夢以求詩云云，則流播人間久矣。

《全唐詩》存其詩 11 卷，《全唐詩外編》及《續拾》補詩 4 首，斷句 2 句。

【詩評】

01 韋莊：江南才子許渾詩，字字清新句句奇；十斛明珠量不盡，惠休虛作〈碧雲詞〉。（〈題許渾詩卷〉）

02 陸游：許用晦……《丁卯集》，在大中以後，亦為傑作；自是而後，唐之詩益衰矣，悲夫！（〈跋許用晦丁卯集〉）

03 范晞文：七言律詩極不易，……李、杜之後，當學者許渾而已。 ○人知許渾七言，不知許五言亦自成一家，……措思削詞皆可法；餘則珠聯玉映，尤未易遍述也。 ○許渾絕句亦佳，但句法與律詩相似，是其所短耳。（《對床夜話》）

04 劉克莊：（許渾）詩如天孫之織，巧匠之斫，尤善用古事以發新意。 ○杜牧、許渾同時，然各為體。牧於唐律中常寓少拗峭，以矯時弊，……渾則不然，圓穩律切，麗密或過牧，而抑揚頓挫不及也。（《後村詩話》）

05 胡仔：《桐江詩話》云：許渾集中佳句甚多，然多用水字，故國初士人云：「許渾千首濕」是也。謂如〈洛中懷古詩〉云：「水聲東去市朝變，山勢北來宮殿高。」若其他詩無水字，則此句當無愧於作者。羅隱詩，篇篇皆有喜怒哀樂心志去就之語，而卒不離乎一身。故「許渾千首濕」，人取「羅隱一生身」為對，又云「杜甫一生愁」，似優於前矣。（《苕溪漁隱叢話》）

06 辛文房：其格調豪麗，猶強弩初張，牙淺弦急，俱無留意耳。至今慕者極多，家家自謂得驪龍之照夜也。（《唐才子傳》）

07 徐獻忠：元和以後，專事聲偶，文藻疏薄而神氣委靡，無足取者。許渾之在當時，獨以精密俊麗見稱，今觀其極，旨趣物理，言窮物象，天然秀出，不可變動，如「湘潭雲盡暮山出，巴蜀雪消春

水來」「石燕拂雲晴亦雨，江豚吹浪夜還風」「溪雲初起日沉閣，山雨欲來風滿樓」，為世傳誦，不但披沙見寶而已。（《唐詩品》）

08 高棅：元合後律體屢變，期間有卓然成家者，皆自鳴所長，若李商隱之長於詠史，許渾、劉滄之長於懷古，此其著者也。……三子者雖不足以鳴乎〈大雅〉之音，亦〈變風〉之得其正者矣。（《唐詩品彙》）

09 胡應麟：丁卯詩，淺陋誠有之，而俊語亦自不減，在晚唐較錚錚。（《少室山房筆叢》）

10 許學夷：晚唐諸子體格雖卑，然亦是一種精神所注；渾五七言律工巧襯貼，便是其精神所注也。　○許渾五七言律體格漸卑者，特以情淺而詞勝，工巧襯貼，而多見斧鑿痕耳。　○偶對工巧而意多牽合，聲韻急促而調反卑下。（《詩源辯體》）

11 賀裳：許詩如名花香草，雖不堪為棟樑，政自宜於觴詠。　○作詩以情意為主，景與事輔之，兼之者宗工巨匠也，得一端者亦藝林之秀也。許詩情好景好，特意少事少。（《載酒園詩話》）

12 李重華：許丁卯格甚凝鍊，氣未深厚。（《貞一齋說詩》）

13 薛雪：許丁卯思正氣清，詩中君子，但苦聲調低啞有之；在當時韋端已、杜牧之皆有詩推許可知。（《一瓢詩話》）

14 陳文述：余於三唐諸家，李、杜外，古體嗜岑嘉州，近體嗜許丁卯，以神清骨秀也。丁卯佳句，色韻猶勝。（〈書許丁卯詩後〉）

15 翁方綱：許丁卯五律在杜牧之下，溫岐之上。（《石洲詩話》）

16 彭國棟：許渾詩對仗工穩，為律詩正則，故宋人稱渾七律為唐詩第一，五律猶非絕唱。其《丁卯集》中甚多佳句，如「石燕拂雲」聯、「溪雲初起」聯，氣象意境及對仗，無一不佳，學律詩者，當以渾為入手。（《澹園詩話》）

253 早秋三首其一（五律） 許渾

遙夜泛清瑟，西風生翠蘿。殘螢棲玉露，早雁拂金河。高樹曉還密，遠山晴更多。淮南一葉下，自覺洞庭波。

【詩意】

逐漸漫長的夜晚，浮泛出冷清蕭瑟的涼意；翠綠的藤蘿間，吹來了陣陣的西風。還有幾隻殘存的螢火蟲，棲息在沾著露珠的草叢中明滅閃爍；早來的鴻雁，掠過夜空中的銀河。破曉時，高大的樹木看起來還很濃密；晴光下，煙雲散盡，遠山歷歷在目，似乎比平日多了幾座峰巒。這些景象，都告訴我秋天已經悄悄來臨的消息；那麼當淮南地區第一片落葉飄墜而下時，洞庭湖的煙波應該就會開始滉蕩吧。

【注釋】

① 詩題—《全唐詩》中收有本題三首，另外兩首流露出嘆老嗟卑，不遇於時的惆悵。

② 「遙夜」句—遙夜，漫長的夜晚。泛，逐漸浮動、呈顯而出。清瑟，淒清蕭瑟的涼意。

③ 「殘螢」二句—螢火蟲活動於初夏，入秋則隱沒無蹤；本詩寫夏秋之交，故曰殘螢。玉露，露水之美稱；蕭統〈夷則七月啟〉：「金風小振，偏傷征客之心；玉露夜凝，真泣仙人之掌。」然本詩之玉露是指沾著露珠的草叢。早雁，提早南翔過冬的鴻雁。拂，掠過。金河，秋日的銀河；金，五行之一，古人取以配合秋季。

④ 「高樹」二句—曉還密，謂早秋之晨，猶見樹木枝繁葉茂。晴更

多，謂遠山因秋高氣爽、煙雲淨盡之故，顯得峰巒明朗，較平日所見，更形歷歷在目，似乎山巒增多不少。

⑤「淮南」二句—淮南與洞庭，未必實指詩人所見之地，作者意在檃栝兩則早秋之文句作結；《楚辭．九歌．湘夫人》：「嫋嫋兮秋風，洞庭波兮木葉下。」《淮南子．說山訓》：「以小明大，見一葉而知歲之將暮。」波，作動詞解，波濤搖撼滉蕩之意。

【導讀】

從《詩經．七月》的「七月流火，九月授衣」等詩句，就可以看出古人對於節候變化的敏銳感受和細膩觀察，因此《禮記．月令》便分別標舉的十二個月令裡風物的變化，使人知所遵循。詩人又是觸鬚特別敏銳的族群，對於節候的變遷常有悲歡憂喜的不同情感，因此陸機〈文賦〉說：「悲落葉於勁秋，喜柔條於芳春。」劉勰《文心雕龍．物色》說：「物色之動，心亦搖焉。」鍾嶸《詩品．序》說：「氣之動物，物之感人，故搖蕩性靈，形諸舞詠。」又說：「若乃春風春鳥，秋月秋蟬，夏雲暑雨，冬月祁寒，斯四候之感諸詩者也。」這都說明了詞人墨客的騷心常因節候風物的差異而有不同的情感，因此形諸篇章便有了杜審言〈和晉陵陸丞早春游望〉：「雲霞出海曙，梅柳渡江春；淑氣催黃鳥，晴光轉綠蘋」這樣使人耳目生新、情靈搖蕩的優美詩句騰播人口，也有歐陽修〈醉翁亭記〉：「野芳發而幽香，佳木秀而繁陰，風霜高潔，水落而石出」這樣清淺可愛，引人入勝的散文小品流傳久遠。

這一首記錄節候變遷的詩篇，也是依循傳統的方法，以具體的景物來捕捉早秋抽象的神韻，呈現出秋意早臨的種種面貌；這有賴於詩人細膩入微的騷心對景物產生敏銳的感受，運用火眼金睛加以深刻的觀察，而後才能作條理分明而匠心獨運的取景與佈局。首聯的遙夜清瑟之感、西風翠蘿之動，已經暗示了秋意初臨的訊息；中間四句又分別攝取低處、高空、近樹、遠山等畫面來點染秋情；尾聯則訴諸想像，讓空間推擴得更形廣袤遼遠；於是屬於時間概念的「早秋」，便經由一幅幅空間景物的展示，呈現出獨特的精神風貌，很可以看出詩人鎔裁景物，佈置構圖的功力，因此孫洙《唐詩三百首》點評曰：「字字切『早』。」

「遙夜泛清瑟」五字，是由白晝漸短，酷暑漸退，夜晚漸長，且泛生淒清蕭瑟的涼意，表示察覺到初秋的來臨。「泛」字的流動、浮現之意，使人有沁涼如水的感覺，是相當傳神的句眼。由於西風無形無色，難以捕捉，因此詩人特別拈出懸垂的翠蘿，藉著它們飄搖擺蕩的形象來傳遞秋風乍起的消息，於是便使西風也無所隱遁其蹤跡了。首聯二句，已經可以看出作者感受之敏銳、觀察之入微與構思之巧妙了。

螢光將殘，顯然是暑夏漸退而金風初動的時節；玉露早圓，又正是「已涼天氣未寒時」的徵候；再加上第三句的「殘」字、「棲」字，表達出季節在暗中遞換時飛螢的活動力減弱而偃伏斂藏的現象，可以見出作者取材和煉字的匠心。「早雁」句是說鴻雁由於感受到涼秋將屆，因此早已南遷而飛掠夜空的銀河。頷聯兩句的景致，不僅一俯一仰，相映成趣，而且意象鮮明，畫面清幽，氣韻生動，很能傳寫出秋夜靜謐的氣氛；由此可見詩人在剪影取材之巧思。《禮記・月令》說孟秋七月的景物是「涼風至，白露降」，因此「殘螢棲玉露」五字，既切合節候，又能表現出露凝草間的清瑩幽光和沁涼之感，筆觸相當細膩。〈月令〉中說仲秋八月的景象是「鴻雁來，玄鳥歸」，而本詩卻說此時鴻雁已渡秋河，因此名之為「早雁」以扣準詩題；由此可見詩人在運用經典知識時能加以靈活變化的功力之高明。

「高樹曉還密」五字，是寫秋氣初臨，尚未凋傷花樹。「曉」字表明由於曙光乍現，天色微明，因此近處的高樹映著晨曦迷濛的光暈時，便顯得朦朧隱約，鬱鬱蔥蔥，彷彿仍然枝繁葉茂。「遠山晴更多」

五字，寫出由於天高日晶，故而視野遼遠，又由於煙嵐蒸散，故而視野清晰，於是平日隱沒在煙嵐之後，看起來彷彿峰巒相連成一片的山脈，如今都顯得清臞孤峭而歷歷在目，似乎比往日增多了幾座山峰，故曰「晴更多」。

值得注意的是：頷聯側重在夜景而動中有靜，腹聯則轉而寫日景而遠近交錯；如此動靜相諧、日夜更迭、俯仰錯落、遠近有別，無形中已經把早秋的意象，藉著上下四方的景致推擴得極為敻遠開闊，於是便自然把思緒盪向更廣袤的空間而以「淮南一葉落，自覺洞庭波」作結了。

前三聯是以觸覺及視覺為主，描寫可感可見的實物來揭開早秋神秘的面紗；尾聯則是暗用《楚辭・九歌・湘夫人》：「嫋嫋兮秋風，洞庭波兮木葉下。」這一則極具形象感的詩文，懸想眼前所無而意中所有的景象，來豐富早秋浩瀚的畫卷。由於兩個地名的結合，使空間具有立體的實感而顯得遼闊，不僅令人有如目睹「洞庭湖波洶湧而落葉翻飛」的繽紛景象和雄渾氣勢，感受到滿眼清瑟而滿紙秋意；而且也由於鎔裁入妙而又絕無斧鑿痕，因此使本詩的收結處有化入蒼茫無端的遙情遠韻，相當耐人涵詠。

平心而論，這一首純粹藉著畫面景物來點染時間意象的詠物詩，最可取的地方是：作者能憑藉其細膩的觀察和敏銳的感受，具體地捕捉到早秋的面貌，傳寫出早秋的精神。但是，也僅止於此而已，別無深意，實在無須捕風捉影，穿鑿附會，讓本詩背負太過沉重的歷史包袱[1]。此外，第四句「早雁拂金河」露出了「早」字，既經著相，則韻致頓減，應該算是明顯的敗筆，也毋須替詩人作過多迴護與巧辯。

【補註】

01 章燮《唐詩三百首注疏》說：「『遙夜』，寓漫漫長夜何時旦意。『西風』，寓叛逆之臣；『翠蘿』，比嬪妃之類，柔媚招風，以釁禍患之端也。『殘螢』，比忠憤之臣偏失其權；『早雁』，比吐蕃之賊以致入寇。『高樹』，寓近臣還有保國之心；『遠山』，寓遠臣豈無鎮守之土？『淮南』，言君王一經昏暗，必失政於權奸。『洞庭波』，言四境不平，自起風波於世界。許公先知之，故用『自覺』二字。」讀來簡直像《詩經》的小序把三百篇都說成刺某人、某事一般，真是既神且玄了。

254 秋日赴闕題潼關驛樓（五律）　許渾

紅葉晚蕭蕭，長亭酒一瓢。殘雲歸太華，疏雨過中條。樹色隨關迴，河聲入海遙。帝鄉明日到，猶自夢漁樵。

【詩意】

晚風淒淒時，面對著蕭蕭紅葉，我和一位即將東歸的朋友在長亭酌酒相別，而後便登上潼關的驛樓，遊目騁懷。只見疏疏落落的秋雨，掠過東北方蒼莽綿亙的中條山而來之後，天空中的幾抹殘雲，便飄向西南邊高峻聳拔的太華山而去了！鬱鬱蒼蒼的行道樹，正隨著關山逐漸升高的地勢，向迢遠的西邊雲天迤邐而去；由北方咆哮而來的黃河，在撞上險峻的關隘後，先怒吼著折向東方，而後洶湧地朝遙遠的大海奔騰而去……。明日就可以進入繁華的長安了，我卻仍然（羡慕友人可以辭官返鄉，自己卻還在仕途奔波，因而）在夢境中留戀著故鄉悠閒的漁樵生活……。

【注釋】

① 詩題—別題作「行次潼關逢魏扶東歸」，由於較能與次句長亭餞

別之意相關，應較本題為佳，是以依照別題解讀。闕，原指宮門前之望樓，此處代指京城長安而言。潼關，在今陝西省潼關縣，因黃河由托克托折而向南，流至此處時沖擊關山，潼潼有聲，又折而東流，故名潼關。此地北臨黃河天險，西南有西嶽華山，東扼洛陽西入長安的必經要道，可以屏障京師，雄鎮三輔，又位於陝西、山西、河南三省之要衝，地勢極為險峻，自古為兵家必爭之地。

② 「長亭」句—長亭，古有「十里一長亭，五里一短亭」之設置，常為古人餞別之處；唐時則三十里設一驛，置一亭。

③ 「殘雲」二句—太華，即西嶽華山，主峰標高 2646 公尺，因其西南方又有少華山，為區別起見，乃改華山名為太華。中條，山名，在今山西省永濟市，主峰標高 1993 公尺，綿亙於太行山與華山之間，故名。按：中條山位於潼關東方偏北，與潼關西方偏南的華山夾峙黃河南北。

④ 「樹色」二句—迥，高遠也。出句謂遠眺西京，只見兩旁的行道樹向高遠的雲天迤邐而去。對句寫傾聽黃河咆哮怒吼的聲勢，並想像其浩蕩東流入海的壯觀景象；蓋黃河入海處距離潼關達 800 公里以上，故只能出於想像。

⑤ 「帝鄉」二句—帝鄉，指長安。明日到，殆言其近，未必實指次日可達，蓋潼關與長安的直線距離約 130 公里左右，以「峰巒如聚，波濤如怒，山河表裡潼關路」（張養浩〈山坡羊·懷古九首〉其一）、「河流大野猶嫌束，山入潼關不解平」（譚嗣同〈潼關〉詩）的地理形勢和古代的交通狀況而言，能否一日即達長安，值得懷疑。漁樵，代指歸隱閒適的生活，蓋作者性好林泉，常有歸隱之想。

【導讀】

坊本多謂本詩作於許渾離開故鄉江蘇丹陽，首度前往長安時，筆者不敢遽信，理由有三：第一，並未提出任何可信的文獻資料作為證據。第二，若是首度前往長安，通常是學養已足而志在求取功名，然而本詩尾聯明顯地表現出眷戀閒適自由的漁樵生涯，絲毫沒有赴闕應舉時該有的豪情壯志與必勝信念，那麼又何必千里奔波，飽嚐風霜侵襲與鄉愁煎熬之苦？第三，若是首度入京赴選，當時必無官職，以一介布衣的身分，能否登上專供郵傳人員及往來官吏歇宿的驛樓而題壁留詩，實在頗為可疑。

筆者推測，本詩可能作於詩人既仕之後，某年赴京述職並待命改授新職，或者因故赴闕辭官的途中。當詩人來到潼關時，正值秋晚雨霽，於是登臨驛樓，四望風物，有感於表裡山河的形勢之險與蒼莽雄闊的氣象之壯，遂一時興會淋漓而大筆揮灑出被稱為雄渾高華而足當《丁卯集》壓卷之作的本篇[1]。

仔細推敲前人的評賞之詞，可以發覺本詩的高明之處，主要是在中間兩聯所描寫的山川形勢頗為雄偉壯闊。詩人在遊目騁懷時，或仰觀俯瞰，或遠眺近覽，或側耳傾聽，或馳神遐想，似乎頗有包籠天地，驅駕風雨，睥睨山河的豪情；不僅筆觸靈活生動，而且構圖層次分明，很能勾勒出崔顥〈題潼關樓〉詩：「山勢雄三輔，關門扼九州」的氣魄與精神來。然而，本詩的缺點也因此而凸顯出來了：中間兩聯像是豪氣干雲，志在萬里的登臨題壁之作，首尾兩聯則有如黯然銷魂，離愁瀰漫的餞別抒懷之篇；由於內容極不和諧統一，因而造成串解詩意上的極大困擾。筆者揣測，可能是許渾入京途中，偶逢魏扶東歸，酌酒餞行之餘，頗有自已竟須遠別故鄉而奔波仕途，不能再享受悠遊歲月的感慨；而在餞席之後，詩人登上驛樓展眺遣懷，又被關河重鎮的形勝深深吸引而觸動吟興，於是便把兩種彼此並無直接關聯的情境一齊寫入詩中，這才造成本詩的駁雜難解。換言之，如果詩人能把歌詠關河和餞別思歸的情境區隔開來，分別寫成兩首詩，就不致產生這種詩意斷層而情景紛亂的現象[2]。

「紅葉晚蕭蕭，長亭酒一瓢」兩句，寫出了時節是秋晚，地點是離亭，景物是蕭蕭紅葉，淒然滿目，而人物所從事的活動是舉酒相別。紅葉的淒艷是訴諸視覺，秋晚的涼意是訴諸觸覺，風搖葉動的蕭蕭聲是訴諸聽覺，別筵濁酒是訴諸味覺；這四種感官意象全部都統合在感傷的心理意識中，釀成了離愁似酒而旅況淒清的蕭索落寞之感；再加上友人又是「東歸」，那正是詩人家鄉潤州丹陽（今江蘇省丹陽市）所在的方向，一縷思歸念遠的愁緒已經悄無聲息地勾起了詩人驛動的騷心了。

「殘雲歸太華，疏雨過中條」兩句，筆勢陡轉，勾勒出眼前所見名山峻嶺挾雲含雨的磅礴氣象；可見首聯的餞別撩起了詩人的鄉情，因此要登臨覽眺，遠望當歸，以遣愁懷。由於潼關位於將近六百公尺高的地勢上，視野相當遼闊，遠近風物可以飽覽無遺：拔起西南的太華山主峰高達 2646 公尺，極為巍峨壯觀，而斜走東北的中條山主峰也高達 1993 公尺，顯得連綿崇峻；再加上它們夾峙黃河，控扼九州的廣大山脈，自然給人渾涵蒼茫，雄鎮天下的感受，因此流注筆端的景物，便顯得大氣包舉而意境夐遠了。尤其此刻又是暮雨初歇的秋涼時分，眼見疏雨遠颺而殘雲歸岫[3]，不僅景致清新曠遠，連心境也都有雲散雨收的澄淨輕快之感了，因此詩人才能大筆揮灑出對仗精工、氣魄懾人的千古名聯。值得仔細玩味的是：在山勢的沉穩、峰巒的崇峻，和殘雲的灰暗、疏雨的空靈之間，作者以「歸」字點染出留連依戀的感覺，似乎也暗藏著歸鄉返家的念頭；又以「過」字勾畫出流宕飄掠的動態，不僅使雲飛雨過的情態逼肖眉睫之前，連山勢都有了聲氣相通的靈動感和氤氳縹緲的神祕性，的確是景致如畫、氣韻生動的佳作，可以和盛唐登臨縱目的名聯頡頏軒輊了[4]。

由於是赴闕途中暫時歇宿於潼關驛樓，在注目殘雲挾雨由東北朝向西南席捲而去之後，不免西眺此行的目的地長安，因此詩筆轉而描寫「樹色隨關迥」的景致：只見暮雨滋潤過後的樹木更顯得鬱鬱蒼蒼，一路向高遠的雲天之外迤邐而去。而潼關正當由北方洶湧而來的黃河所沖擊的隘口，河水受阻之後，自然濤翻浪捲，險惡異常，然後挾帶著萬馬奔騰的駭人之勢先折而向東，直奔三門峽，再浩浩蕩蕩地闖向渤海而去。因此，當詩人眼見滔滔如沸的波浪，耳聽洶洶如吼的聲勢，自然目注神馳地遙想它遠通滄海的浩瀚壯偉之勢，因而寫下「河聲入海遙」——實際上渤海遠在八百多公里之外，詩人根本不可能聽聞得到這種「河海大合唱」。俞陛雲先生曾經親臨其地去印證詩筆之妙[5]，因此他所寫的賞析顯然遠比筆者只能查閱地圖憑空想像要真切具體得多。

「帝鄉何日到，猶自夢漁樵」兩句，非常令人意外地轉寫離京雖近，心思實遙，似乎頗有歸隱之想，顯得極為突兀而不和諧。勉強解釋，只能說詩人原本就性愛林泉，時有歸思，也許此次赴京待命雖非其所願，但他仍有無法立刻歸隱的苦衷；或者他竟是趁返京述職之行而辭官[6]，因此寫本詩來記錄心聲？這個疑問，只能留待日後探討，並期待博雅君子指教了。

【補註】

01 見《唐宋詩舉要》引吳北江語。

02 如果能把詩題改成注①中所錄「行次潼關逢魏扶東歸」，也許比較能夠避免情境與詩意上的凌亂不諧，以及詩人情感上的矛盾尷尬。

03 頷聯其實是為了押韻而採用倒轉語序的互文手法，詩人當時所見的實際景象應該是：「雲雨之勢由東向西，先掠過中條山，而後再越過黃河，掃過潼關之後，僅剩殘雲挾帶著疏雨飄向太華山而去。」因為事實上不可能先看到風吹殘雲向西邊的太華山而去，而在回首時又看到疏雨向東邊的中條山灑去；果真如此的話，風向和雨勢就背道而馳，顯得毫無章法可循了——即使是颱風來襲，也不可能有向西吹雲而朝東掃雨的威力！然而坊間習見的注譯本卻似乎都疏忽了這種自然風雨的現象，唯有俞陛雲解得最合情入理，請參見【評點】08。

04 詩人應該對這一聯的高妙之處頗為自負，因此在另一首〈秋霽潼關驛亭〉中也收入此聯：「霽色明高巘，關河獨望遙。殘雲歸太華，疏雨過中條。鳥散綠蘿靜，蟬鳴紅樹凋。何言此時節，去去任蓬飄。」這一方面可以看出這是作者的得意傳神之筆，另一方是否也間接說明了作者也意識到中間兩聯和首尾兩聯有詩意扞格難諧而銜接不易之虞，所以才又有改題另作之舉？

05 請參見【評點】08。

06 詩人曾有堅辭官職，乞求歸鄉之舉，故其〈烏絲闌詩自序〉云：「大中三年，守監察御史，抱疾不任朝謁，堅乞東歸。」此行是否懷有辭官之志，待考。

【評點】

01 陸時雍：語雖淺近，致自各成。（《唐詩鏡》）

02 陸次雲：仲晦此詩，雖與劉文房分據「（五言）長城」可也，何拙魯（之有）？若陳後山者，亦復疵之太過。（《五朝詩善鳴集》）

03 范大士：景近趣遙。（《歷代詩發》）

04 李懷民：（「殘雲」二句）博大，得登眺意。（《重訂中晚唐詩主客途》）

05 孫洙：格、意直追初、盛（唐）。（《唐詩三百首》）

06 王壽昌：唐人之詩，有清和純粹，可誦而可法者，如許渾之「紅葉晚蕭蕭，長亭酒一瓢………」。（《小清華園詩談》）

07 潘德輿：五律之「紅葉晚蕭蕭」，全局俱動，為晚唐之翹秀也。（《養一齋詩話》）

08 俞陛雲：凡作客途風景詩者，山川形勢，最宜明了。筆氣能包掃一切，而句法復雄宕高超，斯為上乘；許詩其佳選也。開篇從秋日說起，若仙人跨鶴，翩然自空而降。首句即押韻，神味尤雋。三、四句皆潼關左右之名山：太華在關西，中條在關東，皆數百里而近。殘雲挾雨，自東而西，應過中條而歸太華；地望甚確，詩句彌工。五句以雍州為積高之壤，入關以後迤邐而登，故樹色亦隨關而迴。余曾在風陵渡河，望潼關樹色，高入雲中，深嘆其「迴」字之妙。六句言大河橫亙關前，浩浩黃流，遙通滄海，表裡山河之險，湧現筆端。以上皆紀客途風景，篇終始言赴闕，觚棱在望，而故鄉回首，猶夢漁樵，知其榮利之淡也。（《詩境淺說》）

＊ 編按：「觚棱」，代指宮闕而言，《辭海》云：「本作『柧棱』，宮闕上轉角處之瓦脊也。」

09 周咏棠：（頷聯）亦闊大，亦高華，晚唐中之近開（元）、（天）寶名句也。（《唐賢小三昧集續集》）

10 喻守真：看他格調，卻可直追初、盛。中間兩聯，語氣的闊大、聲調的鏗鏘、鍊字的遒勁、對仗的工穩，處處和盛唐詩不相上下。（《唐詩三百首評析》）

五八、張祜詩歌選讀

【事略】

張祜（約 792－854），字承吉，或謂清河（今河北屬縣），或謂南陽（今河南南陽市）人。其詩文自述乃初唐燕國公張說之後，早年寓居蘇州。

相傳曾與徐凝在杭州爭首薦舉人，刺史白居易取徐凝為解元，張祜遂終身偃仰，不隨鄉試。元和、長慶間（820－821）甚得令狐楚器重，曾親草奏章，並以祜詩三百首薦於朝，然因元稹忌賢妒能而阻之於帝曰：「雕蟲小技，壯夫不為；若獎激太過，恐變陛下風教。」由是寂寞而歸。雖先後累蒙方鎮論薦而入京，然每失意而回，故嘗為詩自傷曰：「天子好才文自薄，諸侯力薦命猶奇。賀知章口徒勞說，孟浩然身更不疑……。」（〈寓懷寄蘇州劉郎中〉）竟以處士終其身。

張祜一生雖屢受挫折，未嘗及第，亦未入仕，然談風健而才思敏，所交皆當世名公巨卿、文士豪傑，如令狐楚、裴度、李德裕、李紳、李翺等，或為相國，或為節帥；又如杜牧、許渾、劉禹錫等，皆詩苑國手。相傳頗與崔涯詩劍相得，俱以俠義自詡，嘗共謁淮南節度李紳，時紳顯貴，薄於布衣，若非皇族、卿相推介，無有面晤者。張祜修刺自號曰「釣鰲客」，李紳怪而延見，問曰：「以何物為竿？」對曰：「用長虹為竿。」又問：「以何物為鉤？」曰：「以初月為鉤。」再問曰：「以何物為餌？」曰：「用唐朝李相公為餌。」深良久思之，曰：「用予為餌，釣亦不難至。」遂命酒對斟，言笑竟日，愛其壯懷義氣，觸物善對，故厚餽之而為詩酒之交。（編按：吳在慶謂五代何

光遠《鑑誡錄》所載上引情事若屬實，亦當在江東而非淮南，時李紳亦尚未入相；見《唐才子傳校箋》卷 6）

張祜論詩推崇《詩》《騷》，又稱頌李白、韓愈，故《唐才子傳》稱其「騷情雅思」。除性愛山水，多遊名寺，往往題詠七絕之外，宮詞亦婉約可思。嘗苦吟，妻孥喚之不應，曰：「吾方口吻生花，豈恤汝輩乎？」其人情深於詩有如此者；故雖聲華不假鐘鳴鼎食之家，不託飛馳青雲之勢，而高視當代，頗得詩家器重。陸龜蒙〈和過張祜處士丹陽故居並序〉稱之為「才子之最」；令狐楚以為「祜久在江湖，早工篇什，研機甚苦，搜象頗深；輩流所推，風格罕及。」（《唐摭言》）杜牧〈登池州九峰樓寄張祜〉曰：「誰人得似張公子？千首詩輕萬戶侯。」又在〈酬張祜處士見寄長句四韻〉說：「七子論詩誰似公？曹劉須在指揮中。」

其〈縱遊淮南〉詩云：「十里長街市井連，月明橋上看神仙。人生只合揚州死，禪智山光好墓田。」宣宗大中年間，果卒於丹陽隱居（今江蘇省鎮江市與常州市之間）。身後蕭條寂寞，由其姓名屢被誤作「張『祐』」可見一斑。

《全唐詩》存其詩 2 卷，《全唐詩外編》及《續拾》補其詩 155 首，斷句 8 句。1979 年上海古籍出版社影印南宋蜀刻大字本《張承吉文集》收其詩 468 首，最稱完備。

【詩評】

01 皮日休：祜元和中作宮體詩，詞曲豔發，當時輕薄之流重其才，合噪得譽。及老大，稍窺建安風格。誦樂府錄，知作者本意。講諷怨譎，時與六義相左右。此為才之最也。……祜在元、白時，其譽不甚持重；杜牧之刺池州，祜且老矣，詩益高，名益重。（〈論白居易薦徐凝屈張祜〉）

02 劉克莊：張祜……五言如「斷橋荒蘚」「空院落花」，林和靖有

「妙入神」之褒。（《後村詩話》）

03 徐獻忠：處士詩長於摹寫，不離本色，故覽物品游，往往超絕，可謂五言之匠也。其宮體小詩，聲唱流美，頗諧音調。中唐以後詩人，如處士者裁思精利，安可多得？（《唐詩品》）

04 胡震亨：張承吉五言律詩，善題目佳境，不可刊置他處；當時以樂府得名，未是定論。（《唐音癸籤》）

05 許學夷：張祜元和中作宮體七言絕三十餘首，多道天寶宮中事，入錄者較王建工麗稍遜，而寬裕勝之；其外數篇，聲調亦高。（《詩源辯體》）

06 翁方綱：張祜絕句，每如鮮葩颭灩，焰水泊浮，不特「故國三千里」一章見稱於小杜也。（《石洲詩話》）

07 管世銘：張祜喜詠天寶遺事，合者亦自婉絕可思。（《讀雪山房唐詩・序例》）

08 李懷民：承吉作宮詞絕句，韻味風情不下王仲初；樂府長歌，亦各成調。獨五言近體，刻入處太通閬仙，或亦私淑賈氏者也，斷為及門一人。（《重訂中晚唐主客圖》）

09 宋育仁：七言構體生新，勁過張、王而同其風味，琢詞洗骨在東野、長吉之間；「雁門思歸」尤推高唱。五律蹇澀之中，時生俊采；其雅琴之變曲、隱士之幽音乎？（《三體詩品》）

10 丁儀：以宮詞名，然別作亦有大曆風格。與徐凝齊名，為元、白所重。凝詩多絕句，其律詩已是晚唐；祜勝凝多矣。（《詩學淵源》）

255 贈內人（七絕） 張祜

禁門宮樹月痕過，媚眼惟看宿鷺窠。斜拔玉釵燈影畔，剔開紅燄救飛蛾。

【詩意】

在禁衛森嚴的宮苑中，一輪朦朧的月痕緩緩緩緩地轉移過樹梢。不知道她已經在庭院中佇立多久了，只見她那明媚的雙眸正專注地凝望著雙雙棲息在窠巢裡的鷺鳥……。夜色更深沉了，透過紗窗依稀可以看見她獨自坐在孤燈旁的身影正在移動——原來她拔下了斜插在鬢髮間的玉簪，正在仔細地剔開火焰和燈芯，想要營救出一隻撲向火光的飛蛾……。

【注釋】

① 詩題—內人，即皇宮中人；唐時稱在宜春院中習藝的宮女為內人，詳見杜甫〈觀公孫大娘弟子舞劍器行〉之〈序文〉注。按：張祜既終生未仕，應該不至於和宮女有私交，因此所謂「贈」，可能只是馳騁想像，遙寄同情之意而已。

② 「禁門」句—禁門，宮門也；宮中禁衛森嚴，故稱。月痕，光暈黯淡迷濛的月輪。

③ 宿鷺窠—窠，巢也；宿鷺窠，指有鷺鳥棲宿其中的窩巢。

④ 紅焰—殆指燈芯而言；古時置燈芯草於油缸中燃燒而發光。

【導讀】

《唐摭言》卷 11〈薦舉不捷〉條收錄有令狐楚進呈張祜三百首詩篇的薦表，表中說張祜：「久在江湖，早工篇什，研機（《唐才子傳》

作「幾」）甚苦，搜象頗深，輩流所推，風格罕及。」由本詩風格之婉約、情思之幽微、意境之孤冷、形象之清峭來看，的確有其造詣獨到之處，無怪乎前人對他稱譽有加了[1]。

「禁門宮樹月痕過」中的「禁」字表達出宮門如海，深不可測，和警衛森嚴，內外隔絕的情狀，以及一旦幽居其中，則失去自由的複雜意涵。「宮樹」二字的拈出，有幾層深意：宮苑之中多的是煙簇蘿纏的瓊枝玉樹與奇花異草，自有賞之不盡、玩之不倦的美好景致，可是詩中人物卻毫無秉燭觀賞的遊興——次句的「惟看宿鷺窠」正暗傳此意——她只把它們視為觀察月痕移轉而計算時間流逝的座標而已；則其人心事之凝重及處境之孤寂無聊，已不難想像。月而曰「痕」，表示她所看到的並非團圞圓月，而是黯淡朦朧的月影；如此月影，既為庭院敷上迷濛昏暗的色調，增添使人感傷的氛圍，也象徵她心緒的黯淡消沉。「過」字除了暗示她青春虛度及佇望已久之外，似乎也曲折地流露出她對月痕不被重門深掩的宮禁所拘限，能夠自由來去的羨慕之情；再和「禁」字合觀，則宮人不得自由的苦悶與幽怨，已經不言可喻了。

「媚眼惟看宿鷺窠」七字，是承接首句的仰望姿勢而寫。「媚眼」兩字點出其人容色之美，最能撩人遐思；奈何她空有顧盼生情的媚眼，卻看不見宮外繽紛熱鬧的世界，也無心欣賞苑中的景致，反而只是專注地凝望著樹梢上雙棲在窩巢裡的宿鷺。這暗示了她對雙宿雙飛的恩愛夫妻及幸福家庭的憧憬，同時也表現出對於鷺鳥能夠自由自在地擇樹築巢，隨時出入宮禁內外而翱翔於天地之間的深切嚮往，則「人不如鳥」的喟嘆，也已呼之欲出了。

前半是拍攝詩中人徘徊屋外的景象，後半則把鏡頭移向臥室：「斜拔玉簪燈影畔，剔開紅燄救飛蛾。」透過薄薄的窗紗，可以看見她兀坐燈畔的身影有如一尊紋風不動的觀世音菩薩；孤燈伴影，是刻劃她漫漫長宵中難以成眠的苦悶。不知道過了多久，觀音坐像突然有了動作：「斜拔」兩字，細膩地捕捉她側頸取簪的形象，令人想見其人風姿的綽約與舉止的優雅。至於她剔開紅焰時小心翼翼，唯恐傷及飛蛾的仁愛之心，以及急於出手相救的善良之性、悲憫之情，也都經由「剔」這個動作具體地傳寫出來。對幽閉深宮的女子而言，飛蛾撲火，何異於自己無知地懷著美麗的幻夢入宮？而墜落在燈盞中的蛾蝶，則不啻是自己身陷宮中無法自拔的象徵；因此，在她剔芯救蛾的舉止裡，便含有潛意識中的自哀自憐，以及無法找到出路的焦慮煎熬和深憂極悲所揉合而成的複雜而又幽微的心理，也就不難理解了。

這首小詩，運用了象徵、暗示、示現、烘托等高妙的藝術手法，呈現出興象豐美而情韻綿邈的深宮暗夜圖卷。儘管詩人並沒有選用任何表達情緒的字詞，卻能透過景物與動作來披露她細密幽微而又沉痛哀怨的心聲，因此涵詠起來別有小詞婉約含蓄的風調和怊悵悽惻的情味，值得推薦。

【補註】

01 《全唐詩》卷 626 所收陸龜蒙〈和過張祜處士丹陽故居並序〉稱張氏「為才子之最也。由是賢俊之士，及高位重名者，多與之交遊。」此外，杜牧〈登池州九峰樓寄張祜〉詩云：「百感衷來不自由，角聲孤起夕陽樓。碧山終日思無盡，芳草何年恨即休？睫在眼前長不見，道非身外更何求？誰人得似張公子，千首詩輕萬戶侯。」又有〈酬張祜處士見寄長句四韻〉詩云：「七子論詩誰似公？曹劉須在指揮中。薦衡昔日知文舉，乞火無人作蒯通。北極樓臺長掛夢，西江波浪遠吞空。可憐故國三千里，虛唱歌詞滿六宮。」

* 編按：〈酬張祜〉詩首聯謂張祜可以超邁建安七子而壓倒曹植與劉楨。第三句是說張祜曾得令狐楚之舉薦，一如孔融曾推舉禰衡。四句是說無人在宰相元稹面前為他說項，因此使他不得皇帝重用；

蓋齊國辯士蒯通曾以鄰婦乞火為喻，勸說曹參重用隱居的齊國東郭先生與梁石君（見《漢書·蒯通傳》）；而張祜竟因元稹的壓抑而失意京師（見作者事略第二段），故曰「無人作蒯通」。腹聯是說張祜只能長在夢中記掛著入仕長安之事，卻始終漂泊在西江波浪之中。至於尾聯，請參考下一首詩〈宮詞二首〉其一。

256 宮詞二首其一（五絕） 張祜

故國三千里，深宮二十年；一聲何滿子，雙淚落君前。

【詩意】

辭別親顏，來到遠離家鄉三千里外的深宮之中，一待就是二十年幽閉禁錮的歲月。如今她終於得到在君王面前表演歌舞的機緣了；可是，才唱出一聲淒怨欲絕的〈何滿子〉，她的兩行清淚就再也控制不住，迅速滾落在君王眼前！

【注釋】

① 詩題—原作有兩首，內容皆寫宮女之怨，故名；本詩一作「何滿子[1]」，收入《樂府詩集》卷80〈近代曲辭〉中，屬唐代教坊之曲名。

② 故國—泛稱故鄉。

【補註】

01 白居易有〈聽歌六絕句〉其五〈何滿子〉曰：「世傳滿子是人名，臨就刑時曲始成；一曲四詞歌八疊，從頭便是斷腸聲。」可見譜調之聲情，原本就淒怨欲絕；白氏自注云：「開元中，滄州有歌者何滿子，臨刑，進此曲以贖死，上竟不免。」元稹〈何滿子〉歌亦云：「嬰刑繫在囹圄間，下調哀音歌憤懣。」雖然並未交待這位滄州歌者因何罪刑而被殺，卻說明〈何滿子〉原來是一首期望能以悲愴淒怨的音符感人而求免死罪的新創歌謠，可見作者何滿子對此曲之自負。雖然他並未因此而獲赦免死，以致此曲成為他臨刑前告別演出的斷腸絕命曲，但是可能由於音韻感人，再加上臨刑演出而終究伏誅的情節，更增添此曲的悲劇成分，因此便以原創者的姓名命曲而流傳開來。張祜以「何滿子」三字入詩，可能有三個理由：第一，大抵是取其曲調之怊悵哀婉，適於抒寫怨情；第二，宮女在君王前侑觴佐歡的歌舞表演，也和滄州歌者的身分相仿；第三，絕命斷腸的故事，能增添感傷、渲染悲情。按：蘇鶚《杜陽雜編》曰：「文宗時宮人沈阿翹為帝舞〈何滿子〉，調態風雅，率皆宛暢。」則〈何滿子〉後又成為舞曲名（見《樂府解題》）。

【導讀】

唐朝文士所寫的宮詞很多：元稹的〈連昌宮詞〉長達六百餘言，白居易的〈上陽白髮人〉也有三百餘字之多，王建則以〈宮詞〉百首聞名於世，凡此皆可謂體大思深的偉構；其他散見於名家詩集中的宮怨詩，也往往閃耀著精金美玉的光輝，流露出淒怨纏綿的哀音。除了時代背景使然的因素外，還由於簪纓仕宦之流早就深深體認到自己冀望皇恩垂盼之心，其實與宮女期待君恩寵幸之情彷彿，因此在患得患失心理的煎熬之下，自然會有白居易〈後宮詞〉所說的「紅顏未老恩先斷，斜倚熏籠坐到明」的斷腸之痛，和李商隱〈宮詞〉所謂「君恩如水向東流，得寵憂移失寵愁」的椎心之苦。不論是就宮女嬪妃、歌妓舞姬，或是就罪宦謫臣、遷客騷人而言，一旦失寵於君，恐怕彼此都難免會有「同是天涯淪落人」和「卿須憐我我憐卿」的淒涼，因此俞陛雲《詩境淺說》一針見血地指出他們相同的宿命說：「哀窈窕而感賢才，作者亦以自況。失意文人，望君門如萬里，與寂寞宮花，同其幽怨已。」明乎此，也就無怪乎歷代宮怨詩篇之既多且美了。寂寞與失意，原本就是所有傷心人千古難解的牢愁啊！

「故國三千里」五字，代表的是空間的遼遠與鄉情的阻隔，多少思親念友的綿長記掛因此而被狠心地斬斷，多少親倫恩義也因此而被無情地撕裂，被冷酷地禁錮，甚至被殘忍地從記憶中抹去！三千里的距離，對現代人而言，即使可以朝發暮至——甚至可以經由科技的協助而以視訊同步晤談——都還會讓身隔兩地而情牽一線的親友因為不能即時把臂言歡而惆悵遺憾，何況對古人而言不啻天涯海角的三千里呢？可見女子一旦辭家入宮，實無異於生離死別！她即使有夢，卻也「路遙歸夢難成[1]」，這豈不令人在思親念遠時牽腸掛肚，而在顧影無儔時黯然神傷？

「深宮二十年」五字，代表的是宮闈歲月中孤居的寂寞、自由的禁錮、青春的流逝、恩寵的落空、幸福的葬送和幽閉的漫長，以及多少醜陋卑劣的爭風吃醋與明槍暗箭，甚至是沾滿血腥的爾虞我詐與鉤心鬥角！何況即使宮苑生涯裡大家親愛和睦一如姐妹，帝王在日理萬機之餘，還得周旋在皇后、夫人、嬪妃、世婦、御妻這些為數上百的脂粉堆中，又哪有閒暇從迷魂陣中脫身出來探視為數超過三千的後宮佳麗呢？因此，女人一生中最可能享受青春、編織美夢、尋覓愛情、追求幸福的二十年悠悠過去了，她卻一直軟禁在冷冷清清的深宮之中守著活寡，苦候著素未謀面的無緣夫君……；她即使有夢，也只能像白居易〈琵琶行〉中的女子一樣「夢啼妝淚紅闌干」了！這豈能不令她在感懷身世而顧影獨悲時，心痛如割，腸轉似絞，以致一腔幽怨、滿腹委屈和無限心酸不斷地潛滋漸長而暗潮洶湧呢？

正由於前兩句中已經凝聚了三千里歸思渺茫的悲恨，和二十年望穿秋水的淒怨，自然蘊蓄了有如水位超過警戒線的水庫那樣汪洋浩淼而又深厚雄渾的壓力與潛力，因此當她終於來到君王面前，得以一識夫君的廬山真面目時，不免感慨萬千，悲從中來，心湖澎湃到難以自已的地步了。此時，即使她想要以最美妙的歌喉，唱出最動聽的曲調來取悅君王，奈何激動起伏的情緒已經無法遏抑了，因此當她唱出一聲悲愴的「〈何滿子〉」之際，更觸痛了她淒怨欲絕的柔腸，使她再也無法故作矜持，強自鎮定了，此時奔迸而出的兩行清淚，便有如潰決堤壩的洪水般沛然莫之能禦了！宋顧樂讀出了本詩前半所翻騰蓄積的萬鈞氣勢，因此在《唐人萬首絕句選評》中說：「〈何滿子〉其聲最悲，樂天詩云：『一曲四詞歌八疊，從頭便是斷腸聲。』此詩更悲在上二句；如此而唱悲歌，那禁淚落？」馬位看到了晶瑩的淚珠中閃爍著淒怨欲絕的幽光，因此在《秋窗隨筆》中說：「最喜王摩詰『看花滿眼淚，不共楚王言』、李太白『但見淚痕濕，不知心怨誰』，以及張祜『一聲何滿子，雙淚落君前』，又李嶠「山川滿目淚沾衣」，得言外之旨；諸人用『淚』字莫及也。』」

本詩創作之後傳誦甚廣，尤其宮中更是騰播人耳，幾達吟者斷腸而聞者神傷的地步[2]。仔細推究它之所以能具有如此感人肺腑的藝術魅力，除了由於主題跨越的歷史縱深甚大，和悲劇人物的涵蓋層面甚廣，因此能引起所有深陷在歷史悲劇之中，同樣飽受命運折磨的宮女之廣大迴響以外，藝術技巧的因素也值得探討，試說明如下：

＊第一，作者能夠運用最明白淺近的語言，和最生動具體的形象，把幽居深宮之中的可憐人只能坐愁紅顏衰老，任憑青春蹉跎，卻無法宣洩孤棲獨宿、思親念遠的情懷，也無處傾訴哀怨淒苦的椎心泣血之痛，寫得淋漓盡致，狀溢目前；因此儘管既不婉轉，也不含蓄，卻自然能夠直截深刻地叩擊著每一顆傷痕纍纍的心靈。

＊第二，許多宮怨詩都是經由失寵之人黯然神傷地遙想他人承恩侍宴的歡樂，來凸顯出宮女的寂寞和幽怨；本詩卻另闢蹊徑地藉著她的歌舞藝能得到帝王垂青的最風光時刻，來披露她埋藏已久的深悲極怨。這種別開生面的安排，不僅最能看出作者慧眼獨具的取材，和心裁別出的構思，而且也讓情節發展到矛盾衝突的最高潮時戛然而止，更顯得扣人心弦而耐人尋繹。

＊第三，在數字的安排方面也頗見匠心獨運之妙，由「三千里」而「二十年」而「一聲」而「雙淚」，不僅數量上形成強烈的反差對比[3]，而且還是由極大極廣的時空範疇，壓縮到極細極微的剎那之間、方寸之地，自然使哀怨的濃度、深度、強度和力道，被擠壓到絕對飽和的狀態而亟欲宣洩；再加上「三……二……一……」這種宛如火箭蓄勢待發前倒數計時般催促逼迫的氣氛，便使得末句的「雙淚」有如點然兩具推進器一般，在電光石火的一瞬間噴射出情緒的烈焰，自然產生灼人眼目而懾人心魂的異樣光芒了！

【補註】

01 見李煜〈清平樂〉詞。

02 葛立方《韻語陽秋》引杜牧〈酬張祜處士見寄長句四韻〉詩：「七子論詩誰似公？曹劉須在指揮中。……可憐故國三千里，虛唱歌詞滿六宮。」又引鄭谷〈高蟾先輩以詩筆相示書成寄酬〉詩：「張生『故國三千里』，知者惟應杜紫微（按：唐時曾改中書省為紫微省，而杜牧官終於中書舍人，古云）。」並感嘆說：「諸賢品題如是，祜之詩名，安得不重乎？」由此可見當時文人對本詩之推崇，何況有切身之痛的宮女？尤袤《全唐詩話》記載唐武宗病危時示意他所寵愛的孟才人相殉，孟曰：「妾嘗歌藝，請對歌一曲以洩其憤。」誰知她才唱一聲〈何滿子〉就氣絕身亡！御醫診斷後說：「脈尚溫而腸已斷」，由此可見本詩真能使歌者斷腸而聞者神傷，甚至武宗駕崩之後，靈柩重逾千鈞而不可舉，必待將孟才人的屍首放入棺中並寢才得以舉葬。後來張祜得知此事也深受感動，更作〈孟才人嘆〉歌曰：「偶因歌態詠嬌顰，傳唱宮中二十春（按：武宗卒於846年，似可逆推本詩約作於826年前後，詩人三十五歲左右）；卻為一聲〈何滿子〉，下泉須弔舊才人。」並在序中說：「才人以誠死，上以誠命，雖古之義激，無以過也。」由以上記載可知：孟才人借張祜之詩以洩其憤，則本詩傳唱宮中之廣，已不言可喻；而一聲〈何滿子〉能令紅顏頓時斷腸殞命，又可見本詩感人至深。甚至連病危將死的武宗都因為深感愧對才人，還要陰魂不散地在死後施展「千斤墜」的神功讓棺木「重不可舉」，一定要才人具櫬並葬才肯安心；由此可見本詩又何止使宮人斷腸，令文士感動而已？它甚至能使沉湎女色的武宗因而愧恨無已，必欲和才人的芳魂同赴黃泉以撫平她無窮的哀怨才肯安心入土！

03 參見黃學武、張高評先生合著之《唐詩三百首鑑賞》。

【評點】

01 桂天祥：衷情苦韻。（《批點唐詩正聲》）

02 賀裳：宮體諸詩，實皆淺淡，即「故國三千里，深宮二十年」，亦甚平常，不知何以合譽至此？（《載酒園詩話．又編》）

03 范大士：一氣奔注。（《歷代詩發》）

257 集靈臺二首其一（七絕） 張祜

日光斜照集靈臺，紅樹花迎曉露開。昨夜上皇新授籙，太真含笑入簾來。

【詩意】

破曉時分，日光斜照在集靈臺上，臺邊樹上的紅花正迎向晨曦，享受著清露的滋潤而艷麗地綻放（編按：須結合「昨夜」二字來體會：暗示君王已於昨夜寵幸楊玉環，是以今晨玉環享受著君王的雨露恩澤而更形艷麗）。昨夜，唐明皇才剛頒授符籙給「主動」請求成為女道士的楊玉環，只見她笑吟吟地掀起珠簾走進來承奉聖上的恩典（編按：須留意何以頒授出家證明書這樣莊嚴典重的禮儀竟然特別挑在夜間進行？而決定出家的楊玉環何以竟然在這樣嚴肅的場合竟煙視媚行地含笑掀簾而入……）。

【注釋】

① 詩題—集靈，邀集仙靈也。集靈臺，又名集仙臺，亦即華清宮中之長生殿，乃天寶元年（742）十月所造以祭神求仙之所在；見《舊唐書．玄宗紀》與《唐會要》卷 30「華清宮」條。

② 「昨夜」句—上皇，肅宗即位於靈武後，尊玄宗為「太上皇」，然此處僅用以代稱玄宗而已，並非實指退位後之上皇；蓋玄宗退位是在貴妃死後，並非貴妃生前。籙，道教的秘文、秘籙；授籙，頒授道籙，使正式入道。編按：本詩實出諸想像，未必俱合史實，故前有「上皇」之稱，後有史籍所未載玄宗授籙之事，因此「授籙」二字，或可解為名義上由玄宗授符籙與太真，而其實暗示有曖昧之事。一說謂授籙，指冊封貴妃而言[1]。

③ 太真—指受道籙之楊玉環。「真」，於道教中與「仙」字同義。

【補註】

01 玄宗寵愛的武惠妃過世後，高力士為玄宗搜求美女而得楊玉環，然玉環已先許為壽王妃；為掩人耳目，乃於開元二十八年（740）下詔恩准玉環為女道士之請求，住太真宮，道號太真。五六年後（天寶四載）才先為壽王另娶韋昭訓之女，而後於鳳凰園冊封楊太真為「貴妃」；時玉環年二十七，玄宗已屆花甲。本詩殆暗諷冊封之前，二人已先行私通矣。

【導讀】

這是諷諭玄宗晚年荒淫昏昧及貴妃輕佻無禮，竟敢褻瀆神明的七絕佳構。筆致雖含蓄婉曲，譏斥卻犀利深刻，因此必須注意作者遣字措詞的用心，才能領會其言外妙旨，絃外餘音。

「日光斜照集靈臺」兩句，是以象徵手法暗示皇恩先臨而玉環承寵。「日光」，象徵玄宗的恩典，「斜」字暗示有違悖禮法的不當之意。「集靈臺」是祭祀神明，恭迎仙靈的莊嚴殿堂，而作者卻說「日光斜照」，諷刺褻瀆神明之意，已隱約可知；只不過這層意思必須結合全篇才能體會得更明白。「紅樹花迎曉露開」七字，象徵楊玉環承受寵幸，沐浴恩澤，笑逐顏開，心花怒放，益增其嬌豔。「紅樹花」指涉「芙蓉如面柳如眉」楊貴妃；迎曉露而開，則暗示「昨夜」已經欣霑皇恩而今晨更加嬌豔嫵媚了。

在前兩句以興筆象徵上皇君臨神殿，貴妃欣霑雨露之後，已經難免引起兩人竟在神殿裡有狎暱淫褻之私的聯想，詩人便在後半以賦筆把抽象的暗示予以落實，並且進一步點出兩人並非始於今朝才有白晝宣淫而褻瀆神殿之事，昨夜實已先行陳倉暗渡而有雲雨巫山之醜矣！「上皇授籙」四字，如指玄宗冊封楊玉環為貴妃，則意味神殿莊嚴，竟然成為見證亂倫之舉的場所。蓋楊玉環本為壽王之妃、玄宗之媳，今玄宗竟先瞞天過海，示意玉環出家為女道士，法號太真；而後偷天換日，為壽王另娶，繼而再令太真還俗而冊封為貴妃；甚至不應於此莊嚴殿臺冊封，而竟於此延請神明見證其私情之堅貞，則不僅欺瞞其子，愚弄世人，更褻瀆神明矣！「太真含笑入簾來」，殆指玉環渾忘壽王之恩義，欣然成為玄宗之愛侶。尤其是「含笑」二字，見其薄倖於壽王而恣意逢迎玄宗之媚態，以及二人前此只能私密地幽會，今日始「陰」謀得逞正式結為夫妻的詭譎笑容，更是畫龍點睛的神來之筆；如此一來，作者深以為恥的批判之意，也就呼之欲出了。何況，冊封大典，原應於光天化日之下盛大舉行，今竟於暗夜神殿為之，則其偷偷摸摸的心態，鬼鬼祟祟的行徑，以及欲蓋彌彰的舉動，也就昭然若揭了！

換一個角度來說，如果「上皇授籙」是指頒授道籙，使玉環成為女道士，則其擇夜而不卜晝的舉止，也把玄宗有意掩人耳目的心態洩露無遺；而身穿道袍的「太真」竟於典禮過後的深夜「含笑入簾來」！這含蓄委婉而又風神搖曳的點睛之筆，的確撩人遐思：如果此「簾」是指玄宗在驪山的寢宮飛霜殿，則兩人戀姦情熱，不避眾人耳目，無懼於蜚短流長的膽大妄為，以及太真褻瀆宗教、玷辱道袍的輕佻冶淫之狀，已令人感到匪夷所思；如果此「簾」是指集靈臺的珠箔，則兩人竟於神聖殿堂上演出顛鸞倒鳳之醜劇，不顧仙靈之側目，就更令人咋舌了！

明瞭了詩人在後兩句中以既婉曲又犀利，既含蓄又冷峻的諷刺手法，表達他對於兩人乾柴烈火之偷情與翻雲覆雨之亂倫的極度不齒之後，再回顧「日光斜照集靈臺，紅樹花迎曉露開」這兩句，就會更覺得春光融融而春色無邊了；應該也會對於詩人輕描淡寫卻興象豐美，信手點染卻託諷遙深的功力，更加折服了。

至於上皇是否真於集靈臺授籙，貴妃是否當真含笑入簾，則大可不必過於拘泥史實而來駁斥詩句造謠；只要能夠以意逆志地妙悟詩中諷諭的旨趣，就不妨得意忘言。胡應麟《詩藪・外編》卷 4 論詩人創作的原則時就曾經說過：「借景立言，惟在聲律之調，興象之合；區區事實，彼豈暇計？」筆者以為其見識之精到，足以破愚解惑；許多文學作品，如果不是別有用心的刻意扭曲史實、醜化人物，都應作如是觀。

258 集靈臺二首其二（七絕） 張祜

虢國夫人承主恩，平明騎馬入宮門。卻嫌脂粉污顏色，淡掃蛾眉朝至尊。

【詩意】

楊貴妃的三姊虢國夫人也得到玄宗的恩寵，天色才將要轉亮的時候（編按：這個時辰宮中應該為了皇帝上朝而一片忙亂，絕非適合面聖的時機……），她就騎著駿馬，旁若無人地進入宮門禁地了（編按：竟然可以騎馬入宮……）。她反而嫌棄胭脂鉛粉會破壞她天生麗質的嬌媚，所以只是輕輕描畫蛾眉之後，就滿懷自信、風情萬種地朝見至尊天子去了。

【注釋】

① 詩題—本詩又羼入杜甫集中，題作「虢國夫人」；然諸家選本大抵認為張祜之作，姑從之。

② 「虢國」二句—虢國夫人，楊貴妃三姊所受之封號，適裴；《資治通鑑》記她和楊國忠「並轡走馬入朝，不施帳幕，道路為之掩

目。」可見二人亂倫的荒唐之舉，已至公開調情、不堪入目的地步，當時即有敗壞貞節之惡聲。承主恩，《舊唐書・楊貴妃傳》說貴妃三位姊妹「並承恩澤，出入宮掖，勢傾天下。」平明，天方亮之時。騎馬入宮，鄭處晦《明皇雜錄》載：「虢國夫人每出入禁中，常乘驄馬，使小黃門（編按：指小太監）御；紫騮之駿健，黃門之端秀，皆冠絕一時。」依禮節而論，百官入宮門，須下馬步行；而虢國竟騎馬入宮，可見恃寵而驕甚。

③ 「卻嫌」二句—樂史《楊太真外傳》載虢國常自矜美艷，不施脂粉，素面朝天。卻嫌，反而嫌棄。淡掃，輕輕描畫也。蛾眉，指美女細長的眉毛，有如蠶蛾細彎之頭鬚。

【導讀】

前一首〈集靈臺〉是採用象徵的手法暗諷玄宗與貴妃竟將莊嚴肅穆之神殿化為雲雨巫山、欲死欲仙之陽臺，可謂既婉轉又露骨地批判了兩人之荒誕放肆。這一首則承續諷刺之意，也是以直中有婉，婉中有直的春秋之筆來曝顯其非，使人在平鋪直敘的故事中，感受到詩人冷峻的輕蔑之意，因此唐汝詢《唐詩解》說：「此賦實事，諷刺自見。」

「虢國夫人」四字，和〈長恨歌〉中「姐妹兄弟皆列土，可憐光彩生門戶」一樣，都隱含著譏斥玄宗濫施封號之意；再者，她並非皇后嬪妃，竟然也能「承主恩」，則似乎懷疑她和玄宗也有曖昧關係，因此黃生《唐詩摘抄》以為此三字「乃春秋之筆也。」至於次句「平明騎馬入宮門」的「平明」二字，當是君王準備臨朝聽政之辰，絕非召幸朝見之時——即使此時玄宗遊幸驪山，也是在通宵歡會之後，正當高臥之際，也不宜覲見才是——可是她卻能招搖而來，馳馬直闖宮門禁地，由此可見她恃寵而驕、恣意橫行之一斑。由此句再回顧所謂「承主恩」三字，以及〈長恨歌〉中貴妃「承歡侍宴無閒暇，春從春遊夜專夜」的恩愛情狀，則玄宗與虢國之間的曖昧情狀，就顯得撲朔迷離而啟人疑竇了；如果再關聯她和楊國忠聯鑣並轡，諧謔調笑等驚世駭俗之舉[1]，則此四人間的複雜關係，只怕更不堪聞問了！

後兩句則更進一步以她的妝扮來傳寫她「天生麗質難自棄」那種自信自傲的心理和自矜自炫的神態。「卻嫌脂粉污顏色」七字，是以反常合道的角度，細膩入微地刻劃她自以為艷麗絕俗，睥睨群芳的驕態；「淡掃蛾眉朝至尊」七字，是寫她有意借著素淨的淡妝凸顯出自己的妖姿媚態足以壓過六宮粉黛的巧思。尤其是「淡掃蛾眉」四字，更是勾勒出她輕佻風騷的神態，然後再以神武威嚴，凜然不可侵犯的「至尊」兩字稍加反諷，則她朝見天子之無禮，以及所謂「至尊」那種心猿意馬，神魂顛倒的醜態，似乎也呼之欲出了。

本詩比起前一首的象徵暗示，雖然稍嫌直露，但在暴露荒淫的醜惡時，又同樣都只揭開穢事的一角作點到為止的嘲諷，絕不作過於纖豔儇薄的渲染，反而更能引起讀者的聯想，而有耐人尋繹的餘情遠韻；因此仇兆鰲《杜詩詳注》評析本詩說：「乍讀本詩，語似稍揚；及細玩詩旨，卻諷刺微婉。曰『虢國』，濫封號也；曰『承恩』，寵女謁也。曰『平明騎馬』，不避人目也。曰『淡掃蛾眉』，妖姿取媚也。曰『入門』『朝尊』，出入無度也。當時濁亂宮闈如此，已兆陳倉之禍矣[2]。一旦紅顏委地，白骨誰憐？徒足遺臭千古焉耳。」由此再回顧這兩首詩，則作者把楊氏姐妹並寫於同題之下，或有諷諭二人之淫亂無恥可謂平分秋色之深意存焉。不過，詩人寫作這兩首詩，恐怕出於傳聞及想像者多，根據事實者少，讀者不可執此以為信史，否則難免風影穿鑿矣。

翁方綱《石洲詩話》曾說張祜的「諷諫怨譎之作，時與六義相左右。」由前選四首詩來看，可謂公允精當；管世銘《讀雪山房唐詩・凡例》曾說張祜「喜詠天寶遺事，合者亦自婉約可思。」由前兩首〈集靈臺〉來看，也的確若合符契。因此，陸龜蒙和翁方綱稱作者為「才子之最[3]」，杜牧稱他能「指揮」建安七子[4]，絕非溢美；儘管他並無李、杜、王、孟等詩壇宗師的雅望，但顯然可以稱得上是中唐詩苑名家而無愧了。

【補註】

01 參見杜甫〈麗人行〉末段「後來鞍馬何逡巡，當軒下馬入錦茵。楊花雪落覆白蘋，青鳥飛去銜紅巾。炙手可熱勢絕倫，慎莫近前丞相嗔！」

02 陳倉之禍是指被薛景仙追捕之事。《舊唐書・列傳第一・后妃上》說：「馬嵬之誅國忠也，虢國夫人聞難作，奔馬至陳倉（今陝西省寶雞市東渭水北岸）。縣令薛景仙率人吏追之，走入竹林，先殺其男裴徽及一女。國忠妻裴柔曰：『娘子為我盡命。』即刺殺之。已而自刎，不死……。」後被捕而死於獄中。

03 《全唐詩》卷 626 所收陸龜蒙〈和過張祜處士丹陽故居並序〉稱張氏「為才子之最也。由是賢俊之士，及高位重名者，多與之交遊。」

04 葛立方《韻語陽秋》引杜牧〈酬張祜處士見寄長句四韻〉詩：「七子論詩誰似公？曹劉須在指揮中。……可憐故國三千里，虛唱歌詞滿六宮。」

【評點】

01 朱之荊：只言虢國以美自矜，而所以蠱惑人主者，自在言外。「承主恩」三字，乃《春秋》之筆也。真正美人自不煩脂粉，真正才士自不買聲名，真正文章自不假枝葉；以此律之，世間之「淡掃蛾眉」者寡矣。（《增訂唐詩摘抄》）

02 沈德潛：詩有當時盛稱而品不貴者，……張祜之「淡掃蛾眉朝至尊」、李商隱之「薛王沉醉壽王醒」，此輕薄派也。（《說詩晬語》）

03 徐增：虢國既為貴妃之妹，玄宗貴之可也，何至「平明騎馬入宮門」以承主恩？大是醜事！後即云「卻嫌脂粉污顏色，淡掃蛾眉朝至尊」，則承恩竟以貌矣！不事脂粉，天然妙麗；若說「卻嫌」，虢國隱然要勝過其姊矣。……此譏刺太甚，因詩佳絕，殊不為覺。（《而庵說唐詩》）

04 俞陛雲：宮禁森嚴之地，虢國夫人縱騎而入，言其寵之渥也。脂粉轉嫌污面，蛾眉不費黛螺，言其色之麗也。（《詩境淺說・續編》）

259 題金陵渡（七絕） 張祜

金陵津渡小山樓，一宿行人自可愁。潮落夜江斜月裡，兩三星火是瓜洲？

【詩意】

在金陵的渡口邊（按：殆指鎮江的西津渡而言）一座依山傍水的小樓上，旅人只要在此住宿一晚，自然而然就會湧現出難以名狀的愁緒。當他愁懷難遣而獨自倚靠著樓臺軒窗，凝視著斜月朦朧的光華正籠罩著潮水退落後的江心時，也許會因為情境的幽靜冷清而有些許蒼茫與淒涼的感受吧？當他的視線越過江心，望向遠處那兩三點星火搖曳閃動的地方時，應該也會感到迷離惆悵而暗自揣測：那裡大概就是瓜洲渡口吧？

【注釋】

① 詩題——一本無「題」字。金陵，並非指南京[1]，而是指今江蘇省鎮江市（唐時屬潤州，州治在丹徒）一帶，蓋唐時此地亦稱為金陵。

渡，指西津渡，隔長江與瓜洲相對。

② 「金陵」句—津，渡口；「津渡」是同義複詞。小山樓，謂依山傍水而築水的小樓，可能就是詩人投宿之處。

③ 「一宿」句—「一宿行人」乃「行人一宿」之倒裝以求合律。行人，泛指羈旅在外之人，也包括詩人在內。一宿，屬假設語氣用法，謂一旦投宿一夜。自可愁，自然會湧生莫名的愁思，或自會看見撩人愁懷之景致。

④ 「兩三」句—是，章燮以為作「疑是」解，可備一說。瓜洲，亦作「瓜州」，又名瓜洲埠，在今揚州市南的江邊，是由江沙沖積而成的沙磧，因狀如瓜形，故名；由於位於大運河入長江處，與鎮江相望，故為南北交通之要衝。

【補註】

01 南京雖古稱金陵，但距此約有七十公里之遙，又有蜿蜒曲折的江流與紫金山、棲霞山等足以遮斷視線的障礙，詩人不可能於夜宿的旅店望見幾十公里外瓜洲兩三點微弱的星火，其理甚明。故《唐宋詩舉要》引李健人之說云：「金陵（指南京）距瓜州甚遠，烏有夜見星火之理？余嘗夜泊鎮江，望江北瓜洲，實有此景。考《鎮江府志》有西津渡，在丹徒縣西北九里，與瓜洲對岸，即古西渚，唐時謂之蒜山渡；疑金陵渡即在此處。」

【導讀】

這是一首抒發羈旅聞見之感的紀行詩，和張繼〈楓橋夜泊〉同樣都是以「愁」字為詩眼。由於作者把景致的明暗、動靜、遠近等相對的關係，巧妙地佈局配置，從而使詩中的江鄉夜景，呈現出清美寧靜的特殊氛圍，不僅形象宛然在目，而且別有迷離的意境和清寂的情調。

因此，儘管詩中並沒有夜半鐘聲來撩撥客愁與旅思，但是同樣引人遐想，耐人回味。

「金陵津渡小山樓」七字，先點明旅次所在是依山傍水而築的雅致樓閣，居高臨下，視野相當開闊，可以看到南北水運的匯流處；不難想像那裡白晝時江面上帆影片片，凌波映水的優美景象。「一宿行人自可愁」七字，是「行人一宿自可愁」的倒裝，意謂旅客只要投宿於此，自然會湧現莫名的愁緒。「一宿」倒裝在前，既是為了平仄合律，同時也有只要住上一晚就可以感受深刻的意思。「自可愁」三字，是說自有令人產生莫名愁緒的景觀，至於愁緒的內涵為何，詩人並未明言，我們也不必膠柱鼓瑟，只拘泥於鄉愁來理解；正如張繼「江楓漁火對愁眠」的名句中，同樣也有撩人情懷而「自可愁」的詩情畫境，卻未必限於思鄉情懷一般。兩位詩人都不直接點明令人倍覺清愁難寐的原因，只點染出江夜寧靜幽謐的氛圍，讓讀者自己體會景觀中難以言明的情趣；筆致空靈，耐人尋味。

「潮落夜江斜月裡，兩三星火是瓜洲」兩句，是寫客愁不寐而倚樓凝思時所見的景致，以補足「自可愁」三字的內涵。潮水低落則浪聲隱遁，環境頗為清靜；月斜，則清華逐漸褪色黯淡，既點出深夜未眠的意思，也烘托出江面的漆黑與岑寂；再加上潮退浪靜時津渡的冷清，夜深人靜時的山影幢幢，和詩人投宿的閣樓小小，交相融合出淒清寂寥的氛圍，自然令詩人在憑軒凝望時感到惆悵迷惘，愁思滿懷了。張祜另有一首〈瓜洲聞曉角〉詩云：「寒耿星稀照碧霄，月樓吹角夜江遙。五更人起煙霜靜，一曲殘聲遍落潮。」則是聲色交融、動靜相襯的江鄉景致，和本詩應該都是清秋之時旅遊江淮的同期之作。如此看來，讓詩人清思正長，愁思正濃而終宵難寐的原因，還應該加上秋霜的寒氣，因此夜深月斜而潮落的江景，就使人在觸目傷感之外，更有觸肌生寒的感受，自然倍覺清寥難耐了。正當詩人面對著令人愁思瀰漫的江天夜色時，他突然發覺到遠方燈火闌珊處別有一番迷離神秘的情趣：那星星點點、稀稀落落的微光，在暗夜的襯托下顯得格外引人注目。由於分不清是江畔漁火的搖曳盪漾，或是民宅夜燈的明滅閃爍，反而別有惹人遐思的幽情遠韻，於是詩人心中興起了一種難以言喻的感受，不禁低聲自問：莫非那裡就是瓜洲渡口？詩人的心境便隨著兩三星火而明滅閃爍，滉漾在煙籠寒水的月色之中了……。

這首詩中所剪取的景物素材：津渡冷清、山影昏昧、孤樓高迴、夜深潮靜、斜月黯淡、江面遼遠、四望闃寂、星火寥落、瓜洲隱約等，全都抹上了清秋的霜氣而有了蕭條冷落的氣氛，再加上遠近不同景物所造成的深廣遼闊之感，明滅不定的星火所散發出的淒迷縹緲情調，交相融合成一幅使人清思寂寥，愁思瀰漫，而又略帶些許驚喜和慨歎之感的優美畫面，因此讀來只覺別有神祕的藝術魅力，隱隱撥弄著讀者驛動的心絃，卻分不清它給人的審美經驗是悲是喜，是憂是樂？的確和詩人在第二句所說拈出的「一宿行人自可愁」相當吻合，因為所謂「愁」，不正是來去無方，只可意會卻難以言傳，而且剪不斷、理還亂的心上清秋嗎？令狐楚說張祜「久在江湖，早工篇什，研幾甚苦，搜象頗深。」翁方綱《石洲詩話》引用陸龜蒙的話說他「善題目佳境，言不可刊置他處，此為才子之最。」拿這兩段話來看本詩的時地精切而又空靈清妙，的確相當貼切。

五九、溫庭筠詩歌選讀

【事略】

溫庭筠（801[1]－866），字飛卿，又名岐，太原祁（今山西省祁縣）人；然詩文中屢以陝西鄠縣為故鄉。相傳其貌不揚，有「溫鍾馗」之稱。

庭筠為唐初名臣溫彥博之後，然家道早微，致祖父之名亦無傳。早歲喪父，寡母撫孤至於成立。少年時期浪遊江南，倚紅偎翠，狎妓放蕩之餘，精通鼓琴吹笛之藝，擅寫儇薄側艷之詞，嘗云：「有弦即彈，有孔即吹，何必爨桐與柯亭（編按：指東漢蔡邕所製之焦尾琴與柯亭笛）！」

客遊江、淮之間時，表親揚子留後姚勖嘗厚遺之，而庭筠年少，所得盡揮霍於花街柳巷，勖怒而笞且逐之。至長安應舉，又與憲宗朝宰相裴度之子諴及宣宗朝宰相令狐綯之子滈飲博冶遊，縱情聲色，而有士行玷缺之惡名，是以屢試屢黜。大中九年（855）應舉時，為京兆尹之子柳翰代作律賦，又以「攪擾科場」之罪而下第。故雖天才雄贍，文思英敏，詞采斐然，卻遲遲難以登科及第。

相傳庭筠每試，押官韻作賦，燭下未嘗起草，但籠袖憑几，每一韻一吟而已，場中呼之曰「溫八吟」；或謂凡八叉手（按：殆謂雙手交互抱胸）而八韻成，又號「溫八叉」。其倚馬之才，揮灑自如可見一斑。又傳庭筠喜於場中為鄰舖假手，號曰「日救數人」（見《北夢瑣言》），以致沈侍郎詢出任主考官之年，特召見飛卿於簾前試之，以防其再任槍手。翌日傍晚，請開門先出，仍獻啟千餘言，問之，曰：「已潛救八人矣。」其文思之神速，由此可知。故飛卿本人雖因此而一再落第，然經其假手而登第者，則不知凡幾（見《新唐書》及《唐摭言》）。

庭筠頗恃才傲物，薄行寡信。出入令狐綯相國書館中時，待遇甚優。綯嘗以事典詢之，竟曰：「非僻書也，相公燮理之暇，亦宜覽古。」並於人前譏之曰：「中書堂內坐將軍」，可見其人之輕狂。又相傳宣宗嘗賦詩，上句有「金步搖（按：指金質簪飾）」，未能對，遂遣未第之進士對之，庭筠乃以「玉條脫（按：指玉鐲）」對之，為宣宗所賞。宣宗喜歌〈菩薩蠻〉詞，綯遂假手於溫而進獻，密令庭筠勿洩其事；庭筠竟遽言於人，以致綯私心恨之（見《北夢瑣言》）。宣宗亦聞其才，曾予以召見，並擬破格拔擢；然綯從中作梗，而僅授九品之隨縣尉，並由中書舍人裴坦作〈貶溫庭筠敕〉云：「孔門以德行居先，文章為末。爾既早隨計吏（編按：隨州郡掌計簿之官入京應進士舉），宿負雄名；徒誇不羈之才，罕有適時之用。放騷人於湘浦，移賈誼於長沙，上有前席（編按：謂如賈誼般再蒙召見請教）之期，未爽抽毫之思。」可謂明恩暗降，陽賞陰罰（編按：世傳庭筠竟以布衣而遭貶，實有可疑之處）。未幾，離隨縣而赴襄陽，投山南東道節度使徐商幕下數月，與段成式、余知古等詩酒唱和，而有《漢上題襟集》10卷之作。數月後，徐商奉旨回京，此段愜意清閒之生涯即告結束。

後客居江陵，貧病交迫，旅況甚窘，乃投書出鎮淮南之令狐綯乞援；既至，竟未拜謁令狐，反與新進少年狂遊妓院，醉詬於狹邪之間而為巡夜之虞侯痛擊折齒，雖訴之於綯而置之不理，乃求助於時任宰相之徐商而補國子助教。咸通七年（866）以國子助教監試，一概以文判等，杜絕人情關說，遂為宰相楊收忌恨，未幾，貶為方城（今河南泌陽縣北）尉而卒[2]。

其詩風頗受李賀「長吉體」之影響，與李商隱合稱「溫、李」。大抵而言，其詞之成就又在其詩之上，內容多寫閨房情思，擅於以象徵、隱喻手法烘染氣氛，暗示心境，富艷雕琢而又纖婉柔媚，深美閎約而又神理超越，是由晚唐艷體詩派演化為婉約詞派的關鍵作家，也是唐朝專力填詞的第一人；《花間集》錄其詞 66 首，有「花間鼻祖」之稱。

其作品曾有《漢南真稿》10 卷、《握蘭集》3 卷、《金荃集》10 卷；《詩集》5 卷、《學海》30 卷、《採茶錄》1 卷等，然今多亡佚；後人雖輯有《溫庭筠詩集》《金荃詞》，然已難窺全貌。《全唐詩》存其詩 9 卷，《全唐詩外編》及《續拾》補詩 1 首，斷句 6 句。

【詩評】

01 顧璘：溫生作詩，全無興象，又乏清溫；句法刻俗，無一可法，不知後人何故尊信。大抵清高難及，粗俗易流，差便於流俗淺學耳。吾恐鄭聲亂耳，故特排擊之。（《批點唐音》）

02 陸時雍：溫庭筠詩如浪芷浮花，初無根蒂，麗而浮者，傷其質矣。（《唐詩鏡》）

03 胡震亨：溫飛卿與義山齊名，詩體麗密概同，筆徑較獨酣捷。七言樂府，似學長吉，第局脈緊慢稍殊；彼愁思之言促，此淫思之言縱也。（《唐音癸籤》）

04 許學夷：庭筠五言律有六朝體，酷相類；七言入錄者調多清逸，語多閑婉，在晚唐另為一種。（《詩源辯體》）

05 賀裳：大抵溫氏之才，能瑰麗而不能澹遠，能尖新而不能雅正，能矜飾而不能自然；然警慧處，亦非流俗淺學所易及。（《載酒園詩話・又編》）

06 錢良擇：飛卿樂府歌行，不妨出義山之上，而今體詩不逮遠甚。雖曰義山學杜，飛卿學李，淵源本異，而工力深淺，自不可掩。（《唐音審體》）

07 黃子雲：飛卿古詩與義山近體相埒，題既無謂，詩亦荒謬，若不論義理，而只取姿態，則可矣。（《野鴻詩的》）

08 沈德潛：情不足而文多，晚唐詩所以病也；得此意以去取溫詩，則真詩出矣。（《唐詩別裁》）

09 薛雪：溫飛卿，晚唐之李青蓮也，故其樂府最精，義山亦不及。……唯長詩則溫不逮李：李有收束法，凡長篇必作一小收束，然後再收，如山川跌換之勢；溫則一束便住，難免有急龍急脈之嫌。（《一瓢詩話》）

10 翁方綱：飛卿七古，調子元好，即如〈湖陰詞〉等曲，即阮亭先生之音節所本也；然飛卿多作不可解語。且同一濃麗，而較之長吉，覺有傖氣，此非大雅之作也。（《石洲詩話》）

11 余成教：飛卿才思豔麗，韻格清拔，無不工致，恰如其「有絲即彈，有孔即吹」之妙。（《石園詩話》）

12 方南堂：溫飛卿五律甚好，七律唯〈蘇武廟〉〈五丈原〉可與義山比肩；五、七古、排律，則外強中乾耳。（《輟鍛錄》）

13 胡壽芝：飛卿、玉谿並稱，其歌謠豈玉谿所能幾及？清拔處亦不似長吉劌心鏤肝。（《東目館詩見》）

14 宋育仁：其源濫觴明遠，而衍派子山，是義山一流；顧律多浮藻，無婉密之音。五言規古，自存瓔亮；歌行煉色揣聲，密於義山，疏於長吉。劉彥和謂「窮力追新」，陸士衡謂「雅而能艷」者。（《三唐詩品》）

【補註】

01 夏承燾〈溫飛卿繫年〉以為生於元和七年（812），陳尚君《溫飛卿早年事跡考辨》以為生於德宗貞元十七年（801），梁超然《唐才子傳校箋》以為陳說可信。

02 溫庭筠是晚唐著名的詞客，對於後世文學的影響相當深遠，新、舊《唐書》中雖皆有傳而疏略不詳，又頗與稗官野史、筆記詩話相出入，實難以考證精確。筆者僅能採擇各種說法，爬梳如上，以供參考。

260 瑤瑟怨（七絕） 溫庭筠

冰簟銀床夢不成，碧天如水夜雲輕。雁聲遠過瀟湘去，十二樓中月自明。

【詩意】

冰涼的竹蓆鋪在白銀裝飾的眠床上，使她感到格外冷清，也就無法深入旖旎溫馨的美夢之中，去追尋舊日繾綣的歡情；當她在秋夜的片刻小睡中醒來時，只見澄空如碧，月華似水，幾片薄如輕絮的淡雲浮盪在天上，不禁感到莫名的惆悵……。思前想後，倍覺孤寂之餘，她輕輕地撫弄瑤瑟，藉以寄託滿腹的心事。不知過了多久，似乎有善解人意的鴻雁被瑟音吸引，由遠處飛來傾聽；卻又彷彿不勝哀怨的旋律，發出感傷悲戚的鳴叫聲，遠遠飛向南方的瀟湘流域而去……。靜謐的秋宵長夜裡，明月全然不了解她心裡的幽怨，仍然斜照著她華麗的樓閣，映襯出一室的冷清和她孤獨的身影……。

【注釋】

① 詩題—瑤瑟，以瓊瑤等美玉鑲飾得很華美的瑟，猶云「錦瑟」，皆為瑟之美稱；見李商隱錦瑟詩注①。怨，似為詩體之一：李白有〈玉階怨〉，屬五絕樂府，王昌齡有〈長信怨〉，屬七絕樂府，本詩則被收入七絕之中，殆因格律符合近體要求之故；然就寫宮怨或閨怨之情而言，則並無分別。又，自古相傳瑟本有適、怨、清、和四調[1]；故以「瑤瑟怨」三字命題，大概寓有以瑤瑟之絃音烘托閨怨深濃之意。

② 「冰簟」句—冰簟，冰涼的竹蓆；銀床，銀飾的眠床。夢不成，使人無法尋夢逐歡，故於中宵醒來，不勝惆悵。

③ 「十二」句—十二樓，相傳仙人之所居；《史記・孝武帝本紀第十二》：「方士有言：『黃帝時為五城十二樓，以候神人於執期，命曰迎年。』」裴駰《史記集解》引應劭注曰：「崑崙、縣圃，五城十二樓，仙人之所常居也。執期，為地名。」此處除了點出詩中女子所居的樓閣邈如仙境之外，可能還暗示她是女冠的身分。

【補註】

01 許顗《彥周詩話》：「李義山〈錦瑟〉詩曰：『錦瑟無端五十絃，一絃一柱思華年。莊生曉夢迷蝴蝶，望帝春心託杜鵑。滄海月明珠有淚，藍田日暖玉生煙。此情何待成追憶，只是當時已惘然！』《古今樂志》云：『錦瑟之為器也，其柱如其絃數，其聲有適怨清和。』又云：『感怨清和，昔令狐楚侍人能彈此四曲，詩中四句，狀此四曲也。』章子厚曾疑此詩，而趙推官深為說如此。」

【導讀】

這是一首情調婉約、意境空靈如詞的小品；詩中所描寫的怨情，頗有「不著一字，盡得風流」的含蓄蘊藉之美。作者以輕柔的筆觸，描繪出素淡而靜美的夜景，烘托出一幅縹緲如夢，而又澄淨似水的畫境，並以清怨的瑟音和哀切的雁鳴渲染出幽謐而又邈遠的意境，使人讀來彷彿看到流光徘徊的水晶樓閣中，撫瑟寄情的窈窕身影，也彷彿聽到秋宵碧空傳來輕輕的歎息聲，自然情靈搖蕩而心神滉漾起來。

如果拿本詩和李白的〈玉階怨〉比較，可以發覺：不論就氣氛的渲染、情境的營造、意象的烘托、旨趣的表達而言，本詩都顯得更為婉約縹緲，空靈清雋，甚至情味也更為豐富深美而撩人遐思。除了七言較五言有更多揮灑的空間之外，可能還因為妙用典故，融入神話，以及音樂的飄忽、光華的流照、感官的錯綜接納等因素，才使得本詩顯得更為丰神搖曳，情韻淵永，不僅多了一些朦朧的夢思和幽微的玄想，也更接近於小詞的風調；因此俞陛雲《詩境淺說・續編》稱讚溫飛卿以詩人而兼詞手，無怪乎能把本詩寫得「高渾秀麗，作詞境論，亦五代馮（延巳）、韋（莊）之先河也。」

仔細玩索詩題，並涵詠全詩之後，可知本詩其實正是阮籍〈詠懷〉詩中「中夜不能寐，起坐彈鳴琴」的翻版；只是作者更擅於藉助冰涼的觸感、空幻的夢思、淒清的色調、哀切的雁唳、幽怨的瑟音、深邃的樓閣和皎潔的月華等繁複的意象，營造出清寥淡遠的情境，烘染成迷離悵惘的氛圍，使詩中女子的感情波動，完全融入如水的月光和如夢的旋律中；因此孫洙《唐詩三百首》評曰：「通首布景，只『夢不成』三字露怨意。」胡本淵《唐詩近體》認同孫說之外，又加上一句「正以渾含不盡為妙。」換言之，正由於詩人巧妙地以婉約的詞風融入詩句之中，才使本詩在朦朧隱約的意境中和清瑩空明的畫面裡，彷彿有一位文字難以刻劃其神韻，語言又難以形容其丰采的綽約仙子正飄然其間，幽幽輕嘆，因此才更蘊藏著悠然不盡的韻致和勾人迷思的情味。

「冰簟銀床夢不成」七字，先點出居室的陳設之精美與裝飾的華貴，暗示詩中女子是大家閨秀或貴家少婦——至少是生活品味極高，非常重視居室之雅潔清幽的莫愁佳人。詩人似乎有意以冰的晶瑩和銀的霜白，從側面烘托她冰清玉潔的性靈，也暗示她心境的淒清與意緒的寂寥，於是她彷彿就是金庸筆下那位慣臥千年玄冰而心性幽冷、不食人間煙火的「小龍女」了；同時也使人猜疑她是否更像是一位斷離紅塵而棲身道觀的女冠呢？再從「夢不成」三字透露出的情思來看，就更能掌握到一位心性高潔、情感深沉、心事幽微而又形象飄逸的綽約仙子了；甚至還能隱約地體會到她情有所鍾，意有所屬，心有所繫，卻又惘然若失的心理狀態。由詩題所透露的怨情來看，可能她是因為和意中人別離日久，歡會難期，因此思慕深切地希望能夠在清涼的竹蓆、銀白的牙床上澄心澹慮，好讓自己在毫無雜念的寧靜狀態中，自然地逐夢尋歡，重享溫馨的纏綿和浪漫的繾綣，藉以安慰自己空虛寂寞的心靈；奈何這旖旎的綺思卻無法在夢中尋找得到，她只不過是清清涼涼地小睡片時，便又從恍恍惚惚的睡眠中悠悠醒來，心中滿是失落的虛無與悵惘。

「碧天如水夜雲輕」七字，既是寫她逐夢不成之後，惆悵地觀望著夜空中素淨的天色而難再安枕，也象徵她內心的空虛寂寥，同時還以遼闊澄淨的天宇和如水的秋涼觸動她的淒清冷落之感，以浮絮般的夜雲撩撥她內心的輕愁幽恨。換言之，前半的十四個字中，既描寫了居室內外的景物，交代了時間季節，也渲染出寧靜寂寥的氣氛，敷設了霜華般銀白冷清的色調，暗示了一段綺麗的情思；雖然詩人並沒有用任何筆墨去勾勒人物的相貌，但是她清迥幽絕的神態卻宛然如見，而她深曲的心事和飽含的怨情，似乎也呼之欲出了。

「雁聲遠過瀟湘去」七字，就詩歌的脈理而言，具有雙重作用：首先，是暗點詩題，表示詩中女子不堪秋宵夢斷的淒清寂寥，因此鼓瑟抒怨——琴瑟有架絃用的短柱，排列如鴻雁飛行的隊伍，因此將絃音稱為「雁聲」。其次，是緊承次句的碧空淡雲而來，表示鴻雁能解風情，因此被清和的瑟音吸引而由天外飛來聆賞，卻又不堪幽淒的怨情而嘹唳遠飛瀟湘流域；而且牠們彷彿正啣著女子的心事，慇勤地去向善於藉著瑟音宣洩幽怨情懷的湘靈傾訴一般（詳後文）。

就詩歌的意境而言，「雁聲遠過瀟湘去」這七個字中，鎔裁了淒美哀艷的神話與傳說，涵括了意蘊深婉的典故與佳句，因此顯得情韻綿邈，興象豐美，格外耐人尋繹，因此特別詳細說明如下：

＊首先，根據《漢書・郊祀志》所載：「泰帝（按：指天神之至尊）使素女鼓五十絃瑟，悲；帝禁不止，故破其瑟為二十五絃。」可

知具備「適怨清和」這四種樂調的瑟絃，原本就能夠以其繁音縟節讓天地神靈聞而悲愴；何況又是性情中人援瑟抒懷時的幽音怨調，當然就既使女子柔腸糾結，又使鴻雁不堪駐留了！

* 其次，傳說唐堯將娥皇和女英許配給虞舜，後來虞舜南巡時駕崩於蒼梧，二女聞訊，追尋到瀟湘流域，淚染斑竹，赴水而死，化為湘水之神，名曰「湘靈」。

* 第三，清瑟破絃的神話，和湘靈赴水的傳說，原本在各自孤立時都已經夠哀豔感人了；屈原又進一步發揮驚人的才思，在〈遠遊〉中把它們結合為「使湘靈鼓瑟兮，令海若舞馮夷（編按：讓海神與河伯翩翩起舞）」來寄託自己無端遭罹讒謗的無窮憂憤，於是瀟湘水神竟從此有了鼓瑟抒懷的幽怨！

* 第四，大曆詩人錢起在著名的「省試詩」〈湘靈鼓瑟〉中，更進一步發揮出超逸的幻想：「善鼓雲和瑟，常聞帝子靈。馮夷空自舞，楚客不堪聽。苦調淒金石，清音入杳冥。蒼梧來怨慕，白芷動芳馨。流水傳湘浦，悲風過洞庭。曲終人不見，江上數峰青。」把湘靈鼓瑟的淒音怨調，渲染成既能令河伯狂舞，教帝舜怨慕，又能讓金石淒苦，使白芷吐芬；簡直能令鬼哭神號而風雲變色了！

* 第五，不僅如此，錢起還曾經在〈歸雁〉詩中把無知的鴻雁點化為妙解音律、通悟人心的多情之物而問牠：「瀟湘何事等閒回？水碧沙明兩岸苔。」他質疑候鳥為何捨得離開環境清幽、水草豐美的瀟湘流域而提早北返？結果解語而又通靈的鴻雁回答他：「二十五絃彈夜月，不勝清怨卻飛來！」原來牠是聽到湘靈淒清的瑟音才遠遁高飛！錢起這一首把湘靈鼓瑟和雁唳碧空這兩種聲情融合得如此丰神搖曳、浪漫多情的名篇，在溫庭筠出生前五十年就享有「絕唱」的美譽[1]，可能對詩人深有啟發。

＊第六，除了以上種種動人的典實之外，作者似乎又鎔裁了劉禹錫〈瀟湘神〉的詩句：「楚客欲聽瑤瑟怨，瀟湘深夜月明時」，以及雁飛不過衡陽的傳說、雁足傳書的典故，再加上仙氣縹緲的「十二樓」，便化常為奇地創造出「雁聲遠過瀟湘去，十二樓中月自明」的獨特意境了。

有了鴻雁聞瑟而來，又啣怨驚飛遠去瀟湘的意象，才能既扣準詩題「瑤瑟怨」，把有聲無影的瑟音和有神無形的怨情，傳寫得氣韻生動，風神俊逸，也把詩中女子不堪清怨而停絃諦聽鴻雁驚飛的滿腔心事，盪向遙遠的瀟湘而去，使詩歌的意境開拓得更形敻遠深邈，也更加撩人情懷；因此俞陛雲《詩境淺說・續編》由空間的改變來親切地指點本詩抒情的脈絡說：「首句『夢不成』，略露閨情；以下由雲天而聞雁，而南及瀟湘，漸推漸遠，懷人者亦隨之神往。」黃生《唐詩摘抄》說：「〈瑤瑟〉用雁事，亦如〈歸雁〉用瑟事[2]。」楊逢春《唐詩偶評》說：「三（句）借雁託『怨』字，即『不勝清怨卻飛回』意。」他們都點出了詩人借雁飛寫瑟音的幽微騷心，皆可謂探驪得珠的見道之言，值得仔細體會。

當詩中女子綺夢難成的一腔幽怨隨著鴻雁遠馳瀟湘之後，詩人又遙應次句「碧天如水夜雲輕」中所暗藏的一脈清輝，拈出「十二樓中月自明」的空靈意境作結，讓曹植〈七哀〉詩中「明月照高樓，流光正徘徊」的如水月色，和張若虛〈春江花月夜〉中「可憐樓上月徘徊，應照離人妝鏡臺；玉戶簾中捲不去，擣衣砧上拂復來」的惱人月光，去映照神話傳說中崑崙仙境裡的金城玉樓；如此作收，一方面回應首句「冰簟銀床」的華麗擺飾，表明她的貴家身分，一方面暗用沈佺期〈獨不見〉：「誰為含愁獨不見，更教明月照流黃」的詩意，寫出她心中的愁怨與無奈，同時又似乎有意以「十二樓」的縹緲仙境，暗示詩中女子修道學仙的女冠身分[3]。

仔細玩味起來，可以發現末句可能包孕著三層涵義：

＊第一、由瑤瑟抒怨而雁唳遠天的筆勢宕開，轉而以清逸縹緲的景色點染悠然不盡的餘韻，讓瑟音、雁唳和女子的幽怨，全部溶入如水的月色之中，達到空際傳神、無聲而有情的效果；因此楊逢春《唐詩偶評》說：「四（句）應第二（句），寫岑寂之況；即『曲終人不見，江上數峰青』之意。」謝榛《四溟詩話》也說：「結句當如撞鐘，清音有餘。」不論是錢起的〈歸雁〉或是本詩，都能夠以清空靈逸的畫面傳達餘音嫋嫋的遠韻作結，因此情致淵永，格外耐人回味。

＊第二，以「月自明」三字表明嬋娟明月，竟爾無情，偏照孤棲獨宿之人清臞憔悴的身影，勾惹起歡會難期的幽怨，更使人徘徊高樓，終宵煎熬。

＊第三，換另一個角度而言，也可能一方面是以娟娟月色，忒煞多情，能夠殷勤地伴隨佳人，反顯出鴻雁遠飛，獨留伊人愁絕的無情（正如白居易〈琵琶行〉中以「繞船月明江水寒」的畫面表示明月溫柔多情而商人薄情輕離一般）；另一方面是讓幽愁暗恨隨著如水的月華流盪在如夢初醒時惘然若失的清寥情境之中，因此俞陛雲說：「四句歸到秋閨。賸有亭亭孤月，留伴妝樓；不言愁而愁與秋宵俱永矣。」

這首短短的七言絕句，沒有任何瑟音的形容，也沒有任何彈奏的描寫，更沒有任何情緒性的字詞，只憑著幾幅畫面的組合來點染情境，烘托氣氛，卻能狀難寫之景於眼前，含不盡之意於言外，而且色調幽冷而墨趣自然，意境空靈而情味淡遠，筆觸婉約而風格蘊藉，的確可以稱得上是大匠運斤，有神無跡了。尤其是敘題飽滿而不著色相，空中傳音而含怨不露，不僅筆下無人而畫中有人呼之欲出，而且其人之風神清逸，縹緲如仙，真可謂聲色並美而形神兼備了；因此宋顧樂《唐人萬首絕句選評》說：「清音妙思，直可追中、盛（唐）名家。」俞陛雲說：「通首純寫秋閨之景，不著跡象，而自有一種清怨。」（同前)可見溫庭筠在鮮豔穠麗的風格之外,自有他妙逸超群的不凡才思,值得仔細玩味[4]。

【補註】

01 《舊唐書・錢徽傳》云:「(錢)起能五言,初從鄉薦,寄家江湖,嘗於客舍月夜獨吟,遽聞人吟於庭曰:『曲終人不見,江上數峰青。』起愕然,攝衣視之,無所見矣,以為鬼怪,而志(編按:記住也)其一十字。起就試之年,李暐所試〈湘靈鼓瑟〉中有『青』字(按:即限押『青』韻),起即以鬼謠十字為落句;暐深嘉之,稱為絕唱,是歲登第。」傅璇琮先生經過考證之後,對於錢起進士及第之年,以為不妨讓天寶九載、十載(750、751)兩說並存,亦即皆早於溫庭筠出生(801)五十年以上。

02 黃生所謂「〈歸雁〉用瑟事」,即前引錢起「瀟湘何事等閒回?水碧沙明兩岸苔;二十五絃彈夜月,不勝清怨卻飛來。」

03 當時韻調精妙而又詩情清麗的道姑魚玄機,曾有〈寄飛卿〉詩云:「階砌亂蛩鳴,庭柯煙露清。月中鄰樂響,樓上遠山明。珍簟涼風著,瑤琴寄恨生。嵇君懶書箚,底物慰秋情?」由於《舊唐書》本傳說庭筠能「逐絃吹之音,為側艷之詞」,因此〈寄〉詩中喻之為琴藝超妙的嵇康。由魚詩觀察,本詩似乎正是庭筠的酬唱贈答之作;如此,則全詩所寫的女子,便有可能魚玄機了。

04 因此,明人顧璘《批點唐音》中所謂「溫生作詩,全無興象,又乏清溫,句法刻俗,無一可法,不知後人何以尊信?大抵清高難及,粗濁易流,蓋便於流俗淺學耳。余故恐鄭聲亂雅,故特排擊之」的言論,恐怕未必持平;王夫之《唐詩評選》中所謂「溫、李並稱,自古皮相語;飛卿一鍾馗傅粉耳;義山風骨,千不得一」的評論,只怕也太過偏激。即使我們拿對飛卿評價較為公允的賀裳在《載酒園詩話・又編》中所說的「大抵溫氏之才,能瑰麗而不能淡遠，能尖新而不能雅正，能矜飾而不能自然；然警慧處，亦非流俗淺學所易及」這番話來衡量本詩，也難謂客觀中肯，恰如其分。因為每一位偉大的詩人，都像一顆鑽石，從各種不同的角度觀察，自會有各異其趣的璀璨光華；如果頑固地以為自己所見的角度才是令人嘆為觀止的奇光異采，只怕都有失之偏頗的毛病。

【評點】

01 謝枋得：此詩鋪陳一時光景，略無悲愴怨恨之詞；枕冷衾寒，獨寐寤難之意在其中矣。（《唐詩絕句註解》）

02 胡應麟：溫庭筠〈瑤瑟怨〉、陳陶〈隴西行〉……，皆樂府也，然音響自是唐人，與五言絕稍異。（《詩藪》）

03 宋宗元：（末句）深情遙寄。（《網師園唐詩箋》）

04 周珽：輾轉反側，所見所聞，無非悲思，含怨可知。（《唐詩選脈會通評林》）

05 范大士：「月自明」，不必言怨，而怨已深。（《歷代詩發》）

06 劉永濟：瑟有柱以定聲之高下，瑟弦二十五，柱亦如之；斜列如雁行，故以「雁聲」形容之。結言獨處，所謂「怨」也。（《唐人絕句精華》）

＊ 編按：劉氏以為詩中所寫情境並無雁唳遠逝之聲，所謂「雁聲」，即瑟音之謂；頗見慧思，值得參考。

261 送人東歸（五律） 溫庭筠

荒戍落黃葉，浩然離故關。高風漢陽渡，初日郢門山。江上幾人在？天涯孤櫂還。何當重相見？樽酒慰離顏。

【詩意】

荒涼的戍堡一帶，枯黃的樹葉紛紛飄落，平添人幾許淒清的離愁；你就要離開這座古舊的營壘，胸懷浩蕩地向故鄉航行而去了。此時，和煦的朝陽正映照著荊門山下的渡口，我要虔誠地祝福你高掛風帆，及早平安地抵達漢陽渡口邊的家園。在那遙遠的江邊，還有多少親友讓你牽腸掛肚，所以你才歸心似箭，不能和我多相處些時日呢？想必他們時常會佇立江畔，遠望天邊，期盼你的歸帆早日返鄉吧！……那麼我就不再苦苦地挽留你了！只是，何時我們才能再度把酒言歡，好安慰我因為你的遠離而愁損的容顏呢？

【注釋】

① 詩題—坊本或作「送友人東遊」，或在題下注曰「一作東歸」；其實，由第六句的「孤棹還」三字以及全篇詩意揣摩，應作「東歸」才是。友人為誰，不詳。依詩中別地在郢門山附近推測，本詩大約是客居江陵期間所作。

② 「荒戍」二句—荒戍，荒廢殘破的戍地營壘，或作「古戍」；與次句的「故關」義近。浩然，謂胸次浩蕩，有遠歸之志；《孟子・公孫丑下》：「予然後浩然有歸志。」故關，老舊的關塞；司空曙〈賊平後送人北歸〉：「繁星宿故關」，盧綸〈送李端〉：「故關衰草遍」，兩詩中之「故關」皆與本詩義同。

③ 「高風」二句—高風，秋高氣爽而江風勁疾。漢陽，今湖北武漢市（包括武昌、漢口、漢陽），在長江北岸，殆為友人東歸之處。初日，謂旭日、朝陽也。郢門山，又名荊門山，殆為友人登舟東下之處。編按：此聯乃倒裝句式，蓋既云「東」歸，則應是由西邊的荊門山沿江蜿蜒東下漢陽才是；兩地水程極為曲折，約達五百公里。然荊門山今日的位置，則難以確定。

④ 「江上」二句—江上，指漢陽江邊。幾人在，是詢問對方親友是否平安，表達關切問候之意。天涯句則是揣摩對方親友在江邊望眼欲穿地期盼友人的歸舟早日返鄉。

【導讀】

這是送別友人東歸故鄉時，表達牽掛、祝福、思念，並期待早日把酒重逢的五言律詩。

「荒戍落黃葉」五字，先點出送別的地點，並且以荒涼殘破的古壘形象，渲染蕭瑟冷落的氣氛，增添離別的感傷；「落黃葉」，是以別緒已濃，奈何又逢草木搖落的清秋，為送別更添一層淒涼的哀愁。古典詩詞中常以秋色秋氣、秋聲秋意來渲染離情，即以《唐詩三百首》為例，高適〈送李少府貶峽中王少府貶長沙〉詩說：「巫峽啼猿數行淚，衡陽歸雁幾封書？青楓江上秋帆遠，白帝城邊古木疏。」雖然大抵上並非眼前景象，依然流露出心頭的別愁；最著名的〈琵琶行〉開篇說：「潯陽江頭夜送客，楓葉荻花秋瑟瑟」，正是以秋景寓離愁的典範。而這種傳統手法，大致上都是深受宋玉〈九辯〉中「悲哉！秋之為氣也！蕭瑟兮草木搖落而變衰，憭慄（按：猶悽愴也）兮若在遠行，登山臨水兮送將歸」等文句的影響和啟發；本詩也是因為採用了這種借景增情的手法，所以才起筆就已是秋意滿紙而別情無限了，因此俞陛雲《詩境淺說・續編》說：「此等發端，情景兼寫，調高而韻逸，最為得勢。」

至於「浩然離故關」五字，則是在首句蕭瑟淒清的氣氛中，突然拈出「浩然」二字來振起精神，表示這是一位提得起、放得下，意氣浩蕩、胸懷磊落的朋友；既然歸思正切，心意已決，難再變卦，那麼就無須作黯然銷魂、淚濕衫袖的兒女情態了！如此承接，既使詩情產生突兀頓挫的波瀾，也把原先的離愁一掃而空，同時激盪起對方浩闊的胸懷，抖擻其精神，昂揚其意緒；因此沈德潛《唐詩別裁》稱首聯「起調最高」，他所欣賞的，正是「浩然」二字有如異峰突起，夭矯不群，而且又是引用《孟子》的文詞來暗示友人懷抱東歸之志，的確是運典入化的起筆。

由於首聯寫得氣象非凡，格調高朗，因此頷聯「高風漢陽渡，初日郢門山」這兩句，便不再渲染離情，而是直承「浩然」的豪邁意氣，用明快的語言、迅捷的節奏，以及語順的倒置、時空的變換等手法，來縮短千里航程，使它似乎朝夕可達，令人渾然不覺舟船之勞頓與鄉心之焦慮。本詩的題目是「東歸」，顯然友人是由西邊的郢門山航向東邊的漢陽，可是詩人卻先拈出「漢陽渡」，再提出「郢門山」，這就形成了語順的倒裝。倒裝的目的，一方面是為了平仄格律的要求，一分面則表現出對友人歸心似箭的體貼。因為友人此時急於返鄉，則他遙望故鄉漢陽的眼神，絕對要比留意別地郢門山的眼光更為急迫；因此便先寫出他的歸思悠悠，再點出兩人的離情依依。至於倒裝詩句的效果，則如倒掛於絕壁間的孤松，最有奇峭勁健的韻致；又如逆流於峽谷中的波濤，最見迴瀾動盪的氣勢。這種化直為曲、變常為奇的手法，往往能夠給人頓挫跌宕、磊砢突兀的感覺，也使詩意更為層折有味，錯落有致。「高風」二字，含有希望友人高掛風帆，順利返鄉的祝福，也有叮嚀他風高浪急，善加保重的關切；再加上對句五字，便又流露出友人一去，兩地懸隔的思慕之情。這和杜甫〈春日憶李白〉的「渭北春天樹，江東日暮雲」同樣情深意遠，耐人尋味。

「初日郢門山」五字，則特別以和煦的初陽來照亮送別的場景，既象徵友誼的溫馨和諧，也寓有祝福對方此後的景況如旭日初升的心意，同時又和出句結合起來，畫出荊山楚水間雄奇壯闊的景象，頗有以杲杲初日、浩浩江水為友人壯行色的用心。尤其是把「高風」和「初日」冠於句首，也使得次句的「浩然」二字，有了爽人眼目、壯人心魂的銜接，增添了雄俊豪邁的氣勢，因此孫洙以為頷聯的造語有「直逼初、盛」的渾厚之味。

腹聯又承「高風漢陽渡」而為友人設想。「江上幾人在」是詢問有誰留在故鄉，以至於友人對他們的現況牽腸掛肚，放心不下，而急欲返鄉一探究竟；流露出的是對友人焦慮急迫心理的關懷體貼。「天涯孤棹還」則掉轉筆鋒，更進一層由友人的鄉親故交對他的殷殷期盼落筆，寫出他們對友人的切切思念；表達出的是對於友人親情之溫馨綿長的理解與欣羨之情。換言之，這兩句是詩人善體人意地憑空懸想友人惦記親人、眷戀家園的心理，一方面補足頷聯兩句中歸心若飛的原因，一方面又表達自已對於友人鄉親的關切問候之意；不僅語氣溫厚，態度誠懇，使人窩心，雙方情誼之深摯，也由此可見一斑了。

仔細玩味中間兩聯，可以發現：頷聯是以山川來壯行色，腹聯則是以溫情來增歸思；頷聯在寫景中暗藏歸心似箭之情，腹聯則在抒情中描畫出佇望天涯之景。頷聯的情感動向，是由荊門山朝漢陽渡激射而去；腹聯的情感路線，則是由韓陽渡向郢門山綿延而來。這一來一往，迴環反覆的情感糾結，既寫足了故鄉溫情的召喚對於友人驛動心思的影響之深遠，也顯露出詩人將心比心、善體人意的細膩與體貼。

前兩聯的感情路向是相互吸引的，尾聯「何當重相見，樽酒慰離顏」則再加入另一股感情的磁力，想要把友人的感情動能，及早由漢陽渡拉回到荊門山來；有了這一股力道的衝擊激盪，便使得原本向漢陽傾斜的情感頓生波瀾，叫友人欲走還留，兩面為難，而作者依依不捨的惜別之情，也表現得真誠綿長，使人動容了。尤其是尾聯寄望後會的話別，又和首聯荒戍送別的離情，結合成兩座挽留友人的感情磁場，正好和中間兩聯向漢陽傾斜而去的親倫溫情，形成相互拉鋸的感情衝突，充分流露出作者心裡的矛盾：他既理解友人浩然的歸思，祝禱他能平安而返；又難掩臨別的惆悵，期盼能及早重聚。

如果我們更深入分析，將會發現：「浩然離故關」是描寫友人的歸思之切，「高風漢陽渡」是勾勒友人的故鄉之景，「江上幾人在」是點出友人對鄉親的牽掛，「天涯孤棹還」是揣摩鄉親對友人的思念；換言之，把友人的情感牽引向故鄉的共有四句。而「荒戍落黃葉」是點染離愁深濃，「初日郢門山」是畫出別時別地以增友人登舟回顧之情；「何當重相見」是表達期盼之切，「樽酒慰離顏」是勾畫歡聚願景。表面上看來，似乎也只有四句是明白要挽留友人的，其實，在另外為友人設想的四句中早已注入了詩人綿長而溫馨的關切之情。如此對照之後，詩人深摯而濃郁的惜別難捨之情，便取得表面上的平衡，不至於造成對友人的壓力；卻又實際上暗潮洶湧，足以讓友人在日後追憶時感念不已了。

【評點】

01 王士禎：律詩貴工於發端，承接二句尤貴得勢。……如「萬壑樹參天，千山響杜鵑」，下即云：「山中一夜雨，樹杪百重泉」……「古戍落黃葉，浩然離故關」，下云：「高風漢陽渡，初日郢門山」……此皆轉石萬仞手也。（《帶經堂詩話》）

02 沈德潛：賈長江「秋風吹渭水，落葉滿長安」，溫飛卿「古戍落黃葉，浩然離故關」，卑靡時乃有此格，後唯馬戴亦間有之。（《說詩晬語》）

03 黃叔燦：首聯領起，通篇有勢；中四語結撰亦稱。如此寫離情，直覺有浩然之氣。（《唐詩箋注》）

04 宋宗元：中晚罕此起筆，竟體亦極渾脫。（《網師園唐詩箋）

05 周咏棠：高朗明健，居然盛唐格調；晚唐五言似此者，億不得一。（《唐賢小三昧集續集》）

06 紀昀：蒼蒼莽莽，高調入雲。溫、李有此筆力，故能熔鑄一切濃艷之詞，無堆排之跡。（《刪正二馮先生評閱才調集》）

07 管世銘：溫庭筠「古戍落黃葉」，劉綺莊「桂楫木蘭舟」，韋莊「清瑟怨遙夜」，便覺開（元）、（天）寶去人不遠。可見文章雖限於時代，豪傑之士終不為風氣所囿也。（《讀雪山房唐詩・序例》）

262 蘇武廟（七律） 溫庭筠

蘇武魂銷漢使前，古祠高樹兩茫然。雲邊雁斷胡天月，隴上羊歸塞草煙。回日樓臺非甲帳，去時冠劍是丁年。茂陵不見封侯印，空向秋波哭逝川。

【詩意】

當蘇武見到前來匈奴和親，並要求釋放他回國的漢朝使者時，應該是百感交集，激動萬分，而又魂銷神傷的吧！如今，我在九百年後前來憑弔他的墳廟，見到莊嚴肅穆的祠宇和巍峨蒼鬱的古樹，想到他傳奇的一生和悲慘的際遇，不禁心緒茫然，悵觸萬端……。遙想當年他被羈留在胡地，只能在淒清的月色下仰望鴻雁的蹤影消失在雲天之外時，他心境該是多麼悲涼悽愴；而當傍晚時，看著羊群從塞草連天、荒煙浮動的山丘歸來時，他的內心又是如何孤獨苦悶啊！十九年後，當他回到中原，那位營造寶帳樓臺來服侍神明，寄望能夠長生不死的漢武帝早已離開人世了；想到自己戴著冠帽，佩著寶劍，出使異域時正當英武強壯之齡，如今則鬢髮皆白，真是恍如隔世啊！當他前去漢武帝的廟園拜謁時，知道他完全沒有裂土封侯的指望了，即使他面對著流逝不返的秋水，為自己空自蹉跎的青春歲月而放聲痛哭，也是枉然的啊！

【注釋】

① 詩題—蘇武（140 B. C. － 60 B. C.），字子卿，武帝天漢元年（100 B. C.）奉詔遣送遭扣留的匈奴使者回國，因副使張勝參與劫持且鞮侯單于之母后閼氏回漢的陰謀而遭拖累，遂被扣留匈奴長達十九年。其間單于屢次誘降叛漢，武誓死不屈；絕其飲食欲奪其志，亦能齧雪吞旃，數日不死；匈奴以為神。又徙北海（今西伯利亞貝加爾湖）牧羊，武持漢節而牧以明其志，終不忘君國之恩。昭帝始元六年（81 B. C.）春返長安，詔令奉一太牢謁武帝園廟，任典屬國（編按：負責掌管邊疆民族事務之卑官），秩中二千石。宣帝神爵二年（60 B. C.）卒，葬於今陝西省咸陽市武功縣，墓前有「漢典屬國蘇公武之墓」的石碑。甘露三年（51 B. C.）圖其像於麒麟閣以嘉其忠義，追贈為關內侯。

＊ 編按：今甘肅省武威市民勤縣南有蘇武廟、蘇武山；詩人所遊者是否即此地，待考。

② 「蘇武」二句—魂銷，感傷至極而魂為之銷、神為之傷貌。茫然，渺然久遠，難以追索其年代之意；亦可兼指詩人心中蒼茫百端之感。

③ 「雲邊」二句—想像蘇武羈留匈奴十九年，在北海無人之絕境裡，望雁思歸，心繫祖國的深悲，以及牧羊塞漠，艱辛備嚐的孤寂苦悶。雲邊雁斷，仰望鴻雁南翔，消失於雲天，而自己竟不得南歸[1]。隴上羊，殆謂單于放蘇武於北海，使牧公羊，謂公羊如生小羊，即可使之歸漢，見《漢書・卷 54・李廣蘇建傳第二十四》。

④ 「回日」—出句謂蘇武回國時武帝已死，人事全非，恍如隔世。

對句謂蘇武出使時為四十歲的壯盛之齡，返國時垂垂已老。甲帳，《漢武故事》載武帝欲求長生，聽信方士欒大之言，於宮外起神明殿九間，以各式珠玉、象牙、玳瑁、琉璃、流蘇、珊瑚、翡翠等珍寶點綴裝飾得光明洞澈，金碧輝煌；以其尤珍美華貴者為甲帳以居神，稍次者為乙帳而自御。故「樓臺非甲帳」，乃言甲帳已撤，實即暗示武帝已死。去時冠劍，指戴冠佩劍出使匈奴之時。丁，當也；丁年，正當壯盛之年也。李陵〈答蘇武書〉云：「足下……丁年奉使，皓首而歸。老母終堂，生妻去帷（按：婉言改嫁）。」又《漢書・李廣蘇建傳》：「武留匈奴凡十九歲，始以強壯出；及還，鬚髮盡白。」

⑤ 「茂陵」二句—茂陵，漢武帝的陵墓，在今陝西省興平市東北，可作為漢武帝之代稱。不見封侯印，謂武帝既死，蘇武遂無封侯之賞；李陵〈答蘇武書〉云：「陵謂足下，當享茅土之薦，受千乘之賞。聞子之歸，賜不過二百萬，位不過典屬國；無尺土之封，加子之勤。而妨功害能之臣，盡為萬戶侯；親戚貪佞之類，悉為廊廟宰。」空向，徒然對著。哭逝川，為流逝不返的歲月及難以更改的際遇悲泣。末句暗用《論語・子罕》篇：「子在川上曰：『逝者如斯夫，不舍晝夜』」之意。按：李商隱〈茂陵〉詩末亦有「誰料蘇卿老歸國，茂陵松柏雨蕭蕭」之句，與本詩義同。方世舉以為「波」字不如「風」字，可備一說。

【補註】

01 雲邊雁，舊注謂暗用《漢書・卷 54・李廣蘇建傳第二十四》所載之事：昭帝時，匈奴與漢和親，漢使要求放還蘇武等人，匈奴詐稱武已死。後漢使復來，常惠（當年隨蘇武而來，後被另外安置者）買通衛士，見到漢使，遂教使者詭稱「天子射獵於上林，得雁，足有繫帛書者，言武等在某澤中。」使者大喜，依言詢問單于；單于大驚，乃坦言而釋蘇武等生還者九人。

* 編按：蘇武仰望鴻雁之時，尚無雁足傳書之典事。蘇武大概只是羨慕鴻雁能南來北往，而己獨於北海滯久不歸。不過，舊注雖未必貼切，然無礙於詩人可能援用雁足傳書之典故，因此以用典導讀。

【導讀】

本詩當是詩人瞻仰蘇武墳廟後的憑弔之作，意在憫蘇武之孤忠苦節，諷漢室之負德寡恩。也許作者在感今懷古的詩篇中，有意無意間會融入自己抑鬱難展的悲憤，不過，如果一定要找出深藏詩中的寄託，一一和詩人的身世際遇相比附，就難免有穿鑿之虞。筆者以為，在詠史懷古的詩篇中，即使沒有興象可求，也自然可以見出詩人的志概襟抱；即使文字之間並無明顯的美刺，但是筆墨之外卻往往自有值得玩味的褒貶存焉。事實上，許多歷史故事的精采片段被鎔裁成精鍊而蘊藉的詩歌語言時，往往會自然醞釀出令人發思古幽情的迷人韻致，也會結撰成足以動人心魂、搖人性靈的滄桑畫卷。這是因為故事本身就是取之不盡、用之不竭的歷史寶藏，它涵蘊著既深沉又豐富的經驗與智慧的結晶，而又以斑斑血淚譜寫成或激昂高亢，或蒼涼悲愴，或豪邁雄壯，或唏噓感傷的動人曲調，因此讓人有心折骨驚、蕩氣迴腸的審美感受；未必須要刻意深求所謂的興象寄託[1]。

「蘇武魂銷漢使前」七字，直接把讀者帶入一個令人驚心動容的歷史場景中，去想像蘇武在飽嚐艱辛，備受屈辱的十九年後，突然再見漢使而得以重返祖國時的心情。「魂銷」二字，筆墨凝鍊，形容傳神，很能把蘇武當時悲喜交集，悵慨莫名，而又萬念潮湧的無窮感憤，狀寫得氣韻生動，逼人眉睫；又能把他追憶辛酸歲月時筆墨所難窮、言語所難盡，而且旁人所難理解的複雜而又激動的情感，表現得沉鬱悲涼，動人心魂；可謂筆力遒勁，氣勢懾人。

「古祠高樹兩茫然」七字，則一筆折回現實之中，不僅和首句的遠古情境，有了出入古今、穿梭時空的變幻之感，而且流露出詩人面對著九百年來莊嚴肅穆的古廟和蒼翠聳拔的喬木時，不禁對蘇武的忠義節操，無限景仰，又對他的坎坷際遇，深感悲憤，以致一時間百感交集，茫然不知人間公理何在、是非何存、道義何價……種種複雜而難以言宣的情緒。「茫然」二字，既有年代久遠杳茫的蒼涼，又有作者含藏未露的憂憤，同時還經由這兩字所示意的心湖波動，引領思緒滉漾進浩瀚的歷史長河中，自然帶出兩幅背景極為敻遠遼闊的「月夜望雁思歸圖」和「黃昏塞漠牧羊圖」，不僅章法圓融，銜接巧妙，而且景中含情，韻致淵永；豈是紀昀在《瀛奎律髓匯評》中所謂「五、六生動，餘亦無甚佳處」的泛說所能一筆抹殺的？

「雲邊雁斷胡天月」七字，是寫蘇武被放逐在北海絕境裡，望斷雲空，竟無鴻雁傳書，目極天涯，但見歸途迢遙；他即使眷戀故園，心繫祖國，奈何思歸不得，只能獨對異域明月而黯然神傷。「隴上羊歸塞草煙」七字，則是寫他在塞漠牧羊時，只能與群蹄為伍而飽嚐孤獨寂寞的滋味。這兩句不僅渾涵典故，已達有神無跡的化境，而且寫景如畫，抒情如見，含蓄蘊藉，耐人尋味，因此查慎行《初白庵詩評》說：「三、四用子卿事，點綴景物，與他手不同。」尤其是前一句仰望，後一句平視，已把他在荒漠中呼天不應、叫地不靈的哀苦寫得極為淒絕；又把他兀坐荒丘，愁對蒼茫的形象，勾勒得極為幽獨；同時又以如霜的月色點染淒清的氛圍，以浮動的荒煙烘托茫然悵惘之情，更使人有如臨其境，如見其人的蒼涼悲壯之感。由於這兩句是由第二句末的「茫然」引起的思古幽情，因此能符合元人楊載《詩法家數》所謂「頷聯或寫意，或寫景，或書事、用事引證；此聯要接破題，要如驪龍之珠，抱而不脫」的要求。

「回日樓臺非甲帳，去時冠劍是丁年」兩句，則跳開塞漠窮北的時空，把筆鋒帶回中原，寫他出使時之英年有為，回國時之物是人非。

詩人能夠把十九年漫長的艱苦歲月，濃縮在屬對精工、奇氣縱橫的兩句中，而且自然流露出恍如隔世的深沉喟嘆，的確不愧是運斤成風、舉重若輕的斲輪老手，無怪乎連貶抑溫庭筠的沈德潛都在《說詩晬語》中特別拈出此聯來和李商隱〈馬嵬二首〉其一的「此日六軍同駐馬，當時七夕笑牽牛」相提並論，以為是能用「逆挽法」而「化板滯為跳脫」的典範。其實，兩聯的高妙處，並不只是逆挽倒敘的手法，使人有大野回風、變幻莫測的奇絕突兀之感而已，還由於兩位詩人學博識精，因而思奇語俊。「甲」和「丁」，是天干之名，「六」和「七」是數量詞；「甲帳」對「丁年」，「樓臺」對「冠劍」，和「六軍駐馬」對「七夕牽牛」，都是爐火純青之後才能鍛鑄出來的工對。這些材料，其實並不冷僻，可是庸手看不出它們相互間關聯的理趣，高手卻能運典入化，用常得奇，而且出語自然，渾然天成。可見學養深厚而胸蘊繁富之人，能慧眼獨具而心裁別出，也才能見識精到，出語不凡；因此《後村詩話續集》卷 2 稱賞說：「『甲帳』是武帝事，『丁年』用李陵書『丁年奉使，皓首而歸』之語，頗有思致。」

由於腹聯已經濃縮了長達十九年的辛酸委屈和苦志貞節，便自然使得尾聯「茂陵不見封侯印，空向秋波哭逝川」的詩情，轉入深沉的喟嘆，把白髮丹心的老臣慟哭於茂陵而零淚於秋波的滿腹冤苦與一腔忠憤，又點染得如聞其聲，如見其志，而且也寄託了詩人對於蘇武的悲憫，和對漢室的譏刺之意；因此何焯《瀛奎律髓匯評》說：「五、六不但工致，正逼出落句；落句自傷。」可見溫庭筠的七律，自有章法可循，絕非如顧璘所謂「無一可法」；而尾聯言淺意悲的收束，也絕非如紀昀所謂「結少意致」。

本詩入手就是一幕悲喜交集、血淚交迸的歷史大戲，已令人有如聞如見之感；接著把時空拉回到次句壝廟肅穆，古樹巍峨的當下，又令人悲戚動容；然後再跌入蒼茫無際的胡月雲雁、塞草隴羊的場景中。作者懸想示現之情景交融，時空移置之變幻莫測，筆勢之縱橫跌宕及佈局之奇特巧妙，已經足以使人驚詫其才思之高明了；中間兩聯又能運典入神，屬對精工，讀來感慨良深，悲愴莫名，又讓人不得不嘆服其驅策文字、鎔裁事典之指揮若定，渾成自然。尾聯還暗藏李陵〈答蘇武書〉及《論語・子罕》篇之涵義，也把丹心白髮的忠義老臣臨風慟哭的形象，刻畫得宛然在目，可謂言有盡而意無窮的收勢；大家手筆，的確不同凡響。全詩讀來，頗覺其事典之精切，足可比肩義山；章法之奇縱，則又瓣香老杜，因此吳喬《圍爐詩話》說溫庭筠：「五言律尤多警句，七言律實自動人。」宋宗元《網師園唐詩箋》說他：「情詞工麗，允堪與玉溪爭席。」管世銘《讀雪山房唐詩・序例》更說：「七言律至長慶以後，奄奄一息；溫、李二集，正如漁歌牧童，忽聞鐘鼓噌吰。」可見唐詩到了後期，仍然豪傑輩出，也仍然有值得挖掘的寶藏；許多詩評家一味地尊盛唐而卑晚唐，恐怕很有商榷的餘地。

【補註】

01 顧璘《批點唐音》批評溫庭筠的詩作「全無興象，又乏清溫，句法刻俗，無一可法。」沈德潛《說詩晬語》也貶損說：「溫、李擅長，固在屬對精工；然或工而無意。譬之剪綵為花，全無生韻，弗尚也。」筆者以為這些說法未必公允。

【評點】

01 朱弁：「迴日樓臺非甲帳，去時冠劍是丁年。」常見前輩論詩云：「用事屬對如此者，罕見。」（《風月堂詩話》）

02 方回：「甲帳」「丁年」甚工，亦近義山體。（《瀛奎律髓》）

03 楊逢春：首點蘇武。提「魂銷漢使前」五字，最為一篇之主。（《唐詩繹》）

04 范大士：子卿一生大節，八句中包括無遺。（《歷代詩發》）

05 方世舉：結句「空向秋波哭逝川」，「波」字誤。既「川」復「波」，涉於侵復；且「波」專言「秋」，亦覺不穩，上有何來歷乎？……當是「風」字，用漢武帝〈秋風辭〉，乃非泛設湊句，乃與通篇之用事實者稱。（《蘭叢詩話》）

06 梅成棟：全以議論行之，何嘗有意屬對？近人學之，便如優孟衣冠矣。（《精選五七言律耐吟集》）

07 王壽昌：如此諸作，其淒惻既足以動人，其抑揚復足以懲勸，尤有詩人之遺意也。（《小清華園詩談》）

08 朱庭珍：玉溪生「此日六軍同駐馬，當時七夕笑牽牛」，飛卿「回日樓臺非甲帳，去時冠劍是丁年」，此二聯接用逆挽句法，倍覺生動，故為名句。所謂「逆挽」者，倒撲本題，先入正位敘現在事，寫當下景；而後轉溯從前，追述已往，以反襯相形。因不用平筆順拖，而用逆筆倒挽，故名。且施於五、六一聯，此係律詩筋節關鍵處。中、晚以後之詩，此聯多隨筆敷衍，平平順下；二詩能於此聯提筆振起，逆而不順，遂倍見精采有力，通篇為之添色，是以傳誦人口，亦非以「馬」「牛」「丁」「甲」見長，故求工對仗也。（《筱園詩話》）

09 延君壽：溫飛卿七律，如〈贈蜀將〉〈馬嵬〉〈五丈原〉〈蘇武廟〉諸作，能與義山分駕，永宜楷式。（《老生常談》）

263 利州南渡（七律） 溫庭筠

澹然空水對斜暉，曲島蒼茫接翠微。波上馬嘶看棹去，柳邊人歇待船歸。數叢沙草群鷗散，萬頃江田一鷺飛。誰解乘舟尋范蠡？五湖煙水獨忘機。

【詩意】

迷濛而空闊的水面上正映照著落日的斜暉，讓人分不清是水波在溫柔地滉漾著異樣的光芒，或斜陽在詭譎地閃幻著神秘的金光……。眺望對面曲折的洲島邊，蒼茫的暮色已經和籠罩著淡青色煙嵐的遠山連接成一片縹緲朦朧的畫境了。目送江上的渡船遠去時，還可以聽到江心傳來馬匹驚惶的嘶鳴聲；回頭一看，許多等候著渡船回頭的人，都聚集在柳蔭之下歇息聊天。成群的鷗鳥散落在幾處沙洲的草叢中，應該很快就要棲息了；只有一隻白鷺還在遼闊無際的江邊和水田上空盤旋飛翔……。此情此景，不禁使我感慨：有誰能夠不再熙熙攘攘、汲汲營營地湧向名利的渡口，而是乘著小舟去尋訪在煙水迷濛的五湖上逍遙自在、毫無心機的范蠡大夫呢？

【注釋】

① 詩題—利州，州治在今四川北部的廣元市。南渡，殆指嘉陵江的渡口而言；嘉陵江縱貫利州而南流。

② 「澹然」二句—澹然，水波迷濛貌、水波搖動貌。空水，空闊的水面。對，一作「帶」，皆為映照之意。曲島，殆指對面水邊的洲島頗為曲折。蒼茫，因日色已昏，故江岸顯得迷茫。翠微，縹緲的山氣使峰巒呈現出微淡的蒼翠之色；此指峰巒而言。

③ 「波上」句—波上馬嘶，殆因馬匹亦隨人登上渡船，而船上人多擁擠，使馬驚嚇而嘶鳴。由「看棹去」三字推測，作者此時應在岸邊目送渡船離去。

④ 「數叢」二句—「數叢」句是在岸邊高處下望江邊水涯，見群鷗散落在草叢間棲息。「萬頃」句是平視在無邊的江岸和水田上飛行的白鷺。

⑤ 「誰解」二句—解，能夠。范蠡，春秋楚人，字少伯，事越王勾踐二十餘年，卒滅吳而拜上將軍；然深知句踐難以與人共享榮華

富貴，乃見機而去，徜徉於五湖之中，莫知所終。五湖，殆指今之太湖而言。忘機，拋開爭競名利的心機。按：末句是由頸聯的鷗鷺引發的聯想，參見王維〈積雨輞川莊作〉注。

【淺説】

這是一首情境悠閒，意態安祥，畫面和諧，風趣天然的山水田野詩。詩中的畫面是由黃橙的斜暉和澄碧的水波混合而成的暖色系，慢慢轉換成青白縹緲的寒色系，吟詠之餘，給人一種心靈逐漸沉靜下來的恬適之感。景象則是由遠山近水構成蒼茫遼闊的意境，再加上江心孤舟緩緩遠去，一隻白鷺翱翔於水天空明之間，給人恬淡而平和的感受。這樣舒徐閒散、廓然淡遠的畫境，看起來相當寧靜，即使江心偶爾傳來一聲馬嘶，岸邊傳出聊天的戲笑，都只襯出這座黃昏的渡口給人優美如畫、澄澹如詩的天然風情，因此詩人才會感到悠閒自在、恬和愉悅而賦詩紀念。許學夷《詩源辯體》中說飛卿的七律「格雖晚唐，而清逸閒婉，無塵俗之態。」大概正指本詩這類風格而言；賀裳《載酒園詩話・又編》以為庭筠「能瑰麗不能淡遠，能尖新不能雅正，能矜飾不能自然。」恐怕是疏忽了溫庭筠也有這類風格和王、孟的田野山水詩相近的作品吧！

儘管如此，本詩還是有幾個缺點：首先，是描寫空泛而缺乏當地特色。因為從內容來看，實在看不出和「利州」有何關聯；換言之，如果把本詩的詞句拿去描寫絕大多數的渡口，也能若合符契。其次，是尾聯感慨世人只知爭渡，不能如鷗鷺之自在與范蠡之逍遙，顯得太過突兀而矯情。理由如下：第一，事實上，前半只說暮色蒼茫中未渡之人看棹遠去，並在柳蔭下待船歸來，並無喧鬧爭渡的情形，是以謂之「突兀」。第二，溫庭筠給人的印象，似乎並無強烈而鮮明的歸隱之志；終其一生，也似乎並無歸隱的事實。那麼，既然自己也不能高蹈林泉，何忍苛求世人要學范蠡遨遊五湖呢？何況，日暮擺渡返家休息，實乃人之常情，有何值得感慨或譏諷之處呢？是以謂之「矯情」。由於有些缺點，因此僅淺說如上。

【商榷】

坊間有些譯注本以為詩人搭上了渡船，所以「曲島蒼茫接翠微」句是在船上回望渡口江邊時之所見。筆者以為這種說法恐怕無法解答人在舟上如何「看棹去」的疑問。

此外，大部分的箋注者把腹聯視為：由於渡船和渡口上急於返家之人的喧鬧，以至於驚散群鷗、干擾白鷺，使牠們倉皇亂飛[1]。筆者以為這樣的說法有兩個問題：第一，如果群鷗驚散四飛，難免也會闖入「萬頃江田一鷺飛」的背景中去，只怕會破壞了畫境的優美，也顯不出「一鷺」的孤獨或悠閒，反而顯得混雜而紛亂，應該不是作者的本意。第二，鷗鷺在古典詩詞中的意象是優遊自在、毫無心機的；如果此刻竟四散亂飛，恐怕也不易引發尋訪忘機於江湖的范蠡之聯想。

【補註】

01 金聖嘆《貫華堂選批唐才子詩》也說：「三、四『波上馬嘶』，『柳邊人歇』，妙妙！寫盡渡頭勞人，情意迫促。自古至今，無日無處，無風無雨，而不如是；故不獨利州南渡為然也。日愈澹，則島愈微，渡愈急，人愈譁，於是而鷗散鷺飛，自所必至；我則獨不曉其一一有何機事，紛紛直至此時始復喧豗求歸去耶？」筆者懷疑金氏所以說渡口處有「喧豗求歸」的嘈雜，可能是受到孟浩然〈夜歸鹿門歌〉：「漁梁渡頭爭渡喧」的影響；其實溫詩中並沒有這種情景的描述；而坊間注譯本的作者又往往未曾深思細求，大多人云亦云，是以沿襲金氏之舛誤而不覺。

【評點】

01 金聖嘆：水帶斜暉，加「澹然」字，妙！分明畫出落日帖水之時。不知其是水澹然？斜暉澹然也？再加「曲島蒼茫」字，妙！曲島相去甚近，而其蒼茫之色，遂與翠微不分，則一時之荒荒抵暮，真更不能頃刻也。（《貫華堂選批唐才子詩》）

02 趙臣瑗：「水帶斜暉」以下十一字，只是寫天色將暝，妙在「水」字上加一「空」字，而「空」字上又加「澹然」二字，以反挑下文之「棹去」「船歸」。見得水本無機，一被有機之人紛紛擾亂，勢必至於不能空，不能澹而後已；則甚矣機心之不可也。三、四寫日雖已晡，人馬不堪並渡；五、六寫人方爭渡，禽鳥為之不安。吾不知人生一世，有何機事，必不容已，碌碌皇皇，至於如此，真不足當范少伯之一哂已也！（《山滿樓箋注唐詩七言律》）

六十、杜牧詩歌選讀

【事略】

杜牧（803－852？），字牧之，京兆萬年人。

牧出身高門世家，名望清崇。遠祖杜預為晉朝鎮南大將軍，博學多才，無所不知，有「杜武庫」之譽；《十三經注疏》之《左傳集解》即其力作。祖父杜佑，歷任德宗、順宗、憲宗三朝宰相，封岐國公；雖位極人臣而手不釋卷，以三十年時間完成《通典》200 卷，開中國典章制度史之先河。堂兄杜悰，在文宗、武宗、宣宗三朝歷任京兆尹、鳳翔節度使、淮南節度使、同中書門下平章事、左僕射、荊南節度使等要職，可謂一門朱紫，世代公卿；詩禮傳家，學術精湛。杜牧深受家風影響，自幼博覽群籍，精研經史，詩賦古文，無不擅長。

及第前所作之〈阿房宮賦〉名動公卿，深得太學博士吳武陵之愛重，以為有王佐之才，言於主司侍郎崔郾，崔亦大加嘆賞，於太和二年（828）及第；復舉賢良方正科，名揚天下。

牧雖出身望族，兩登科第，兼才高志奇，然半生仕途淹蹇，難展壯懷，故頗有怏怏不平之氣。及第後曾任弘文館校書郎，試左武衛兵曹參軍，遊沈傳師江西、宣歙觀察使幕及牛僧孺淮南節度使幕達八年之久。一度出任侍御史，分司東都；然為了探視失明之胞弟而逾假落職。後遊歷四方，開成四年（839）回長安，歷任左補闕，膳部及比部員外郎。會昌二年（842）以後，相繼出任黃州、池州、睦州刺史。大中三年（849）回朝任司勛員外郎，史館修撰，復出為湖州刺史；一年後又內調為考功郎中、知制誥，官終中書舍人。

杜牧生於晚唐國勢陵夷，宦官專權，藩鎮割據，吐蕃、回紇不斷侵凌，內憂外患日漸嚴重之時，頗欲施展抱負，為世所用，故在〈上李中丞書〉中自言於「治亂興亡之跡，財富兵甲之事，地形之險易遠近，古人之長短得失」無不覃思深研。又用心於兵法，精注《孫子》，頗有杜預「儒將」之風範。其軍事著作除《孫子注》之外，尚有〈罪言〉〈戰論〉〈守論〉〈原十六衛〉等，皆有鞭辟入裡而具體可行之策略，對會昌年間名相李德裕抗擊回紇侵擾及平定澤潞叛藩的軍事行動，貢獻卓著。《新唐書・杜牧傳》說他「剛直有奇節，不為齪齪小謹，敢論列大事，指陳利病尤切。」

杜牧主張為文必有經邦濟世之用，且內容之充實尤重於形式之華美；故於〈答莊充書〉中云:「凡為文以意為主，以氣為輔，以辭采章句為之兵衛」「苟不先立意，只以文采辭句繞前捧後，是言愈多而理愈亂」「以意全勝者，辭愈樸而文愈高；意不勝者，辭愈華而文愈鄙。」

詩歌方面，推崇李白、杜甫、韓愈、柳宗元，因此在〈冬至日寄小侄阿宜〉詩中期與後輩能「高摘屈宋豔，濃薰班馬香。李杜泛浩浩，韓柳摩蒼蒼。」顯然以吸收、融化前人之所長，獨樹一格為高；故清代洪亮吉《北江詩話》稱其「文不同韓、柳，詩不同元、白，復能於四家外詩文皆別成一家。」牧於〈獻詩啟〉中亦云:「某苦心為詩，本求高絕，不務奇麗（編按：殆指李賀之詩風），不涉習俗（編按：殆指元輕白俗之流），不今不古，處於中間。」儘管難免受晚唐唯美詩風之影響，注重詞采之華麗，然因才情英發，胸懷豪邁，故自有高華綺麗，清俊雄奇之致，表現出風華流美而又神韻疏朗，氣勢豪宕而又情致婉約的特殊風格。

其古體題材廣泛，筆力健峭，長篇如〈郡齋獨酌〉，直抒胸臆，表現出拯物濟世的抱負;〈感懷〉詩反映安史亂後數十年來藩鎮跋扈、邊患頻仍的動亂情狀，畫面宏偉，氣勢縱橫；〈張好好〉〈杜秋娘〉，同情封建社會中婦女不幸之遭遇等，皆為名篇。

近體則以文詞清麗，情韻跌宕見長。其七絕精煉含蓄，尤富遠韻，備受推崇：如〈泊秦淮〉〈山行〉〈江南春絕句〉等抒情寫景之作，均能以質樸的口語，簡潔的白描，傳達出淵永不匱的深情遠韻；〈赤壁〉〈題商山四皓廟〉〈過華清宮絕句三首〉之類詠史名篇，則又敘議融合，俊拔精警，慧眼獨見，令人耳目一新。七律次之，論者以為可擬杜甫而名之為「小杜」；又與晚唐李商隱齊名，合稱「小李杜」。大抵而言，其感時之作，寄興遙深；詠史諸篇，議論高朗；聲色之什，如〈遣懷〉〈贈別二首〉等，則巧而不浮，豔而不淫，亦有可觀。

其詩現存四百餘首，散見《樊川文集》《外集》《別集》中；《全唐詩》存其詩 8 卷，頗羼入他人之作；《全唐詩外編》及《全唐詩補遺》補詩 9 首。

【詩評】

01 張為《詩人主客圖》歸為「高古奧逸」一流之「入室」者。

02 陳振孫：牧才高，俊邁不羈，其詩豪而豔，有氣概，非晚唐人所能及。（《直齋書錄解題》）

03 蔡絛：杜牧風調高華，片言不俗，有類新及第少年，略無少退藏處，固難求一唱而三嘆也。（胡仔《苕溪漁隱叢話後集》引）

04 朱弁：杜牧之風味極不淺，但詩律少嚴。其屬辭比事，殊不精緻，然時有自得，為可喜也。（《風月堂詩話》）

05 張戒：李義山、劉夢得、杜牧三人，筆力不能相上下，大抵工律詩而不工古詩，七言尤工，五言微弱。……義山多奇趣，夢得有高韻，牧之專事華藻，此其優劣耳。　○杜牧之詩，只知有綺羅脂粉；李長吉詩，只知有花草蜂蝶，而不知世間一切皆詩也。（《歲寒堂詩話》）

06 曾季貍：絕句之妙，唐則杜牧之，本朝則荊公，此二人而已。（《艇齋詩話》）

07 敖陶孫：杜牧之如銅丸走坂，駿馬注坡。（《臞翁詩評》）

08 方回：郊、島、元、白下世之後，張祜、趙嘏諸人皆不及牧之，蓋頗能用老杜句律，自為翹楚，不卑卑於晚唐之酸楚湊砌也。（《瀛奎律髓》）

09 宋濂：劉夢得步驟少陵，而氣韻不足；杜牧之沉涵靈運，而句意尚奇。（《宋學士全集・答張秀才論詩書》）

10 高棅：開成以後則有杜牧之之豪健，溫飛卿之綺麗，李義山之隱僻，許用晦之偶對。（《唐詩品彙・總序》）

11 楊慎：律詩至晚唐李商隱而下，惟杜牧之為最；宋人評其詩豪而艷，宕而麗，於律詩中特寓拗峭以矯時弊，信然。（《升庵詩話》）

12 徐獻忠：其詩含蓄悲淒，流情感慨，下語精切，含聲圓整，而抑揚頓挫之節，尤其所長。然以時風委靡，獨持拗峭，雖云矯其流弊，而持情亦巧。……初唐先輩，西北居多；而含宮調徵，各諧其節，未有如牧之者。（《唐詩品》）

13 胡應麟：俊爽若牧之，藻綺若庭筠，精深若義山，整密如丁卯，皆晚唐錚錚者。其才則許不如李，李不如溫，溫不如杜。　○飛卿北里名娼，義山狹斜浪子，紫薇綠林傖楚，用晦村學小兒，李賀鬼仙，盧仝鄉老，郊、島寒衲。（《詩藪・外編》）

14 江盈科：李義山之刻畫，杜樊川之匠心，賈浪仙之幽思，均罄殫精神，窮極精巧。　○有唐一代人，如李如杜，皆不能為文章。……求其兼詣並至，自杜樊川、柳柳州之外，殆不多見。（《雪濤小書》）

15 何焯：晚唐中牧之與義山俱學子美，然牧之豪健跌宕，不免過於放，學者不得其門而入，未有不入於江西派者；不如義山頓挫曲折，有聲有色，有情有味，所得為多。（《義門讀書記》）

16 吳喬：杜牧惟絕句最多風韻，餘不能然。（《圍爐詩話》）

17 王士禎：中唐之李益、劉禹錫，晚唐之杜牧、李商隱四家，亦不減盛唐作者。（《唐人萬首絕句選・凡例》）

18 沈德潛：七言絕句，貴言微旨遠，語淺情深，如清廟之瑟，一唱而三歎，有餘音者矣。開元之時，龍標、供奉，允稱神品；此外，高岑起激壯之音，右丞作悽婉之調，以至「蒲桃美酒」之詞，「黃河遠上」之曲，皆擅場也。後李庶子、劉賓客、杜司勳、李樊南、鄭都官諸家，託興幽微，克稱嗣響。（《唐詩別裁・凡例》）

19 趙翼：杜牧之作詩，恐流於平弱，固措詞必拗峭，立意必奇闢，多作翻案語，無一平正者。（《甌北詩話》）

20 翁方綱：小杜之才，自王右丞之後，未見其比；其筆力迴斡處，亦與王龍標、李東川相視而笑。「少陵無人謫仙死」，竟不意又見此人。　〇樊川真色真韻，殆欲吞吐中、晚千萬篇，正亦何必效杜哉！　〇晚唐自小杜而外，惟有玉溪耳！溫岐、韓偓，何足比哉！　〇終覺樊川、義山之妙不可及。（《石洲詩話》）

21 管世銘：杜紫薇天才橫逸，有太白之風，而時出入夢得；七言絕句一體，殆尤專長。（《讀雪山房唐詩・凡例》）

22 紀昀：牧詩冶蕩甚於元、白，其風骨則實出元、白之上。……即以散體而論，亦遠勝元、白。（《四庫全書總目提要》）

23 洪亮吉：中唐以後，小杜才識亦非人所能及，文章則有經濟，古近體詩則有氣勢。倘分其所長，亦足以了數子，宜其薄視元、白諸人也。　〇詩文並可獨到，則昌黎而外，惟杜牧之一人。（《北江詩話》）

24 劉熙載：杜樊川詩，雄姿英發；李樊南詩，深情綿邈。（《藝概》）

25 俞樾：元吳師道《敬鄉錄》載喻良能字叔奇有評詩一則云：……「杜牧之如荊軻匕首，子房鐵錘。吁！可畏耶！其駭人也！」（《茶香室四鈔》）

26 李慈銘：牧之詩力求生新，亦講古法，故晚唐名家中，尤為錚錚。（《越縵堂讀書記》）

27 施補華：義山詩律得於少陵者深。……飛卿華而不實，牧之俊而不雄，皆非此公敵手。（《峴傭說詩》）

28 許學夷：杜牧才力或優於渾，然奇僻處多出於「元和」。五、七言古恣意奇僻，且多失體裁，不能如韓之工美，援引議論處亦多以文為詩矣。其仄韻亦多上去二聲雜用。　○杜牧亦尚奇尚意而以老硬為主，實僻澀怪惡也，宋人之法多出於此。（《詩源辯體》）

29 錢良擇：樊川筆健調響，而絕少全璧，如〈早雁〉詩前半絕唱，而後幅殊劣，豈非恨事？（《唐音審體》）

30 張世煒：元、白而下，牧之較有氣骨，然七律多隨筆而出，於鍛煉之工殊缺也，實開宋人生澀一派。宋人評其詩豪而艷……蓋以氣味相近故也；雖與熟滑卑調不同，而初、盛典型蕩然矣。（《唐詩律雋》）

31 賀裳：杜紫微詩，惟絕句最多風調，味永趣長，有明月孤映，高霞獨舉之象，餘詩則不能爾。昔人多稱其〈杜秋詩〉，今觀之，真如暴漲奔川，略少渟泓澄澈。　○紫微嘗有句曰：「杜詩韓集愁來讀，似倩麻姑癢處搔」，此正一生所得力處，故其詩文俱帶豪健。「天外鳳凰誰得髓，無人解合續弦膠」，雖隱然自負，未之敢許也。　○杜長律亦極有佳句，如「深秋簾幕千家雨，落日樓臺一笛風」「蒲根水暖雁初浴，梅徑香寒蜂未知」「千里暮山重疊翠，一溪寒水淺深清」，又「江碧柳青人盡醉，一瓢顏巷日空高」，俱灑落可誦。至〈西江懷古〉：「千秋釣艇歌明月，萬里沙鷗弄夕陽」，尤有江天浩蕩之景。（《載酒園詩話．又編》）

32 曾國藩：山谷學杜公，七律專以單行之氣運於偶句之中；東坡學太白，則以長吉之氣運於律句之中；樊川七律，亦自有一種單行

票姚之氣。余嘗謂小杜、蘇、黃皆豪士而有俠客之風者。（《大潛山房詩題語》）

33 胡壽芝：牧之五言浩灝，卻仍是白描。雖題詠好異於人，而識解既大，風調高華，筆如轆轤，亦無懈可擊。熟於軍計，洞知形勢，故其議論利弊，胸開眼大；發於吟詠，焉得無寄託？數詩人治才，牧之實第一。誠齋曰：「不是樊川珠玉句，日常淡殺個衰翁。」亦謂其味耐尋也。（《東目館詩見》）

34 宋育仁：其出與元、白同源，古風愈況，時傷浮露，無復春容。律詩、絕句，情韻覃淵，足以方駕龍標，囊括溫、李。（《三唐詩品》）

35 沈其光：晚唐惟小杜詩縱橫排宕，得大家體勢。其詩大抵取材漢賦，而極於《騷》，遣詞用字絕不沿襲六朝人語，所謂「高摘屈宋豔，濃熏班馬香」者，可以知其祈向矣。獨是才多為患，其性又能剛而不能柔，遂未能一洗凌雜粗悍之病。（《瓶粟齋詩話初編》卷7）

36 丁儀：其詩情致豪邁而造語精密，不落粗俗；七言歌行風調尤勝，唯古詩聲調未化耳。（《詩學淵源》）

264 泊秦淮（七絕）　　杜牧

煙籠寒水月籠沙，夜泊秦淮近酒家。商女不知亡國恨，隔江猶唱後庭花。

【詩意】

迷濛的煙霧，還籠罩著清涼的水面，而素澹的月光，正覆蓋著岑寂的沙洲；我的舟船就在朦朧的夜色中停泊在秦淮河畔鄰近酒家的水邊。令人感嘆的是：酒樓中的歌女完全不了解靡靡之音裡所深藏的亡國幽恨，仍然在對岸歡樂地唱出荒淫的陳後主所創作的〈玉樹後庭花〉來娛賓邀寵。

【注釋】

① 詩題—本詩殆為遊幕江南期間所作。秦淮，即秦淮河，源出於今江蘇省溧水縣東北，流經西北方的南京地區後，分兩條水道注入長江；相傳是秦始皇南巡會稽時，鑿開鍾山以疏通淮水時所築，故名秦淮。

② 商女—賣唱的歌女；一說指來自揚州的歌伎。

③ 「隔江」句—江，水流之泛稱；隔江，猶隔岸、對岸也。後庭花，殆為陳後主叔寶（553－604）所製舞曲〈玉樹後庭花〉之簡稱；《陳書・列傳第一・後主沈皇后張貴妃傳》：「後主每引賓客對貴妃等游宴，則使諸貴人及女學士與狎客共賦新詩，互相贈答。采其尤豔麗者以為曲詞，被以新聲；選宮女有容色者以千百數，令習而歌之，分部迭進，持以相樂。其曲有〈玉樹後庭花〉〈臨春樂〉等，大指所歸，皆美張貴妃、孔貴嬪之容色也。」因陳叔寶淫亂奢靡，好音樂詩歌，冶遊狎樂，不務政事，遂致亡國，故後世多以〈後庭花〉代指亡國之音，此所以前句有「亡國恨」之語。

【導讀】

南京，曾經是東吳、東晉與南朝的宋、齊、梁、陳建都的所在，因此流經其間的秦淮河，便成為六朝金粉層層敷染之後的風流淵藪了。昔日秦淮河的兩岸盡是精雕細琢的舞榭歌臺和富麗堂皇的酒樓妓院，多少富商大賈、達官顯宦、墨客騷人、紈絝子弟，都流連在這南國佳麗和北地胭脂群集的燈紅酒綠之區，耽溺在聲色犬馬，紙醉金迷的溫柔之鄉裡，過著倚紅偎翠，醉生夢死的放蕩生涯。於是秦淮河成為見證著朝代興衰成敗與人事滄桑變幻的一捲錄影帶，許多才子詞人遊覽至此，總是會重播這捲疊映著歷史影像的帶子而發思古之幽情，抒傷今之騷心，因此劉禹錫的〈石頭城〉唱出「山圍故國周遭在，潮打空城寂寞回；淮水東邊舊時月，夜深還過女牆來」的感慨，他的〈臺城〉唱出「萬戶千門成野草，只緣一曲後庭花」的哀嘆；韋莊的〈臺城〉則吟出「江雨霏霏江草齊，六朝如夢鳥空啼；無情最是臺城柳，依舊煙籠十里堤」的迷惘惆悵。風流倜儻的杜牧，也在某一個煙月迷濛的夜晚來到這一帶繁華熱鬧的銷金窟，領略到秦淮河畔笙歌徹夜的浪漫風情，寫下這一首即事抒情而寄興遙深的七絕名作。

「煙籠寒水月籠沙」七字，是以重出的兩個「籠」字把輕煙、寒水、明月、沙洲（或沙岸）四種景物融合成一幅柔和幽靜而又迷濛空靈的畫面，使人悠然神往；而由朦朧的煙靄、清涼的寒水、素淡的月華、靜謐的沙洲所形成的環境，又似乎隨著舟船的起伏和水波的滉漾，給人迷離惝恍而又隨時浮盪流走、變幻莫測的神祕感。「煙籠寒水」四字，點染出波光粼粼，煙水氤氳的景象，「月籠沙」三字，又描摹出素輝輕撫沙岸的溫柔觸感，於是煙靄迷茫，月華清冷的秦淮夜色圖中，便流盪著縹緲空靈、輕盈婉約的風神意態，使人陶醉在思古幽情的波光裡。

「夜泊秦淮近酒家」七字，是在首句描繪出水碧沙白，煙月迷茫的畫境之後，先進一步以「夜泊秦淮」四字來點明詩題，承接首句，揭示場景，再以「近酒家」三字所暗示的繁絃急管、觥籌交錯、流光華彩、燈紅酒暖等嘈雜熱烈而又使人心神癲狂，意亂情迷的意象，反襯出首句情境的清幽冷寂，同時又下啟商女猶唱〈後庭花〉的憂慮和感慨之意。值得留意的是：就詩情發展的條理而言，自然是先有夜泊秦淮之舉，才能見到煙籠寒水，月映平沙的景象；然而詩人把一、二句的順序調換之後，既以首句廣闊的寫景先行為讀者拉開舞台的序幕，給予讀者美好的藝術想像，又使次句的敘事正好位居承前轉後的關鍵地位，可以順勢過渡到後半的議論，由此可見詩人佈局之靈活與構思之巧妙。

「商女不知亡國恨，隔江猶唱後庭花」兩句，是寫詩人在捨舟上岸之前，原本情靈搖蕩，滿懷旖旎的幻夢，可是當歌女的一段豔曲伴隨著晚風的吹漾和波光的閃爍而搖蕩裊娜到詩人的耳邊時，反而勾起他一腔的憂悶和滿腹的感慨了！因為他聽出了那淫靡的曲調中埋藏著深沉的亡國哀音，不僅觸動了詩人對於陳後主荒淫誤國的慨歎與省思，也引起他對於李唐國勢陵夷如江河日下的驚心，以及對於士大夫沉迷於徵歌選聲之中的憂憤。「不知」兩字，筆致婉曲而諷意顯然，因為商女不過是淪落風塵之中而在花街柳巷裡獻唱娛賓，鬻歌邀賞的可憐女子而已，她們唱什麼曲調，其實是由聽歌選曲的賓客所決定的；因此所謂「商女不知亡國之恨」，只能說其情可憫而其愚可悲；然而當時的士大夫竟然只知縱情聲色，醉生夢死，置國家興亡於度外，棄蒼生安危於不顧，猶且點唱亡國哀音而嬉笑自若，則可謂其行可鄙而其心可誅矣！因此李鍈《詩法易簡錄》說：「『不知』二字，感慨最深，寄托甚微。通首音節神韻，無不入妙，宜沈歸愚嘆為絕唱。」

此外，「猶唱」二字微妙而自然地把過往的歷史、當今的現實以及可能的未來串聯起來，值得細加體會。詩人不僅感慨陳朝滅亡以來，世人未能記取逸豫亡身的古訓，反而競誇豪奢，自掘墳墓，一再重蹈死於安樂的覆轍；而且更憂心就在李唐氣數已經逐漸衰歇的時候，士大夫還不能以許渾〈金陵懷古〉的喟嘆「〈玉樹〉歌殘王氣終，景陽兵合戍樓空；松楸遠近千官冢，禾黍高低六代宮」來深自警惕，反而侈靡成風，爭聽艷曲，只怕〈玉樹後庭花〉將成為萬代相傳的輓歌，而〈泊秦淮〉也終將成為千古不移的詩讖了！因此葛立方《韻語陽秋》卷 15 評論陳叔寶的〈後庭花〉和李隆基的〈阿濫堆〉同屬輕薄淫靡之樂時說：「二君驕淫侈靡，耽嗜歌曲，以至於亡亂。世代雖異，聲音猶存，故詩人懷古，皆有『猶唱』『歌吹』之句。」換言之，「猶唱」二字的寄意，正如同杜牧少年時期的成名作〈阿房宮賦〉的結尾：「秦人不暇自哀而使後人哀之，後人哀之而不鑑之，亦使後人而復哀後人也」一樣，都在啟示我們：無情的歷史鬼魅，始終冷峻地俯視著它腳下無知的小兒正在前仆後繼地歡唱著令人心魔癲狂的淫聲媟調，愚蠢地向幽暗的墳墓縱身躍下而至死不悟……。

身為一位才情英發、胸懷磊落的詩人，而且又在〈郡齋獨酌〉詩中深自期許「平生五色線，願補舜衣裳；弦歌教燕趙，蘭芷浴河湟」的有志之士，作者似乎藉著這首七絕來警醒世人：什麼時候才能刮淨心靈的昏垢，從察古鑑今的明鏡中照見自己醜陋的愚行呢？因此吳逸一在《唐詩正聲》評曰：「國已亡矣，而靡靡之音深入人心；孤舟驟聞，自然興慨。」俞陛雲《詩境淺說・續編》說：「〈後庭〉一曲，在當日瓊枝璧月之場，狎客傳箋，纖兒按拍，何等繁榮！乃同此珠喉清唱，付與秦淮寒夜；商女重歌，可勝滄桑之感？……獨有孤舟行客，俯仰興亡，不堪重聽耳。」他們都拈出詩中流露孤悶愁絕的感受，值得細加體會[1]。

沈德潛在《唐詩別裁》中稱本詩為「絕唱」，又在《說詩晬語》中推薦本詩足堪接武王昌齡「秦時明月」、王翰「蒲桃美酒」、王維「渭城朝雨」、李白「朝辭白帝」、王昌齡「奉帚平明」、王之渙「黃河遠上」諸篇之高格，與李益「回樂峰前」、柳宗元「破額山前」、劉禹錫「山圍故國」、鄭谷「揚子江頭」等詩並美，同列於唐人七絕壓卷之林中；管世銘《讀雪山房唐詩凡例》則以為沈氏所增列者唯以本詩為當。由這兩位詩評家的推崇備至，可知本詩的成就之高，已足可比肩盛唐大家，超邁於中晚唐詩苑而無愧了；因此王士禎在《唐人萬首絕句選・凡例》中說：「中唐之李益、劉禹錫，晚唐之杜牧、李商隱四家，亦不減盛唐作者。」翁方綱《石洲詩話》也說：「小杜之才，自王右丞後未見其比。其筆力迴斡處，亦與王龍標、李東川相視而笑。『少陵無人謫仙死』，竟不意又見此人。」如此評價，應該稱得上中肯。

【補註】

01 王堯衢《古唐詩合解》說：「商女只知唱曲，安知曲中有恨？杜牧隔江聽去，知乃亡國之音，觸景生悲，便有無限興亡之感。」徐增《而庵說唐詩》也說：「商女，是以唱曲作生涯者，而〈後庭花〉曲，唱而已矣，那知陳後主以此亡國，有恨於其內哉？」他們似乎都以為〈玉樹後庭花〉曲中寄寓有陳叔寶無窮憾恨存焉，則恐怕並非史實了；畢竟〈後庭花〉本是後主在位時專為尋歡取樂而作，並非亡國後的懺情詩篇。

【評點】

01 桂天祥：寫景、命意佳絕。（《批點唐詩正聲》）

02 郭濬：亡國之音，自不堪聽，又當此景。（郭濬評點、周明甫等參訂《增定評注唐詩正聲》）

03 楊逢春：三、四本推原亡國之故，妙就現在所聞商女之唱，猶是亡國之音感歎；索性用「不知」二字，將「亡國恨」三字掃空。運實於虛，文心幻曲。（《唐詩偶評》）

04 徐增：「煙籠寒水」，水色碧，故云「煙籠」；「月籠沙」，沙色白，故云「月籠」。下字極斟酌。（《而庵說唐詩》）

05 宋宗元：後之詠秦淮者，更從何處措詞？（《網師園唐詩箋》）

06 黃瑞榮：盱目刺懷，含毫不盡。「千里楓樹煙雨深，無朝無暮聽猿吟」，淒不過此。（《唐詩箋要》）

07 何焯：發端一片亡國恨。（姚鼐輯、趙彥傳注《唐人絕句詩鈔注略》）

265 秋夕（七絕） 杜牧

銀燭秋光冷畫屏，輕羅小扇撲流螢。天階夜色涼如水，臥看牽牛織女星。

【詩意】

銀燭臺上搖曳著微弱的寒光，使屏風（上的並蒂花、連理枝、鴛鴦戲水、鳳凰于飛等花鳥圖案全都）籠罩在幽暗冷清的色調裡，讓她莫名感到幾分孤寂落寞。百無聊賴之餘，她拿起小巧玲瓏的羅扇，走到院子裡去追逐撲打忽明忽滅、飄忽閃爍的流螢……。當她玩得有些倦了，便坐在露天的台階上，享受晚風襲來時清涼如水的舒適感……；後來，她索性躺臥在沁涼的台階上，仰望著牽牛星和織女星，自已編織一段纏綿浪漫的淒美故事……。

【注釋】

① 詩題—王建有〈宮詞〉百首，本詩乃其第八十八首；而本詩又見於《樊川外集》中，故難以判斷究竟為何人所作。宋人周紫芝《竹坡詩話》云：「二子之詩，其流婉大略相似，而牧多險側，建多平麗；此詩蓋清而平者也。」是由詩風判斷為王建之作；而明人楊慎《升庵詩話》則認定是杜牧之作。

② 「銀燭」句—銀燭，銀燭臺上之蠟燭；一說謂白燭之美稱。筆者以為此時如燃「白」燭照明，似覺陰風慘慘，是以不取。一本作「紅」燭。秋光，燭光幽微而泛生寒意之謂。畫屏，繪繡有連理枝、花開並蒂、鴛鴦戲水、鳳凰于飛等圖案的屏風。

③ 「輕羅」句—輕羅小扇，由薄紗或細絲製成的輕巧玲瓏的圓扇。

④ 「天階」句—天階，露天的石階；一作「瑤」階，則是臺階之美

稱。一本作「天街」，則代指星空而言，蓋古時將北極北斗附近之天宇區分為紫微、太微及天市三垣；天街，猶云天市。一說謂天街是指長安之街道。

⑤ 臥看──臥，一本作「坐」。

【導讀】

崔顥描寫宮怨的〈七夕〉詩云：「長安城中月如練，家家此夜持針線。仙裙玉珮空自知，天上人間不相見。長信深秋夜轉幽，瑤階金閣數螢流；班姬此夕愁無限，河漢三更看斗牛。」本詩似乎是檃栝崔詩的後四句而自成一格，因此歷來詩家便大抵視本詩為宮怨之作；曾季貍《艇齋詩話》即稱本詩是小杜的「秋夜宮詞」，並說：「含蓄有思致。星象甚多，而獨言牛、女，此所以見其為宮詞也。」謝枋得《唐詩絕句註解》說：「此為宮中怨女作也。牽牛織女，一年一會，秦宮人望幸，至有三十六年不得見者[1]。『臥看牽牛織女星』，隱然說一生不蒙寵幸，願如牛女一夕之會，亦不可得。怨而不怒，真風人之詩。」

儘管如此，筆者仍以為這首風格含蓄、情趣婉約有如一闋小詞的七絕，除了以宮怨解之，可以有語淺情深的趣味之外，還可以視為一幅少女懷春圖卷。詩人刻意渲染明滅閃幻的光影、澄淨素淡的色調和清寒沁涼的觸感，目的是藉以烘托環境的冷清、氣氛的寂靜，從而透露出一位天真無邪、情竇初開的少女，在仰望繁星璀璨的夜空時憧憬愛情的浪漫心事。前人解讀時可能是由「輕羅小扇」四字，聯想到相傳是班婕妤在失寵後居住在長信宮中所作的〈怨歌行〉：「新製齊紈素，鮮潔如霜雪；裁成合歡扇，團團似明月。出入君懷袖，動搖微風發。常恐秋節至，涼飆奪炎熱；棄捐篋笥中，恩情中道絕。」於是便由「秋扇見捐」來理解次句的詩意，連帶地也把全篇解讀成怨情淒婉之作了；因此何焯以為本詩除了點化崔顥之詩外，「次句再用團扇事，渾成無跡。」雖然言之有理，讀之有味；筆者卻認為次句所寫情事，仍然有可能是一位天真活潑、輕盈矯健的少女在追撲流螢為戲，藉以打發無聊的夜晚而已，與王昌齡〈長信秋詞〉中「暫將團扇共徘徊」的旨趣截然不同，理由如下：

＊第一，因為王詩顯然是以班姬為對象，把「秋扇見捐」的宮怨寫得絲絲入扣；而本詩則沒有以這個典實為背景的需要。

＊第二，王詩的「暫」「共」二字，流露出明顯的百無聊賴之感，暗示了人扇同悲的命運，因此班婕妤難免會睹物生情而顧「扇」自憐；本詩中的扇子卻分明是遊戲的道具，作用大不相同。

＊第三，詩中人物會拿著輕巧玲瓏的羅扇去追撲庭院中的流螢，應該正表示她是一位荳蔻年華，身輕體健的少女；如果是久居冷宮中而年歲稍長，心事重重的女子，恐怕不至於如此天真無邪，也不太會有此雅興。

＊第四，詩中的「銀燭」「畫屏」「羅扇」「天階」等詞語，雖然華美，但卻沒有華貴到非宮禁之物莫屬的地步，因此未必須要把本詩硬套為宮怨之作。

＊第五，宋顧樂在《唐人萬首絕句選評》中稱賞本詩時說：「詩中不著一意，言外含情無限。」孫洙的《唐詩三百首》介紹本詩時也只是說：「層層布景，是一幅著色人物畫；只『坐看』二字逗出情思，便通身靈動。」這兩段評介的文字中，似乎並無「宮怨」的意思。

因此，筆者以為不妨讓宮怨和思春兩種旨趣並存，分別體會，也許能有更豐富的審美經驗。不過，由於本書對於宮怨詩的導讀已多，較少披露少女心事，因此僅就思春一面導讀於後。

「銀燭秋光冷畫屏」七字，先寫室內擺設的華美與氣氛的幽冷，藉以逗出詩中女子心裡若隱若現的落寞孤寂之感。燭臺之銀亮、燭火之微弱、「秋」字所傳達的寒意，再加上光影的搖曳閃幻，畫屏便被映照得或明或暗而泛起陣陣的涼意了；幽居其中的女子，可能會感到心神不定、意態寂寥而頓覺孤獨冷清。「輕羅小扇撲流螢」七字，則是寫她難耐室內的冷清無聊，於是走到庭院中去追撲流螢以為消遣。詩人只用幾個意態輕盈靈動的字詞，便形象鮮明、氣韻生動地勾勒出一位天真無邪，活潑健朗，不失赤子之心，未諳相思之苦的少女，忽東忽西、奔南逐北的遊戲情狀，使人宛然見到她窈窕的身影，恍如聽到她清脆的笑聲，的確是妙逸傳神，情趣洋溢，而又詩中有畫的精采之筆。尤其是流螢的明滅、羅扇的潔白，再加上後半段星空銀河的閃爍，更使畫面顯得瑰奇神秘，耐人遐想；詩人佈置景物、營造意境的功力，頗見匠心。

「天階夜色涼如水」七字，大概是寫她遊戲得有些倦了，因此便坐在露天的臺階上休息，托著香腮觀看庭中螢光流動時明滅不定的景象；漸漸地，晚風襲來，消除了追逐時的燥熱之感。此時夜涼如水，連臺階上都泛起使她觸肌生涼的輕寒之感，讓她覺得通身清爽，心靈空明。也許是這種清涼的觸感使她覺得舒適極了，於是便索性躺臥在臺階上，一方面讓背脊也能感受到沁涼的清爽之氣，一方面則便於讓自己完全放鬆地仰望星空。當她眨著大眼睛注視著明河中的牽牛和織女星宿，幻想一段纏綿悱惻、浪漫淒美的仙凡之戀時，心中似乎也因而醞釀出一種莫名的憧憬，而後逐漸孕育成一段幽秘的心事……。不知何時，璀璨的星空竟幻化成縹緲綺麗而又深邃夐遠的夢境，至於那一眨一眨的，就是夢的眼睛了；而那許許多多靈光閃動的眼睛，似乎都正好奇地爭相窺探她夢中的心事……。「臥看」兩字，表現出少女放任自在、無拘無礙的心理狀態；這種悠然舒適的姿勢，是由前句的清涼沁人之感發展而來的，顯示出少女心中澄明空靈，無憂無慮。至於織女和牽牛，原本就是一段哀艷迷人的浪漫神話，對於情竇初開、天真無邪的少女而言，大概會在心中泛起感動與憧憬的漣漪，而不是掀起幽怨和哀愁的波瀾。筆者甚至以為：不妨把詩中女子設想為〈贈別〉詩中那位「娉娉嫋嫋」芳齡十三的少女，則她在「輕羅小扇撲流螢」時的活潑俏麗，以及「臥看牽牛織女星」時眼中閃動的迷濛而清澈的光華——迷濛，可能是由於含著深受感動的淚光；清澈，則見出她的純潔與善良——也就更是狀溢目前而惹人憐愛了。

在閱讀這類描寫兒女心事而情調婉約含蓄的詩篇時，如果能夠拋開刻板僵化的評解，直接以自己曾有的年輕情懷，以意逆志地揣摩詩中的情境，或許可以不被一成不變的觀點所拘限，而能以更活潑的聯想來領略詩歌多元的意趣與風味，甚至進而曲探詩人幽微的騷心。即以本詩末句而論，詩人只勾勒出臥看牛女的形象便戛然而止，不去渲染少女的心事，但是少女情懷總是如詩似夢，卻是人人皆能體驗的事實，未必須要膠柱鼓瑟地執著於失寵的深宮幽怨。

筆者以為，詩歌原本就是錦心繡口的詩人馳騁想像的靈思，並揮灑五色的彩筆所完成的傑作，那麼當讀者想要遨翔在詩國的天空，欣賞琳瑯滿目、美不勝收的文藝苑囿時，如果沒有一顆自由自在的心靈和一對妙想聯翩的翅膀，恐怕無法真正領略到詩歌審美時瑰奇妙逸的情趣；因此大膽解讀如上以供參考，希望協助讀者掙脫墨守成規的桎梏，以更靈活而自由的心態來讀詩；也許有些具有靈心慧根的讀者可以有別開生面的妙悟，而有些難解的詩謎，也在讀者火眼金睛的鑒照之下，煙霧散盡，呈現出它最令人心醉神迷的風貌。

【補註】

01 杜牧〈阿房宮賦〉描寫阿房宮中之怨女云：「一肌一容，盡能極妍。縵立遠視，而望幸焉，有不得見者三十六年。」

【評點】

01 釋惠洪：（詩）有意含蓄者，如〈秋夕〉曰：「銀燭秋光冷畫屏……。」（《冷齋夜話》）

02 陸時雍：冷然情致。「坐看」不若「臥看」。（《唐詩鏡》）

03 苕溪漁隱：此詩斷句極佳，意在言外；其幽怨之情，不待明言而自見也。（黃生《唐風摘抄》引）

04 朱之荊：燭光屏冷，情之所由生也。撲螢以戲，寫憂也。看牛女，羨之也。（《增訂唐詩摘抄》）

05 敖英：落句即牛女會合之難，見君臣際遇之難，蓋自況也。（《唐詩絕句類選》）

06 吳逸一：詞亦濃麗，意卻悽婉。（《唐詩正聲》）

07 王文濡：此宮中秋怨詩也。自初夜寫至夜深，層層繪出，宛然為宮人作一幅幽怨圖。（《唐詩評注讀本》）

08 俞陛雲：為秋閨詠七夕情事。其三句寫景極清麗，宛若靜院夜涼，見伊人逸致；結句僅言坐看雙星，凡離人悲歡之跡，不著毫端，而閨人心事，盡在舉頭坐看之中。（《詩境淺說・續編》）

09 劉永濟：此亦閨情詩也。不明言相怨之情，但以七夕牛女會合之期，坐看不睡，以見獨處無郎之意。（《唐人絕句精華》）

10 朱自清：是說宮人秋夕的幽怨，可作淺中見深一例。（〈唐詩三百首讀法指導〉）

266 贈別二首其一（七絕） 杜牧

娉娉嫋嫋十三餘，荳蔻梢頭二月初。春風十里揚州路，捲上珠簾總不如。

【詩意】

她的體態是那麼輕盈窈窕，情貌是那麼天真稚嫩，芳齡也不過才十三出頭而已，正如初春二月時含苞待放的荳蔻花在枝頭上隨風顫動那麼惹人憐愛。在風月多情、春色無邊的揚州城裡，即使捲起所有舞榭歌臺的珠簾，看盡一切秦樓楚館的佳麗，也總沒有一個美女像她這麼蕩人心魂，使人眷戀難捨啊！

【注釋】

① 詩題—本詩大約是杜牧在文宗太和九年（835）即將離開牛僧孺的揚州幕下，遠赴長安出任監察御史前與歌伎的分別之作。

② 「娉娉」句—娉娉，音ㄆㄧㄥ ㄆㄧㄥ，美好貌。嫋嫋，柔弱嬌美貌。四字合用，形容少女體態之輕盈窈窕與情貌之天真稚嫩。

③ 「荳蔻」句—荳蔻，多年生常綠草本植物名，春末夏初開花。其花成穗時，嫩葉捲之而生；穗頭深紅，葉片漸展，花亦漸開，顏色漸淡。二月初猶含苞待放，花葉未展，故又名含胎花；詩人借以比擬情竇初開而未經事人的純潔少女。

④ 「春風」句—形容揚州之風月無邊，春色滿城，繁華明媚已極；《太平廣記・卷273・婦人4・杜牧條》云：「揚州勝地也，每重城向夕，倡樓之上，常有絳紗燈萬數，輝羅耀烈空中。九里三十步街中，珠翠填咽，邈若仙境。」按：揚州位於長江下游北岸，是大運河與長江的交匯處，在隋唐時期是東南最大的商業城市與對外貿易港口，文物之盛，不減京華。

⑤ 「捲上」句—謂對於歌樓酒館中的嬌娃，加以品頭論足，總不及這位妙齡歌妓讓人痴心迷戀。捲上珠簾，可指詩人穿門入戶去尋花問柳，亦可代指在樓中捲簾外望之翠巾紅袖而言。

【導讀】

揚州，是讓杜牧魂牽夢縈，畢生難忘的人生驛站，他曾寫過〈揚州三首〉來描述她的繁華盛況。揚州的歌妓，又是曾讓詩人神魂顛倒，刻骨銘心的性靈伴侶，無怪乎當他回首前塵，尋思往事而寫下「楚腰纖細掌中輕」的艷詞時，仍然流露出幾分迷戀的情懷。因此，當詩人必須離開這一個風月無邊的人間天堂時，心中自然懷有萬分難捨的眷戀之情，於是寫下這兩首傳誦久遠的名作。儘管衛道之士對於杜牧不拘細行的放蕩生涯不以為然，村學夫子也擔心本詩的內容會引發艷情（甚至是淫穢）的遐思，或者更進一步對杜牧玩弄未成年少女的行徑大加撻伐；筆者卻以為賞讀詩歌時，我們不妨拋開道德批判的有色眼光，就詩論詩，才能可能領略詩歌的情韻之美。

「娉娉嫋嫋十三餘」七字，是以疊字動聽的音節和豐富的意涵，勾勒出一位天真嬌美，亭亭玉立的妙齡少女，把她身姿輕盈，體態窈窕，而且骨肉勻稱，玲瓏俏麗的模樣，寫得栩栩如生，楚楚動人。彷彿她正款擺柳腰，輕移蓮步，漾著天真無邪而又燦如春花的笑顏出現在你的眼前；你只會在心靈中輕輕地盪漾著意酣神爽的漣漪，欣賞她清純動人的風韻，卻不至於點燃意亂情迷的烈焰，去焚毀維納斯女神莊嚴而聖潔的形象。這形神飄逸而又耐人懸想的七個字中，既沒有一個名詞，也沒有一個人稱，卻令人宛如見到一朵出水芙蓉正搖曳著柔媚而粉嫩的姿韻，令人心曠神怡；其筆致之空靈清雋，可謂不著一字而盡得風流矣，因此周嘯天在《唐詩鑑賞辭典》中稱賞此句的效果足可媲美曹植筆下凌波微步的洛神那種「翩若驚鴻，宛若游龍；榮耀秋菊，華茂春松」的絕世姿容了。

「荳蔻梢頭二月初」七字，則是在前句避實就虛的手法之後，繼之以形象鮮明而氣韻生動的譬喻，進一步點染她清新的氣質、綽約的丰姿。由於荳蔻花在二月初仍然含苞待放，所以用來形容情竇初開、含羞帶怯，未經雲雨沾溉的十三歲歌女，便顯得相當貼切傳神；而且作者又以「梢頭」之高，捕捉它迎風搖曳，隨風裊娜的動人情態，於是便把「娉娉嫋嫋」的抽象形容描寫得具體可見了；再加上「二月初」洋溢著生機盎然，春意爛漫的氣息，更是寫足了十三歲少女稚嫩而又活潑的神采。詩人在前兩句能夠別出心裁，自鑄偉辭，因此描繪出的處女形象，便顯得清新健康，妙逸動人，使人倍覺俏麗可愛。

「春風十里揚州路」七字，一方面表示這位少女是揚州歌妓的身分，另一方面則極力渲染出繁華都會中春色無邊、美女如雲的旖旎風光，藉以撩起浪漫的幻想，使人有親臨親見而目眩神迷的感受；同時也表現出詩人對揚州風情的無限眷戀，襯出此次遠別的難捨——揚州是如此令人陶醉，豈忍驟然離去？何況還有娉娉嫋嫋、深情如許的嬌娃，更令人迷戀難醒！就詩歌的脈絡而言，「春風」二字，一方面直承「二月初」的意念，使荳蔻花在梢頭更具有迎風搖曳的情韻，一方面又把揚州點染得春風駘蕩，令人心神嚮往；同時還暗喻十里相連的長街中秦樓楚館、舞榭歌臺之華麗，南國佳麗、北地胭脂之美豔，可以使人有享不盡的風流、玩不厭的韻事而流連忘返。

經過「春風」「十里」「揚州路」這一句三折的加倍渲染、層層襯墊之後，詩人再以「捲上珠簾」四字點染出歌樓酒館富麗堂皇，珠光寶氣的裝飾，以及翠巾紅袖倚樓憑欄的風情，便使人彷彿見到詩人「當時年少春衫薄，騎馬倚斜橋，滿樓紅袖招[1]」那種風流自賞的放浪情態，和眠花宿柳的輕薄行徑了[2]。就在詩人極力騁其筆墨渲染揚州的萬種風情，幾乎使人心旌亂飄、意蕩情迷之際，詩人突然拈出「總不如」三字，把前面十一個字所營造出的繁華穠麗，一筆勾銷，給人一種橫空斬斷的突兀之感。經由這樣奇崛拗峭的筆法，激盪起讀者的困惑——「什麼總不如？」「總不如什麼……？」——之後，詩筆卻戛然而止，不再著墨，留給讀者想像的空間去思考詩人句法之獨特、語意之含蓄、詩心之隱微，而後才恍然領悟：原來詩人是以烘雲托月的手法，故意貶抑揚州所有的環肥燕瘦，藉以凸顯出鍾愛之人的娉婷柔美；這和白居易〈長恨歌〉中「回眸一笑百媚生，六宮粉黛無顏色」的寓意及手法，如出一轍，只是杜牧的句法更為生新出奇而耐人咀嚼罷了。「總」字又有自己枕盡藕臂，嚐遍朱唇，而後評頭論足，定其優劣之意，更能誇張地強調自己對於這位芳齡十三的少女真有無限愛慕憐惜之意，因此更是臨別依依，不勝感傷了。

儘管本詩頗有綺麗之思和歡愛之情，但是詩人的手法仍然極為含蓄不露，因此讀來仍有婉約高華的風神和耐人回味的韻致，絕不會有流於纖豔煽情的卑惡趣味，因此繆鉞在〈杜牧詩簡論〉一文中說杜牧儘管也薰染了唐人狎妓的習氣，但是在詩中「所表現的情感還是相當真摯溫厚，對待他們像朋友一樣，並無狎褻玩弄之意。……在纏綿悵惘之中，仍有英爽俊拔之致[3]。」周嘯天評曰：「杜牧此詩，從意中人寫到花，從花寫到春城鬧市，從鬧市寫到美人，最後烘托出意中人。二十八字揮灑自如，游刃有餘，真俊爽輕利之至[4]。」這段評語，對於掌握情意的脈絡，也極有助益，值得細加體會。

【補註】

01 見韋莊〈菩薩蠻〉詞。

02 當年杜牧是花街柳巷的常客，故《太平廣記・卷273・婦人4・杜牧條》云：「牧少俊，性疏野放蕩……牛僧孺出鎮揚州，辟節度掌書記。牧供職之外，唯以宴遊為事。揚州，勝地也，……牧常出沒馳逐其間，無虛夕。復有卒三十人，易服隨後，潛護之，僧孺之密教也。而牧自謂得計，人不知之，所至成歡，無不會意。如是且數年……。」參見〈遣懷〉詩【導讀】首段。〈遣懷〉詩中所謂「十年一覺揚州夢，贏得青樓薄倖名」，可以視為是對這段風流艷史的省思與懺悔。

03 原載於《光明日報》1957年6月23日。

04 見《唐詩鑑賞辭典》。

【後記】

如果本詩和下一首是聯章之作，所描寫的是同一位揚州歌女，則「娉娉嫋嫋十三餘，荳蔻梢頭二月初」兩句，可能是詩人回憶和她初次相見時的第一印象；至於下一首中「多情卻似總無情，惟覺樽前笑不成」兩句，則是銜杯餞別的「此時」了。至於此時歌妓的芳齡幾何，則無法考查；不過，即使她始終是杜牧在揚州十年的最愛，臨別之際頂多也不過二十三歲而已。

北宋時黃庭堅〈廣陵早春〉詩云：「春風十里珠簾捲，彷彿三生杜牧之；紅藥梢頭初繭栗，揚州風物鬢成絲。」南宋時王象之的《輿地紀勝》載：「東南之士，試京師，取高第，往來皆經維揚；有詞云：『揚州十里小紅樓，盡捲上珠簾一半。』」姜夔〈揚州慢〉詞亦云：「淮左名都，竹西佳處，解鞍少駐初程。過春風十里，盡薺麥青青。……杜郎俊賞，算而今，重到須驚。縱荳蔻詞工，青樓夢好，難賦深情。」由上引詩詞皆有檃栝本詩或襲用句法的現象，可以見出宋人對本詩的愛賞程度，也可以體會本詩創作手法之新穎及藝術技巧之高妙了。

267 贈別二首其二（七絕） 杜牧

多情卻似總無情，唯覺樽前笑不成。蠟燭有心還惜別，替人垂淚到天明。

【詩意】

平日情深意濃的她，到了離別前夕，卻反而讓我總覺得像是無情之人一般，似乎可以談笑自如，神態自若，彷彿我遠離而去是沒有關係的；儘管她一直想要說些溫馨有趣的往事來沖淡離愁，紓解別情，可是面對這麼令人感傷的別席，喝下那麼苦澀難嚥的離杯，我卻只覺得無論她如何強顏歡笑，都掩飾不了她受傷的靈魂！蠟燭好像了解我們惜別的哀愁，為我們流下深情的珠淚，直到天明分手的時候……。

【導讀】

江淹〈別賦〉說：「黯然銷魂者，唯別而已矣！」真是一語道盡人間離別的傷痛之慘、愁恨之深了。正由於生離與死訣是人生必然要面對的無奈情境，而且儘管「別方不定，別理千名」，但是「有別必怨，有怨必盈」，騷人自然也就形諸歌詠，流注筆端，寫下許多令人意奪神駭、心折骨驚的名作了。李商隱的〈無題〉詩：「相見時難別亦難，東風無力百花殘；春蠶到死絲方盡，蠟炬成灰淚始乾……。」不知賺人多少眼淚！韋莊的〈菩薩蠻〉：「紅樓別夜堪惆悵，香燈半掩流蘇帳；殘月出門時，美人和淚辭。」和牛希濟的〈生查子〉：「語已多，情未了，回首猶重道：『記得綠羅裙，處處憐芳草。』」都是纏綿悱惻，令人魂銷腸斷的名句；柳永的〈雨霖鈴〉：「執手相看淚眼，竟無語凝噎；念去去，千里煙波，暮靄沉沉楚天闊。」和歐陽修〈玉樓春〉：「樽前擬把歸期說，未語春容先慘咽；人生自是有情痴，此恨不關風與月！」也都是淒愴哀傷，令人迴腸蕩氣的傑作；本詩也是如此。

前一首詩著重在以烘托映襯的手法，捕捉妙齡歌女清麗脫俗的丰神，傳達出詩人為之眷戀牽掛的賞愛程度；本詩則進一步描寫她離情之愁慘與別恨之深濃，更可以見出詩人對她的無限愛憐之情。

「多情卻似總無情」七字，是以矛盾逆折的手法，翻騰出頓挫跌宕的波瀾，藉以傳達難以言喻的離別之痛。這位清純無邪、窈窕嬌美的小歌女，平日對杜牧應該是一往情深，百般依戀；那麼當她得知意中人即將遠赴長安而歸期無定時，不難想像她的心中該是如何震驚、憂慮、徬徨、恐懼，甚至於以淚洗面，哀怨欲絕了。可是如今分手在即，在餞別的酒宴上，她卻反而轉似無情，竟然可以談笑自如，或者泰然自若，對於詩人的遠行似乎可以毫不掛意；則她柔情似水的心中，曾經掀起過如何洶湧的波濤，以及要經過多少努力，才能暫時自我寬慰，掩飾她心靈的傷痛，並勉強打起精神來面對薄倖負心的冤家，也不難體會得到。換言之，詩人是以「無情」來反顯歌女的「多情」，從而流露出自己對她的了解、愧疚、心疼與不忍之情。因此儘管她極力在別筵上強抑珠淚，笑飲離杯，但是終究掩飾不了她暗潮洶湧的心緒，因此看在老於世故的杜牧眼中，不免產生「唯覺樽前笑不成」之嘆了。

第一句的「卻似總」三字，可謂千迴百折，表現出詩人在她貌似無情的言行舉止裡察覺到她的淒楚依戀；她越是想要自欺欺人，卻越是欲蓋彌彰，無所遁形，因此也就越加觸痛詩人的愁腸而覺得千般難捨、萬般無奈了！第二句中的「惟覺」兩字，又更進一步強化首句中流露出的矛盾心理和複雜情緒。詩人是以斬釘截鐵的口氣斷定不論對方如何強顏歡笑，都無法沖淡心中濃得化不開的悲愁——其實詩人自己又何嘗不然呢——因此只能一邊和著淚水吞嚥下苦澀的離杯，一邊讓自己浸透在深沉的憂鬱和黯淡的心緒中了。換言之，第一句「多情卻似總無情」是完全針對少女的心理與舉措而寫，第二句的樽前難歡，就可以兼指雙方而言了；不僅「彩袖殷勤捧玉鍾[1]」的歌女有意借酒澆愁，詩人同樣「也擬疏狂圖一醉[2]」，奈何卻是「強樂還無味[3]」了！僅此二句，已經把詩人體貼入微的細膩情感表露無遺；那麼，即使他在揚州十年之中，曾經到處眠花宿柳，但是他對這位歌女的情有獨鍾，以及相處時的專注真誠與柔情蜜愛，則是毋庸置疑的；因此譚黎宗慕曾析論杜牧的風流多情說：「當其徘徊於舞衫歌扇，杯酒春燈，於是身世兩忘，真吾自見[4]。」我們只要再讀「無情不似多情苦，一寸還成千萬縷[5]」兩句之婉轉悁悵，也就不難領略本詩前兩句的纏綿悱惻了。

「蠟燭有心還惜別，替人垂淚到天明」兩句，則宕開一筆，因人及物，以無情之物猶能替人惜別，來烘托有情之人的傷痛之慘；則兩人柔腸百結、珠淚婆娑的情狀，也就宛然在目了。尤其是借眼前的燭芯蠟淚來說心中情事，更是信手拈來，自然高妙的移情手法，更見得詩人離愁深濃，因此觸目成悲了。黃叔燦《唐詩箋注》稱賞本詩說：「曰『卻似』，曰『惟覺』，形容妙矣。下借蠟燭托寄，曰『有心』，曰『替人』，更妙。」正點出了詩人苦心孤詣的鍛鍊之處，值得參考。事實上，當我們讀到「蠟燭惜別，垂淚天明」的情節發展後，再回顧「多情卻似總無情」七字，自然就更可以體會到這七個字千迴百轉的深情了：如果不是情深意濃，誰會陪你終宵宴飲，盤桓別席直到天明呢？

【補註】

01 見晏幾道〈鷓鴣天〉詞。
02 見柳永〈蝶戀花〉詞。
03 同補註 02。
04 見《杜牧研究資料匯編》。
05 見晏殊〈玉樓春〉詞。

268 寄揚州韓綽判官（七絕） 杜牧

青山隱隱水迢迢，秋盡江南草未凋。二十四橋明月夜，玉人何處教吹簫？

【詩意】

（記憶中的江南實在很難忘懷：）綿延的青山，在遠方若隱若現，悠悠的綠水，向天邊迢遞而去；儘管已經是深秋時節了，但是江南地氣暖和，草木並未凋零的迷人景觀，仍然讓我眷戀。想來今夜揚州城裡旖旎浪漫的二十四橋，應該正沐浴在明月的銀輝中吧？而我風流俊朗的朋友，又是在哪一個溫柔鄉中調教美人吹簫呢？

【注釋】

① 詩題—本詩當是詩人離開牛僧孺淮南幕下後所作。韓綽，生平不詳，由詩人調笑的口吻推測，應該是杜牧在淮南幕下時（太和七年至九年間）的僚友兼狎妓玩樂時的遊侶；詩人另有一首〈哭韓綽〉詩云：「平明送葬上都門，紼翣交橫逐去魂。歸來冷笑悲身事，喚婦呼兒索酒盆。」則兩人交情似不淺。判官，觀察使、節度使的僚屬。

② 「青山」句—隱隱，朦朧隱約貌。迢迢，遙遠貌；一本作「遙遙」。

③ 「秋盡」句—江南，泛指長江以南地區；揚州雖在長江北岸，但詩人似乎也把她納入廣義的「江南」的概念中。草未凋，因地氣較暖，故尚未凋零[1]。

④ 「二十」句—二十四橋，似乎最早見於本詩[2]，北宋沈括之後，說法不一：或謂實指二十四座橋，或謂泛指二十餘、甚至更多的橋而言，或謂乃一座橋名，或謂「二十四」乃橋之編號序數。筆者暫時視之為揚州城內河橋之多的泛稱，大抵泛指煙花柳巷的歌樓舞榭之區，類似於秦淮河畔的風流淵藪。

⑤ 「玉人」句—玉人，通常泛指美人；王嘉《拾遺記》卷 8 載蜀之甘后肌膚白皙柔潤，與河南所獻之玉人相似。然此處亦可指韓綽之容貌如玉，風流英朗而言[3]。吹簫，可能化用《列仙傳》中蕭史教弄玉吹簫，後兩人跨鳳乘龍，登仙而去之典；在此暗指韓綽倚紅偎翠、享盡豔福的風流韻事。

【補註】

01 後蜀韋縠所選《才調集》、影宋本及影明本《樊川文集》皆作「草木凋」；後人遂為「木」與「未」字之異而聚訟紛紜。筆者以為如作「木」字，則草木既凋，何來「青」山隱隱？於理不合，故取「未」字（餘詳見【後記】）。

02 「二十四橋」一詞，終唐之世，似乎唯有韋莊〈過揚州〉詩再度提及：「當年人未識兵戈，處處青樓夜夜歌。花發洞中春日永，月明衣上好風多。淮南去後無雞犬，煬帝歸來葬綺羅。二十四橋空寂寂，綠楊摧折舊官河。」

03 《世說新語・容止》篇謂裴楷麤頭亂服皆好，時人以為「玉人」；而衛玠乃古時之美男子，亦有此名。作者〈寄珉笛與宇文舍人〉云：「寄與玉人天上去」，元稹《鶯鶯傳》有詩云：「待月西廂下，迎風戶半開；拂牆花影動，疑是玉人來。」則唐人似有以「玉人」稱才子文士的成例。

【導讀】

本詩的主旨是懷戀揚州的風物之美，追憶昔日冶遊之樂，並以調笑的口吻，馳問友人是否依然風流多情；由於意境清逸，風情婉約，因而膾炙人口。宋顧樂《唐人萬首絕句選》評曰：「深情高調，晚唐中絕作，可以媲美盛唐名家。」孫洙《唐詩三百首》評曰：「後二語與謫仙『煙花三月』七字，皆千古麗句。」

「青山隱隱水迢迢」七字，是追憶江南山青水碧，風物清佳之美，使人留戀難忘。詩人此時可能是在前往京城的途中，或者已在長安受命為監察御史（文宗大和九年秋之前），甚至更已經分司東都洛陽；由於見到當地晚秋蕭瑟冷落的景物，不堪其衰歇凋殘之悲，因此格外懷念江南明媚的風光。「隱隱」與「迢迢」兩組疊字，不僅在聲調方面能引起遠去朦朧而又連綿逶迤的聯想，而且在詞義方面也能彷彿江南水鄉明媚旖旎的風情；同時既能表達詩人與韓綽之間山遙水長的距離之感，又似乎流露出作者思憶江南時心旌搖蕩，悠然神往，不免望風馳想的陶醉之情。唯有把此句視為詩人已經遠離江南之後的追憶懷想，才能既蘊藏著前述幾種豐富綿邈的意涵，又自然逗出「秋盡江南草未凋」的特殊況味，從而表現出江南深秋時節氣候的溫暖舒適和景物的清麗脫俗，因此才令作者情有獨鍾而夢寐難忘，嚮往不已，以至於心魂便在不知不覺地穿越水闊山遙的阻隔，飛向二十四橋尋夢去了。

「二十四橋明月夜」七字，則拈出詩人的揚州印象中，最令他魂牽夢縈，難以忘懷的畫面，正是王建〈夜看揚州市〉詩中「夜市千燈照碧雲，高樓紅袖客紛紛」所描寫的花街柳巷，燈紅酒綠，以及張祜〈縱遊淮南〉詩中「十里長街市井連，月明橋上看神仙」所映照的繁華街市，衣香鬢影。二十四橋，大約正如秦淮河畔一樣，是舞榭鱗次，歌樓櫛比，商賈密集，妙妓如雲的紙醉金迷之地；尤其當明月的清輝朗照著橋上的名妓淑媛、橋畔的胭脂佳麗，以及橋下滉漾的波光人影時，更是邈若仙境，令人迷醉。因此，當詩人憶念揚州時便自然想起這曾經使他「所至成歡，無不會意」（見于鄴《揚州夢記》）的銷金艷窟、溫柔醉鄉了；於是也就自然會想起昔日一同在浪子天堂、風流淵藪中眠花宿柳、春風得意的「最佳損友」韓綽了，因此便又以「玉人何處教吹簫」的戲謔口吻，調侃對方此時身在何處浪漫的橋畔，是否正在與軟玉溫香耳鬢廝磨，卿卿我我呢？「玉人」二字，可以指肌膚白皙如玉的揚州歌妓，也可以指風流倜儻的才子而言；然而不論是指歌妓或韓綽，既有蕭史教導弄玉吹簫，後兩人結為夫妻，跨鳳乘龍，登仙而去的典故在前，就似乎意在調侃韓綽可能曾和歌妓顛鸞倒鳳、飄飄欲仙。後半兩句，不僅把韓綽風流多情的才調勾勒得依稀可見，也把兩人之間親暱深契的友誼表露無疑。由於明月的清輝灑落人間，已經使得江橋或明或暗，水光明滅滉漾，相當引人遐思；再加上嗚咽的簫聲裊娜在迷人的揚州秋夜，便使得詩人意想中的畫面有聲有色，縹緲如夢，則詩人對揚州風華的迷醉眷戀、心馳神往，也就盡在不言中了。

不過是對於私暱之友和狎邪之行的追憶而已，作者卻能夠寫得清麗如畫、溫馨如夢，而且情調旖旎浪漫，不致流於輕佻惡薄，可見詩人才情之豪蕩俊爽了。徐凝有一首〈憶揚州〉之作，有助於我們理解杜牧對於揚州美女和明月的愛戀情懷：「蕭娘臉下難勝淚，桃葉眉長（編按：一作「尖」）易覺愁；天下三分明月夜，二分無賴是揚州。」把揚州美女無憂無慮，笑靨如花的情態，以及揚州明月清雋皎潔，撩人情思的光華，襯托得極為傳神生動；想來杜牧離開揚州之後，朝思暮想，牽腸掛肚的，也就是這種惹人遐思、惱人情懷，剪不斷、理還亂的無邊風月吧！俞陛雲《詩境淺說‧續編》說：「首句言列岫橫雲，搖波蕩夕，謂揚州之遠也。次言芳草一碧，未覺秋寒，謂氣候之美也。後二句言當年廿四橋頭，飛羽觴而醉月，聽微風之過簫，濃情化酒，滴滴皆甘；今宵明月依然，簫譜重修，何處問玉人蹤跡？洵如其〈遣懷〉詩，所謂一夢青樓，真成薄倖矣！」文字優美如詩，情境點染如畫，可謂指點本詩旨趣的絕唱了。只不過，「列岫橫雲，搖波蕩夕」二語雖美，卻是夜間之景，和本詩前二句「青山隱隱水迢迢，秋盡江南草未凋」所描寫的日間景致並不相符，值得商榷而已。

【後記】

儘管筆者將本詩解讀如上，但是總覺得還是有些問題須要再補充或說明：

＊第一，「青山隱隱水迢迢，秋盡江南草未凋」二句，並非實寫詩人當時所見的景象，而是詩人離開江南後追憶江南的氣候之美與風物之佳。大概在詩人的印象中，揚州江橋的繁華浪漫與江南水鄉的旖旎明媚，同樣令人迷戀沉醉，因此即使揚州事實上是在江北而非江南，可是在他的潛意識裡，早已自然而然地把揚州夢憶也劃入他在江南舊遊的版圖中了。筆者之所以認為前半兩句皆非描寫詩人身在江南時所見的實景，而是離開之後的追憶，而且所謂「江南」還包括揚州在內，理由如下：

＊（一）根據繆鉞所編的《杜牧之年譜》，可知小杜於文宗太和

九年（835）由牛僧孺淮南節度的揚州幕下轉任監察御史，而後以疾病為由，分司東都；則詩人必然是在離開揚州之後才會有所謂「『寄揚州』韓綽判官」的詩題出現，因為如果他寫作本詩時身在揚州，則詩題中的「寄揚州」三字就應該改為「揚州寄」才符合實情了。再說，他離開揚州之後，如果不循運河北上而轉往長安出任新職，卻渡江南下來到所謂「江南」地區，將離京城越來越遠，恐怕不合情理。

*（二）如果當時詩人身在草木未凋的「江南」，所見則遠山含翠，隱於天際；秋水碧波，迢遞如帶；而且草木青蔥，風物迷人，他應該會感到心曠神怡、樂不思蜀才是。那麼，他為何在流連於風物清佳之際，突然轉而思憶明月揚州、玉橋簫韻，就實在費人疑猜。換言之，如果詩人身在風光明媚的「江南」，則前兩句與後兩句之間，便缺乏因為景物的對比所產生的內在遺憾，以致於在詩歌的脈絡上缺少銜接與過渡，而顯得極為突兀，毫無章法與條理可言。

*（三）（如果詩中的「江南」並不包括揚州的話，）江南素有地氣溫暖之稱，而揚州則在江北，緯度既高於廣大的江南地區，溫度也應低於江南的平均氣溫。就詩人特別拈出江南秋草未凋的用心來看，應該表示此時揚州早已草木凋零才是。那麼詩人究竟有何必要藉著江南深秋清麗明媚來反顯揚州的蕭瑟冷落，然後卻又表現出對於揚州的明月江橋懷念不已，實在令人大惑不解。

*（四）如果說首句「青山隱隱水迢迢」七字，是詩人離開江南後的眼前實景，次句「秋盡江南草未凋」七字，則是把揚州也列入江南的記憶印象中，也不合理。因為首句的山青水秀，顯然也是秋草未凋的意思；如此一來，則江南地區以外的景致和江南一樣「草未凋」，詩人又何必特別眷戀江南的深秋

風情而以之入詩呢？

* 第二，次句如果作「秋盡江南草『木』凋」的話，也有窒礙難通之處：
  * （一）如果江南草木不能經秋耐寒，則這種自然現象與大多數地區（包括揚州）無異，那麼詩人又何必特別指出江南草木凋零的現象？因此楊慎《升庵詩話》說：「秋盡而草木凋，自是常事，不必說也。」
  * （二）「草木凋」三字，正與首句的山青水碧相矛盾，顯然不通，因此楊慎《升庵詩話》說：「若作草『木』凋，則與青山明月、玉人吹簫，不是一套事矣。」
  * （三）如果當時江南草木已凋，則江北的揚州應該枝枒已禿而白雪繽紛，那麼詩句也應該轉而描寫揚州粉妝玉琢的雪景之美才是，就不再是明月玉簫的清雋空靈，而是雨雪霏霏的幽寒冷肅了。
* 第三，還有另外一個地理問題須要釐清。南宋謝枋得在《唐詩絕句註解》中說：「牧之仕淮南，寄揚州韓判官詩，其實厭淮南之寂寞，思揚州之歡愉；情雖切而辭不露。」事實上，唐代淮南道的轄區正在淮水以南、長江以北之間，節度使的治所正是揚州；換言之，揚州就常用來代表淮南。詩人不可能厭淮南而思揚州，可謂不辯自明。可是後來楊慎《升庵詩話》又說：「此詩杜牧在淮南而寄揚州友人者，蓋厭淮南之搖落，而羨江南之繁華。」這種看法，等於重蹈覆轍，只是把地名「思『揚州』」改成「羨『江南』」而已，卻暴露出不少問題：
  * （一）他沒有弄清楚作本詩時杜牧已經離開淮南節度使幕下。
  * （二）也沒有弄清楚「淮南」和「揚州」幾乎是同義詞。
  * （三）揚州其實是在長江以北而非長江以南。
  * （四）如果詩寄江北的揚州友人，心裡卻欣羨江南的繁華，顯

然極不合理。

以上種種糾纏難解的問題，使人在閱讀本詩和參考古人的評析時感到阻礙重重，筆者以為可以有兩個解決的辦法：

*（一）把揚州也納入詩人心靈版圖的「江南」概念之內，把本詩前兩句「青山隱隱水迢迢，秋盡江南草未凋」都看成是追憶印象中的江南之美。

*（二）把韓綽視為和杜牧先後共事於沈傳師的江西、宣歙觀察使幕下（兩幕皆在江南）及牛僧孺的揚州幕下的僚友，而且兩人還酒食徵逐，過從甚密。如此一來，則「青山隱隱水迢迢，秋盡江南草未凋」兩句是追憶江南沈幕時期風光之明媚；「二十四橋明月夜，玉人何處教吹簫」兩句則是回憶揚州牛幕生涯之放蕩了。

可惜筆者身邊並沒有足以佐證以上兩種可能性的文獻資料，也只能憑空推測而已，敬祈博雅君子指教。

【評點】

01 謝枋得：情雖切而詞不露。（《唐詩絕句註解》）

02 劉須溪：韓之風致可想，書記（按：杜牧原在牛僧孺淮南幕下任書記）薄倖自道耳。（高棅《唐詩品彙》引）

03 顧璘：優柔平實，有似中唐。（《批點唐音》）

04 楊慎：唐詩絕句，今本多誤字，試舉一二，如杜牧之〈江南春〉云：「十里鶯啼綠映紅」，今本誤作「千里」。若依俗本，「千里鶯啼」，誰人聽得？「千里綠映紅」，誰人見得？若作十里，則鶯啼綠紅之景、村郭樓台、僧寺酒旗，皆在其中矣。又〈寄揚州韓綽判官〉云：「秋盡江南草未凋」，俗本作「草木凋」。秋盡而草木凋，自是常事，不必說也；況江南地暖，草本不凋乎？此詩杜牧在淮南而寄揚州友人者，蓋厭淮南之搖落，而羨江南之繁華；若作草木凋，則與「青山明月」「玉人吹簫」不是一套事矣。余戲謂此二詩絕妙，「十里鶯啼」，俗人添一撇壞了；「草未凋」，俗人減一畫壞了。甚矣！士俗不可醫也。（《升庵詩話》）

05 胡次焱：對草木凋謝之秋，思月橋吹簫之夜，寂寞之戀喧嘩，始不勝情。「何處」二字最佳。 ○陸時雍曰：杜牧七言絕句，婉轉多情，韻亦不乏，自劉夢得以後一人。牧之詩有「十年一覺揚州夢」之句，素戀其景物奇美。此不過謂韓判官當此零落之候，教簫於月中，不知「二十四橋」之夜在於何處？含無限意緒耳。（《唐詩選脈會通評林》引）

06 黃生：作「草未凋」，本句始有意；若作「木」字，讀之索然矣……。揚州本行樂之地，故以此訊韓；言外有羨之意。（《唐詩摘抄》）

07 黃叔燦：牧之於揚州綣戀久矣；「二十四橋」二句，有神往之致，借韓以發之？（《唐詩箋注》）

08 范大士：丰神搖曳。（《歷代詩發》）

09 周咏棠：只此（按：指「玉人何處教吹簫」）七字，便已妙絕。（《唐賢小三昧集續集》）

269 金谷園（七絕） 杜牧

繁華事散逐香塵，流水無情草自春。日暮東風怨啼鳥，落花猶似墜樓人。

【詩意】

許許多多晉朝的石崇在金谷園中豪奢繁華的往事，早已隨著（他訓練舞姬時鋪在）象牙床上的沉香粉屑在歷史的煙雲裡飄散得無影無蹤了；只有金谷水不知人間的情愁，依舊潺潺湲湲地流動，花草也不管人事的滄桑，只顧著要好好妝點出滿園關不住的春色……。傍晚時東風吹來，園中的禽鳥似乎感受到夕陽西下的蕭瑟與惆悵，不禁啼唱出幽怨哀傷的聲調；只見一片片花瓣依稀就像當年殉情墜樓的綠珠一般，紛紛飄落而下……。

【注釋】

① 詩題—金谷園，又名梓澤，是西晉時顯宦石崇（249－300）的別墅[1]，遺址在漢魏時期的洛陽故城之西邙山腳下的金谷澗中；約在今隴海鐵路洛陽東站北方不遠處。本詩殆作於杜牧為監察御史，分司東都時（835－837）。

② 「繁華」句—繁華，指石崇昔年富可敵國的豪奢之舉，包括與貴戚王愷鬥富的種種行徑，見《世說新語・汰侈三十》[2]。香塵，據說石崇為了訓練舞妓步法之輕盈曼妙，以沉香屑末鋪於象牙床上，使舞者行走其上，屑不沾足者則賜以真珠百琲，有跡者節其飲食，令身輕弱；見王嘉《拾遺記》卷 9。

③ 「日暮」句—殆由張繼〈金谷園〉詩：「年年啼鳥怨東風」（見《全唐詩》卷 242）點化而來，意謂日暮之衰歇與東風之微涼，使啼鳥頓感哀怨而悲啼。怨，使之含悲增怨也。

④ 「落花」句—石崇出使交州（今越南北部）時，以三斛明珠購得能歌善舞兼擅笛藝，而又美麗絕倫之少女綠珠，石崇寵愛異常，於金谷園中為築綠珠樓。時新貴孫秀依附趙王司馬倫而大權在握，使人求綠珠，石崇嚴詞峻拒；孫秀遂指石崇與潘岳等慫恿淮南王司馬允造反而派兵收捕。介士至門時，崇方飲於樓上，對綠珠曰：「我今為汝得罪。」綠珠泣曰：「當效死於君前。」遂自投樓下而死。事見《晉書・卷 33・石崇傳》。

【補註】

01 石崇的〈金谷詩・序〉中自謂其中清泉、茂樹、眾果、竹柏、藥物備具；時常與名士潘岳、左思等二十四友遊宴其中，吟詩作賦。不過，到了唐朝時，這座盛極一時的名園早已荒蕪沒落，只能供人憑弔增悲了；因此王勃〈滕王閣序〉云：「蘭亭已矣，梓澤丘墟。」《全唐詩》卷 538 載許渾〈金谷園〉詩亦云：「三惑沉身是此園，古藤花草野禽喧。」按：三惑，指酒、色、財而言，均足以使人沉湎迷惑而敗家喪身。

02 《世說新語・汰侈三十》載：「石崇與王愷爭豪，並窮綺麗，以飾輿服。武帝，愷之甥也，每助愷。嘗以一珊瑚樹高二尺許賜愷。枝柯扶疏，世罕其比。愷以示崇；崇視訖，以鐵如意擊之，應手而碎。愷既惋惜，又以為疾己之寶，聲色甚厲。崇曰：『不足恨，今還卿。』乃命左右悉取珊瑚樹，有三尺、四尺，條幹絕世，光彩溢目者六七枚，如愷許比甚眾。愷惘然自失。」

【導讀】

本詩是作者抒發對於金谷名園昔盛今衰的滄桑感慨，並對薄命紅顏寄予無限同情歎惋；沈德潛《唐詩別裁・凡例》說：「七言絕句，貴言微旨遠，語淺情深，如清廟之瑟，一唱而三歎有餘音者矣。」本詩實足以當之。

「繁華事散逐香塵」七字中，是以「散」字為全篇的主眼，貫串起金谷園中曾有的富麗堂皇，繁華豪奢，包括石崇的侈靡、綠珠的深情、繽紛的香屑、曼妙的舞腰等，同時也讓飄零的落花、幽怨的鳥啼、蕭瑟的東風和淒清的日暮⋯⋯都脈注綺交於「散」字給人的凋殘衰敗之感上，因此起筆就給人「事如春夢了無痕」那種煙雲往事隨風而逝的滄桑之感，使人頓覺惆悵哀傷，為全詩渲染了淒迷的氣氛與浪漫的情調。

「流水無情草自春」七字，是進一步以流水的潺湲流動和春草的發榮滋長所代表的盎然生意，來和廢園的荒涼殘破形成鮮明對比；於是流水的無情與芳草的無知，正可以襯托人之有血有淚、有愛有恨。而且流水悠悠，亙古不變，芳草萋萋，春來自碧，又正可以烘托出繁華既歇，香塵已杳，與情愛難久、魂魄易散的深悲極恨，流露出物是人非的蒼涼之感，是以物襯人而又景中藏情的化工之筆。岑參的〈山房書事〉說：「庭樹不知人去盡，春來還發舊時花」，杜甫的〈哀江頭〉說：「江頭宮殿鎖千門，細柳新蒲為誰綠」，〈蜀相〉詩說：「映階碧草自春色，隔葉黃鸝空好音」，以及韋莊的〈臺城〉詩說：「無情最是臺城柳，依舊煙籠十里堤」，都是以物襯人，借景抒情，而又飽涵昔榮今枯、滄桑變幻之慨的名句，與本詩前半所用的手法，如出一轍。

「日暮東風怨啼鳥」七字，是化自張繼〈金谷園〉詩：「年年啼鳥怨東風」的句意；經由「日暮」二字的點染，既為荒蕪的名園敷上一層落日蒼茫的殘暉，無形中也使微涼的晚風襲來時，增添了黯淡蕭颯的色彩，更使名園殘跡又多了幾分冷清淒涼的氣氛，因此連春鳥都感覺到場景的岑寂沒落而聲聲淒怨了，何況是多愁善感的詩人，又怎能不寓目增悲，入耳傷神呢？值得注意的是：「日暮」二字同時也暗示詩人徘徊之久，透露出弔古情緒之深沉黯然；「東風怨啼鳥」又把春禽寫得如許多情，正好和前句的流水芳草之無情形成對比，更使人讀來倍覺棖觸多端，難以為懷。有了這七個字烘托淒怨哀傷的情調，溝通人鳥之間的情感之後，詩人不免感到意緒撩亂，心神恍惚了；因此，他便在不知不覺中隨著聲聲哀戚得足以凋傷春花的鳥啼，走入時光隧道中去尋訪那一段哀艷纏綿的情事。此時，被晚風剝落的片片花瓣，紛紛飄墜而下，詩人頓時跌入了淒美迷離的歷史情境之中，竟然分辨不出眼前飄然墜落的是綠珠的幽魂或是春花的殘瓣了：「落花猶似墜樓人」！

本詩的後半兩句，能夠以花擬人而設想出奇，以鳥擬人而唱嘆多情，因此顯得丰神搖曳，韻味深長，無怪乎吳喬《圍爐詩話》說小杜的絕句「最多風韻」。此外，末句「落花猶似墜樓人」是採用類似於現代電影中疊映的技巧，和電腦動畫中瞬間幻化的手法——也就是說在慢動作的播放中，先是落花飄墜……突然幻化為衣衫飄揚的綠珠……而後又轉換為落花繽紛的姿影……繼而又轉化為飄墜而下的綠珠……，表現出詩人對於綠珠的疼惜與敬重之意，更是風流蘊藉的精采之筆，因此宋顧樂《唐人萬首絕句選評》說：「落句意外神妙，悠然不盡。」孫洙《唐詩三百首》說：「二句十三層。」俞陛雲《詩境淺說・續編》說：「前三句景中有情，皆含憑弔蒼茫之思。四句以花喻人，以『落花』喻『墜樓人』；傷春感昔，即物興懷，是人？是花？合成一淒迷之境。」

杜牧的〈桃花夫人廟〉詩云：「細腰宮裡露桃新，默默無言幾度春；至竟息亡緣底事？可憐金谷墜樓人。」詩中先同情被楚文王霸佔為妻而終身不肯開口以示抗議的息媯，，然後又以綠珠墜樓殉主的典故對比，責求息媯不能捨生取義；由此可見詩人對於毫不遲疑地凌空躍下的綠珠是如何地敬重景慕了！

詠史懷古的詩篇，總是須要有一段穿越時空的心路歷程，才能跳脫現實環境的侷限，重新形塑歷史的情境，並引領讀者發思古之幽情，探詩人之騷心；因此，審慎選擇讓詩人觸景生情、即物興感的媒介，就顯得極為重要。本詩的媒介是「落花」，它喚起詩人心中一段哀艷悱惻的愛情悲劇；下一首〈赤壁〉的媒介是一枝折斷埋沙的鐵戟，它觸動詩人對一場驚天動地、鬼哭神號的慘烈戰鬥進行深沉的省思。正由於這兩個意象豐富的媒介，能引發詩人與讀者深遠的聯想，催化雙方的歷史情結，因此才能使整首詩都籠罩在濃郁的思古幽情中；由此可見詩人在鎔裁景物、選取素材時，的確有匠心獨運的卓越才識，所以才能點鐵成金，觸手生春，寫出許多感動人心的深情之作。

270 赤壁（七絕） 杜牧

折戟沉沙鐵未銷，自將磨洗認前朝。東風不與周郎便，銅雀春深鎖二喬。

【詩意】

有一枝折斷的兵戟，半截沉陷在江邊的沙渚中，看起來鐵銹斑駁，卻還沒有完全腐蝕；我拿來加以磨亮、清洗一番之後，隱約可以從銘文、款識上辨認出它是三國時期的曹魏的武器。（這就代表果然是曹軍當時慘敗到丟盔棄甲，連兵器都來不及收拾了！）當我摩娑把玩著這枝古代兵器時，不知不覺間便神遊到了六百年前壯烈的赤壁之戰……。如果當年東風不來相助，周瑜火燒連環船的戰術便無法僥倖得逞；那麼，想必曹操會把國色天香的大喬和小喬都納為姬妾，深鎖在春意濃郁的銅雀臺上為他輕歌妙舞吧！

【注釋】

① 詩題—相傳本詩是作者於黃州刺史任內（842－844）遊「赤壁」時所作，位黃岡縣城外、長江北岸的赤鼻磯，又名黃州赤壁；亦為宋代蘇軾所遊之處，並非歷史上著名的戰役所在。

② 「折戟」句—戟，音ㄐㄧˇ，如矛而前端有雙叉枝，可以直刺橫擊的古兵器。折戟沉沙，部分埋在沙渚中而已折斷的兵戟。

③ 「自將」句—將，持、拿也。認，仔細辨別鑑定。認前朝，由折斷兵戟上面的題字款識可以辨認出是三國時期曹魏的武器，可見果然是火燒連環船的妙計使得曹軍潰敗至棄械而逃的慘況。

④ 「東風」句—周郎，指周瑜（175－210），字公瑾，出身士族，身長體壯，姿貌優雅，精通音律，與孫堅之子孫策同年而深交；

二十四歲時拜建威中郎將，吳中人呼之為周郎。策死，與張昭同輔孫權，任大都督。建安十三年（208）大破曹操於赤壁，年僅三十四。旋敗曹仁，拜偏將軍，領南郡太守；後欲取蜀，於巴丘病卒。與周郎便，助周郎而使之得利之意。編按：據正史所載，提議火燒曹艦者，實為黃蓋；世傳孔明借箭與喚東風者，蓋小說家渲染之言。

⑤ 「銅雀」句——銅雀，指曹操於建安十五年（210）在鄴都（曹操封魏王時的國都，故址在今河北省臨漳縣西）所築的高臺，上有樓屋一百餘間，蓄養所寵之姬妾歌妓於其中，以娛暮年之歡；因鑄有大銅雀於樓顛，舒翼奮起，勢若飛動，故名銅雀臺。二喬，《三國志・周瑜傳》：「（孫）策欲取荊州，以瑜為中護軍，領江夏太守，從攻皖，拔之。時得橋公兩女，皆國色也。策自納大橋，瑜納小橋。」後常以「喬」代「橋」[1]。按：二喬深鎖臺中，即吳國敗亡之意。

【補註】

01 清人宋翔鳳（1779－1860）《過庭錄》以為「喬」氏為匈奴輔相之大姓，而又有「橋」姓則出梁國後，漢有太尉橋元，兩者不容相混。不過，亦有學者主張「喬」「橋」二字相通。

【導讀】

本詩能從歷代名家歌詠赤壁的精金美玉中脫穎而出，得到孫洙的青睞，編入《唐詩三百首》之中，成為膾炙人口，騰播人耳的經典之作，最主要的關鍵是詩人能以生動傳神的形象語言及別出心裁的逆向推理，表現出詩人在取材時獨到的藝術眼光，因此贏得極高的評價；謝枋得《唐詩絕句註解》說：「眾人詠赤壁，只喜當時之勝；杜牧之詠赤壁，獨憂當時之敗。其意曰：東風若不助周郎，黃蓋必不以火攻曹操；使曹操順流東下，吳必亡，孫仲謀必虜，大小喬必為俘獲，曹操得二喬必以為妾，置之銅雀臺矣。此是無中生有，死中求活，非淺識可到。」吳景旭《歷代詩話》說：「牧之數詩（按：指〈四皓廟〉〈烏江〉及本詩）俱用翻案法，跌入一層，正意益顯；謝疊山所謂死中求活也。」換言之，他不去歌頌英雄豪傑的奇功偉勳和流風遺韻，也不去勾勒他們談笑用兵、叱吒風雲的神采，而是由反面設想來呈現一段歷史的弔詭：雄才大略、軍威浩蕩的曹操，擁有必勝的優勢，竟然不敵兵力和韜略都遠遜於自己的周瑜！詩人故意把一切複雜的勝敗因素全部排除，只特別凸顯出東風相助的重要性，藉以指出周瑜不過是一時僥倖而成就奇功罷了！由於詩人具有深厚的軍事素養，評論軍事成敗自然容易使人信服；再加上「東風不與周郎便」七字雖是他人意中所可能有的異想天開，「銅雀春深鎖二喬」七字卻是他人筆下所無的奇思妙境，因此更令人感到新穎警策，趣味盎然。

另外一個值得注意的問題是：這首藉著歌詠史事以抒發議論的絕句，究竟透露出詩人怎樣的心理背景呢？由於杜牧原本就以精研兵法而自負，又對曹操的軍事才幹相當景仰[1]，再加上他算是少年登科的宰相之後，卻長久棲身為節帥的幕僚，不能獨當一面以建功立業，直到外放黃州刺史而寫作本詩的時候已經四十歲了，因此難免會對二十四歲就官拜中郎將、娶小喬，三十四歲就讓舳艫千里、旌旗蔽空的曹軍在赤壁之戰灰飛煙滅，從而流芳青史的周瑜產生又羨又妒的心理，因此便不自覺地在詩中為虎落平陽的曹操抱屈，似乎也對得到東風相助而時來運轉的周瑜懷有些許莫名的敵意，甚至還可能在心中湧起躍馬橫槍與之爭霸三國的豪情壯志。尤其是他仕宦生涯的前段，久任小吏，屈身幕僚，即使終於出任黃州刺史了，也因為不過是「戶不滿二萬，稅錢才三萬貫[2]」的小州，人丁稀少，民窮財窘，實在難有作為；因此他似乎有意藉著嘲諷周瑜邀天之幸來凸顯自己抑鬱不平的悲憤，同時流露出英雄不偶，竟使庶子成名的浩歎！因此賀裳在《載酒園詩話》中說：「詳味詩旨，牧之實有不滿公瑾之意。牧嘗自負知兵，好作大言，每借題自寫胸懷。尺量寸度，豈所以閱神駿於牝牡驪黃之外！」王堯衢《古唐詩合解》也有類似借題自寫懷抱的看法。

此外，詩人先由戟鐵未銷來暗傳物在人亡的滄桑感慨，再由磨洗辨識來引發思古幽情，自然帶領讀者走入李白〈赤壁歌送別〉詩：「二龍爭戰決雌雄，赤壁樓船掃地空；烈火張天照雲海，周瑜於此破曹公」的悲壯場景中，去感受詩人那種生不逢時，不得與英雄爭風流的深沉感傷，也是另闢蹊徑而別開生面的起筆，可圈可點。尤其詩人在首句的動作「磨洗」，和次句中選用「認」字，表現出執著地想要一探歷史真相的專注與用盡全力的神態，以及作者對於曹軍竟然當真大敗難以置信而又心有未甘的複雜心理，的確值得細加體會；因此徐增《而庵說唐詩》說：「『折戟沉沙』，言魏、吳昔日相戰於此；『鐵未銷』，見去唐不遠。何必要『認』？乃『自將磨洗』乎？牧之春秋，在此七個字內。意中謂：魏武精於用兵，何至大敗？周郎才算，未是魏武敵手，又何獲此大勝？一似不肯信者，所以要『認』。仔細看來，果是周郎得勝。雖然是勝魏武，不過一時僥倖耳。下二句言周郎當時，虧煞了東風，所以得施其火攻之策。若無東風，則是不與便；見不惟不能勝魏，江東必為魏所破，連妻子俱是魏家的，大喬、小喬貯在銅雀臺上矣！牧之蓋精於兵法者。」這真是析入毫芒，探驪得珠的精闢之見了；後來黃叔燦《唐詩箋注》也說：「『認』字妙，懷古情深，一字傳出。下二句翻案，亦從『認』字生出。」由此可知：「認」字深藏著詩人鑑別古物時複雜而奧秘的心理狀態，以及在確定了吳勝魏敗的那一瞬間他的心中所湧現出的淒苦悲涼的感傷。

詩人刻意誇大東風的助力，決定了赤壁之戰的成敗，的確是精闢奇警的見識，因此趙翼《甌北詩話》說杜牧「措詞必拗峭，立意必奇闢，多作翻案語，無一平正者。」翁方綱《石洲詩話》說：「小杜之才，自王右丞之後，未見其比。其筆力迴斡處，亦與王龍標、李東川相視而笑。」洪亮吉《北江詩話》說：「中唐之後，小杜才識，亦非人所及。」由本詩見解的奇峭及筆致的俊爽來看，這些擲地有聲的評價，小杜的確當之無愧。

【補註】

01 他除了針對當時朝廷與藩鎮的矛盾，以及唐室與吐蕃的鬥爭，寫作了〈戰論〉〈守論〉〈原十六衛〉等見解精闢而又建議可行的文章之外，還替曹操所定的《孫子兵法》十三篇作注而負盛名。

02 見杜牧〈黃州刺史謝上表〉。

【後記】

這一首借懷古詠史以抒發感慨的七絕，是經由一枝折斷沉沙的戰戟，帶領讀者進入時光隧道去回顧決定三分天下的關鍵戰役，並且匠心獨運地從戰敗方的立場以逆向思考的模式作驚人之想。因此，本詩最值得注意的地方，首先是：整首詩是要傳達何種推陳出新的詠史觀點？其次是：詩人寫作時的心理背景如何？第三是：詩人所使用的語言是否凝鍊精確地營造出意象豐富的情境，並足以引導讀者發揮想像去體悟詩人幽微要妙的騷心？至於詩人所遊之地究竟是不是群雄角逐、豪傑爭馳的赤壁古戰場，以及銅雀臺是不是為了二喬而修築的問題，其實並非詩歌賞讀的重點所在，無須過於膠柱鼓瑟。

筆者以為對於詩歌外緣條件的掌握固然重要，但是不應精於考據而疏於賞讀，以致有買櫝還珠之虞。因為詩歌創作的關鍵，其實在於掌握靈光的閃現與情思的翻騰，並以優美的文學形式加以表現。詩人可以運用各種超乎現實的移情及造境手法，去完成形象思維的塑造，豐富詩歌藝術的審美情趣，從而使人有如見如聞的真實感受，和於我心有戚戚焉的親切共鳴，就已經充分展現詩歌可以「興觀群怨」的感人效果了，根本無須苛求它還得另外挑起傳述信史的艱鉅使命。

《文心雕龍・神思》篇在闡釋作者的妙思可以調動時空、改造情境時說得好：「文之思也，其神遠矣！故寂然凝慮，思接千載；悄焉動容，視通萬里。吟詠之間，吐納珠玉之聲；眉睫之前，卷舒風雲之色。」又說：「神思方運，萬途競萌，……登山則情滿於山，觀海則意溢於海；我才之多少，將與風雲而並驅矣！」這兩節文句說明了文學情境之所以能時真時幻、或實或虛、忽隱忽現、亦近亦遙，使人心驚魄蕩、意亂情迷的奧妙所在。因此，即使杜牧、蘇軾等著名的文學家巧妙地發揮移山倒海的本事，把黃州赤壁點化為三國赤壁，並不代表他就疏於考據查證而有迷誤為真、積非成是的訛謬之處；元人楊載《詩法家數》中論及「用事」時說：「陳古諷今，回彼證此，不可著跡，只使影子可也；雖死事亦當活用。」本詩正是借赤壁的「影子」而不拘泥於形跡的例證。明人胡應麟在《詩藪・外編》卷 4 中認為詩人創作時「借景立言，惟在聲律之調，興象之合，區區事實，彼豈暇計？」這番話說得很有道理。換言之，詩人往往是因事興感，即地抒懷，但求能借古人酒杯澆自己心中塊壘而已；詩中出現地理方位的錯誤，哪裡是因為他們淺薄鄙陋、不學無術呢？因此清人謝功肅在〈東坡赤壁考〉中就曾點出作者不過「發抒牢騷，假曹周以寓意」的用心；朱日浚〈赤壁懷古〉詩也說：「赤壁何須問出處？東坡本是借山川。」浦起龍在《古文眉詮》中評解〈赤壁賦〉時也稱讚潘耒的〈赤壁〉詩：「亦知孫曹爭戰處，遠在鄂渚非齊安。聊借英雄發感慨，移山走海騁筆端。」是「曉事人語也」。這種持平之見，有助於我們擺脫地理考證的繁瑣功夫，純粹以文學欣賞的角度去探索詩人詠事抒懷時幽微的騷心。

末句「銅雀春深鎖二喬」，是以風神旖旎而情調浪漫的形象語言來包裝詩人的妒羨心理，曲傳東吳敗亡、社稷覆滅的深意，更是在逆向推理的奇趣之外，化實為虛、興象綿邈的生花妙筆，因此別有含蓄婉約、淵永不匱的情韻。不過，由於詩心包藏得頗為細密幽微，竟引來正反不同的評價。茲先摘錄反面評價，再抄錄正面肯定的見解如下：

＊許顗：孫氏霸業，繫此一戰，社稷存亡、生靈塗炭都不問，只恐捉了二喬！可見措大不識好惡。（《彥周詩話》）

＊陳錫路：蓋有見於曹瞞當日惟是不能忘情，覺其屠鄴急召甄，有「今年破賊正為奴」之嘆，則如二喬國色，亦不欲置之銅雀臺上乎？如此立意下語，是扶出老奸心事來。（《黃嬭餘話》）

＊編按：筆者以為他把後半講成是杜牧以春秋筆法誅伐曹操性喜漁色，恐怕誤解詩心了！

＊秦朝釪：如吳門市上惡少年語，此等詩不可作也。（《消寒詩話》

＊編按：這是以為後半段太過露骨，缺乏溫柔敦厚的餘蘊。

＊沈德潛：牧之絕句，遠韻遠神。然如〈赤壁〉詩，……近輕薄少年，而詩家盛稱之，何也？（《唐詩別裁》）

筆者以為以上這些過於保守的衛道之言，只怕會平白扼殺詩人豪蕩的襟抱、卓越的史識、綺麗的才思，以及借美人襯英雄來為詩歌潤色的無限風情，都不是健康的解詩態度。因此也有不少詩評家提出不同的看法：

＊宋人方嶽在《深雪偶談》中以為許顗譏斥杜牧缺乏宏觀的見識，只知顧念美色，是由於「不諭此老以滑稽弄翰，每每反用其鋒。」

＊明人何孟春《餘冬詩話》也予以駁斥說：「〈赤壁〉詩，……說天幸不可恃；〈烏江〉詩，……說人事猶可為。……到捉了二喬時，江東社稷尚可問哉？」

＊《四庫全書總目提要》中也說：「（許）顗議論多有根柢，品題亦具有別裁。……惟譏杜牧〈赤壁〉詩為不說社稷存亡，惟說二喬。不知大喬，孫策婦；小喬，周瑜婦。二人入魏，即吳亡可知。此詩人不欲質言，變其詞耳。（許）顗遽詆為秀才不知好惡，殊失牧意。」

＊賀貽孫《詩筏》也說：「牧之此詩，蓋嘲赤壁之功，出於僥倖。若非天與東風之便，則周郎不能縱火；城亡家破，二喬且將為俘，安能據有江東哉？牧之詩意，即彥周（編按：許顗之字）霸業不成意，卻隱然不露，令彥周輩一班淺人讀之，只從怕捉二喬上猜去，所以為妙。詩家最忌直敘，若竟將彥周所謂社稷存亡，生靈塗炭，孫氏霸業不成等意，在詩中道破，抑何淺而無味也！惟借『銅雀春深鎖二喬』，便覺風華蘊藉，增人百感，此政是風人巧於立言處。」

【評點】

01 胡應麟：晚唐絕「東風不與周郎便，銅雀春深鎖二喬」「可憐夜半虛前席，不問蒼生問鬼神」，皆宋人議論之祖。（《詩藪》）

02 胡雲軒：（學究論詩）益不知詩家播弄圓融之妙矣！蓋「東風不與」「春深」數字，含蓄深窈；人不識牧之以滑稽弄辭，每每雌黃之。（《唐詩選脈會通評林》引）

03 賀貽孫：牧之此詩，蓋嘲赤壁之功出於僥倖，若非天與東風之便，則周郎不能縱火，城亡家破，二喬且將為虜，安能據有江東哉？（《詩筏》）

04 黃白山：唐人妙處，正在隨拈一事而諸事俱包括其中。若如許意，必要將「社稷存亡」等字面真正拈出，然後贊其議論之純正。具此詩解，無怪宋詩遠隔唐人一塵耳！（評賀裳《載酒園詩話·論赤壁詩條》）

05 薛雪：「春深」二字，下得無賴，正是詩人調笑妙語。（《一瓢詩話》）

06 何文煥：夫詩人之詞微以婉，不同論言直遂也。牧之之意，正謂幸而成功，幾乎國家不保。彥周未免錯會。（《歷代詩話考索》）

07 劉永濟：大抵詩人每喜以一瑣細事來指點大事。即如此詩，二喬不曾被捉去，固是一小事，然而孫氏霸權，決於此戰，正與此小事有關。家國不保，二喬又何能安然無恙？二喬未被捉去，則家國鞏固可知；寫二喬，正是寫家國大事。且以二喬立意，可以增加詩之情趣；其非翻案好異，滑稽弄辭，斷然可知。至疊山所謂死中求活，蓋論〈烏江〉詩則合。〈烏江〉詩謂項羽尚可回江東以圖再起，乃於萬無可為之中，猶謂有可為，故曰「死中求活」；但不可以論此詩。（《唐人絕句精華》）

271 遣懷（七絕） 杜牧

落魄江湖載酒行，楚腰纖細掌中輕。十年一覺揚州夢，贏得青樓薄倖名。

【詩意】

年少輕狂的歲月裡，我是一個隨身攜帶酒壺，放浪於江湖之間，醉生夢死的浮薄之徒；我時常在秦樓楚館、舞榭歌臺裡，和那些體態輕盈、身段窈窕的南國佳麗與北地嬌娃恣意行樂，盡情尋歡。唉！那段往來揚州長達十年的風流韻史，如今回想起來，彷彿是一場大夢初醒，只贏得「薄情寡義杜冤家」的名號在青樓妙妓之間流傳而已！

【注釋】

① 詩題—遣懷，借詩遣悶之意。相傳杜牧隨牛僧孺鎮揚州時，每夕為狹邪之遊，如是者數年；可見其年少時放浪輕狂之一斑。依照詩中流露出的懺悟與自嘲的口氣推測，本篇應是詩人漸覺遲暮衰朽而感舊追賦之作。

② 「落魄」句—落魄，一作「落拓」，潦倒失意，淪落不堪也，亦

可有放蕩失檢之意。江湖，一作「江南」。杜牧早年先後供職於沈傳師洪州與宣州幕下、牛僧孺淮南幕下、崔鄲宣州幕下，以上諸州大抵在杜牧心中均統稱為「江南」；而不論就寄人籬下，壯志難酬的抑鬱而言，或就放蕩狹邪，眠花宿柳的輕狂而言，均可名之為「落拓」。

③ 「楚腰」句—極言歌伎舞姬體態之輕盈窈窕，惹人愛憐。楚腰纖細，《韓非子・二柄》篇：「越王好勇而民多輕死，楚靈王好細腰而國中多餓人。」掌中輕，《西京雜記》云：「趙飛燕體輕腰弱，善行步進退。」《飛燕外傳》謂飛燕「能為掌上舞」。

④ 「十年」句—十年，泛指時間之久；詩人在江南、淮南諸幕的時間前後約有十年。覺，音ㄐㄧㄠˋ，睡夢也；亦可音ㄐㄩㄝˊ，醒悟也。揚州，是淮南節度使的治所，詩人在此的時間約僅二年，不足十年之數；故此句可能是指在江南、淮南諸幕期間，常往來揚州，或者僅舉揚州之繁華以概其餘。

⑤ 「贏得」句—贏得，剩得、換得、僅得之意。青樓，早期指宮廷中塗飾青漆的樓閣，《南齊書・東昏侯紀》載齊武帝之興光樓上施青漆，故謂之青樓；後泛指精麗華美的樓房，如曹植〈美女篇〉：「青樓臨大道，高門結重關。」然唐宋之後則往往指倡樓妓院而言。薄倖，薄情負義；張相謂：「為所歡之暱稱，猶之冤家；恨之深，正見愛之深也。」

【導讀】

有關杜牧浪蕩失檢的風流韻事，最早見於于鄴（約 867 前後在世，與杜牧同鄉而稍晚）的《揚州夢記》，第一則說杜牧在牛僧孺幕下時，白日供職，夜晚則狎妓冶遊，自以為神不知鬼不覺地縱情尋歡，殊不知牛相已派人暗中保護跟監，長達數年。等待杜牧徵拜侍御史時，牛相在餞席中警勉他應該愛惜羽毛，杜牧仍欲狡辯掩飾，僧孺才讓侍兒取出滿箱「特派員」的跟監密報，對他眠花宿柳的形蹤記載得鉅細靡遺，竟達數千紙之多，小杜才慚拜泣謝，終身感念。第二則說杜牧御史在洛陽時，曾不顧念自己主司風憲之清望，逕赴李司徒的華宴，遍觀百餘名絕藝殊色的女妓後，指名詢問：「聞有紫雲者，孰是？」司徒指示後，杜牧凝睇良久，嘆為名不虛傳；司徒大笑，諸妓也回首破顏。杜牧滿飲三爵，起而朗吟〈兵部尚書席上作〉：「華堂今日綺筵開，誰喚分司御史來？忽發狂言驚四座，兩行紅粉一時迴。」意氣閒逸，旁若無人。第三則說杜牧聽聞湖州風物妍好而女子奇艷，乃前往遊賞，刺史知他素喜脂粉，盛辦「親水嘉年華會」，讓他能閱盡美色；終於相中一位十餘歲的少女，以為真有傾城之姿，乃重金下聘，約定十年內守湖州而娶之。十四年後，果真外放湖州刺史，前來履約，而少女已嫁三年，生二子矣。於是賦〈嘆花〉詩云：「自是尋春去較遲，不須惆悵怨芳時；狂風落盡深紅色，綠葉成蔭子滿枝。」以上三則故事，雖無法證實必有其事，然由杜牧留下的多首情詩推測，似又非空穴來風；再加上崔郾答允吳武陵的關說，打算讓杜牧以第五名及第時，賓客曾以杜牧不拘細行而反對[1]，則詩人喜逐聲色之名，由來久矣，恐非「十年一覺揚州夢」而已。這些資料，有助於理解詩人的綺羅脂粉之作，故先略述如上。

冠於篇首的「落魄」兩字，正是詩人所以要排遣愁懷的緣故，因此入手就緊扣題意，總述詩旨；如此起筆，便顯得沉痛感慨，不勝悵惘。詩人自負具廊廟之才，有斡旋天地之志，卻長期屈身幕府，寄人籬下而不能盡展抱負，是以有落魄江湖之嘆；而他少年狂飆的歲月裡，確曾沉湎聲色，放浪形骸，空負王佐之名，實有輕薄之譏，因此難免又有落魄失檢、醉生夢死之嘆[2]。可見詩中的「落魄」兩字，殆兼有壯志難酬、功業未就的遺憾，以及玩世不恭、放蕩狎妓的悔恨之意；以下詩意即順著悔恨而展開，直到「贏得青樓薄倖名」七字，又遙應遺憾之意。喻守真以為本詩是「懺悔艷游的詩」，劉永濟《唐人絕句精華》解成：「才人不得見重於時，發為此詩，讀來但覺傲兀不平之態。」筆者以為應該把這兩種理解組合起來，才能掌握到既悔恨又遺憾的深層底蘊。

「楚腰纖細掌中輕」七字中，融合了「楚王好細腰」和趙飛燕能為「掌上舞」這兩個意象豐富的典實在內，勾勒出詩人當年倚紅偎翠的風流韻事，寫得筆致輕俊，情態婉約。作者雖未明言當年歡愛對象的花容月貌，而其楚楚動人的風韻已宛然如見；雖未實寫詩人為之神魂顛倒的迷戀，而其傾心愛賞的情態也自然可知。正由於詩人對歡場中的綺羅脂粉之態和旖旎纏綿之情，只是點到為止，並不作細節刻劃，因此內容雖纖豔而不輕佻，情事雖風流而不淫穢，只覺風神搖曳，情味雋永，含蓄蘊藉，耐人懸想。

本詩雖似詩人漸覺衰老遲暮時的追悔懺悟之作，但是詩人那種「此情可待成追憶，只是當時已惘然[3]」的耽溺沉湎之狀，卻不難從「楚腰纖細掌中輕」這七個字裡體會出來。因此當他從浪漫的回憶裡折返現實時，便以「十年」之漫長和「一覺」之短暫作對比，顯示出感慨之深沉與情思之漫長；如此一來，「揚州夢」三個字也就更能表現出繁華如夢易醒，往事如煙已散，前塵恍如隔世的悔恨之意了。詩人另外還有〈和州絕句〉詩說「江湖醉度十年春」、〈念昔遊〉詩說「十載飄然繩檢外」、〈自宣城赴官上京〉詩說「瀟灑江湖過十秋」，可見他的確曾經有過長期的浪蕩生涯；而今春夢乍醒時的惘然若失之情，也就不言可喻了。

末句的「贏得」二字，正是在這種懺悟的心理下，顯得沉鬱感傷至極：十年一覺，只贏得青樓妙妓嗔怨自己薄倖的虛名而已；則「輸去」的抱負、志氣、功業、家聲與青春等，真是難以估算了！如果能掌握到詩人原本有經天緯地的雄心壯志，卻只沉溺在徵逐聲色的浪蕩生涯之中，則在詩人自我調侃的語氣裡羼雜著多少辛酸、惋惜、自省、悔悟的複雜情感，以及承載著長久遭受誤解、指責、嘲諷、揶揄的壓力與委屈，似乎也就不難領略了。至於「青樓薄倖」四字，既可見出詩人當年尋花問柳時之風流倜儻，左右逢源，也可以看出昔日歌妓對他愛深情切，輕嗔淺怨的真心流露，無怪乎詩人在多年之後，還會為此而魂牽夢縈，並且在往事不堪回首的感慨中寫下這首似悟實悔，既感且愧，偏偏又讓自己感到意亂情迷，悵惘莫名的傑作。

元人楊載在《詩法家數》中論「絕句」要點時說：「絕句之法，要婉曲回環，刪蕪就簡，句絕而意不絕。多以第三句為主，而第四句發之。……至如宛轉變化工夫，全在第三句；若於此轉變得好，則第四句如順流之舟矣。」這段話正可以看出杜牧七絕之所以高華豪宕，風神搖曳的奧妙所在：不論是〈泊秦淮〉詩在第三句「商女不知亡國恨」的微言婉諷，〈赤壁〉詩在第三句「東風不與周郎便」的別出心裁，或是〈金谷園〉詩在第三句「日暮東風怨啼鳥」的藉鳥增怨，以及本詩在第三句的覺夢迷離，都是開啟第四句意蘊深婉，餘情悠遠的關鍵之筆，值得細加玩味。

【補註】

01 見《唐摭言》卷6「公薦」。

02 因此譚黎宗慕在《杜牧研究資料彙編》說杜牧「似有雙重人格，彼一方面既欲奮壯志於雲霓，另一方面又欲繫閒情於風月。」施蟄存《唐詩百話》也說：「他的文學、思想和品德，都有互相矛盾之處。」這種矛盾，除了可以由他可能本擬赴秦淮河畔的風流淵藪去浪漫冶遊，卻寫出「商女不知亡國恨，隔江猶唱後庭花」的警句來譏斥士大夫醉生夢死來看出端倪之外，還可以由他自己擅作艷情詩篇，卻又在〈唐故平盧君節度巡官隴西李府君墓誌銘〉中借李戡之言指責元、白之詩「纖豔不逞，非莊士雅人，多為其所破壞；流於民間，疏於屏壁，子父女母，交口教授，淫言媟語，冬寒夏熱，入人肌骨，不可去除」這些嚴厲批判的話得到印證；

在這篇墓誌銘中，他甚至還以自己不在高位，不能依法懲治元白為憾。

03 見李商隱〈錦瑟〉詩。

272 將赴吳興登樂遊原（七絕） 杜牧

清時有味是無能，閒愛孤雲靜愛僧。欲把一麾江海去，樂遊原上望昭陵。

【詩意】

在清明太平的盛世裡，我居然還能夠悠遊自在，享有閒情逸致的品味（而不必擔當經國濟世的重責大任），這代表我實在是庸碌無能之輩；而我所喜愛的品味究竟是什麼呢？就是孤雲來去自如的悠閒，和僧人遠離紅塵的清靜了。而今，就在我車上豎立著刺史的旌旗旄節，打算遠赴江海邊的湖州上任前，特別來到樂遊原上遠眺我大唐王朝永遠的英君——太宗的陵寢，我的心中真是有無限的感觸啊……。

【注釋】

① 詩題—宣宗大中四年（850），詩人連上三啟，乞求外調湖州刺史，終獲俯允；離京前登臨覽眺而作本詩。湖州，今浙江省湖州市，鄰近太湖，故名；唐時為吳興郡。樂遊原，長安東南的遊覽名勝，漢宣帝神爵三年（59 B. C.）所築，居京城之制高點[1]，四望寬敞，禁城之內，如指諸掌；又有樂遊苑、樂遊園等名。它包括了荷花滿塘，菰米環池的曲江，以及池東的芙蓉園、西邊的杏園、大慈恩寺等風景區；每當中和（二月初一）、上巳（三月初三）和重陽三節，文人雅士、淑女名媛、達官顯貴及富商巨賈，皆登臨游

宴。時則帷幄雲布，車馬填塞，虹彩映日，馨香滿路；詞人墨客賦詩吟詠之作，翌日即傳遍朝市。

② 「清時」句—清時，清平之時局。有味，保有閒靜之逸懷、雅興與品味；殆即「閒愛孤雲靜愛僧」之意。無能，詩人自嘲大中二年八月起，內擢為司勳員外郎、史館修撰、吏部員外郎；雖貴為朝臣，然投閒置散，冗不見治，實負平生之志。

③ 「欲把」句—把，持也。麾，旌旗之屬；一麾，指刺史的旌麾而言。漢制郡太守之車駕樹有兩幡，即所謂「麾」；唐之刺史與之相彷，故以「把一麾」代指出任刺史。江海，代指湖州而言；以其東距海非遙，且北有太湖、長江，故云。

④ 昭陵—唐太宗之陵墓，在陝西省醴泉縣北之九峻山，樂遊原西北約七八十公里處。

【補註】

01 簡錦松教授主張樂遊原應在長安城內的修政坊高地，現為北池頭村二組，海拔約 440－450 米。見〈唐代長安詩與樂遊原現地研究〉，《台大文史哲學報》第 60 期，2004 年 5 月，頁 75－112。

【導讀】

杜牧是文韜武略都頗有造詣，見識襟抱皆卓犖不群的晚唐奇才，總是深信自己能在政治及軍事方面立功揚名，有所建樹，因此他在〈上李中丞書〉中自陳對於「治亂興亡之跡，財賦兵甲之事，地形之險易遠近，古人之長短得失」無不深思精研。《新唐書》也說他：「剛直有奇節，不為齪齪小謹，敢論列大事，指陳病利尤切至。」奈何他卻生在內憂外患日漸迫蹙的晚唐：宦官專權、黨爭傾軋、藩鎮割據、吐蕃與回紇相繼侵凌，因此即使他內懷經濟之略，頗思一逞豪俊之才，卻時運不濟，難展志負，以至於浮沉宦海，不得壯飛。尤其當他對比從兄杜悰更歷將相，青雲得志，自己卻沉淪下僚，困躓不振，更是抑鬱憤懣，快快難平。本詩就是在這種心理背景之下完成的一首既自嘲又反諷的詩篇。

「清時有味是無能」七字，是以正言若反的轉折語法，表現出苦中作樂，自我調侃的悲哀。既然是清明之時，就應該「佩紫懷黃，贊帷幄之謀[1]」，建永世之業，垂金石之功才是；可是作者在牛李黨爭正烈的混亂局勢裡，卻始終被排擠在權力核心之外，只能聊備一格地出任司勳員外郎、吏部員外郎等無關利害，也無足輕重的閒職，則所謂「清時」顯然是婉轉的抗議和深微的反諷了。而在他人以為微不足道，難有作為，且又食之無味，棄之可惜的卑位上，他卻又能夠領略到尸位素餐，虛應故事的冗員之趣味；則他笑中含淚的悲憤與辛酸，其實是不難體會的。但是，自欺與自嘲的悲哀，終究敵不過內心積鬱的不平與憤慨，於是詩人便以自責自諷的口氣，斬釘截鐵地斷言是自己的無能了！換言之，首句的一波三折，清楚地表現出詩人內心中的衝突、激盪、矛盾、挫折、悲憤……各種複雜情緒的強度、深度與密度，因此顯得沉鬱頓挫，奇警遒勁。「有味」與「無能」的對襯所形成的拗峭之勢，和〈贈別〉詩中的「多情卻似總無情」七字一樣耐人咀嚼，都令人有縱橫跌宕，奇峰突出之感，正是小杜擅長的句法；因此趙翼《甌北詩話》說他「措詞必拗峭」，李慈銘《越縵堂讀書記》說他「力求生新，亦講古法，故晚唐名家中，尤為錚錚。」其實，借反諷與自嘲的手法來表現有志難伸的悲憤，盛唐諸作屢見不鮮，即以《唐詩三百首》為例，孟浩然〈歲暮歸南山〉說：「不才明主棄，多病故人疏。」岑參〈寄左省杜拾遺〉說：「聖朝無闕事，自覺諫書稀。」杜甫〈旅夜書懷〉說：「名豈文章著？官應老病休。」儘管和本詩首句的手法相同，但卻少了本句的濃縮精煉的密度與峭拔警策的強度，所以情味稍淺一層。

「閒愛孤雲靜愛僧」七字，是進一步拈出卷舒自如、來去無心的孤雲，和瀟灑於風塵之外，自甘於枯寂冷淡的老僧，作為前句「有味」的補充說明。原來詩人在仕途失意時自我慰藉的方式是：他反而因為沒有兵馬倥偬，不必案牘勞形，所以能夠領略悠閒如雲的逸興和清淨似僧的況味！對一位才高志奇，曾在〈郡齋獨酌〉詩中說：「平生五色線，願補舜衣裳；弦歌教燕趙，蘭芷浴河湟」的詩人而言，他無法擁有獨當一面以施展抱負的機會，卻只能在京城蹉跎歲月，庸碌度日，看著宦寺爭權、黨爭惡鬥、民生凋敝、藩鎮跋扈、外寇猖獗等令人痛心之事，自己卻半籌莫展，無計可施時，他心中的感慨憤怒，可想而知。因此當他說自己「閒愛孤雲靜愛僧」時，根本就是故作灑脫甚至自暴自棄了，於是他不免有了孔子「道不行，乘桴浮於海」的自我放逐之想，乃三度上書宰輔，乞求外調了。

「欲把一麾江海去」七字，正是在前述的心理背景之下，有了從此遠離京城，漂泊江湖的想法了；此時他心中的無奈與悲哀，酸楚與淒涼，其實並不難體會。「欲」字正點出了作者外放湖州時並無欣喜之情，反倒是將離京國前頗有難掩之悲，因此讀來竟沒有任何宿願得償、春風得意的快慰；此中消息，實在值得玩味。正由於他的內心實有逐臣去國時的悲愴與喟嘆，因此他才會在臨行之前去「樂遊原上望昭陵」！

樂遊原，在唐朝時是遊宴勝地，尤其是在中和（二月一日）、上巳（三月三日）和重陽三節，更是車馬喧闐，彩帷如雲。昭陵，則是開創貞觀之治的唐太宗之陵寢，在樂遊原西北七八十公里左右，詩人基本上是無法目視遙望得到的。如今，詩人即將遠離京華，擁旄而去，竟然獨登樂遊原，則其「顧瞻戀城闕，引領情內傷[2]」的惆悵，不言可喻。正由於詩人眼見時局混亂，國運衰頹，不免憂心忡忡，因此才把滿腔抑鬱之情，盡付於昭陵之一望中。我們彷彿可以從詩人的遙望搜尋的眼神裡，感受到他生不逢時、懷才不遇的感慨悲涼；也似乎可以從他獨立蒼茫的身影裡，讀出他思得明君，亟欲撥亂反治，重振開國雄風的忠悃之愛。宋人馬永卿《嬾真子》卷 4 說：「其意深矣！蓋樂遊原者，漢宣帝之寢廟在焉，昭陵即唐太宗之陵也。牧之之意，蓋自傷不遇宣帝、太宗之時，而遠為郡守也。藉使意不出此，以景趣為意，亦自不凡；況感寓之深乎！此其所以不可及也。」說明得深中肯綮，值得參考。作者另有〈登樂遊原〉詩云：「長空澹澹孤鳥沒，萬古銷沉向此中；看取漢家何事業，五陵無樹起秋風。」詩中那種驚懼大唐功業終將傾圮的孤臣孽子之懷，與本詩末句所寄寓的憂苦之情，其實是同樣深沉慘痛的；因此孫洙在《唐詩三百首》中評本詩曰：「惓惓不忍去，忠愛之思，溢於言表。」

這首詩以婉轉的口吻，峭折的句法，細密地包藏著詩人滿腹的牢騷和一腔的憂憤，在含蓄蘊藉的風格中自然流露出頓挫沉鬱的情感。尤其是前半兩句的自述中有論斷、有寄託，可謂既自嘲自諷，自嘆自憐，又自欺欺人，自暴自棄，的確把詩人被荒腔走板的時代壓迫得扭曲變形的苦悶心靈，表現得既沉痛又悲切，因此讀來頗有頓挫吞吐，波翻浪疊之感，必須一唱而三嘆，才能曲徑通幽地尋訪到詩人的騷心，領略其情感之層折複雜。前輩詩評家認為小杜頗學老杜而得其拗峭奇崛之一體，的確有其道理；因此宋長白《柳亭詩話》就說杜牧之詩「雖非堂堂正正之師，而偏鋒取勝，亦足稱一時之傑。」薛雪《一瓢詩話》稱他是「晚唐翹楚，名作頗多，而恃才縱筆處亦不少。」甚至認為他有些篇章可以「直造老杜門牆，豈特人稱小杜而已哉！」

至於後半，第三句冠上一個「欲」字，表現出將行而未忍驟行之意，既有乘桴浮海之嘆，又有戀闕憂時之悲，把矛盾掙扎的心理，表現得含蓄深窈，藏而不露。第四句則寫到注目昭陵就戛然而止，更是把獨立古原，蒼茫百端的形象，寫得風神清迴，狀溢目前；而其怨望牢騷，也就意在言外而餘味淵永了。楊載《詩法家數》說：「詩有內外意：內意欲盡其理，外意欲盡其象；內外意含蓄方妙。」本詩前兩句正可謂以峭折頓挫之姿盡其理，後兩句則以淡墨輕描之筆窮其象，因此讀來寄慨遙深，恍如唐人七絕之〈離騷〉矣！

【補註】

01 見丘遲〈與陳伯之書〉，意謂佩帶紫色絲綬，懷藏黃金印信，為國家籌劃重大謀略。

02 見曹植〈贈白馬王彪〉詩。

【評點】

01 葉夢得：此蓋不滿於當時，故末有「望昭陵」之句。（宋人江輔之遭貶）謝表云：「清時有味，白首無能」，蔡持正為侍御史，引杜牧詩為證，以為怨望，遂復罷。（《石林詩話》）

02 胡震亨：「望昭陵」者，不得志於時而思明君之世，蓋怨也。首云「清時」，反辭也。（《唐音戊籤》）

03 黃周星：（首二句）遂成名言。（末句）此豈得意人語耶？（《唐詩快》）

04 張文蓀：昭陵為唐創業守成英主，後世子孫陵夷不振，故牧之去國時登高寄慨；詞意渾含，得風人遺意。（《唐賢清雅集》）

05 俞樾：宋邵博《聞見後錄》云：「唐故事：天下有冤者，許哭於太宗昭陵之下。」按此制甚奇。杜牧之詩：「……樂遊原上望昭陵」，向疑其何以獨望昭陵？或亦此意乎？（《茶香室三鈔》）

06 俞陛雲：登樂遊而遙望昭陵，追懷貞觀，有江湖魏闕之思。前二句詩意尤深，言昇平之世，宜致身君國，安得有清閒之味？唯其自顧無能，不足為世用，亦不與世爭，始覺其有味也。第二句，承首句有味而言，若謂閒中之味，愛天際孤雲，無心卷舒；靜中之味，愛空山老衲，相對忘言。具如是襟懷，則一麾南去，任其宦海浮沉耳。（《詩境淺說・續編》）

273 旅宿（五律） 杜牧

旅館無良伴，凝情自悄然。寒燈思舊事，斷雁警愁眠。遠夢歸侵曉，家書到隔年。滄江好煙月，門繫釣魚船。

【詩意】

獨自棲身旅館中，沒有可以談心解悶的朋友，讓我感到冷清孤寂，情緒糾結，不覺陷入憂鬱消沉之中……。直到深夜，我仍然獨對孤燈，回想前塵舊事，頗覺羈旅漂泊的淒涼；勉強帶著滿懷愁煩上床，卻又被離群孤雁的哀鳴聲驚醒，也就更是愁思滿腹了。不知道何時我才昏昏沉沉地入夢，可是家鄉實在太遙遠了，好不容易在夢境中千山萬水地跋涉到家門時，卻又已經是雄雞報曉的時分了（讓我無法於夢中重溫天倫親情）；偏偏家人寄來的書信，總是隔年才能收到，真令人對他們的現況牽掛不安。旅館外那條蒼綠的江水上，籠罩著輕如薄紗的煙霧，倒映著迷濛的月光，真是充滿詩情畫意的景致；最令人嚮往的是：釣魚小船就繫在自家的門前，隨時可以在清風明月之下、煙水迷濛之中悠閒自在垂釣，不必漂泊異鄉，這是多麼令人悠然神往的閒情逸趣啊！

【注釋】

① 詩題—本詩並不在杜牧的外甥裴延翰所編的《樊川文集》之中，而是收在北宋田概所輯的《別集》裡，無法確知是何時所作，也無法確指作於何地；讀來和作者其它詩意飽滿、詞語豪邁、風格俊爽的作品之情調頗為不同。編按：杜牧對於自己詩文的評價極為重視，曾經焚毀生平詩文的十之七八；本詩或在其中，後經田

概苦心蒐集以傳世。

② 「凝情」句—凝情，情緒糾纏鬱結，難以排遣狀。悄然，憂鬱哀傷貌。

③ 「斷雁」句—斷，離也；斷雁，離群之孤雁。警，使警惕、驚悚、驚醒。愁眠，帶愁而臥，卻愁思悠悠，難以成眠。

④ 「遠夢」句—侵曉，破曉。句謂家鄉遙遠，有勞夢中跋涉；直至破曉之前才終於返抵門，奈何已是好夢易醒時分，無法於夢中重溫天倫親情。

⑤ 滄江—因江水色蒼，故曰「蒼江」或「滄江」。

【導讀】

雖然宋人普遍以為杜牧之詩風豪宕而詞采俊秀，但是本詩卻不適合這種評價；因為本詩是以懷舊思鄉為主軸，語氣悲抑，情調哀傷，氣氛暗淡，完全不見豪宕之筆與俊秀之詞。可見詩歌的風格，取決於素材的選擇和情志的內容，不可一概而論。

「旅館無良伴，凝情自悄然」兩句，是以賦筆點出旅況孤獨寂寥的情狀。「凝情」是指沉浸在某一種深沉的意緒之中難以自拔；「凝」字表現出感情之深沉與情緒之糾結，以及陷溺於某種情思之中時的呆滯與木然之感，是相當傳神的句眼。雖然無法確知這種消沉的情緒所指為何，但多少已由「旅館無伴」四字中透露出思鄉念舊之意，因此又以「自悄然」三字表現出憂鬱感傷的情懷，和孤孑難捱的苦悶。

「寒燈思舊事，斷雁警愁眠」兩句，則特別著重在渲染旅況寂寥的氣氛。斗室孤燈，給人冷清的感覺，故曰「寒燈」，這是訴諸視覺所引起的心理感受；斷雁夜鳴，給人淒涼的感覺，則是訴諸聽覺所引起的心理感受。其中色調的昏黃黯淡，暗示了詩人心緒的落寞消沉；而離群雁聲的清厲焦慮，又撩撥起詩人淒哀難平的心緒。兩相烘染，自然使氣氛格外憂傷。此外，「雁」字帶出了腹聯的「歸夢」和「家書」的意念，承轉之間，相當自然順暢；「警」字則曲傳乍聽之下感到怵然驚心的神理，練字相當精切。

「遠夢歸侵曉，家書到隔年」兩句，則是由時空著手，凸顯出家鄉之遙與歸思之切。「遠夢」是空間遙遠的距離，「侵曉」是黎明前短暫的片刻，而以「歸」字把遙遠和短暫綰合起來，則表示一整夜都在夢中長途跋涉，終於好不容易回到魂牽夢縈的家園而萬分欣喜時，卻又已是雄雞啼曙，美夢驚破之際了！李後主〈清平樂〉詞中的「路遙歸夢難成」，殆即化用本句的意境而膾炙人口，可見本句所刻劃的夢幻之喜與現實之悲所雜糅成的迷惘與失落之情，相當細膩曲折。「家書」是懸念牽掛親人的具體表徵，「隔年」是漫長的守候枯等，而以「到」字綰合鄉愁之深、牽掛之切，和守候之焦慮、枯等之難捱，表現出接信時固然對前此的牽掛懸念有了暫時安心的答案，但是家書畢竟遲來了一年半載；如今家人是否依然平安呢？親友是否依然無恙？在在勞人揣想，令人不安。這兩句表現出短暫的歡樂和片刻的安慰後更深長無盡的思念和牽掛，寫來極為婉轉深刻，令人有一波三折之感；因此孫洙甚至以為中間兩聯竟有二十層豐富深婉的意蘊。

尾聯「滄江好煙月，門繫釣魚船」兩句，則是以眼前景抒發心中情。由於腹聯的抒情已經到了飽和的極限，尾聯便宕開一筆，轉而以寫景的方式跳出狹窄的斗室，擺脫低落的愁緒，並開拓出好風明月、清澹悠閒的境界，使人耳目一新，心神清爽。值得注意的是，詩人卻在清麗之景中仍含蓄不露地寓藏著幽遠不盡之情：滄江煙月雖美，終非吾土，不足以久留；而身如不繫之舟，漂泊四方，也遠不如眼前釣船雖繫，卻始終不離家門，可以隨時悠遊於清風明月之下。換言之，尾聯在景致如畫的清新意境中，寄寓了無盡的鄉思和深濃的旅愁，使全詩更飽含悠遠的情韻，顯得風神搖曳，餘味綿長。

六一、薛逢詩歌選讀

【事略】

薛逢（806？－876？），字陶臣，蒲州（今山西省永濟市）人，生卒年不詳。

會昌元年（841）進士及第，曾任秘書省校書郎，調補萬年（今陝西省西安市）尉。宣宗朝入河中節度使崔鉉幕，大中三年（849）崔鉉入相，擢弘文館直學士；為侍御史、尚書郎時持論鯁切，以謀略過人，高自標顯。官終秘書監。

布衣時與劉瑑交，然以瑑之文采不及己而頗侮慢之；及瑑大中十二年（858）當國，有薦薛逢知制誥者，瑑竟挾怨出為巴州（今四川省巴中市）刺史（編按：譚優學以為「巴州」為「嘉州」之訛。）

與楊收、王鐸同年及第，而逢文藝最優。楊收於懿宗朝輔政，逢作〈賀楊收作相詩〉云：「誰知金印朝天客，同是沙堤避路人。」意頗忮嫉，楊收銜恨而斥為蓬、綿二州（俱在今四川省境）刺史。及王鐸相（按懿宗咸通十二年，西元871拜相，又曾於僖宗朝為相），逢又作詩云：「昨日鴻毛萬鈞重，今朝山岳一毫輕。」鐸怒，中外亦鄙其刻薄倨傲。可見其人天資雖高，學力雖贍，然恃才傲物，恥居人下，又心胸褊狹，言語犀利，致累擯遠方，寸進而尺退，至龍鍾猶憤怨不已，恐皆有以自召。

昔人謂薛逢為詩不甚苦思而自有豪逸之態，無論長短，皆率然而成，未免失之淺俗直露（見辛文房《唐才子傳》）；即使胡震亨《唐音癸籤》稍揚之曰：「薛陶臣殊有寫才，不虛俊拔之目。」許學夷《詩源辯體》亦微許之曰：「聲多宣朗，語多穠麗。」然其詩價始終不高。

《全唐詩》存其詩 1 卷，《全唐詩續拾》補詩 2 首，斷句 1 句。

【詩評】

01 辛文房：逢天資本高，學力亦贍，故不甚苦思，而自有豪逸之態。第長短皆率然而成，未免失淺露俗，蓋亦當時所尚，非離群絕俗之詣也。（《唐才子傳》）

02 胡震亨：薛陶臣殊有寫才，不虛俊拔之目。長歌似學白氏，雖以此得名，未如七律多警。（《唐音癸籤》）

03 許學夷：薛逢七言律……聲多宣朗，語多穠麗，亦有漸入纖巧者。（《詩源辯體》）

274 宮詞（七律） 薛逢

十二樓中盡曉妝，望仙樓上望君王。鎖銜金獸連環冷，水滴銅龍晝漏長。雲髻罷梳還對鏡，羅衣欲換更添香。遙窺正殿簾開處，袍袴宮人掃御床。

【詩意】

破曉時分，居住在華麗得有如神仙宮殿中的嬪妃們就忙著刻意梳妝打扮了，然後又登上最高的閣樓，像苦候神仙降臨般翹首企望君王的臨幸。宮門上鑲嵌著由銅鑄的瑞獸嘴裡啣著金鎖的門環，看起來是那麼冰冷，使人心中泛起陣陣寒意；銅壺上雕刻著龍首的出水口，傳來間歇而單調的滴水聲，聽起來令人倍覺白晝的漫長無聊。她們才剛梳理好烏雲般的髮髻，還再三攬鏡自照，唯恐裝扮得不夠嬌豔嫵媚；穿著妥當之後，心裡總還想著再換一件更漂亮的羅衫，薰染上麝香，深怕嗅起來還不夠芬芳迷人。經過一整天的佇望期盼之後，終於遠遠地看見正殿裡掀起門簾了，幾位穿著短袍繡褲的宮女正在整理御床……。

【注釋】

① 「十二」二句—十二樓，見溫庭筠〈瑤瑟怨〉注③，此處與望仙樓均代指妃嬪所居之宮殿樓臺而言。望仙樓，唐時內苑之樓臺，元稹〈連昌宮詞〉云：「上皇正在望仙樓，太真同憑欄杆立。」《舊唐書・本紀十八上・武宗》載會昌五年（845）「正月己酉朔，敕造望仙臺於南郊壇。……六月，神策奏修望仙樓及廊舍五百三十九間功畢。」然此處僅妙用其詞而非實指，蓋謂妃嬪望君之幸猶如望仙之臨，終屬徒勞。

② 「鎖銜」二句—鎖銜金獸連環，即鑄成獸首銜鎖形狀的銅門環；章燮《唐詩三百首注疏》曰：「金獸，以黃金鑄獸，連環絡其項，玉鎖鎖其頸；御物也。」冷，謂門環泛生涼意，也形容宮殿冷清，並暗示妃嬪寂寞。銅龍，指古時計時用的銅壺滴漏，壺上刻有龍首作為滴水口的裝飾。

③ 「遙窺」二句—正殿，指君王之寢宮。袍袴，短袍繡褲；指執役宮女之妝扮。

【導讀】

這首宮怨詩寫得含蓄蘊藉，婉轉惆悵，完全沒有《唐才子傳》中評論薛逢詩篇失之淺俗直露的缺點，反倒近於章燮在《唐詩三百首注疏》中的評價：「信手拈來，而深怨之情寓乎內，此詩有溫厚和平之致。」

「十二樓中盡曉妝，望仙樓上望君王」兩句，妙用兩則神仙典故，意謂盼望君王之臨幸，難如期望神仙之降臨，構思極為巧妙。作者重出兩個「望」字和兩個「樓」字，便見出宮苑深邃幽密，樓中日月漫長之意；同時也使得望之又望，卻望盡樓閣、望眼欲穿而不見君王影蹤之神態，如在眼前。

「鎖銜金獸連環冷」七字，是以觸覺意象呈顯出宮嬪內心之悽涼，並以銅鑄瑞獸嘴銜門環的莊嚴氣派，和詩人刻意精挑細選的「鎖」字和「冷」字，暗示她們深居在宮樓中形同幽閉禁錮之寂寞。「水滴銅龍晝漏長」七字，是以聽覺意象表現晝長難捱，度日如年的苦悶。那間歇單調而反復不斷的滴水聲，正代表宮嬪在漫長歲月中枯悶無聊的心境；而越是雕飾華貴的器物，越是襯托出她們蒼白無歡的生活之可厭。

「雲髻罷梳還對鏡」七字，是藉助於對鏡梳妝與攬鏡自照時優雅而又細膩的動作，來刻劃宮嬪精心修飾以求邀寵承歡的心理；再加上「羅衣欲換更添香」七字，更是借助於嗅覺感官的刺激，好讓讀者能進一步感受其裝飾之華芳，揣想其容顏之端麗。尤其是「還」「欲」「更」這三個副詞所傳達出的顧影自憐，踟躕猶疑，千思百慮，萬念不安的情狀，更充分透露出「女為悅己者容」時幽微要眇而又紛亂複雜的心理。

「遙窺正殿簾開處」，七字是以「遙」字表現出宮樓與正殿雖近在咫尺，卻遠如天涯的無奈；又以「窺」字遙映次句中宮嬪深心企盼切望，不敢稍有疏忽的神情。「袍袴宮人掃御床」七字，是以僅執箕帚之役的袍褲宮人，竟能深入正殿，親近君王，而自已貴為金枝玉葉，卻只能幽居偏宮，隔樓遠窺，寫出既羨且妒之情；而失寵之怨，也就含蓄地隱藏在字裡行間了。

這首詩讀來頗有杜牧〈阿房宮賦〉的況味：「明星熒熒，開妝鏡也；綠雲擾擾，梳曉鬟也；渭流漲膩，棄脂水也；煙斜霧橫，焚椒蘭也；雷霆乍驚，宮車過也；轆轆遠聽，杳不知其所之也。一肌一容，盡態極妍；縵立遠視而望幸焉，有不得見者三十六年！」不僅描寫宮嬪企盼寵幸的微妙心理，同樣傳神生動，而且雕繢滿眼，也能刻劃出宮苑華貴縟麗的氣派，因此胡以梅《唐詩貫珠》評本詩曰：「通首直賦，雖無玲瓏之致，亦取華潤。」梅成棟《精選七律耐吟集》說：「意經千錘，語經百鍊。」

【別裁】

古來懷才不遇之人，往往借題發揮來寄寓自己淪落不偶的憂憤；於是代婦女立言，就成為一種相當普遍的形式，這由入選《唐詩三百首》中的宮詞閨怨之作的數量可見一斑。如果了解薛逢因為恃才傲物，輕慢侮人，以致昔日之舊交當權輔國之後，迭加擯斥的背景，那麼本詩或許就有金聖嘆慧眼別具所指出的特殊用心了：「前解，喻言何處大山之下，大川之上，不有懷才抱道，跂足翹首，仰望簡拔之人？然而高高青雲，天門未闢；遲遲白日，嘉會正賒（按：賒，遙遠也）。為普天下高賢一哭也！後解，喻言懷才之人，以不蒙試則愈自淬礪；抱道之人，以不見是則轉更礱錯（按：礱錯，喻勤加修養也）。然而仰窺當塗，頗復有人；然知而不舉，又奈之何？為普天下無數高賢致慽也！」（《貫華堂選批唐才子書》）其實金聖嘆本人又何嘗不是藉薛逢之酒杯澆自己之塊壘呢？

【評點】

01 錢朝鼒、王俊臣：只一起「望君王」三字，寫盡士人抑鬱無聊，癡癡想望神理。結句有含諷意。（《唐詩鼓吹箋注》）

02 陸次雲：「縵立遠視而望幸焉」，情態畢出。（《五朝詩善鳴集》）

03 焦袁熙：通首是比。雖是唐人陋態，亦庶幾怨而不怒者矣。（《此木軒堂七言律詩讀本》）

04 黃叔燦：通首只寫「望君王」三字。（《唐詩選箋注》）

六二、陳陶詩歌選讀

【事略】

陳陶（約 812－約 885），一作陳綯，字嵩伯，晚唐建州劍浦（今福建省南平市）人；或謂江西鄱陽人、嶺南（今兩廣一帶）人。

嘗舉進士不第，作〈閑居雜興〉詩曰：「中原不是無麟鳳，自是皇家結網疏。」可知陳陶本亦自負而有進取之意；後志遠心曠，不求仕進，遂高蹈遠引，恣遊名山，自稱「三教布衣」。曾入洪州之西山學神仙之術，吐故納新，服食金丹，頗有心得；故世傳陶所居之茅屋風雷洶洶不絕，後竟白日飛昇而去，享壽應至七十以上。

嚴宇任豫章牧時，慕其清操，嘗備齋供，俯就山中，揮麈言談終日。後欲試之，乃遣小妓蓮花往侍，陶笑而不理；妓賦〈獻陳陶處士〉詩求去曰：「蓮花為號玉為腮，珍重尚書送妾來；處士不生巫峽夢，虛勞雲雨下陽臺。」陶亦贈以〈答蓮花妓〉曰：「近來詩思清於水，老去風情薄似雲；已向升天得門戶，錦衾深愧卓文君。」嚴宇見詩，益重其貞節。

《全唐詩》存其詩 2 卷，然頗雜入南唐時人陳陶及他人之作。

【詩評】

01 孫光憲：大中年，洪州處士陳陶者，有逸才。歌詩中似負神仙之術，或露王霸之說，雖文章之士，亦未足憑；而以詩見志，乃宣父之遺訓也。（《北夢瑣言》）

02 嚴羽：陳陶之詩，在晚唐人中最無可觀。（《滄浪詩話》）

03 辛文房：陶工賦詩，無一點塵氣，於晚唐諸人中最得平淡，要非時流所能企及者。（《唐才子傳》）

275 隴西行四首其二（七絕） 陳陶

誓掃匈奴不顧身，五千貂錦喪胡塵。可憐無定河邊骨，猶是深閨夢裡人。

【詩意】

立誓要完全掃蕩匈奴的英勇將士們，奮不顧身地在戰場上拼命搏殺；然而經過慘烈的鏖戰之後，五千名身披貂裘錦袍的精銳，竟然全部在胡地漫天的煙塵中壯烈捐軀了！最可悲的是：儘管那些將士早已化為一堆堆殘缺不全的白骨，陰森森地散落在無定河邊了，可是春閨獨守的少婦卻渾然不覺，仍然深情眷戀著在夢境中和她們纏綿歡會，對她們百般愛憐疼惜的良人……！

【注釋】

① 詩題—隴西行，本為樂府舊題，屬於〈相和歌辭〉中的瑟調曲，內容大多是以征戰艱苦和佳人怨思為主；由於平仄合律，故歸入七絕之中。隴西，隴山以西的廣大邊塞，在今甘肅、寧夏一帶，是唐時邊戰頻傳之區。陳陶此題共有四首，本詩是第二首。

② 「誓掃」二句—殆用李陵與匈奴爭戰之事為背景；司馬遷〈報任少卿書〉云：「李陵提步卒不滿五千，深踐戎馬之地，戰鬥千里，矢盡道窮，救兵不至，士卒死傷如積。」貂錦，貂裘錦衣，本為漢代羽林軍的服飾，此處借代為精銳戰士。

③ 無定河—源出內蒙古鄂爾多斯，東南流經陝西省之榆林、米脂、

綏德，至清澗縣東注入黃河中游，又名朔水、奢延水；由於流沙急湍，深淺不定，故名無定。

【導讀】

這首奇氣橫逸，令人感慨良深的名作，詩人先是以「誓掃匈奴不顧身」來極力一揚，凸顯出將士的士氣高昂，英勇敢戰，義無反顧，令人覺得熱血沸騰，胸膽開張，以為我軍必然所向無敵，一舉殲敵，因而志概在瞬間就激憤昂揚起來。「五千貂錦」承接首句，進一步加倍渲染其精銳威猛，更令人有必將勢如破竹，高奏凱歌的合理期待。誰料到「喪胡塵」三字，筆力陡然一抑，彷彿由雲霄飛車的軌道頂端全速跌落一般，給人天旋地轉、風雲慘變的震駭之感；如此大開大闔、倏起倏落的筆致，自然產生逆折衝激的詩情和頓挫跌宕的氣勢。

有了這突兀奇崛的兩句作襯墊之後，詩人突然盪開筆勢，由胡塵蔽天的戰地折回春色無邊的深閨，更滲透到溫馨浪漫的綺夢之中，作時空變換的疊映：一邊是荒寒的胡地，一邊是溫暖的春閨；一邊是河畔的枯骨，一邊是懷中的良人；一邊是殘酷的戰場，一邊是旖旎的夢境。再加上詩人巧妙地讓腐朽冰冷的屍骨，藉著「無定河」三個字所蘊涵的飄忽不定之義，帶著征人的靈魂輕輕地飄進少婦的夢中，形成一種令人怵目驚心的意象轉換，同時營造出色如紅玉的佳人正與化為白骨的鬼魂溫存的畫面，頓時令人毛骨悚然，痛徹心扉；因此沈德潛《唐詩別裁》說：「作苦詩無過於此者。」孫洙《唐詩三百首》也以為比曹松〈己亥歲二首〉其一的名句「憑君莫話封侯事，一將功成萬骨枯」更為悲慘沉痛！

本詩是唐人非戰詩篇中最淒苦哀艷，也最悲恨沉痛的名作，魏泰《臨漢隱居叢話》與賀裳《載酒園詩話》都認為本詩比起李華的〈弔古戰場文〉中「其存其歿，家莫聞知；人或有言，將信將疑。悁悁心目，寢寐見之」諸句，更是思精語切。平心而論，〈弔古戰場文〉真能曲折地傳寫出良人遠征後，音信杳然，家人對他們的懸念牽掛與驚惶不安，以及對於是生是死的傳聞感到半信半疑時的焦灼與煎熬。只是這種疑假忌真的心理，其實包含著強烈的不祥之感和椎心之痛，它的悲苦是有意識的、有心理準備的；其中情感的痛苦指數和張籍〈沒蕃故人〉詩中「欲祭疑君在，天涯哭此時」相彷彿。本詩中的深閨少婦卻對於良人已經化為異域冤魂渾然不覺，猶自在春閨綺夢中貪戀著纏綿的柔情蜜愛；這種沉湎於旖旎美夢而不知生死永別之慘痛，更是讓了解內情的旁觀者為她感到心折骨驚，魂飛魄散，因此也就比李華之文更讓人覺得沉哀入骨而悲憫其無知了。

楊慎《升庵詩話》更進一步指出《後漢書・南匈奴傳[1]》及李華之文都是襲用漢朝賈捐之的〈議罷珠崖疏〉：「父戰死於前，子鬥傷於後，女子乘亭鄣，孤兒號於道，老母寡婦飲泣巷哭，遙設虛祭，想魂乎萬里之外」的文意，所以愁慘淒苦，動人肝腸；然而它們卻又「總不若陳陶詩一變而妙，真奪胎換骨矣。」大概是因為賈文等篇中虛設齋奠、遙祭亡魂而萬家野哭的景況，的確是愁天慘地，令人墮淚了，但是那些孤兒寡母的心中本來就知悉征人已死，因此跡近於在火山爆發後岩漿溢流、灰泥瀰漫的昏天暗地收拾殘局；因為最糟的情況已經發生了，最壞也不過如此而已！可是本詩中的少婦，卻仍然天真地懷著熱切美好的憧憬，還在春夢中與征人繾綣歡愛，有如火山爆發了，她卻還在地心的熔漿之內狂舞不休，兀自沉醉在自以為溫馨的幻夢之中，渾不知災難早已發生，不幸早已降臨，幽明異途的悲恨早已鑄成，天人永隔的厄運早已無法挽回，因此也就更令人為真相揭曉時她能否承受那驚人能量的痛苦而憂心不已了！因此謝榛《四溟詩話》稱本詩「淒婉味長」，王世貞《藝苑卮言》稱本詩：「用意工妙至此，可謂絕唱矣！」敖英《唐詩絕句類選》也以為本詩可泣鬼神！

【補註】

01《後漢書・南匈奴傳》：「父戰於前，子死於後。弱女乘於亭障，孤兒號於道路。老母寡妻設虛祭，飲泣淚，想望歸魂於沙漠之表，豈不哀哉！」

【評點】

01 王世貞：惜前二句筋骨畢露，令人厭憎。「葡萄美酒」一聯，便是無瑕之璧，盛唐地位不凡乃爾。（《藝苑卮言》）

02 陸時雍：此詩不減盛唐，第格力稍下耳。（《唐詩鏡》）

03 吳瑞榮：風骨棱露，與文昌〈涼州〉同一意境。　○又云：唐中、晚時事日非，形之歌詠者，促切如此；風氣所不能強也。（《唐詩箋要》）

04 唐汝詢：（末二句）晚唐中堪泣鬼神！于鱗莫之選，直為首句欠渾厚耳；然徑尺之璧，正不當以纖瑕棄之。（《唐詩解》）

05 梅純：後二句命意，可謂精到。初玩似不經意者，若在他人，不知費幾多詞說。　○周啟琦：「穿天心、破月脅」之語，能使沙場磷火焰天！（《唐詩選脈會通評林引》）

＊ 編按：「穿天心、破月脅」謂出語奇駿，意外驚人，非尋常所能及；語出《全唐文》卷 686 皇甫湜 2〈唐故著作左郎顧況集序〉：「偏於逸歌長句，駿發踔厲，往往若穿天心，出月脅，意外驚人語，非尋常所能及，最為快也。」

06 黃周星：不曰「夢裡魂」而曰「夢裡人」，殊令想者難想，讀者難讀。（《唐詩快》）

07 宋宗元：（末二句）刺心寒骨。（《網師園唐詩箋》）

08 周咏棠：刻骨傷心，感動頑豔。（《唐賢小三昧集續集》）

09 高步瀛：升庵推許不免太過，元美謂為前兩句所累，亦不然。若前兩句不若此說，則後二句從何著筆？此特橫亙一盛唐、晚唐之

見於胸中，故言之不能平允。（《唐宋詩舉要》）

10 劉永濟：王世貞雖賞此詩工妙，卻謂「惜為前二句所累，筋骨畢露，令人厭憎。」其立論殊怪誕。不知無前二句，則不見後二句之妙。且貂錦五千，乃精練之軍，一旦喪於胡塵，尤為可惜；故作者於前兩句著重描繪，何以反病其「筋骨畢露」致「令人厭憎」邪？（《唐人絕句精華》）